U0933728

闲情偶寄

(清) 李渔　著　乔沛芸　主编

吉林文史出版社

图书在版编目(CIP)数据

闲情偶寄 / (清) 李渔著 ; 乔沛芸主编. -- 长春 : 吉林文史出版社, 2021.6

ISBN 978-7-5472-7650-1

Ⅰ. ①闲… Ⅱ. ①李… ②乔… Ⅲ. ①杂文集-中国-清代 Ⅳ. ①I264.9

中国版本图书馆 CIP 数据核字(2021)第 041382 号

闲情偶寄

XIAN QING OU JI

著　　者　(清) 李渔
主　　编　乔沛芸
责任编辑　魏姚童
版面设计　文贤阁
出版发行　吉林文史出版社有限责任公司
地　　址　长春市福祉大路 5788 号
网　　址　http://www.jlws.com.cn
印　　刷　北京市松源印刷有限公司
开　　本　880mm×1230mm　1/32
印　　张　15
字　　数　389 千字
版　　次　2021 年 6 月第 1 版　2021 年 6 月第 1 次印刷
书　　号　978-7-5472-7650-1
定　　价　45.00 元

前言

《闲情偶寄》是李渔的代表作，这部著作详细地描述了中国人的生活艺术，是一部系统的戏曲理论专著。在这部著作中，李渔汲取前人的理论成果，联系自身戏曲创作的实践，提出了一套完整的戏曲理论体系，其深度和广度达到了中国古典戏曲理论的巅峰，为中国戏曲理论的发展做出了巨大贡献。

本书作者李渔（1611—1680），原名仙侣，后改名渔，号笠翁，一字笠鸿、谪凡。明末清初杰出的戏曲家、小说作家。他祖籍浙江兰溪，出身药商家庭，自幼与市民阶层接触密切。清兵入关后家道中落，移居杭州，他的戏剧小说多作于此间。后自组戏班，专门从事演出，足迹遍及大江南北，览尽九州风光，在社会上产生了颇大的影响。晚年迁回杭州，在穷困中死去。李渔作为17世纪后半叶中国文坛的一个怪杰，无论在诗词方面，还是在小说、戏曲、史学、饮食、服饰和养生等方面都取得了卓越的成就。他一生著述颇丰，可分为戏曲、小说、诗文及杂著等几大类，代表作有《闲情偶寄》《笠翁十种曲》等，在中国戏曲史乃至中国文学史上都占有一席之地。

《闲情偶寄》内容较为繁杂，包括词曲、演习、声容、居室、器玩、饮馔、种植、颐养等八部，词曲部主要论述了戏曲文学；演习部主要论述了戏曲的表演效果；声容部主要论述了妇女的装饰之术；

居室部主要论述园林建筑；器玩部主要论述了器玩的形制；饮馔部主要论述了饮食文化；种植部论述了花卉的栽培；颐养部则论述了养生之道。同时，这部著作以奇特的角度体察世间万物，思索人生百态，结构完整，条目清晰，语言浅显流畅，说理透彻生动，读之回味无穷，是一部兼具思想性与文学性的经典名著。

本书在编排时，参考权威版本对原书进行了整理，保留了书中的精华部分，并重新对原文进行了梳理，对难解字词进行注解，力求翻译精准。除此之外，本书在整体编排上独具特色，希望能够使读者在阅读中获得一种愉悦的感受。

由于编者水平有限，书中难免会有疏漏之处，敬请广大读者批评指正。

目录

词曲部

演习部

声容部

居室部

器玩部

饮馔部

种植部

颐养部

词曲部

结构第一

原文

填词一道，文人之末技也。然能抑而为此，犹觉愈于驰马试剑，纵酒呼卢。孔子有言："不有博弈者乎？为之犹贤乎已。"博弈虽戏具，犹贤于"饱食终日，无所用心"；填词虽小道，不又贤于博弈乎？

吾谓技无大小，贵在能精；才乏纤洪，利于善用。能精善用，虽寸长尺短，亦可成名。否则才夸八斗，胸号五车，为文仅称点鬼之谈[①]，著书惟供覆瓿之用[②]，虽多亦奚以为？填词一道，非特文人工此者足以成名，即前代帝王，亦有以本朝词曲擅长，遂能不泯其国事者。请历言之。高则诚[③]、王实甫诸人，元之名士也，舍填词一无表见。使两人不撰《琵琶》《西厢》，则沿至今日，谁复知其姓字？是则诚、实甫之传，《琵琶》《西厢》传之也。汤若士[④]，明之才人也，诗文尺牍，尽有可观，而其脍炙人口者，不在尺牍诗文，而在《还魂》[⑤]一剧。使若士不草《还魂》，则当日之若士已虽有而若无，况后代乎？是若士之传，《还魂》传之也。此人以填词而得名者也。

历朝文字之盛，其名各有所归，"汉史""唐诗"

“宋文”“元曲”，此世人口头语也。《汉书》《史记》，千古不磨，尚矣。唐则诗人济济，宋有文士跄跄，宜其鼎足文坛，为三代后之三代也。元有天下，非特政刑礼乐一无可宗，即语言文学之末，图书翰墨之微，亦少概见。使非崇尚词曲，得《琵琶》《西厢》以及《元人百种》诸书传于后代，则当日之元，亦与五代、金、辽同其泯灭，焉能附三朝骥尾，而挂学士文人之齿颊哉？此帝王国事，以填词而得名者也。由是观之，填词非末技，乃与史传诗文同源而异派者也。近日雅慕此道，刻欲追踪元人、配飨若士者尽多，而究竟作者寥寥，未闻绝唱。其故维何？止因词曲一道，但有前书堪读，并无成法可宗。暗室无灯，有眼皆同瞽目，无怪乎觅途不得，问津无人，半途而废者居多，差毫厘而谬千里者，亦复不少也。

①点鬼之谈：指唐代诗人杨炯好以古人姓名连用，后人以“点鬼簿”讥刺其诗文滥用古人姓名。

②供覆瓿之用：汉代刘歆曾说过“吾恐后人用覆酱瓿也”的话，指责扬雄的文章晦涩难懂。

③高则诚：指元代戏剧家高明，字则诚。

④汤若士：指明代剧作家汤显祖，字义仍，号海若、若士。

⑤《还魂》：指汤显祖的剧作《牡丹亭》，原名《还魂记》。

译文

填词作曲之类的事，对文人而言不过是雕虫小技罢了。但是，如果一个人能沉下心去做这样的事，还是比那些只知道赛马试剑、纵酒赌博的纨绔子弟要强的。孔子曾说过："难道没有下棋的人吗？干这个也比什么都不干强！"下棋虽是一种游戏的消遣，但也总好过"饱食终日，无所用心"；填词作曲虽然是一种小道，难道还比不上下棋吗？

我认为技艺并没有大小之分，贵在专精；才华也没有强弱之别，贵在善用。一个人如果既专精又善用某件事，虽然只是雕虫小技也能成名。否则的话，就算他才高八斗，学富五车，作起文章也只是会滥用古人的名字，著出的书也只能用来盖酱缸，这样的书虽然多又有什么用呢？填词作曲之类的事，并非只有文人专精于此才能扬名立万，即使是前朝的帝王，也有擅长作本朝的词曲而使国事不至于泯灭的人。请让我一一说明。高则诚、王实甫等人，都是元代的名士，除了填词作曲外再没有特殊的表现；假使他们两人没有写出《琵琶记》《西厢记》这样的著作，那么时至今日，谁还会知道他们的姓名呢？所以，高明、王实甫的名字能流传下来，是《琵琶记》《西厢记》帮他们扬了名。汤显祖，明朝的大才子，诗词文章、书简公文都有成就，但是他最脍炙人口的并不是这些，而是他创作的戏剧《还魂记》。假如汤显祖没有创作出《还魂记》，那当时的汤显祖可能就是个可有可无的人了，更何况对后世呢？所以，汤显祖的名字能流传下来，也是《还魂记》帮他扬了名。以上这些人都是以填词作曲而成名的。

历代文学的兴盛，各有所归属，“汉史”“唐诗”“宋文”“元曲”，这些都是人们耳熟能详的。《汉书》《史记》这样的巨著能流传千古，也是很了不起的！唐代的诗人可以说是人才济济，宋代的文章大家也是层出不穷，它们确实是可以与夏、商、周三代的文学相媲美的三个朝代。元朝得到天下之后，非但在政律礼乐上一无可取，就是在语言文字、书籍绘画这样的细枝末节上，也很少见有自己的特色。如果不是元人崇尚词曲，有《琵琶记》《西厢记》以及《元人百种》等这样的著作流传于世，那么当今的元朝也许早就跟五代、金、辽等朝代那样泯灭了，又怎能继承汉、唐、宋三朝的遗风而被文人学士所提及呢？这是帝王和国事以填词作曲而得名的实例。由此可见，填词作曲并非什么雕虫小技，而是和史书、传记、诗歌、文章等同源而不同流的文体。最近喜爱填词作曲并立志赶超元人、欲与汤显祖并驾齐驱的人很多，而最终作成的却寥寥无几，并没有什么出类拔萃的作品。这是什么原因呢？是因为填词作曲这样的事，只能从前人的书上读到，却没有固定的写作方法可以依循。这样，众人就像待在一间没有灯的暗室里，即使有眼睛也跟盲人没什么两样。难怪他们找不到路，问不着人，往往半途而废的有很多，差之毫厘而谬之千里的人也不在少数。

原文

尝怪天地之间有一种文字，即有一种文字之法脉准绳，载之于书者，不异耳提面命。独于填词制曲之事，非但略而未详，亦且置之不道。揣摩其故，殆有三焉：

一则为此理甚难，非可言传，止堪意会。想入云霄之际，作者神魂飞越，如在梦中，不至终篇，不能返魂收魄。谈真则易，说梦为难，非不欲传，不能传也。若是，则诚异诚难，诚为不可道矣。吾谓此等至理，皆言最上一乘，非填词之学节节皆如是也，岂可为精者难言，而粗者亦置弗道乎？

一则为填词之理变幻不常，言当如是，又有不当如是者。如填生旦之词，贵于庄雅，制净丑之曲，务带诙谐，此理之常也。乃忽遇风流放佚之生旦，反觉庄雅为非，作迂腐不情之净丑，转以诙谐为忌。诸如此类者，悉难胶柱。恐以一定之陈言，误泥古拘方之作者，是以宁为阙疑，不生蛇足。若是，则此种变幻之理，不独词曲为然，帖括诗文皆若是也。岂有执死法为文而能见赏于人，相传于后者乎？

一则为从来名士以诗赋见重者十之九，以词曲相传者犹不及什一，盖千百人一见者也。凡有能此者，悉皆剖腹藏珠，务求自秘，谓此法无人授我，我岂独肯传人。使家家制曲，户户填词，则无论《白雪》盈车，《阳春》遍世，淘金选玉者未必不使后来居上，而觉糠秕在前。且使周郎①渐出，顾曲者多，攻出瑕疵，令前人无可藏拙，是自为后羿而教出无数逄蒙，环执干戈而害我也，不如仍仿前人，缄口不提之为是。

吾揣摩不传之故，虽三者并列，窃恐此意居多。以我论之：文章者，天下之公器，非我之所能私；是非者，千古之定评，岂人之所能倒？不若出我所有，公之于人，收天下后世之名贤悉为同调。胜我者，我师之，仍不失为起予之高足；类我者，我友之，亦不愧为攻玉之他山。持此为心，遂不觉以生平底里，和盘托出，并前人已传之书，亦为取长弃短，别出瑕瑜，使人知所从违，而不为诵读所误。知我，罪我，怜我，杀我，悉听世人，不复能顾其后矣。但恐我所言者，自以为是而未必果是；人所趋者，我以为非而未必尽非。但矢一字之公，可谢千秋之罚。噫，元人可作，当必贯予。

·注释·

①周郎：即三国周瑜。周瑜精通音乐，时人有“曲有误，周郎顾”民谣，指其能指出曲中的错误。

·译文·

我曾经很奇怪天地之间，但凡有一种文体，就有一种文体的创作法则记载在书本上，读这些书就像老师耳提面命一样。唯独填词作曲这类的事，人们不仅忽略不加详解，而且好像故意把它搁置起来不去讲解似的。我揣摩其中的原因，大概有三点：

第一，填词作曲的规律极难琢磨，不可言传，只能

意会。思想在云霄之际，作者就会神魂飘荡，就像在梦中一样，不到全篇完成，是不能收回心魂的。谈论真实的事物容易，但要解说梦中的事就困难了。并非不想说，而是没办法说出来。这样，就越来越奇异，越来越困难，越来越无法言明了。我所说的这些道理，都是说的最高境界，并非填词作曲的具体方法，也并非每一篇词曲都能这样创作，怎能因为精妙之处无法言语，就连一些粗陋的道理也置之不谈了呢？

第二，填词作曲的规律变化无常，有说是这样，又有说不是这样的。比如说填生角、旦角的唱词，要创作得庄重雅致；净角、丑角的唱词，却务必诙谐幽默，这都是一般的常理。可要是忽然遇上一个风流放荡的生角、旦角，反倒觉得庄重雅致并不适合；而要给那些迂腐执拗的净角、丑角填唱词，就绝不能显得诙谐可笑。诸如此类的情形，都没有什么固定的说法。前人恐怕是担心总结出一定规律后，误导那些拘泥守旧的作者，所以宁愿缺漏，也不愿画蛇添足。这样，这种随人物环境变化而变的道理，不光词曲是这样，诗文书简莫不如此。哪有按照死理创作文章，能够被人们欣赏，并留传后世的？

第三，古往今来的名士，以诗词歌赋见长的占十分之九，靠填词作曲留传后世的还不到十分之一。大概千百人当中才有一个。凡是有能力填词作曲的人，都把创作的诀窍藏在肚子里以求保密，他们会说这些方法当初也没人教过我，我怎会偏偏愿意传授给别人？假使家家户户都能填词作曲，那么即便满大街都是《阳春白雪》之类的典雅之词，也难保证那些挑剔的人不喜新厌旧，将前人的佳作弃如糟糠。并且精通音律的人逐渐增多，难免会被人们指出一些瑕疵，这样就让前人的短处无处可藏了。就好像自己是善射的后羿，却教出了无数个像逢蒙那样的徒弟，最后让他们拿着兵器来伤害自己，这样倒不如仿效前人，对这种事情缄口不提为好。

我揣摩出的填词作曲的方法不传于世的原因，虽然列出了以上三种，但我个人以为最后一个原因居多。

在我看来：文章是天下人共有的，并非个人独自占有的；谁是谁非，由历史去评判，怎会因为个人的意愿而颠倒？这样的话，不如倾尽我所有，公之于众，让天下后世的贤才，都来赶超我。胜过我的，我以他为师，不失为让我进步的高人；和我差不多的，我以他为友，也可以从他那里吸取一些经验教训。抱着这种心态，我就不觉得是在把自己的生平所学全都教给别人了；除此之外，我还对前人传下来的著书进行了筛选，辨别优劣，让人们知道什么该读什么不该读，不要被诵读误导。理解我，怪罪我，怜悯我，攻杀我，悉听尊便，我也就不再顾什么后果了。只是担心我所说的，自己觉得是对的却不一定真对；人们所追求的，我认为不对却不一定都是错的。但只要有一字是对大家有益的，我就可以卸去我的千秋大罪了。唉，元人如果能复生，一定会宽恕我吧。

原文

填词首重音律，而予独先结构者，以音律有书可考，其理彰明较著。自《中原音韵》一出，则阴阳平仄画有塍区，如舟行水中，车推岸上，稍知率由者，虽欲故犯而不能矣。《啸余》《九宫》二谱一出，则葫芦有样，粉本昭然。前人呼制曲为填词，填者，布也，犹棋枰之中画有定格，见一格，布一子，止有黑白之分，从无出入之弊，彼用韵而我叶之，彼不用韵而我纵横流荡之。至于引商刻羽，戛玉敲金，虽曰神而明之，匪可言喻，亦由勉强而臻自然，盖遵守成法之化境也。

至于结构二字，则在引商刻羽之先，拈韵抽毫之

始。如造物之赋形，当其精血初凝，胞胎未就，先为制定全形，使点血而具五官百骸之势。倘先无成局，而由顶及踵，逐段滋生，则人之一身，当有无数断续之痕，而血气为之中阻矣。工师之建宅亦然。基址初平，间架未立，先筹何处建厅，何方开户，栋需何木，梁用何材，必俟成局了然，始可挥斤运斧。倘造成一架而后再筹一架，则便于前者，不便于后，势必改而就之，未成先毁，犹之筑舍道旁，兼数宅之匠资，不足供一厅一堂之用矣。故作传奇[①]者，不宜卒急拈毫，袖手于前，始能疾书于后。有奇事，方有奇文，未有命题不佳，而能出其锦心、扬为绣口者也。尝读时髦所撰，惜其惨淡经营，用心良苦，而不得被管弦、副优孟者，非审音协律之难，而结构全部规模之未善也。

·注释·

①传奇：明代以后对南曲中的长篇戏曲的称呼，区别于北杂剧。

·译文·

填词首先注重音律，我之所以单独把结构放在前面，是因为音律有书可以考察，它的道理也论述得较为清晰。自《中原音韵》一书问世以来，阴阳平仄就被划分了各自的界限，如同船在水中行驶，而车只能在岸上推着走一样，稍稍懂得一些音律知识的人，虽然想故意去违反也做不到。《啸余谱》和《南九宫十三调曲谱》两本曲谱一出现，人们就有了照葫芦画瓢的样子，如同明明白白的粉本一般。前人称作曲为填词，填就是布局的意思，犹如在棋盘之中画着

固定的格子，有一格就下一子，棋子只有黑白的分别，从来没有出入格子的弊病，别人用韵，我就和韵，别人不用韵我便少了顾忌尽情去写。至于确定音韵，使节奏响亮悦耳，虽说多出于灵感，却不可用言语来形容，总的来说也是由勉强为之逐渐发展到自然流畅。大概是遵守既定的规则达到了出神入化的境界。

至于“结构”两个字，则应该在确定音韵之前，拈韵抽毫之始。如同造物主赋予人类形态一样，当他的精血刚刚凝聚，身形还没有确定之前，就事先给他制订了一个整体的形状，使他经过点血就可以具备五官四肢的形态。倘若事先没有全局的构想，而是从头到脚，一段一段地生长，那么人的整个身体就会有许多断痕，那血气就会被中断了。工匠们建造房屋也是这样。地基刚刚平定，屋架还未立起，就先筹划在什么地方建厅堂，在什么地方开门户，用什么木材来做屋柱和大梁。必须要把这些大局问题弄清楚后，才会动工建筑。倘若先造好一架再去筹划建造另一架，造前者时是挺方便的，后者可就不容易了，势必要经过改造才能与前者相配，那样房子还未建成就先毁了。好比把房子建在路旁，花费了建造数栋房子的资金，还不足以供应建造一厅一堂的费用。因此写作传奇的人，不宜急于动笔，只有在动笔前经过深思熟虑，才能在后面奋笔疾书。

有奇特的故事，才会有奇特的文章，没有选题不佳，而能创作出别出心裁、脍炙人口的作品的。我曾读过时人撰写的剧作，为他们的呕心沥血、用心良苦之作不被琴师、演员接受而惋惜，并非是音律审协困难，而是整体结构安排得不好。

原文

词采似属可缓，而亦置音律之前者，以有才技之分也。文词稍胜者，即号才人，音律极精者，终为艺士。师旷①止能审乐，不能作乐；龟年②但能度词，不能制词。使与作乐制词者同堂，吾知必居末席矣。事有极细而亦不可不严者，此类是也。

注释

①师旷：春秋时晋国著名乐师，相传其能从音乐中辨出吉凶。

②龟年：指唐玄宗时著名音乐家李龟年。

译文

文采看似并不十分重要，但我还是把它放在了音律之前，是因为有才子和艺人的区别。文采略好的人便称其为才子；十分精通音律的人终究不过是一名艺人。师旷只会辨别音乐，但不能创作音乐；李龟年也只是能弹唱，却不能作词。要是跟那些会作词、能创作音乐的人坐在一起，我知道我肯定要去坐末席了。有些事虽然细小但不能不严谨地对待，这类事情就是。

戒讽刺

原文

武人之刀，文士之笔，皆杀人之具也。刀能杀人，人尽知之；笔能杀人，人则未尽知也。然笔能杀人，犹有或知之者；至笔之杀人较刀之杀人，其快其凶更加百倍，则未有能知之而明言以戒世者。予请深言其故。

何以知之？知之于刑人之际。杀之与剐，同是一死，而轻重别焉者。以杀止一刀，为时不久，头落而事毕矣；剐必数十百刀，为时必经数刻，死而不死，痛而复痛，求为头落事毕而不可得者，只在久与暂之分耳。然则笔之杀人，其为痛也，岂止数刻而已哉！窃怪传奇一书，昔人以代木铎[①]，因愚夫愚妇识字知书者少，劝使为善，诫使勿恶，其道无由，故设此种文词，借优人说法，与大众齐听。谓善者如此收场，不善者如此结果，使人知所趋避，是药人寿世之方，救苦弭灾之具也。后世刻薄之流，以此意倒行逆施，借此文报仇泄怨。心之所喜者，处以生旦之位，意之所怒者，变以净丑之形，且举千百年未闻之丑行，幻设而加于一人之身，使梨园[②]习而传之，几为定案，虽有孝子慈孙，不能改也。

噫，岂千古文章，止为杀人而设？一生诵读，徒备行凶造孽之需乎？苍颉造字而鬼夜哭，造物之心，未必

非逆料至此也。凡作传奇者，先要涤去此种肺肠，务存忠厚之心，勿为残毒之事。以之报恩则可，以之报怨则不可；以之劝善惩恶则可，以之欺善作恶则不可。

·注释·

①木铎：古代一种用木作铃舌的大铃，宣告政令时召集群众之用，后借指宣扬某种政教学说。

②梨园：唐玄宗精通音律，曾亲自于内廷的梨园当中向宫中艺人教授歌舞，后世于是将戏班子与戏曲业称为梨园。

·译文·

武士手中的刀，文人手中的笔，都是杀人的工具。刀能杀人，这是人尽所知的道理；笔能杀人，人们就不一定都知道了。然而笔能杀人，还有多少知道一些的；但至于笔杀起人来比刀更快更凶，就没有人能知道并且把它提出来告诫世人了。在此就请让我来详细地说说其中的原因吧。

我是怎么知道的呢？是从处决犯人的刑罚中想到的。杀和剐，同样都是一死，但轻重还是有分别的，因为杀头只需一刀，时间不长，脑袋落地就算完成了；但是剐却要割上成百上千刀，前后要经过数个时辰，死去活来，痛上加痛。想死得干脆利落些也办不到，两者的区别只在于时间长短不同而已。然而用笔杀人所引起的痛苦又岂止数个时辰而已呢！我私下里很奇怪，像传奇那样的书籍，前人把它当作宣扬教化的工具。大概是因为老百姓识字读书的不多，劝诫他们除恶行善，没有更好的途径，人们这才创作这种剧本，借优人的口，让大众一起去听。告诉他们行善的人会有怎样的结局，不行善的人会有怎样的下场。让人们知道什么该做什么不该做，这是一种医人救世的良方，消灾除难的工具。但是，后世那些刻薄的人，反其意而行之，借创作这种剧本来发泄个人的恩怨，自己心中喜好的人，就塑造成生、旦这样的角色；心里厌恶的人，就虚构成净角、丑角的形态。并把一些千百年来闻所未闻的丑行，通过虚构的方式加在某一个人身上，再让唱戏的人去排练流传，流传一久几乎就成了定案，虽然有孝子贤孙，也不能再翻案了。

唉，难道流传千古的文章只是为了杀人而作吗？一生的诵读，也只是为了行凶造孽的需要吗？仓颉创造文字，鬼神夜夜哭泣，造物主大概也没料到人们会用文字来杀人吧。凡是创作传奇的人，首先要去掉这种害人杀人的心肠，保留忠厚之心，不要做残忍歹毒之事。用它来报恩是可以的，用它来报怨则是不可以的；用它来劝人们去行善惩恶是可以的，用它来欺善作恶则是不可以的。

原文

人谓《琵琶》一书，为讥王四而设。因其不孝于亲，故加以入赘豪门，致亲饿死之事。何以知之？因“琵琶”二字，有四“王”字冒于其上，则其寓意可知也。噫，此非君子之言，齐东野人之语也。凡作传世之文者，必先有可以传世之心，而后鬼神效灵，予以生花之笔，撰为倒峡之词[①]，使人人赞美，百世流芬。传非文字之传，一念之正气使传也。《五经》《四书》《左》《国》《史》《汉》诸书，与大地山河同其不朽，试问当年作者有一不肖之人、轻薄之子厕于其间乎？但观《琵

琶》得传至今，则高则诚之为人，必有善行可予，是以天寿其名，使不与身俱没，岂残忍刻薄之徒哉！即使当日与王四有隙，故以不孝加之，然则彼与蔡邕未必有隙，何以有隙之人，止暗寓其姓，不明叱其名，而以未必有隙之人，反蒙李代桃僵之实乎？此显而易见之事，从无一人辩之。创为是说者，其不学无术可知矣。

予向梓传奇，尝埒誓词于首，其略云：加生旦以美名，原非市恩于有托；抹净丑以花面，亦属调笑于无心；凡以点缀词场，使不岑寂而已。但虑七情以内，无境不生，六合之中，何所不有。幻设一事，即有一事之偶同；乔命一名，即有一名之巧合。焉知不以无基之楼阁，认为有样之葫芦？是用沥血鸣神，剖心告世，倘有一毫所指，甘为三世之喑，即漏显诛，难逋阴罚。此种血忱，业已沁入梨枣[②]，印政寰中久矣。而好事之家，犹有不尽相谅者，每观一剧，必问所指何人。

噫，如其尽有所指，则誓词之设，已经二十余年，上帝有赫，实式临之，胡不降之以罚？兹以身后之事，且置勿论，论其现在者：年将六十，即旦夕就木，不为夭矣。向忧伯道之忧[③]，今且五其男，二其女，孕而未诞、诞而待孕者，尚不一其人，虽尽属景升豚犬，然得此以慰桑榆，不忧穷民之无告矣。年虽迈而筋力未衰，涉水登山，少年场往往追予弗及；貌虽癯而精血未耗，寻花觅柳，儿女事犹然自觉情长。所患在贫，贫也，非病也；所少在贵，贵岂人人可幸致乎？是造物之悯予，亦云至矣。非悯其才，非悯其德，悯其方寸之无他也。

生平所著之书，虽无裨于人心世道，若止论等身，几与曹交食粟之躯[④]等其高下。使其间稍伏机心，略藏匕首，造物且诛之夺之不暇，肯容自作孽者老而不死，犹得徉狂自肆于笔墨之林哉？吾于发端之始，即以讽刺戒人，且若嚣嚣自鸣得意者，非敢故作夜郎，窃恐词人不究立言初意，谬信“琵琶王四”之说，因谬成真。谁无恩怨？谁乏牢骚？悉以填词泄愤，是此一书者，非阐明词学之书，乃教人行险播恶之书也。上帝讨无礼，予其首诛乎？现身说法，盖为此耳。

·注释·

①倒峡之词：出自杜甫《醉歌行》：“词源倒流三峡水，笔阵独扫千人军。”后世比喻文思泉涌，文章气势磅礴。

②梨枣：旧时印书的刻板多用梨木、枣木，所以梨枣为书版的代称。

③伯道之忧：晋代邓攸，字伯道，战乱中带子侄一起逃亡，在难以两全之下为了保全侄子就丢弃了儿子，之后终生无子。伯道之忧指没有儿子的忧虑。

④曹交食粟之躯：《孟子·告子下》载曹交自称说：“交九尺四寸以长，食粟而已。”

·译文·

人们都说《琵琶记》是作者为了讥讽王四而作的。因为他对父母不孝，所以在剧本中添入了他入赘豪门，却让父母饿死等情节。如何知道这一点呢？因为“琵琶”两个字，上面共四个“王”字冒于其上，寓意非常明显。唉，这并非正人君子该说的话，简直是山村野夫在瞎扯。凡是写传世文章的，首先要有传世的思想，这样才能感动鬼神，赠给他生花之笔，写出滔滔不绝的文词，才能人人赞誉、流芳百世。文章流传的并不是文字本身，而是一股正气。“五经”“四书”《左传》《国语》《史记》《汉书》等书，与山河大地同样不朽，你看看它们的作者中是否有一个不肖、轻薄之人呢？只从《琵琶记》流传到今天这点来看，就知道高则诚的品行一定很优良，所以上天才让他的名声流传后世，不与他的肉体一起消亡，他怎么可能是那种残忍、刻薄之人呢！即使当时他和王四有矛盾，从而在剧作中给王四加上不孝的罪名，但他与蔡邕总没有什么怨仇吧，却为什么只暗含仇人的姓，不明着叱责他的名字，反而让没有怨仇的人来蒙受骂名呢？这是显而易见的道理，却从没有人来分辨。编造这种说法的人，不用说也知道是一个不学无术的人。

我以前编印剧本，曾在扉页题词，大意如下：我给生、旦角色加以美名，并不是为了向谁讨好卖乖；给净、丑角色抹上花脸，也只是出于无心的调笑；一切都只是为了活跃戏台，使它不显得冷清罢了。但是应该考虑到人的性情变幻无常，天地之间什么事都有可能发生。你虚构一个故事，就可能有一件事与此相同；你瞎编一个名字，就可能有个人的姓名与它巧合。怎样能让人不去根据这些虚构的情节做出种种对号入座的猜测呢？因此，我面对神灵和世人郑重发誓，如果我在剧本中有一丝一毫暗讽他人的意思，那么我情愿三代都为哑巴，即使能逃过阳世的杀身之祸，也躲不过阴间的惩罚。这样的毒誓早已被刻印成书，印证大千世界很久了。但是，还有许多好事的人不肯相信

这一点，每次看到我的剧本上演，都还要问我是写谁的。

唉，如果我所写的剧本都有所隐喻，那么我发誓已有二十多年了，苍天有眼，随时都会降临的，却为什么不来惩罚我呢？死后的事现在就不去说了，就谈谈我的现状吧：我已近六十岁，即使马上死去，也不算短寿了。过去曾担心没人续接烟火，现在也有了五子、二女，其中或怀孕没生、或生了又怀孕的也不止一个，虽说都是成不了大器的不肖子孙，却也能安慰我的晚年了，我也不必像穷人那样担忧年老时会孤苦无依了。我年纪虽大但精血并没有损耗，登山涉水，年轻人也常常赶不上我；面容虽然清瘦却还没有失去血色，寻花问柳，仍然能够儿女情长。所担忧的只是贫穷，但那并不是疾病；所欠缺的只有富贵，不过富贵又岂是每个人都能有幸获得的？所以说，老天爷是很怜惜我的。但那并不是怜惜我的文才和品行，而是怜惜我心中没什么杂念。

我一生所写的书，虽对世道、人心没什么大的帮助，如仅论其数量，累叠起来几乎也和古代曹交那高大的身躯一样高了。如果我在其中稍藏些心机，想着去谋害别人，那么老天爷要杀我、罚我还怕来不及呢，怎能容自己作孽的人到老不死，还在文坛上纵横驰骋呢？我在一开始，就让人们不要去随意讽刺他人，并且唠唠叨叨地又讲了一大通，显得非常嚣嚣嚷嚷、自鸣得意似的，这并不是要装成夜郎自大的样子，我只怕剧作家们不深究我说此话的本意，盲目听信“琵琶王四”这类说法，弄假成真。谁没有恩怨和牢骚？如果都借填词这种方式来发泄，那么这一本书就不是阐明词学的书，而是教人犯险作恶的书。老天爷追究起责任来，我不就要第一个被杀头吗？我现身说法，正是为了这一点。

立主脑

原文

古人作文一篇，定有一篇之主脑。主脑非他，即作者立言之本意也。传奇亦然。一本戏中，有无数人名，究竟俱属陪宾，原其初心，止为一人而设。即此一人之身，自始至终，离合悲欢，中具无限情由，无穷关目，究竟俱属衍文[①]，原其初心，又止为一事而设。此一人一事，即作传奇之主脑也。然必此一人一事果然奇特，实在可传而后传之，则不愧传奇之目，而其人其事与作者姓名皆千古矣。如一部《琵琶》，止为蔡伯喈一人，而蔡伯喈一人又止为“重婚牛府”一事，其余枝节皆从此一事而生。二亲之遭凶，五娘之尽孝，拐儿之骗财匿书，张大公之疏财仗义，皆由于此。是“重婚牛府”四字，即作《琵琶记》之主脑也。一部《西厢》，止为张君瑞一人，而张君瑞一人，又止为“白马解围”一事，其余枝节皆从此一事而生。夫人之许婚，张生之望配，红娘之勇于作合，莺莺之敢于失身，与郑恒之力争原配而不得，皆由于此。是“白马解围”四字，即作《西厢记》之主脑也。余剧皆然，不能悉指。

后人作传奇，但知为一人而作，不知为一事而作。尽此一人所行之事，逐节铺陈，有如散金碎玉，以作零出则可，谓之全本，则为断线之珠，无梁之屋。作者茫

然无绪，观者寂然无声，无怪乎有识梨园，望之而却走也。此语未经提破，故犯者孔多，而今而后，吾知鲜矣。

·注释·

①衍文：因缮写、刻板、排版错误而多出来的字句。此处指起铺垫、陪衬作用的文字。

·译文·

古人每作一篇文章，肯定就有一个主旨。主旨不是别的，就是作者创作这篇文章所要传达的本意。剧本亦然。一个剧本中，有数不清的角色，不过大多都是些配角，回想作者的初心，只是为了一个人而设定。就是这个人，从头至尾，历经悲欢聚散，其中又夹杂着许多故事情节和过场，终究也都属于陪衬，体会作者的初心，又只是为了写这一件事而设定。这一人一事，就是剧本的主旨。然而这一人一事必须当真

奇特，确实能够流传于后世，这样才不愧对传奇这个称谓，其人其事和作者姓名才能够流芳千古。比如一部《琵琶记》，只为了写蔡伯喈一个人，而写他也仅仅是为了写“重婚牛府”一件事，从这件事中衍生出来了其余情节。父母遭难，赵五娘尽孝，骗子骗财藏信，

张大公仗义疏财，都源于这件事。所以，“重婚牛府”四个字，就是《琵琶记》的主旨。又如一部《西厢记》，只为了写张君瑞一个人，写他又只为了写“白马解围”这件事，其余情节均是从这件事衍生出来的。老夫人许婚，张生期望结婚，红娘勇于牵线搭桥，莺莺敢于失身，以及郑恒力争原配而不得，都源于这件事。所以，“白马解围”四个字，是《西厢记》的主旨。其他剧本也都是这样，在此不能一一列举说明。

后人写剧本，一般只知道是为了写一个人，却不知道只能为一件事而写。尽力把这个人所做过的事，一件一件地详细写下来，就像零碎的金玉，用作零花钱倒还行，说是全部的本钱，就像断了线的珍珠、没有大梁的房屋。作者茫然没有头绪，观众也默不作声，就难怪有些人一进到戏场，一看就掉头走了。这话在没说出来之前犯这毛病的人特别多，从今以后，我想会少些了吧。

脱窠臼

原文

“人惟求旧，物惟求新”。新也者，天下事物之美称也。而文章一道，较之他物，尤加倍焉。戛戛乎陈言务去，求新之谓也。

至于填词一道，较之诗赋古文，又加倍焉。非特前人所作，于今为旧；即出我一人之手，今之视昨，亦有间焉。昨已见而今未见也，知未见之为新，即知已见之为旧矣。古人呼剧本为“传奇”者，因其事甚奇特，未经人见而传之，是以得名，可见非奇不传。“新”即“奇”之别名也。若此等情节业已见之戏场，则千人共

见，万人共见，绝无奇矣，焉用传之？是以填词之家，务解“传奇”二字。欲为此剧，先问古今院本中，曾有此等情节与否，如其未有，则急急传之，否则枉费辛勤，徒作效颦之妇。东施之貌未必丑于西施，止为效颦于人，遂蒙千古之诮。使当日逆料至此，即劝之捧心，知不屑矣。

吾谓填词之难，莫难于洗涤窠臼，而填词之陋，亦莫陋于盗袭窠臼。吾观近日之新剧，非新剧也，皆老僧碎补之衲衣，医士合成之汤药。取众剧之所有，彼割一段，此割一段，合而成之，即是一种“传奇”。但有耳所未闻之姓名，从无目不经见之事实。语云“千金之裘，非一狐之腋[①]”，以此赞时人新剧，可谓定评。但不知前人所作，又从何处集来？岂《西厢》以前，别有跳墙之张珙？《琵琶》以上，另有剪发之赵五娘乎？若是，则何以原本不传，而传其抄本也？窠臼不脱，难语填词，凡我同心，急宜参酌。

·注释·

①千金之裘，非一狐之腋：这里比喻做事情要通过点滴积累。腋，指狐腋下皮毛。裘衣用成千上万的狐腋下皮毛集合而成。

·译文·

“人惟求旧，物惟求新。”新，是对天下事物的美称。文章这类东西，和其他事物相比，更要加倍求异创新。韩愈所说的戛戛乎陈言务去，说的就是要求新。

至于填词作曲这类事，比起诗赋、古文来，更要加倍求新。不仅仅前人的作品，流传到现在算是旧的；就是我一个人所写的，现在看过去的，也是有差别的。昨天已经见到而今天没有见到，即知道没见过的是新的，知道见过的是旧的。古人称剧本为“传奇”，是因为所写的事情都非常奇特，别人没见过，才把它记了下来，从而便得名了，可见没有奇特的事是不会去写剧本的。“新”就是“奇”的别名。如果某个情节已经在戏场中演过，那么千千万万的人都见过了，绝没什么奇特的了，哪用再去写呢？所以剧作家一定要理会“传奇”这两个字的含义。想写一个剧本，必须先问问古今戏场中，是否曾演过类似的情节，如果没有，就赶紧写出来传播它，不然的话，就枉费了一番心血，白白地做了一回效颦的东施。东施的容貌不一定比西施丑，只是因为模仿别人捧心、皱眉，才遭到了后人的嘲讽。如果她当时预料到了这一点，即使大家劝她捧心、皱眉，她也不屑去做的。

我认为填词最难的地方没有比洗涤窠臼更难，而填词最大的毛病没有比盗袭窠臼更鄙陋。我看近来的一些新剧作，都不是什么新戏，都是像老和尚补缀的袈裟，医生配制的汤药一样的混合品。袭取众多剧本所有，这里割一段，那里抄一段，拼凑在一起，就成了一种“传奇”。其中只有人们没听说过的人名，却没有人们不曾见过的事。俗话说：“千金之裘，非一狐之腋”，用这句话来称赞当今人们新作的剧本是最恰当不过的了。但是，前人所写的又是从何处搜集来的呢？难道《西厢记》写出来之前，另外有个跳墙的张珙？《琵琶记》问世以前，另外有个剪发的赵五娘吗？如果是这样，却又为什么不传其原本，而传其抄本呢？不打破旧框架的约束，就谈不上填词，只要同意我这个观点的人，都应该赶快参考斟酌一下。

密针线

原文

编戏有如缝衣，其初则以完全者剪碎，其后又以剪碎者凑成。剪碎易，凑成难，凑成之工，全在针线紧密。一节偶疏，全篇之破绽出矣。每编一折，必须前顾数折，后顾数折。顾前者，欲其照映；顾后者，便于埋伏。照映埋伏，不止照映一人、埋伏一事，凡是此剧中有名之人、关涉之事，与前此后此所说之话，节节俱要想到。宁使想到而不用，勿使有用而忽之。

吾观今日之传奇，事事皆逊元人，独于埋伏照映处，胜彼一筹。非今人之太工，以元人所长全不在此也。若以针线论，元曲之最疏者，莫过于《琵琶》。无论大关节目背谬甚多，如子中状元三载，而家人不知；身赘相府，享尽荣华，不能自遣一仆，而附家报于路人；赵五娘千里寻夫，只身无伴，未审果能全节与否，其谁证之？诸如此类，皆背理妨伦之甚者。再取小节论之，如五娘之剪发，乃作者自为之，当日必无其事。以有疏财仗义之张大公在，受人之托，必能终人之事，未有坐视不顾，而致其剪发者也。然不剪发，不足以见五娘之孝。以我作《琵琶》，《剪发》一折亦必不能少，但须回护张大公，使之自留地步。吾读《剪发》之曲，并无一字照管大公，且若有心讥刺者。据五娘云："前日婆婆没了，亏大公周济。如今公公又死，无钱资送，不好再去求他，只得剪发”云云。若是，则剪发一事乃自愿为之，非时势迫之使然也，奈何曲中云：“非奴苦要孝名传，只为上山擒虎易，开口告人难。”此二语虽属恒言，人人可道，独不宜出五娘之口。彼自不肯告人，何以言其难也？观此二语，不似怼怨大公之词乎？然此犹属背后私言，或可免于照顾。迨其哭倒在地，大公见之，许送钱米相资，以备衣衾棺椁，则感之颂之，当有不啻口出者矣，奈何曲中又云：“只恐奴身死也，兀自没人埋，谁还你恩债？”试问公死而埋者何人？姑死而埋者何人？对埋殓公姑之人而自言暴露[①]，将置大公于何地乎？且大公之相资，尚义也，非图利也，“谁还恩债”一语，不几抹倒大公，将一片热肠付之冷水乎？此等词曲，幸而出自元人，若出我辈，则群口讪之，不识置身何地矣。予非敢于仇古，既为词曲立言，必使人知取法，若扭于世俗之见，谓事事当法元人，吾恐未得其瑜，先有其瑕。人或非之，即举元人借口。乌知圣人千虑，必有一失；圣人之事，犹有不可尽法者，况其他乎？

《琵琶》之可法者原多，请举所长以盖短：如《中秋赏月》一折，同一月也，出于牛氏之口者，言言欢悦；出于伯喈之口者，字字凄凉。一座两情，两情一事，此其针线之最密者。瑕不掩瑜，何妨并举其略。然传奇一事也，其中义理分为三项：曲也，白也，穿插联络之关目也。元人所长者止居其一，曲是也，白与关目皆其所短。吾于元人，但守其词中绳墨[②]而已矣。

·注释·

①暴露：指尸骸无人掩埋，暴露在外。

②绳墨：木匠用来画墨线、矫正曲直的工具。这里指规矩、规则。

编戏就和缝衣一样，开始时要把整匹的布剪成小块，然后又把小块缝成整衣。剪碎时容易，拼凑起来却很难，拼凑的技巧，全在于针线的紧密。一个地方偶然疏忽了，全篇的破绽就都露出来了。每编一折戏时，都要同时兼顾前后好几折。看前，是想与前面有所照应；顾后，是便于后头有所埋伏。照应埋伏，不能仅照应一个人、埋伏一件事，只要是剧中有名有姓的角色、相关联的事件以及前后所说的话，都必须想得周到。宁可想到了不用，也不要需要用时却忽略了它。

我看当今的剧本，事事都比不上元人的杂剧，只有在埋伏照应方面，要比元人稍强一些。这不是因为当今的人们太工巧，而是因为元人的长处不在此处。如果以针线来论，元曲中针线最粗疏的没有超过《琵琶记》的。无论大关还是小节都有许多有违情理的地方，如儿子中状元已三年了，而家里人却不知道；入赘了相府，享尽了荣华富贵，却不能派遣一个奴仆送家信，竟把家信托付给一个过路之人；赵五娘千里寻夫，孤单一人，没有同伴，没有考虑到她是否能保全名节，又有谁能做证呢？诸如此类的描写都是十分不合逻辑推理的。再来看看小的方面，像赵五娘的剪发，应该是作者自己编造的，当日肯定不会发生这种事。因为有仗义疏财的张大公在，受人托付，他一定会帮人帮到底，不可能坐视不管，而让赵五娘剪头发去卖的。但是，不剪头发，就无法突出赵五娘的孝心。让我来写

《琵琶记》，《剪发》这一折也是不能缺少的，但一定要回护张大公，给他留点儿回旋的余地。我读《剪发》这一折时，却没发现有一个字是照顾张大公的，而且还像有心讽刺他似的。据赵五娘说："婆婆前天死了，幸亏张大公帮助。现在公公又死了，我无钱送葬，也不好再去求他，只好剪发去卖。"如果是这样，她剪发是出于自愿的，而不是当时的形势所逼的，可为什么她的唱词中又说："不是我非要留传孝名，只是因为上山打老虎容易，开口求人办事却很困难。"这两句话虽是人人会说的警语，却唯独不适合赵五娘来说。她自己不肯求人，凭什么说它难呢？看看这两句话，不像是在埋怨张大公吗？不过这也还是背后私自说的话，有时也不必计较太多。可是等到她哭倒在地时，大公见了，答应送些钱粮和置备衣衾棺木来帮助她，她应该有说不出口的感激和称颂，可此时唱词又说："只怕我死了也没人埋，谁来还你的债、报你的恩呢？"试问公公死时是谁出钱埋的？婆婆死时又是谁出钱埋的？对帮助埋葬公婆的人却说出这样的话，这把张大公看成是什么人了呢？大公帮助她是出于义气，并非图利，"谁还恩债"这句话，不是把张大公的一片热心全扔进凉水里了吗？这种台词，幸亏是出自元人的笔下，要是我们现在的人写的，还不被众人骂得没地方可停留了。我不是要和古人过不去，既然要探讨词曲之学，就一定要使人懂得学习的方法，如果碍于世俗的观点，认为样样都得学习元人，我怕人们没学到人家优点之前，就把别人的缺点学来了。有人反驳这一点，便拿元人来当作挡箭牌。哪里知道圣人千虑，必有一失；圣人都还有不能全部学习的地方，何况其他人呢？

《琵琶记》原本也有许多值得学习的地方，现在让我来举出它的优点，以盖过它的缺点。比如《中秋赏月》一折戏中，同一个月亮，牛小姐说得句句欢快；蔡伯喈却说得字字凄凉。同坐一桌，却各怀心事，而这两种心事又都是由月亮这一事物引发的，这正是《琵琶记》中针线最严密的地方。缺点无法掩盖住优点，何妨略举其失误之处。剧本这件事，义理可分为三类：唱词、说白和起穿针引线作用联系前后情节的关目词。元人最擅长的只有唱词这一项，说白和关目词都是他们的短处。我们要向他们学习的，只是他们在唱词写作中所遵循的一些准则。

减头绪

原文

头绪繁多，传奇之大病也。《荆》《刘》《拜》《杀》（《荆钗记》《刘知远》《拜月亭》《杀狗记》）之得传于后，止为一线到底，并无旁见侧出之情。三尺童子观演此剧，皆能了了于心，便便于口，以其始终无二事，贯串只一人也。后来作者不讲根源，单筹枝节，谓多一人可增一人之事。事多则关目亦多，令观场者如入山阴道中[①]，人人应接不暇。殊不知戏场脚色，止此数人，便换千百个姓名，也只此数人装扮，止在上场之勤不勤，不在姓名之换不换。与其忽张忽李，令人莫识从来，何如只扮数人，使之频上频下，易其事而不易其人，使观者各畅怀来，如逢故物之为愈乎？作传奇者，

能以“头绪忌繁”四字刻刻关心，则思路不分，文情专一，其为词也，如孤桐劲竹，直上无枝，虽难保其必传，然已有《荆》《刘》《拜》《杀》之势矣。

·注释·

①如入山阴道中：指景色优美，让人目不暇接。这里指情节人物繁多复杂，让人摸不着头脑。《世说新语·言语》载：“王子敬（王献之）云：‘从山阴道上行，山川自相映发，使人应接不暇。’”山阴，今浙江绍兴。

·译文·

头绪太多，是剧本创作中的一大毛病。《荆钗记》《刘知远》《拜月亭》《杀狗记》之所以能流传于世，是因为它们都是一条线索贯串到底，没有旁生出别的情节，戏里始终只有一件事，并且是由一个人来贯串的。三岁小孩看了这些戏，心里也能明白，嘴上能说出个所以然来。后世的作者们不讲根源，只想着安排情节，认为增加一个人便可以增加一个人的事。事一多，关目也就多了，结果弄得观众如同坠入云雾之中，个个应接不暇。他们却不知道戏场里能扮演角色的就只有那么几个人，就是换了千百个姓名，也还是这几个人来扮演，只存在上场勤不勤、姓名换不换的区别。与其让他们一会儿扮张三，一会儿扮李四，让人不知道是从哪儿冒出来的，还不如让他们就只扮演几个人，让他们频繁地上上场，变化情节却不变换角色，让观众畅怀观赏，就像遇到了老朋友一般，岂不更好？编写剧本的人，如能时时记住“头绪忌繁”这四个字，就能做到思路不被别的事情扰乱，全神贯注于著作，他写出的剧本也就能像梧桐树和劲竹那样直冲云天而没有旁枝，虽不一定保证能流传后世，却已有了《荆钗记》《刘知远》《拜月亭》和《杀狗记》等优秀剧作那样的恢宏气势了。

戒荒唐

原文

昔人云："画鬼魅易，画狗马难。"以鬼魅无形，画之不似，难于稽考；狗马为人所习见，一笔稍乖，是人得以指摘。可见事涉荒唐，即文人藏拙之具也。而近日传奇独工于为此。噫，活人见鬼，其兆不祥，矧[①]有吉事之家，动出魑魅魍魉[②]为寿乎？移风易俗，当自此始。吾谓剧本非他，即三代以后之《韶》《濩》也。殷俗尚鬼，犹不闻以怪诞不经之事被诸声乐，奏于庙堂，矧辟谬崇真之盛世乎？王道本乎人情，凡作传奇，只当求于耳目之前，不当索诸闻见之外。无论词曲，古今文字皆然。凡说人情物理者，千古相传；凡涉荒唐怪异者，当日即朽。"五经""四书"《左》《国》《史》《汉》，以及唐宋诸大家，何一不说人情？何一不关物理？及今家传户颂，有怪其平易而废之者乎？《齐谐》，志怪之书也，当日仅存其名，后世未见其实。此非平易可久、怪诞不传之明验欤？人谓家常日用之事，已被前人做尽，穷微极隐，纤芥无遗，非好奇也，求为平而不可得也。予曰：不然。世间奇事无多，常事为多；物理易尽，人情难尽。有一日之君臣父子，即有一日之忠孝节义。性

之所发，愈出愈奇，尽有前人未作之事，留之以待后人。后人猛发之心，较之胜于先辈者。

即就妇人女子言之，女德莫过于贞，妇愆无甚于妒。古来贞女守节之事，自剪发、断臂、刺面、毁身，以至刎颈而止矣。近日矢贞之妇，竟有刲肠剖腹，自涂肝脑于贵人之庭以鸣不屈者；又有不持利器，谈笑而终其身，若老衲高僧之坐化者。岂非五伦以内，自有变化不穷之事乎？古来妒妇制夫之条，自罚跪、戒眠、捧灯、戴水，以至扑臀而止矣。近日妒悍之流，竟有锁门绝食，迁怒于人，使族党避祸难前，坐视其死而莫之救者；又有鞭扑不加，囹圄不设，宽仁大度，若有刑措之风，而其夫慑于不怒之威，自遣其妾而归化者。岂非闺阃[3]以内，便有日异月新之事乎？此类繁多，不能枚举。此言前人未见之事，后人见之，可备填词制曲之用者也。即前人已见之事，尽有摹写未尽之情、描画不全之态。若能设身处地，伐隐攻微，彼泉下之人，自能效灵于我，授以生花之笔，假以蕴绣之肠，制为杂剧，使人但赏极新极艳之词，而意忘其为极腐极陈之事者。此为最上一乘，予有志焉，而未之逮也。

注释

①矧：况且，何况。

②魑魅魍魉：传说中的妖魔鬼怪。

③闺阃：妇女居住的内室，也指夫妇之间。

古人说："画鬼和魅容易，画狗和马难。"这是因为鬼魅没有特定的形体，画得不像，也难以去核实；狗和马却是人们常见的，有一笔画得不像，人们就会指责。由此可见，把事情写得荒唐是文人掩藏自己缺陷的工具。然而现在的剧本，却偏偏在这上面下功夫。唉，活人见鬼是不祥的预兆，哪有办喜事的人家会请鬼怪来祝寿的呢？移风易俗，应当从此事开始。我所说的剧本不是别的，就是三代以后的《韶》乐和《濩》乐。殷代的风俗崇尚鬼神，但也没听说过把荒诞不经的事谱进乐曲、在宫廷里演奏的，何况当今尊奉儒家为正统的盛世呢？王道源于人情，凡是创作剧本，只该从眼见耳闻的事情中选取素材，不应当追索见闻之外的荒诞情节。不仅是戏曲，古今的文学作品都是这样。凡是表现人情物理的，就会世代相传；凡是关于荒唐鬼怪的，当天便会消亡。"五经""四书"《左传》《国语》《史记》《汉书》，以及唐宋八大家的著作，哪一样不是说人情物理的？到现在还家传户诵，有人埋怨它们平淡无奇而废弃了吗？《齐谐》，是记载鬼神的书，当时仅保存了书目，后人没见过它的内容。这不是写得平淡可长久流传、写得离奇却不会流传的明证吗？人们认为家常日用的一些事，已被前人写尽了，极小极细的情节也都被写过了，丝毫没有遗漏，并不是喜欢怪奇，而是实在想写平常事也没得写了。我说：这种说法是不对的。世界上奇异之事不多，平常事却很多；道理容易讲尽，人情却是难以穷尽的。有一天的君臣父子，就应讲究一天的忠孝节义。事物依其本性生发，越来越奇特，肯定会有前人没写过的事情留着等后人去写，后人发愤之心是要超过前人的。

就拿女人来说吧，女子的德行最重要的是贞节，妇人最大的罪过是忌妒。自古以来，贞女守节的故事，从剪发、断臂、刺面、毁身，以至自杀，也就到头了。最近有一个立志保持贞节的女子，竟

然挖肠剖腹，死在权势人家中以表示不屈从；还有人不用凶器自伤，谈笑之中坦然地死去，就和得道的高僧坐化一样。这难道不是说五伦之中，也会发生大量千变万化的事情吗？以前妒妇惩罚丈夫的方法，从罚跪、不让睡觉、捧灯、顶水碗，到打屁股也就到头了。最近却有一位悍妇，竟将丈夫锁在房中不给吃饭，并迁怒于族中之人，使他们为避祸难而难以上前劝解，眼睁睁地看着她丈夫饿死，却没办法救他；还有人既不打骂，也不关押，非常宽厚大度，大有废弃刑罚的古风，不发怒也让丈夫怕得要命，自动遣返小老婆，甘心受她管制。这难道不是说闺阃之内也会有许多新奇之事发生吗？类似的事情很多，在此不能一一列举。这也就是说，前人没见过的事，后人见了，就可以用来当作写剧本的素材。即使是前人见过的，也还有许多没写尽的情感和形态。如果能身临其境，挖掘出值得写的细微小事，那么死去的人也能帮助我，送给我一支生花妙笔，借给我蕴绣之肠，把它写成剧本，让人们只注意欣赏华丽的言辞，而忘掉这是一个老掉牙的故事。这是创作剧本的最高境界，我有这个志向，却没能实现。

词采第二

原文

曲与诗余[①]，同是一种文字。古今刻本[②]中，诗余能佳而曲不能尽佳者，诗余可选而曲不可选也。诗余最

短，每篇不过数十字，作者虽多，入选者不多，弃短取长，是以但见其美。曲文最长，每折必须数曲，每部必须数十折，非八斗长才，不能始终如一。微疵偶见者有之，瑕瑜并陈者有之，尚有踊跃于前，懈弛于后，不得已而为狗尾貂续者亦有之。演者观者既存此曲，只得取其所长，恕其所短，首尾并录。无一部而删去数折，止存数折，一出而抹去数曲、止存数曲之理。此戏曲不能尽佳，有为数折可取而挈带全篇，一曲可取而挈带全折，使瓦缶与金石齐鸣者，职是故也。

予谓既工此道，当如画士之传真，闺女之刺绣，一笔稍差，便虑神情不似；一针偶缺，即防花鸟变形。使全部传奇之曲，得似诗余选本，如《花间》《草堂》诸集，首首有可珍之句，句句有可宝之字，则不愧填词之名，无论必传，即传之千万年，亦非侥幸而得者矣。

吾于古曲之中，取其全本不懈、多瑜鲜瑕者，惟《西厢》能之。《琵琶》则如汉高用兵，胜败不一，其得一胜而王者，命也，非战之力也。《荆》《刘》《拜》《杀》之传，则全赖音律。文章一道，置之不论可矣。

·注释·

①诗余：词的别称。因词是由诗发展而来并被认为是诗的降一格的文学式样，故称“诗余”。

②刻本：就是版本类型。这里指用木刻板印成的书籍。

·译文·

曲和词，是同一类别的文字。从古至今的刻本中，词好而曲却不一定好，因为词能选集而曲无法选集。词最短，每篇也就几十个字，作者虽然多，入选的作品却寥寥无几，选取好的、舍弃差的，所以见到的都是精品。曲文最长，每折都要有好几支曲子，每部戏又要有几十折，没有才高八斗，是不能自始至终都写得好的。偶尔出现些小瑕疵的情况有，优缺点并存的情况有，前面积极后面懈怠，不得已狗尾续貂的现象也有。演员和观众既然保留了这些剧本，只能是吸取它的长处，谅解它的短处，连头带尾一块儿保留。没有将一个剧本删去几折、留下几折，或者一出戏中删去几支曲子、留下几支曲子的道理。因此，一部戏曲并不是处处都好，只要有几折不错就可以用来统领全剧，一支曲子好就可以用来统领全折，让瓦石和金玉一齐作响，就是基于这个缘故。

我认为既然想干这一行，就应该像画家画肖像，闺女刺绣一样，一笔不行就会担忧画得不像，一针刺歪就要防止所绣花鸟变形。让整部剧作的曲子，都像《花间集》《草堂集》等收集的词一样，每首都有警句，每一句都有妙字，也就不愧于“填词”这个名称了，不用说肯定会传世，就是传上千万年，也不是什么侥幸而得的事。

我想从古典剧作中挑选全剧剧情紧凑、优点多而缺点少的，只有《西厢记》当之无愧。《琵琶记》就像汉高祖刘邦用兵一样，胜负不定，他打胜了一次就当上了皇帝，是因为命好，而不是因为打仗打得好。《荆钗记》《刘知远》《拜月亭》《杀狗记》等戏剧的流传，却全是靠音律方面的成就。至于文章一道，可以置之不论。

贵显浅

原文

曲文之词采，与诗文之词采非但不同，且要判然相反。何也？诗文之词采，贵典雅而贱粗俗，宜蕴藉而忌分明。词曲不然，话则本之街谈巷议，事则取其直说明言。凡读传奇而有令人费解，或初阅不见其佳，深思而后得其意之所在者，便非绝妙好词，不问而知为今曲，非元曲也。

元人非不读书，而所制之曲，绝无一毫书本气，以其有书而不用，非当用而无书也。后人之曲则满纸皆书矣。元人非不深心，而所填之词，皆觉过于浅近，以其深而出之以浅，非借浅以文其不深也，后人之词则心口皆深矣。无论其他，即汤若士《还魂》一剧，世以配飨元人，宜也。问其精华所在，则以《惊梦》《寻梦》二折对。予谓二折虽佳，犹是今曲，非元曲也。《惊梦》首句云："袅晴丝，吹来闲庭院，摇漾春如线。"以游丝一缕，逗起情丝，发端一语，即费如许深心，可谓惨淡经营矣。然听歌《牡丹亭》者，百人之中有一二人解出此意否？若谓制曲初心并不在此，不过因所见以起兴，则瞥见游丝，不妨直说，何须曲而又曲，由晴丝而说及春，由春与晴丝而悟其如线也？若云作此原有深心，则恐索解人不易得矣。索解人既不易得，又何必奏

之歌筵，俾雅人俗子同闻而共见乎？其余“停半晌，整花钿，没揣菱花，偷人半面”及“良辰美景奈何天，赏心乐事谁家院”“遍青山，啼红了杜鹃”等语，字字俱费经营，字字皆欠明爽。此等妙语，止可作文字观，不得作传奇观。至如末幅“似虫儿般蠢动，把风情扇”与“恨不得肉儿般团成片也，逗的个日下胭脂雨上鲜”，《寻梦》曲云：“明放着白日青天，猛教人抓不到梦魂前”“是这答儿压黄金钏匾”此等曲，则去元人不远矣。

·译文·

戏曲的文采和诗歌的文采非但不同，甚至可以说是完全相反。为什么呢？诗歌的语言，讲究典雅、庄重而非鄙薄粗俗，讲究含蓄而忌讳直露其意。戏曲却不同，它的语言来自街谈巷议，叙事要平铺直叙，简单明白。凡是让人读着费解，或者是开始看不出好，经过一番考虑后才能理解出意境的剧本，都不是什么好剧本，不用问就知道是当代人写的，而不是元代的杂剧。

元人并非不读书，但所写的剧本，没有一丝书卷气，是因为他们有书但没用，而不是要用时没有。后人写的剧本，满纸都是书上的话。元人并非不用心构思，他们所写的剧本都让人觉得非常浅显，是因为他们深入浅出，不是用来掩饰自己的学问不深。后人的剧本就连思想带语言都是深奥的。不说其他的，就说汤显祖的《还魂记》吧，世人都认为它可以和元代的杂剧相提并论，是合适的。但问它的精华所在，大家都会回答是《惊梦》《寻梦》两折。我认为这两折虽好，也还是现在的剧本，不是元代的杂剧。《惊梦》这折戏中，一开始杜丽娘就唱道：“袅晴丝，吹来闲庭院，摇漾春如线。”用一缕游思，引出情丝，这第一句就费了许多心思，可以说是惨淡经营。然而，听《牡丹亭》这部戏的人，一百个人中能有一两个懂得这句话的意思吗？如果说作者的动机并不在于此，他只不过是看见了这种情境才产生了灵感，那也不妨直说见到了晴天中的游丝，又何必曲曲折折地由晴丝说到春天，又由春天和晴丝悟出它像丝线一样呢？如果说这样写本来就是有深意的，那么恐怕人们就不容易理解了。既然不易被理解，又何必在歌筵上表演让雅士、俗人一块儿来欣赏呢？其他的像“停半晌，整花钿，没揣菱花，偷人半面”和“良辰美景奈何天，赏心乐事谁家院”，以及“遍青山，啼红了杜鹃”等语句，字字都费了不少功夫，可字字都不够简洁明了。这些妙句，只能当文章看，不能当剧本读。至于最后一句“似虫儿般蠢动，把风情扇”和“恨不得肉儿般团成片也，逗的个日下胭脂雨上鲜”，《寻梦》一折中的“明放着白日青天，猛教人抓不到梦魂前”“是这答儿压黄金钏匾”，这些曲词就离元人不远了。

原文

而予最赏心者，不专在《惊梦》《寻梦》二折，谓其心花笔蕊，散见于前后各折之中。《诊祟》曲云：“看你春归何处归，春睡何曾睡，气丝儿怎度的长天日。”“梦去知他实实谁，病来只送得个虚虚的你。做行云先渴倒在巫阳会。”“又不是困人天气，中酒心期，魆魆的常如醉。”“承尊觑，何时何日来看这女颜回?”《忆女》曲云：“地老天昏，没处把老娘安顿。”“你怎撇得下万里无儿白发亲。”“赏春香还是你旧罗裙。”《玩真》曲云：“如愁欲语，只少口气儿呵。”“叫的你喷嚏似天花唾。动凌波，盈盈欲下，不见影儿那。”此

等曲，则纯乎元人，置之“百种”前后，几不能辨，以其意深词浅，全无一毫书本气也。

若论填词家宜用之书，则无论经传子史以及诗赋古文，无一不当熟读，即道家佛氏、九流百工之书，下至孩童所习《千字文》《百家姓》，无一不在所用之中。至于形之笔端，落于纸上，则宜洗濯殆尽。亦偶有用着成语之处，点出旧事之时，妙在信手拈来，无心巧合，竟似古人寻我，并非我觅古人。此等造诣，非可言传，只宜多购元曲，寝食其中，自能为其所化。而元曲之最佳者，不单在《西厢》《琵琶》二剧，而在《元人百种》之中。“百种”亦不能尽佳，十有一二可列高、王之上，其不致家弦户诵，出与二剧争雄者，以其是杂剧而非全本，多北曲①而少南音②，又止可被诸管弦，不便奏之场上。今时所重，皆在彼而不在此，即欲不为纨扇之捐，其可得乎？

·注释·

①北曲：古代对北方各种散曲、杂剧的总称。

②南音：即南曲，是不同于北曲的各种曲调的总称。

·译文·

我最欣赏的，并不仅仅是《惊梦》和《寻梦》两折戏，我认为它的精华散见在前后各折之中。《诊祟》一折中有曲词：“看你春归何处归，春睡何曾睡，气丝儿，怎度的长天日。”“梦去知他实实谁，病来只送得个虚虚的你。做行云，先渴倒在巫阳会”。“又不是困人

天气，中酒心期，魆魆的常如醉”。“承尊觑，何时何日，来看这女颜回”？《忆女》一折的曲词有：“地老天昏，没处把老娘安顿。”“你怎撇得下万里无儿白发亲。”“赏春香还是你旧罗裙。”《玩真》一折中的曲词有：“如愁欲语，只少口气儿呵。”“叫的你喷嚏似天花唾。动凌波，盈盈欲下，不见影儿那”。这些曲词，都纯粹是元人的语气，把它们放在《元人百种》中，几乎不能辨别出来，因为它们意义深远，语句却很浅显，没有一丝书卷气。

如果要谈论剧作家适宜引用的书籍，则经书、传记、诸子和史书以及诗赋古文，没有一个不应当熟读，即使是道家著作、佛经、九流和百工的著作，下到儿童学习的《千字文》《百家姓》，没有一本不在所采用的书中。至于把它写在笔端、落在纸上时，则应当把书本气洗濯干净。有时也偶尔有要用上成语，使用典故的时候，妙处在于随手拿来就能用上，无心巧合，倒像是古人找上了我，而不是我去找他的。这种造诣，不能用言语来表达，只能多买几本元代的杂剧，废寝忘食地攻读，自然就能消化领会的。元曲中最好的词曲，不单在《西厢记》和《琵琶记》两剧中，而在于《元人百种》之中。《元人百种》中也不都是好的，其中十分之一二可以说高于高则诚和王实甫之上，它们没有被人们传诵，和《西厢记》《琵琶记》争锋，是因为它们是杂剧而不是全本戏，并且北方的曲调较多，而南方的曲调较少，又只能配乐歌唱，不适于在戏台上演唱。现在人们看重的都是南曲，而不是北曲，即使不想抛弃它们，可能吗？

重机趣

原文

"机趣"二字，填词家必不可少。机者，传奇之精神；趣者，传奇之风致。少此二物，则如泥人土马，有生形而无生气。因作者逐句凑成，遂使观场者逐段记忆，稍不留心，则看到第二曲，不记头一曲是何等情形，看到第二折，不知第三折要作何勾当。是心口徒劳，耳目俱涩，何必以此自苦，而复苦百千万亿之人哉？故填词之中，勿使有断续痕，勿使有道学气。所谓无断续痕者，非止一出接一出，一人顶一人，务使承上接下，血脉相连，即于情事截然绝不相关之处，亦有连环细笋伏于其中，看到后来方知其妙，如藕于未切之时，先长暗丝以待，丝于络成之后，才知作茧之精，此言机之不可少也。

所谓无道学气者，非但风流跌宕之曲、花前月下之情，当以板腐为戒，即谈忠孝节义与说悲苦哀怨之情，亦当抑圣为狂，寓哭于笑，如王阳明[1]之讲道学，则得词中三昧矣。阳明登坛讲学，反复辩说"良知"二字，一愚人讯之曰："请问'良知'这件东西，还是白的？还是黑的？"阳明曰："也不白，也不黑，只是一点带赤的，便是良知了。"照此法填词，则离合悲欢，嬉笑怒骂，无一语一字不带机趣而行矣。予又谓填词种子，要

在性中带来，性中无此，做杀不佳。人问：性之有无，何从辨识？予曰：不难，观其说话行文，即知之矣。说话不迂腐，十句之中，定有一二句超脱，行文不板实，一篇之内，但有一二段空灵，此即可以填词之人也。不则另寻别计，不当以有用精神，费之无益之地。

噫，"性中带来"一语，事事皆然，不独填词一节。凡作诗文书画、饮酒斗棋与百工技艺之事，无一不具夙根，无一不本天授。强而后能者，毕竟是半路出家，止可冒斋饭吃，不能成佛作祖也。

·注释·

①王阳明：即王守仁，字伯安，自号阳明子，世称"阳明先生"，明代哲学家、思想家。

·译文·

"机趣"这两个字，是剧作家不能缺少的。机，就是剧作的精神；趣，便是剧作的风致。少了这两样东西，剧作就会像泥人、土马，有外形却没有生气。因为作者是一句一句拼凑成的，就只能让观众一段一段地去记，稍不留神，看到第二曲时就忘了第一曲讲了些什么，看到第二折时也不知道第三折要发生些什么。这样枉费心思和口舌，耳朵和眼睛都会疲乏不堪，为什么要自找苦吃，又让百千万亿观众跟着受罪呢？所以写剧本时不要出现断节，不要有学究味。所说的没有断节，并不仅仅指一出接着一出，一人接着一人，而是要上下相承，血脉相连，即使在毫无关系的情节之中，也要紧扣连环、暗埋伏笔，让观众看到后面才恍然大悟，体会到其中的精妙，这好比藕在未切开的时候，里面早已暗暗地长出了丝，当丝缠好了之后，才知道蚕茧的精妙，这是讲“机”不可缺少的。

所谓没有学究味，并非指风流跌宕的曲词、花前月下的情节，而是说不要呆板迂腐，即使是谈论忠孝节义之事和诉说悲苦哀怨之情，也要狂放不羁，寓哭于笑，就像王阳明讲解儒学一样，才算掌握了剧本创作的诀窍。有一次王阳明登台讲学，反复解释“良知”这两个字，有一个笨人问他道：“请问‘良知’这个东西，是白的还是黑的？”王阳明回答：“既不是白的，也不是黑的，只是一点儿带红的，就是良知了。”照这种方法来写剧本，那么悲欢离合、嬉笑怒骂，就不会有一字一句不带机趣了。我还认为写作剧本的能力是先天生成的，如果没有天赋，就不可能写好。有人问：有没有天赋，怎样去判断呢？我说：这并不是难事，看他说话、写文章就知道了。说话不迂腐，十句中有一两句显得洒脱，写文章不呆板，一篇文章中有一两段空灵的言语，这人就能够写作剧本了。否则，就应该去干其他事，不要把精力白白地浪费在这上面。

唉，“天赋”这东西，做每种事都是需要的，并不仅仅是写剧本。凡是创作诗文书画、饮酒下棋和各种工艺技术，没有哪样是不需要先天素养的。那些经过努力才学会的，毕竟是半路出家，混碗饭吃是可以的，但要成为名家就不行了。

戒浮泛

原文

词贵显浅之说，前已道之详矣。然一味显浅而不知分别，则将日流粗俗，求为文人之笔而不可得矣。元曲多犯此病，乃矫艰深隐晦之弊而过焉者也。极粗极俗之语，未尝不入填词，但宜从脚色起见。如在花面口中，

则惟恐不粗不俗，一涉生旦之曲，便宜斟酌其词。无论生为衣冠仕宦，旦为小姐夫人，出言吐词当有隽雅舂容[①]之度。即使生为仆从，旦作梅香[②]，亦须择言而发，不与净丑同声。以生旦有生旦之体，净丑有净丑之腔故也。元人不察，多混用之。观《幽闺记》之陀满兴福，乃小生脚色，初屈后伸之人也。其《避兵》曲云："遥观巡捕卒，都是棒和枪。"此花面口吻，非小生曲也。均是常谈俗语，有当用于此者，有当用于彼者。又有极粗极俗之语，止更一二字，或增减一二字，便成绝新绝雅之文者。神而明之，只在一熟。当存其说，以俟其人。

填词义理无穷，说何人肖何人，议某事切某事，文章头绪之最繁者，莫填词若矣。予谓总其大纲，则不出"情景"二字。景书所睹，情发欲言。情自中生，景由外得，二者难易之分，判如霄壤。以情乃一人之情，说张三要像张三，难通融于李四。景乃众人之景，写春夏尽是春夏，止分别于秋冬。善填词者，当为所难，勿趋其易。批点传奇者，每遇游山玩水、赏月观花等曲，见其止书所见、不及中情者，有十分佳处，只好算得五分，以风云月露之词，工者尽多，不从此剧始也。善咏物者，妙在即景生情。如前所云《琵琶·赏月》四曲，同一月也，牛氏有牛氏之月，伯喈有伯喈之月。所言者月，所寓者心。牛氏所说之月，可移一句于伯喈，伯喈所说之月，可挪一字于牛氏乎？夫妻二人之语，犹不可挪移混用，况他人乎？人谓此等妙曲，工者有几，强人

以所不能，是塞填词之路也。予曰：不然。作文之事，贵于专一。专则生巧，散乃入愚；专则易于奏工，散者难于责效。百工居肆，欲其专也；众楚群咻，喻其散也。舍情言景，不过图其省力，殊不知眼前景物繁多，当从何处说起？咏花既愁遗鸟，赋月又想兼风。若使逐件铺张，则虑事多曲少；欲以数言包括，又防事短情长。展转推敲，已费心思几许，何如只就本人生发，自有欲为之事，自有待说之情，念不旁分，妙理自出。如发科发甲之人，窗下作文，每日止能一篇二篇，场中遂至七篇。窗下之一篇二篇未必尽好，而场中之七篇，反能尽发所长，而夺千人之帜者，以其念不旁分，舍本题之外，并无别题可做，只得走此一条路也。吾欲填词家舍景言情，非责人以难，正欲其舍难就易耳。

·注释·

①春容：形容雍容畅达。

②梅香：戏剧中婢女的名字，后来统称婢女为梅香。

·译文·

剧本语言讲究浅显的说法，在前面已讲得很详细了。但一味追求浅显而不加以区别对待，就会日渐变得粗俗，再想写得典雅些就不可能了。元曲中有很多都犯了这种毛病，是纠正深奥晦涩的弊端过了头的缘故。很粗俗的言语，也不是不能写进剧本，但要看角色而定。比如说，从丑角嘴里说出的话，只怕他不够粗俗，但生角、旦角的唱词，却要斟酌从事。不说扮演仕人的生角和扮演小姐、夫人的旦角，说出话来要显得雍容典雅。即使是饰演仆从的生角和饰演丫鬟的旦角，也要慎重地选择言语，不能与净角、丑角说同样的话。因为生角、旦角有生角、旦角的讲究，净角、丑角有净角、丑角的腔调。元人没有注意到这一点，大多混乱地运用。看《幽闺记》一剧中的陀满兴福，是小生角色，是开始不得志，后来却发达了的人。他在《避兵》一曲中唱道："遥观巡捕卒，都是棒和枪。"这是花脸的语气，不是小生的唱词。都是常谈俗话，有的该用在此处，有的该用在彼处。也有一些非常粗俗的言语，只要改一两个字，或增减一两个字，就成了十分新鲜文雅的词句。出神入化地运用表达，关键在于熟练地掌握文字。我在此留下这样的说法，留待后人去印证。

填词的义理非常多，谈论什么人，就要像什么人，议论什么事，就要切合什么事，写作时感到头绪最多的文体，就是剧本了。我认为其中的要点，总结起来不出"情景"两个字。景是用来写所看见的事物，情是用来写想说出来的心理感受。情生自心中，景却由身外获得，表达两者的难度，有天壤之别。因为情是一个人的感受，说张三要和张三一样，就不能说他像李四。景却是众人都能看到的，春夏的景色写起来就是春夏的景色，仅仅和秋冬的景色不同。擅长写作剧本的人，要知难而上，不要避难趋易。我评点剧作时，每次遇到游山玩水、赏月观花等类唱词，都看到它只写了景，却没涉及心中感受，本来有十分的好处，也只能算得上五分了，因为关于风云月露的唱词，写得很好的人比较多，并不是从这个剧本才开始写得那么好的。擅长写物的人，妙在能即景生情。如前面提到的《琵琶记·赏月》中的四首唱词，写的是同一个月亮，但牛氏有牛氏的月亮，蔡伯喈有蔡伯喈的月亮。说的都是月亮，反映的却是各自不同的心情。牛氏所说的月亮能换一句来形容蔡伯喈的月亮吗？蔡伯喈所说的月亮能挪一个字来描写牛氏的月亮吗？夫妻两人的言语，尚且不能混合乱用，更何况他人的呢？有人认为没几个人能写得出这么出色的唱词，强迫别人去做没法做的事，这是要阻拦别人写作剧本的路。我说：并不是这样的。写文章，贵在专一。专心则熟能生巧，精力分散就会陷入愚钝；专心便容易成功，精力分散就很难完成。工匠们住在市集上，是想专心干活；众楚群咻，是比喻精力分散的状况。不写情而只写景，只不过是为了偷懒，却不知道眼前景物繁多，该从什么地方写起？想咏花又怕遗忘写鸟，写月亮时却又想着去写风。如果想把每件事都写到，却又担心事多而唱词较少；想用几句话来概括一下，又顾虑事短情长。反复地推敲，就已费去了不少心思，哪里比得上从自己内心出发写自己的感受，有了想做的事，自然也就有想说的感受，心思不分散，灵感自然也就产生了。像那些举人、进士，平时每天只能写一两篇文章，在考场上能写上七篇。平时的一两篇并不一定就都好，而考场上写的文章，反而能充分发挥自己的长处，而能在千百个人中脱颖而出，是因为能集中精力，除了考题之外，没有其他题目可写，只好专心地去写。我想要写作剧本的人不写景而写情，并不是给他们出难题，正是想让他们舍难就易。

忌填塞

原文

填塞之病有三：多引古事，迭用人名，直书成句。其所以致病之由亦有三：借典核以明博雅，假脂粉以见风姿，取现成以免思索。而总此三病与致病之由之故，则在一语。一语维何？曰：从未经人道破；一经道破，则俗语云“说破不值半文钱”，再犯此病者鲜矣。

古来填词之家，未尝不引古事，未尝不用人名，未尝不书现成之句，而所引所用与所书者，则有别焉：其

事不取幽深，其人不搜隐僻，其句则采街谈巷议。即有时偶涉诗书，亦系耳根听熟之语，舌端调惯之文，虽出诗书，实与街谈巷议无别者。总而言之，传奇不比文章。文章做与读书人看，故不怪其深；戏文做与读书人与不读书人同看，又与不读书之妇人小儿同看，故贵浅不贵深。使文章之设，亦为与读书人、不读书人及妇人小儿同看，则古来圣贤所作之经传，亦只浅而不深，如今世之为小说矣。人曰：文人之作传奇与著书无别，假此以见其才也，浅则才于何见？予曰：能于浅处见才，方是文章高手。施耐庵之《水浒》，王实甫之《西厢》，世人尽作戏文小说看，金圣叹[①]特标其名曰“五才子书”“六才子书”者，其意何居？盖愤天下之小视其道，不知为古今来绝大文章，故作此等惊人语以标其目。噫，知言哉！

·注释·

①金圣叹：名采，字若采，明亡后改名人瑞，字圣叹。明末清初著名文学批评家。曾将《离骚》《庄子》《史记》、“杜甫律诗”、《水浒传》与《西厢记》合称“六才子书”，康熙时因哭庙案被杀。

·译文·

填塞的弊病表现在三个方面：大量引用典故，重叠使用人名，直接抄录古书上的语句。导致这种毛病的原因也有三点：借典故来显示自己的渊博，借脂粉来表现风姿，借用现成的文字以免于思考。对这三种毛病及其成因进行总结，只在一句话。是哪一句话呢？我认为是：从未经人道破；一旦被人说破了，就像俗话说的“说破不值半文钱”，再犯这种毛病的人就会很少了。

古时写作剧本的人，并不是不引用典故，也不是不使用人名，不引用现成的语句，而是他们所引用的方式与今人不同：他们引用的典故不选那些深奥难懂的，使用人名也不挑大家没听说过的，引用的语句则来自街谈巷议。即使有时偶尔引用诗书上的，也是些耳根听熟的话，舌端说惯的言论，虽出自诗书，实际上却与街谈巷议没什么区别。总而言之，剧本不同于文章。文章是写给读书人看的，所以不怕它深奥；剧本却是写给读书人和不读书人同看，又和妇女小孩同看的，所以重浅显而不重深奥。如果文章也是写给读书人、不读书人以及妇女小孩同看的，那么古时圣贤所写的经传，也应当是浅显的，就像现在人们写的小说一样。有人说：文人写剧本和著书没有差别，都是为了显示自己的才华，如果写得浅显，那怎么能体现出自己的才华呢？我认为：能在浅显处显露才华，才是写文章的高手。施耐庵写的《水浒传》，王实甫写的《西厢记》，世人都当成小说、戏曲来看，金圣叹却独独标为“五才子书”“六才子书”，他的用意何在呢？大概是对人们小看了其中的道理而感到愤慨，不知道它们是古今以来最好的文章，所以用这种骇世惊人的言语来给它们起标题。唉，这真是个知言之人啊！

音律第三

原文

作文之最乐者，莫如填词，其最苦者，亦莫如填词。填词之乐，详后《宾白》之第二幅，上天入地，作佛成仙，无一不随意到，较之南面百城[①]，洵有过焉者矣。至说其苦，亦有千态万状，拟之悲伤疾痛、桎梏幽囚诸逆境，殆有甚焉者。请详言之。

他种文字，随人长短，听我张弛，总无限定之资格。今置散体弗论，而论其分股、限字与调声叶律者。分股则帖括时文是已。先破后承，始开终结，内分八股，股股相对，绳墨不为不严矣；然其股法、句法，长短由人，未尝限之以数，虽严而不谓之严也。限字则四六排偶之文是已。语有一定之字，字有一定之声，对必同心，意难合掌，矩度不为不肃矣；然止限以数，未定以位，止限以声，未拘以格，上四下六可，上六下四亦未尝不可，仄平平仄可，平仄仄平亦未尝不可，虽肃而实未尝肃也。调声叶律，又兼分股限字之文，则诗中之近体是已。起句五言，则句句五言，起句七言，则句句七言，起句用某韵，则以下俱用某韵，起句第二字用平声，则下句第二字定用仄声，第三、第四又复颠倒用之，前人立法亦云苛且密矣。然起句五言，句句五言，起句七言，句句七言，便有成法可守。想入五言一路，则七言之句不来矣；起句用某韵，以下俱用某韵，起句第二字用平声，下句第二字定用仄声，则拈得平声之韵，上去入三声之韵，皆可置之不问矣；守定平仄、仄平二语，再无变更，自一首以至千百首皆出一辙，保无朝更夕改之令，阻人适从矣。是其苛犹未甚，密犹未至也。

至于填词一道，则句之长短，字之多寡，声之平上去入，韵之清浊阴阳，皆有一定不移之格。长者短一线不能，少者增一字不得，又复忽长忽短，时少时多，令人把握不定。当平者平，用一仄字不得；当阴者阴，换一阳字不能。调得平仄成文，又虑阴阳反复；分得阴阳清楚，又与声韵乖张。令人搅断肺肠，烦苦欲绝。此等苛法，尽勾磨人。作者处此，但能布置得宜，安顿极妥，便是千幸万幸之事，尚能计其词品之低昂，文情之工拙乎？予襁褓识字，总角成篇，于诗书六艺[②]之文，虽未精穷其义，然皆浅涉一过。总诸体百家而论之，觉文字之难，未有过于填词者。予童而习之，于今老矣，尚未窥见一斑。只以管窥蛙见之识，谬语同心；虚赤帜于词坛，以待将来。作者能于此种艰难文字显出奇能，字字在声音律法之中，言言无资格拘挛之苦，如莲花生在火上，仙叟弈于橘中，始为盘根错节之才，八面玲珑之笔，寿名千古，衾影何惭！而千古上下之题品文艺者，看到传奇一种，当易心换眼，别置典刑。要知此种

文字作之可怜，出之不易，其楮墨笔砚非同己物，有如假自他人，耳目心思效用不能，到处为人掣肘，非若诗赋古文，容其得意疾书，不受神牵鬼制者。七分佳处，便可许作十分，若到十分，即可敌他种文字之二十分矣。予非左袒词家，实欲主持公道，如其不信，但请作者同拈一题，先作文一篇或诗一首，再作填词一曲，试其孰难孰易，谁拙谁工，即知予言之不谬矣。然难易自知，工拙必须人辨。

·注释·

①南面百城：管辖许多地方。南面，古时以面朝南坐为尊。

②六艺：即六经，指《诗》《书》《礼》《易》《乐》《春秋》六部儒家经典。

写文章让人感到最快乐的，没哪一样比得上写剧本，让人感到最痛苦的，也没哪一样比得上写剧本。写剧本的乐处，我在本书后面《宾白》的第二篇中详细地谈到了，上天入地，作佛成仙，想做什么就做什么，没一样不称心如愿，比当皇帝还要快活。至于说到它的苦处，也是千形万态，把它比作悲伤病痛、蹲监坐牢等逆境，恐怕也不为过。下面我就详细地谈论谈论。

其他文体，或长或短，总是以自我为主，总之没有限定的格式。现在把散文放在一边，不予讨论，只讨论分股、限字和押韵。分股是用来写八股文的。先破题后承题，开始立论，最后总结，当中分为八股，股股相对应，规矩不能说不严格；但它的股法和句法，是长是短由人自由选择，没有限定字数，所以虽说严格，却也算不得

严格。限字则是针对骈文说的。每句话有一定的字数，每个字有一定的声调，对仗的字必须对齐，这样意思难免会重合，可以说规矩并不能说不严格；但是它只限定了字数，没有限定位置，只限定了声调，没有限定格式，可以上半句四个字、下半句六个字，也可以上半句六个字、下半句四个字，可以仄平平仄，也可以平仄仄平，所以虽然严格，也算不得太严格。押韵，又要求分股限字的文体，是诗歌中的近体律诗。起首一句是五个字，那么每句都是五个字，起首一句是七个字，那么每句都是七个字，起首一句用某韵部，则下面都要用同一韵部，起首一句第二个字用平声，则第二句的第二个字一定要用仄声，第三句、第四句又颠倒过来用，前人规定下来的法度可以说是严格而细密的了。但是，起句五个字，每句就都是五个字，起句七个字，每句都是七个字，这样就有成法可遵守了。想到写五言，就不会冒出来七言的语句；起首句用某一韵部，下面各句都用同一韵部，起首句第二个字用平声，下面一句第二个字一定要用仄声，那么，一旦选择了平声韵，上、去、入三声的韵字都可以不用去管了；只要掌握平仄和仄平这两句话，就没有新的变化了，从一首到千百首，都如出一辙，保证没有朝令夕改、让人无所适从的顾虑。因此就律诗而言，也算不得十分严格细致。

至于填词，则对句子的长短，字数的多少，声调的平、上、去、入，韵部的清浊、阴阳，都有固定的不能更改的格式要求。长的句子不能少一字，短的句子不能增一字，并且忽长忽短，有时少有时多，让人没法把握。应当用平声的一定要用平声，不能用一个仄声字；应当用阴韵的一定要用阴韵，不能换成一个阳韵字。调整好平声、仄声，还要考虑阴韵、阳韵的反复运用；分清楚了阴韵阳韵，又要看看是否和声律相符。这样翻来复去，让人费尽心思，愁苦万分。这样严格的规矩，真够折磨人的。作者在这种情况下，只要能布置得当，安顿适宜，便算是十分幸运的了，哪里还能去计较唱词品味的高低、情节的好坏呢？我在襁褓之中就开始识字，七八岁开始写作，《诗经》《尚书》和六艺里面的文章，虽还没有透彻地理解其中的奥义，但也都读过。读了百家的各种文体，我感觉到创作的困难，没有超过剧本的。我从小就学习它，一直到现在变老了，也没有掌握其中的奥妙。只是把一些粗浅的看法，告诉给同行们；戏剧界的大旗，有待于将来的才俊来树立。作者能在这种艰难的文字创作中显露出奇异的才能，使每个字都合乎声律，每句话都没有格式拘束的苦处，就像莲花生长在火上，仙翁下棋于橘中，才算得上盘根错节之才能，八面玲珑之妙笔，能有这样的文章流芳百世，即使身处困境又有什么可惭愧的呢！古往今来的文艺评论人士，见到剧本时，都应当换副心肠，另外设置一些评判的标准。要知道这种文字创作的困苦，写出来十分不容易，其笔墨纸砚不同于自己的东西，像是借自他人，耳目心思也不够用，到处被人牵制，不像诗、赋、散文可以容你奋笔疾书，不受到神鬼的牵制。七分的好处，就可以给他评为十分，若到了十分，就可以比作是其他文体的二十分了。我并不是想偏袒剧作家，实在是想主持公道，如果有人不相信，就请他选择一个相同的题目，先写一篇文章或一首诗，再填词作曲写一个剧本，试试看哪个难、哪个容易，哪个好、哪个差，就知道我没说错了。但是，哪个难、哪个容易自己是知道的，哪个好、哪个差却必须让别人分辨。

原文

词曲中音律之坏，坏于《南西厢》。凡有作者，当以之为戒，不当取之为法。非止音律，文艺亦然。请详

言之。

填词除杂剧不论，止论全本，其文字之佳，音律之妙，未有过于《北西厢》者。自南本一出，遂变极佳者为极不佳，极妙者为极不妙。推其初意，亦有可原，不过因北本为词曲之豪，人人赞羡，但可被之管弦，不便奏诸场上，但宜于弋阳、四平等俗优，不便强施于昆调，以系北曲而非南曲也。兹请先言其故。

北曲一折，止隶一人，虽有数人在场，其曲止出一口，从无互歌迭咏之事。弋阳、四平等腔，字多音少，一泄而尽，又有一人启口，数人接腔者，名为一人，实出众口，故演《北西厢》甚易。昆调悠长，一字可抵数字，每唱一曲，又必一人始之，一人终之，无可助一臂者，以长江大河之全曲而专责一人，即有铜喉铁齿，其能胜此重任乎？此北本虽佳，吴音不能奏也。作《南西厢》者，意在补此缺陷，遂割裂其词，增添其白，易北为南，撰成此剧，亦可谓善用古人，喜传佳事者矣。

然自予论之，此人之于作者，可谓功之首而罪之魁矣。所谓功之首者，非得此人，则俗优竞演，雅调无闻，作者苦心，虽传实没。所谓罪之魁者，千金狐腋，剪作鸿毛，一片精金，点成顽铁。若是者何？以其有用古之心而无其具也。

今之观演此剧者，但知关目动人，词曲悦耳，亦曾细尝其味，深绎其词乎？使读书作古之人，取《西厢》南本一阅，句栉字比，未有不废卷掩鼻，而怪秽气熏人者也。若曰：词曲情文不浃，以其就北本增删，割彼凑

此，自难贴合，虽有才力无所施也。然则宾白之文，皆由己作，并未依傍原本，何以有才不用，有力不施，而为俗口鄙恶之谈，以秽听者之耳乎？且曲文之中，尽有不就原本增删，或自填一折以补原本之缺略，自撰一曲以作诸曲之过文者，此则束缚无人，操纵由我，何以有才不用，有力不施，亦作勉强支吾之句，以混观者之目乎？使王实甫复生，看演此剧，非狂叫怒骂，索改本而付之祝融[①]，即痛哭流涕，对原本而悲其不幸矣。

·注释·

①祝融：传说中的火神。

剧作中音律的坏，坏在《南西厢》。凡是写作剧本的人，都应当以它为戒，不应把它当作样品模仿。不仅音律方面，文字表达也是一样。下面我就详细地说说。

填词除杂剧以外，只说全本的剧作，文字最好，音律最妙的，没有超过《北西厢》的。自从南本一出，就把最好的变成了最不好的，最妙的变成了最不妙的。推测他最初的立意，也情有可原，因为《北西厢》是剧作中的豪杰，人人称赞佩服，但只能用管弦伴唱，不便上台表演，只适于唱弋阳腔、四平腔，不便勉强去唱昆腔，因为它是北曲而不是南曲。请先让我说说其中的缘故。

北曲的一折戏，只需要一人，虽有几个人上场，曲子却是只由一个人演唱，从来没有反复对唱的现象。弋阳、四平等腔调，字多音少，一泄而尽，并且有一人开口，几个人帮腔的现象，名义上是一个人，实际上却出自众人之口，所以表演《北西厢》十分容易。

昆腔悠长，一个字抵得上几个字，每唱一个曲子，又必须是由一个人从头到尾唱完，不能有一个人帮腔，拿长江、大河一样长的全套曲子，让一个人去唱，即使他有铜喉铁齿，能堪此重任吗？所以《北西厢》虽好，却不能用吴音来表演。《南西厢》的作者，本意是想弥补这个缺陷，于是就割裂《北西厢》的唱词，增加一些说白，把北本改为南本，写成此剧，也可以说是善于沿用古人的作品，喜欢传诵好事的人。

但在我看来，这个人对于王实甫来说，既是功臣也是祸首。说他是功臣，是因为没有他，《北西厢》就会被一些庸俗的优伶争相表演，失去雅致，王实甫的一番苦心虽流传了下来，实际却被人埋没了。说他是罪魁祸首，是因为他将千金的狐腋剪成了鸿毛，将一片纯金变成了顽铁。为什么这样说呢？因为他心有余而力不足，缺少必备的才学。

现在人们看这部戏，只知道其中的情节动人，词曲悦耳，可曾细细地品味，并深究它的唱词呢？让那些擅于读书、学习传统的人把《南西厢》读一遍，梳理它的字句，无不废卷掩鼻，而怪它透出一股熏天的臭气的。有人说：唱词和情节不周全，是因为它由北本增删拼凑而成，自然难于黏合，作者虽有才能却无处发挥。但是其中的宾白都是作者自己写的，并没有按照原文来写，却为什么有才不用、有力不施，而把它写成粗俗的言论，来污染听众的耳朵呢？并且唱词当中也有许多不按原本增删的部分，或者自己写来补充原本缺略的折子，自撰一曲用来作为众唱词的过渡，这些都无人束缚，由自己操纵却为什么有才不用、有力不施，而写了些勉强支吾的话语，来混淆观众的视听呢？如果王实甫复活，看了这部戏，不狂叫怒骂，把删改本付之一炬，也会痛哭流涕，为原本感到悲哀不幸的。

原文

嘻！续《西厢》者之才，去作《西厢》者，止争一间，观者群加非议，谓《惊梦》以后诸曲，有如狗尾续貂。以彼之才，较之作《南西厢》者，岂特奴婢之于郎主[①]，直帝王之视乞丐！乃今之观者，彼施责备，而此独包容，已不可解；且令家尸户祝[②]，居然配飨《琵琶》，非特实甫呼冤，且使则诚号屈矣！予生平最恶弋阳、四平等剧，见则趋而避之，但闻其搬演《西厢》，则乐观恐后。何也？以其腔调虽恶而曲文未改，仍是完全不破之《西厢》，非改头换面、折手跛足之《西厢》也。南本则聋瞽、喑哑、驮背、折腰诸恶状，无一不备于身矣。此但责其文词，未究音律。

从来词曲之旨，首严宫调，次及声音，次及字格。九宫十三调，南曲之门户也。小出可以不拘，其成套大曲，则分门别户，各有依归，非但彼此不可通融，次第亦难紊乱。此剧只因改北成南，遂变尽词场格局：或因前曲与前曲字句相同，后曲与后曲体段不合，遂向别宫别调随取一曲以联络之，此宫调之不能尽合也；或彼曲与此曲牌名巧凑，其中但有一二句字数不符，如其可增可减，即增减就之，否则任其多寡，以解补凑不来之厄，此字格之不能尽符也；至于平仄阴阳与逐句所叶之韵，较此二者其难十倍，诛之将不胜诛，此声音之不能

尽叶也。词家所重在此三者，而三者之弊，未尝缺一，能使天下相传，久而不废，岂非咄咄怪事乎？更可异者，近日词人因其熟于梨园之口，习于观者之目，谓此曲第一当行，可以取法，用作曲谱；所填之词，凡有不合成律者，他人执而讯之，则曰：“我用《南西厢》某折作对子，如何得错！”

噫，玷《西厢》名目者此人，坏词场矩度者此人，误天下后世之苍生者，亦此人也。此等情弊，予不急为拈出，则《南西厢》之流毒，当至何年何代而已乎！

·注释·

①郎主：旧时仆人称呼主人为郎主。

②家尸户祝：家家户户祭拜。这里指《西厢记》受到大众的普遍欢迎，家喻户晓。尸，指古代祭祀时代表死者受祭的活人。祝，主持祭祀的司仪。

·译文·

唉！续《西厢》的作者的才能，和《西厢》的作者只有一步之遥，观众群起非议，认为《惊梦》一折之后的唱词，都像是狗尾续貂。以他的才能，和《南西厢》的作者相比，岂止是奴婢和主人的关系，简直像帝王看待乞丐一般啊！但是现在的观众，对别的都予以责备，却对《南西厢》宽容相待，已让人不可理解；并且让家家户户祭拜，和《琵琶记》相提并论，这不仅仅会让王实甫喊冤，高则诚也会为此叫屈！我生平最讨厌弋阳和四平等戏，见到了就赶快躲到一边去，但是，听说他们要上演《西厢记》，我还是非常想去看看，恐落人后。为什么呢？因为它的腔调虽差，但其中唱词却没有改变，仍然是完整无缺的《西厢记》，而不是被改得千疮百孔、缺胳膊少腿的《西厢记》。而《西厢记》南本本就有聋盲、喑哑、驼背、弯腰等缺陷，没有不集于一身的。这还只是说它的唱词，没有谈到音律方面。

古代词曲的意旨，首先重视宫调，其次是声音，再次是字格。九宫十三调，是南曲的门户。小出的戏可以不受约束，成套的大曲，则要分门别户，各归其类，不仅不能相互通融，连顺序也不能弄乱。《南西厢》只因为是由北曲改编来的，于是把整个剧本的格局都改变了：有的因为前曲和前曲的字句相同，后曲和后曲的体制不相合，就从其他宫调中随便选取一支曲子来联络，这样宫调就没法都完整无缺了；有时彼曲和此曲牌名相同，只有一两句字数不同，如果能增减，就予以增减，使它们相合，不然的话，就任由它或多或少，用来解决补凑不出来的困难，因此，字格也不能全部相符了；至于平仄阴阳和每句押的韵，比这两方面还要难上十倍，删也不能删尽，因为声调不能全押上韵。剧作家所重视的就这三件事，但这三件事的弊病，《南西厢》不曾缺漏一个，却能让天下人相传，久而不废，难道不是咄咄怪事吗？更让人奇怪的是，现在的剧作家因为它被戏班唱熟，观众也经常看，便认为此剧排列第一，可以效仿，用作曲谱；一些人写出来的唱词，凡是有不合乎音律的，别人拿去问他，他就会说："我是根据《南西厢》的某一折写出来的，怎么会错！"

唉！玷污《西厢记》这个剧名的是这个人，破坏剧场规矩的是这个人，误导天下后世之人的也是这个人。此等弊端，如果我不赶紧指出，那么《南西厢》的流毒，要到哪年哪代才能被消除呢！

原文

向在都门，魏贞庵相国取崔郑合葬墓志铭示予，命予作《北西厢》翻本，以正从前之谬。予谢不敏，谓天下已传之书，无论是非可否，悉宜听之，不当奋其死力

与较短长。较之而非，举世起而非我；即较之而是，举世亦起而非我。何也？贵远贱近，慕古薄今，天下之通情也。谁肯以千古不朽之名人，抑之使出时流下？彼文足以传世，业有明征；我力足以降人，尚无实据。以无据敌有征，其败可立见也。时龚芝麓先生亦在座，与贞庵相国均以予言为然。

向有一人欲改《北西厢》，又有一人欲续《水浒传》，同商于予。予曰："《西厢》非不可改，《水浒》非不可续，然无奈二书已传，万口交赞，其高踞词坛之座位，业如泰山之稳、磐石之固，欲遽叱之使起而让席于予，此万不可得之数也。无论所改之《西厢》，所续之《水浒》，未必可继后尘，即使高出前人数倍，吾知举世之人不约而同，皆以'续貂蛇足'四字，为新作之定评矣。"二人唯唯而去。

此予由衷之言，向以诫人，而今不以之绳己，动数前人之过者，其意何居？曰：存其是也。放郑声[①]者，非仇郑声，存雅乐也；辟异端者，非仇异端，存正道也；予之力斥《南西厢》，非仇《南西厢》，欲存《北西厢》之本来面目也。若谓前人尽不可议，前书尽不可毁，则杨朱、墨翟亦是前人，郑声未必无底本，有之亦是前书，何以古圣贤放之辟之，不遗余力哉？

予又谓《北西厢》不可改，《南西厢》则不可不翻。何也？世人喜观此剧，非故嗜痂[②]，因此剧之外别无善本，欲睹崔张旧事，舍此无由。地乏朱砂，赤土为佳，《南西厢》之得以浪传，职是故也。使得一人焉，

起而痛反其失，别出新裁，创为南本，师实甫之意而不必更袭其词，祖汉卿之心而不独仅续其后，若与《北西厢》角胜争雄，则可谓难之又难。若止与《南西厢》赌长较短，则犹恐屑而不屑。予虽乏才，请当斯任，救饥有暇，当即拈毫。

注释

①郑声：春秋时郑国的流行音乐，不同于当时的“雅乐”，后代指俗乐或淫艳、糜烂的音乐。

②嗜痂：嗜好吃病人身上疮痂的怪癖。

译文

我以前待在京城时，相国魏贞庵拿崔郑的合葬墓志铭给我看，让我去创作《北西厢》的改编本，以纠正前人的错误。我辞谢了，认为天下已流传的书，不论是好是坏，都应听任它自己发展，不应该奋力去和它争锋。和它相比，如果写得不好，举世之人都会来非难我；如果写得比它好，举世之人也会群起非难我。为什么这样说呢？贵远贱近，厚古薄今，是天下众人通常的心理。哪个肯把千古不朽的名人，贬抑得连时下之流都不如呢？他写出来的剧作能够传世，这点已有明显的证据了；我的才能足以说服世人，却还没有足够的证据。没有证据和有明证相比，失败是立时可见的。当时龚芝麓先生也在座，

和魏贞庵相国都十分认同我的这番言语。

曾经有个人想改编《北西厢》，还有一个人想续写《水浒传》，都来和我商量。我说：“《西厢记》不是不能改编，《水浒传》也不是不能续写，但是怎奈两书都已流传在世，个个都称赞写得好，它高踞戏剧的顶峰，就如泰山一样稳定、磐石一样牢固，要想很快让它们起而让座给我，这是万万不可预期的。所改编的《西厢记》和所续写的《水浒传》不一定能继其后尘，就算比前人高出数倍，我也知道举世之人会不约而同地用‘续貂蛇足’四个字来评论新作的。”两人连连称是而去。

这是我的肺腑之言，一向用来告诫别人，现在却不用来约束自己，老是数落前人的过错，是何居心呢？我的回答是：为了让那些对的得以保存。孔子所谓“放郑声”，并不是因为仇视它，而是为了让雅乐流传；所谓“辟异端”，并不是因为仇视异端，而是为了让正道传行于世；我大力斥责《南西厢》，也不是因为仇视《南西厢》，而是为了保留《北西厢》的本来面目。如果说前人都不能议论，前代的书本都不能毁，那么杨朱和墨翟也都是前人，郑国的音乐不一定没有底本，有的话就是前代的书本了，为何圣人要不遗余力地去抛弃它、消除它呢？

我还认为《北西厢》不能改编，《南西厢》则不可不翻写。为什么呢？世人喜欢看这部戏，不是因为故意喜欢看不好的剧作，而是由于除了《南西厢》外也没有其他的好剧本，想看崔、张两人的这段故事，除此外别无他径。缺少朱砂的地方，红土也是好的，《南西厢》之所以广泛流传，就在于此。如果有一个人，奋起而痛斥其失，别出新裁，创作出南本《西厢记》，承袭王实甫的本意却不沿用他的唱词，根据关汉卿的想法却又不仅仅续写他的后文，这样去做，要与《北西厢》争锋斗胜当然是难上加难。但如果只是和《南西厢》争长较短，就只怕不屑于去做。我虽然缺乏才学，也要承担起这项责任。等填饱了肚子、有空的时候，我会立即着手去写。

原文

《南西厢》翻本既不可无，予又因此及彼，而有志于《北琵琶》一剧。蔡中郎夫妇之传，既以《琵琶》得名，则“琵琶”二字乃一篇之主，而当年作者何以仅标其名，不见拈弄其实？使赵五娘描容之后，果然身背琵琶，往别张大公，弹出北曲哀声一大套，使观者听者涕泗横流，岂非《琵琶记》中一大畅事？而当年见不及此者，岂元人各有所长，工南词者不善制北曲耶？使王实甫作《琵琶》，吾知与千载后之李笠翁必有同心矣。

予虽乏才，亦不敢不当斯任。向填一折付优人，补则诚原本之不逮，兹已附入四卷之末，尚思扩为全本，以备词人采择，如其可用，谱为弦索[①]新声。若是，则《南西厢》《北琵琶》二书可以并行。虽不敢望追踪前哲，并轡时贤，但能保与自手所填诸曲（如已经行世之前后八种，及已填未刻之内外八种）合而较之，必有浅深疏密之分矣。然著此二书，必须杜门累月，窃恐饥来驱人，势不由我。安得雨珠雨粟之天，为数十口家人筹生计乎？伤哉！贫也。

注释

①弦索：代指北曲。

·译文·

《南西厢》的翻本既然不能没有，我又因此及彼，有志于改编《北琵琶》一剧。蔡中郎夫妻的故事，既然以《琵琶记》为名，则"琵琶"二字就应是全篇的主线，但当初作者为何只标其名，而又不见其实呢？如果赵五娘化妆之后，果然身背琵琶去向张大公告别，弹出一大套哀怨的北曲，让观众涕泪横流，岂非《琵琶记》中的一大畅快之事？但当年没有作出这些曲子，难道是因为元人各有所长，会南词的人不擅长写北曲吗？如果让王实甫写《琵琶记》，我知道他和千年之后的我一定会有同感。

我虽缺乏才学，也不敢不承担这个责任。我曾经写了一折付给优伶，添补高则诚原本的不足，现已附在第四卷的后面，我还想把它扩写为全本，以备词人选用，如果能用上，被谱为北曲。这样的话，《南西厢》和《北琵琶》两书就可以并行于世了。我虽不敢追赶前人的踪迹，或和现在的贤人并驾齐驱，但和自己所写的几个剧本（如已经流传在世的前后八种，和已写成未印刻成书的内外八种）放在一起比较，肯定会有浅深、疏密的区别。但是，写这两本书，必须在家里待上几个月，我怕饥饿到时会来驱使我（去做别的生计），时势不由我安心去写。怎样才能得到下珍珠、谷粟之天，为我的数十口之家筹划生计呢？真让人伤心啊！都是因为贫穷。

恪守词韵

原文

一出用一韵到底，半字不容出入，此为定格。旧曲韵杂出入无常者，因其法制未备，原无成格可守，不足怪也。既有《中原音韵》一书，则犹畛域[1]画定，寸步不容越矣。常见文人制曲，一折之中，定有一二出韵之字，非曰明知故犯，以偶得好句不在韵中，而又不肯割爱，故勉强入之，以快一时之目者也。

杭有才人沈孚中者，所制《绾春园》《息宰河》二剧，不施浮采，纯用白描，大是元人后劲。予初阅时，不忍释卷，及考其声韵，则一无定轨，不惟偶犯数字，竟以寒山、桓欢二韵，合为一处用之，又有以支思、齐微、鱼模三韵并用者，甚至以真文、庚青、侵寻三韵，不论开口闭口，同作一韵用者。长于用才而短于择术，致使佳调不传，殊可痛惜！夫作诗填词同一理也。未有沈休文诗韵以前，大同小异之韵，或可叶入诗中。既有此书，即《三百篇》之风人复作，亦当俯就范围。

李白诗仙，杜甫诗圣，其才岂出沈约下？未闻以才思纵横而跃出韵外，况其他乎！设有一诗于此，言言中的，字字惊人，而以一东、二冬并叶，或三江、七阳互施，吾知司选政者必加摈黜，岂有以才高句美而破格收之者乎？词家绳墨，只在《谱》《韵》二书，合谱合

韵，方可言才，不则八斗难克升合，五车不敌片纸，虽多虽富，亦奚以为?

· 注释 ·

①畛域：指两物之间的界限。

· 译文 ·

一出戏要一韵到底，半个字都不能有出入，这是固定的格局。旧戏用韵杂乱，出入无常，是因为没有形成规矩，没有固定的格式可以遵循，没什么奇怪的。既然有了《中原音韵》一书，则好比划定了疆界，不能越雷池半步。常见文人作曲，一折之中，肯定会有一两个字不押韵，这并不是明知故犯，而是因为偶然想到不在韵中的好句，却又不肯舍弃不用，所以勉强添进来，以快一时之目。

杭州有个叫沈孚中的才子，他所作的《绾春园》和《息宰河》两个剧本，不用华丽的辞藻，纯粹用白描手法，大有元人的遗风。我初读时，爱不释手，等到考察他的声韵时，却发现一点儿定轨也没有，不仅仅是偶犯数字，他竟把寒山、恒欢两韵合在一块儿使用，还把支思、齐微和鱼模三韵一块儿并用，甚至把真文、庚青、侵寻三韵，不论开口闭口，都视作同一韵使用。擅长文采却短于择韵，从而使得佳作不传，实在是可惜啊！作诗和填词是相同的道理。没有沈休文的诗韵以前，大同小异的韵，有时还可以叶入诗中。有了这本书之后，即使《诗经》的作者重新来写，也应当遵守规范。

诗仙李白和诗圣杜甫，他们的才能难道在沈约之下吗？也没听说他们因为才思纵横而跃出韵外，更何况其他人呢！假设现在有一首诗，每句话都非常精妙，每个字都是惊人之语，却以一东、二冬两韵并押，或以三江、七阳两韵互押，我想录选诗集的人也肯定不会收录这首诗，怎会有因才高、句美而被破格收入的现象呢？写剧本的规矩，只在于《谱》和《韵》两本书，合乎谱和韵，才能谈得上才学，否则，八斗之才也难胜过升合之才，五车的佳作也比不上片纸之文，虽然多而富有，又有什么用呢？

凛遵曲谱

原文

曲谱者，填词之粉本，犹妇人刺绣之花样也，描一朵，刺一朵，画一叶，绣一叶，拙者不可稍减，巧者亦不能略增。然花样无定式，尽可日异月新；曲谱则愈旧愈佳，稍稍趋新，则以毫厘之差而成千里之谬。

情事新奇百出，文章变化无穷，总不出谱内刊成之定格。是束缚文人而使有才不得自展者，曲谱是也；私厚词人而使有才得以独展者，亦曲谱是也。使曲无定谱，亦可日异月新，则凡属淹通[①]文艺者皆可填词，何元人、我辈之足重哉？“依样画葫芦”一语，竟似为填词而发。妙在依样之中，别出好歹，稍有一线之出入，则葫芦体样不圆，非近于方，则类乎扁矣。葫芦岂易画者哉！明朝三百年，善画葫芦者，止有汤临川[②]一人，

而犹有病其声韵偶乖、字句多寡之不合者。甚矣，画葫芦之难，而一定之成样不可擅改也。

·注释·

①淹通：精通，贯通。

②汤临川：汤显祖，因其是临川人，故世称汤临川。

·译文·

曲谱是填词的粉本，像妇人刺绣时用的花样一样，描一朵，就刺一朵，画一叶，就绣一叶，笨拙的人不能稍减一针，灵巧的人也不能略增一针。但是，花样并没有定式，尽管日新月异地改变；曲谱却是愈旧愈好，稍稍追求些新的，就会因为毫厘的差错造成千里的谬误。

情节新奇百出，文章变化无穷，却都要受到曲谱定格的束缚。这样束缚文人使其不能尽展才华的，是曲谱；和词人交好使其独展所有才学的，也是曲谱。如果词曲没有固定的谱，也可以日新月异的话，那么，凡是粗通文学的人都能填词，元人和我们又怎会如此看重呢？“依样画葫芦”这句话，竟像是针对填词而说的。妙处在于依样的当中，先分别好坏，稍有一星半点儿的出入，就会使葫芦的形状不圆，不是接近于方，就是类似于扁了。葫芦哪里是容易画的！明朝三百年间，擅长画葫芦的，只有汤显祖一人，而且还有人嫌他的声韵偶尔乖僻、字句的多少前后不符。太难了，画葫芦也是非常难的，因为固定的品样不能擅自更改。

原文

曲谱无新，曲牌名有新。盖词人好奇嗜巧，而又不得展其伎俩，无可奈何，故以二曲三曲合为一曲，熔铸成名，如《金索挂梧桐》《倾杯赏芙蓉》《倚马待风云》之类是也。此皆老于词学、文人善歌者能之，不则上调不接下调，徒受歌者揶揄。然音调虽协，亦须文理贯通，始可串离使合。如《金络索》《梧桐树》是两曲，串为一曲，而名曰《金索挂梧桐》，以金索挂树，是情理所有之事也。《倾杯序》《玉芙蓉》是两曲，串为一曲，而名曰《倾杯赏芙蓉》，倾杯酒而赏芙蓉，虽系捏成，犹口头语也。《驻马听》《一江风》《驻云飞》是三曲，串为一曲，而名曰《倚马待风云》，倚马而待风云之会，此语即入诗文中，亦自成句。凡此皆系有伦有脊之言，虽巧而不厌其巧。竟有只顾串合，不询文义之通塞，事理之有无，生扭数字作曲名者，殊失顾名思义之体，反不若前人不列名目，只以"犯"字加之。如本曲《江儿水》而串入二别曲，则曰《二犯江儿水》；本曲《集贤宾》而串入三别曲，则曰《三犯集贤宾》。又有以"攤破[1]"二字概之者，如本曲《簇御林》本曲《地锦花》而串入别曲，则曰《攤破簇御林》《攤破地锦花》之类，何等浑然，何等藏拙。更有以十数曲串为一曲而标以总名，如《六犯清音》《七贤过关》《九回肠》《十二峰》之类，更觉浑雅。予谓串旧作新，终是填词末着。只求文字好，音律正，即牌名旧杀，终觉新奇可

喜。如以极新极美之名，而填以庸腐乖张之曲，谁其好之？善恶在实，不在名也。

①摊破：唐宋填词用语。指因乐曲节拍的变动引起句法、协韵的变化，突破原来词调的谱式，故称摊破。

曲谱没有新的，曲牌名却有新的。这是因为词人好奇嗜巧，又不能展露自己的才能，没办法，所以把两三支曲子合在一处，加工成名，如《金索挂梧桐》《倾杯赏芙蓉》《倚马待风云》之类就是如此。这都是熟于词学、善歌的文人们做的事；否则，上调不接下调，便会白受歌者的取笑。然而，音调虽协调，也还要文理贯通，才能串离相合。如《金络索》和《梧桐树》这两支曲子，串接成一支曲子，叫作《金索挂梧桐》，因为金索挂在树上，这是情理之中的事。《倾杯序》和《玉芙蓉》这两支曲子，串接成一曲，叫作《倾杯赏芙蓉》，倒杯酒来赏芙蓉花，虽是捏造的，也还是口头语。《驻马听》《一江风》和《驻云飞》这三支曲子，串接为一支曲子，叫作《倚马待风云》，靠着马而等待风云之会，这句话就是写入诗文当中，也能成句的。这些都是有根有据的话，虽是讨巧却不让人觉得讨厌。有些人竟然只顾串接，而不问文义通不通、事理有没有，把几个字强扭在一起作曲名，没法让人从中看出大体意思，倒比不上古人不列名字，只以“犯”加在前面。如本曲是《江儿水》，串入两个别的曲子，就叫作《二犯江儿水》；本曲是《集贤宾》，串入三个别的曲子，就叫作《三犯集贤宾》。还有人是用“摊破”两个字来概括的，如本曲为《簇御林》或《地锦花》，串入别的曲子里面，就叫作《摊破簇御林》和《摊破地锦花》之类，多么贴切，多么巧妙。

还有的是把十几支曲子串接成一曲，标上总的名称，如《六犯清音》《七贤过关》《九回肠》和《十二峰》之类，让人更觉得浑然雅致。我认为串旧作新这一做法只不过是剧本创作中的末着。只要文采好，音律正，就是用旧牌名，也会让人感到新奇可喜。如果用了十分好听的新牌名，而填上庸俗乖僻的歌词，哪个会喜欢呢？好坏要看实际内容，而不在于名称啊。

鱼模当分

原文

词曲韵书，止靠《中原音韵》一种，此系北韵，非南韵也。十年之前，武林陈次升先生欲补此缺陷，作《南词音韵》一书，工垂成而复辍，殊为可惜。予谓南韵深渺，卒难成书。填词之家即将《中原音韵》一书，就平上去三音之中，抽出入声字，另为一声，私置案头，亦可暂备南词之用。然此犹可缓。更有急于此者，则鱼模一韵，断宜分别为二。鱼之与模，相去甚远，不知周德清当日何故比而同之，岂仿沈休文诗韵之例，以元、繁、孙三韵，合为十三元之一韵，必欲于纯中示杂，以存“大音希声[①]”之一线耶？无论一曲数音，听到歇脚处，觉其散漫无归，即我辈置之案头，自作文字读，亦觉字句聱牙，声韵逆耳。倘有词学专家，欲其文字与声音媲美者，当令鱼自鱼而模自模，两不相混，斯

为极妥。即不能全出皆分，或每曲各为一韵，如前曲用鱼，则用鱼韵到底，后曲用模，则用模韵到底，犹之一诗一韵，后不同前，亦简便可行之法也。

自愚见推之，作诗用韵，亦当仿此。另钞元字一韵，区别为三，拈得十三元者，首句用元，则用元韵到底，凡涉繁、孙二韵者勿用。拈得繁、孙者亦然。出韵则犯诗家之忌，未有以用韵太严而反来指谪者也。

①大音希声：语出《老子》："大音希声，大象无形，道隐无名。"意谓最大最美的声音乃是无声之音。

词曲创作所依据的韵书，只有《中原音韵》一种，这是北韵，而不是南韵。十年前，武林的陈次升先生想弥补这个缺陷，创作了《南词音韵》一书，却在快完成时又停了下来，甚是可惜。我认为南韵高深莫测，终究难以写成专著。剧作家可以把《中原音韵》这本书中的平、上、去三音里的入声字抽出来，另外作为一声放在案头，也能暂时预备创作南词的用韵。但这还是慢了些。更快的方法是把鱼模韵一分为二。鱼韵和模韵相差很大，不知道当初周德清为什么要将两者归为一个韵部，难道是仿效沈休文诗韵的体例，把元、繁、孙三韵合为十三韵中的一韵，要在纯净中添些杂乱，以存一线"大音希声"吗？不说一支曲子有数个音调，听到停顿的地方，让人感到它很散乱，没有归处，就是我们放在案头，当作文字来读也觉得字句拗口，声韵逆耳。如果剧作家想使他的文字和声音相媲美，就应当把鱼、模两韵分开，两者不相混淆，才十分妥当。即使不能全部分开，也应当每支曲子只用一个韵，如前一支曲子用鱼韵，就从头到尾都用鱼韵，后一支曲子用模韵，就从头到尾都用模韵，这就像一首诗用同一个韵一样，后曲不同于前曲，也算是简便可行的方法。

从我的观点推而论之，作诗时用韵也应这样。另外，元字韵可分为三韵，按照十三韵，首句用元韵的，就从头到尾全都用元韵，凡是涉及繁韵和孙韵的字都不要用。如果是押繁韵或孙韵，道理也是一样。不押韵是犯诗家大忌的，没有人会因为用韵过严反而遭别人指摘的。

廉监宜避

原文

侵寻、监咸、廉纤三韵，同属闭口之音，而侵寻一韵，较之监咸、廉纤，独觉稍异。每至收音处，侵寻闭口，而其音犹带清亮，至监咸、廉纤二韵，则微有不同。此二韵者，以作急板小曲则可，若填悠扬大套之词，则宜避之。

《西厢》“不念《法华经》，不理《梁王忏》”一折用之者，以出惠明[1]口中，声口恰相合耳。此二韵宜避者，不止单为声音，以其一韵之中，可用者不过数字，余皆险僻艰生，备而不用者也。若惠明曲中之“揝”字、“搀”字、“燂”字、“臜”字、“馅”字、“蘸”字、“颩”字，惟惠明可用，亦惟才大如天之王实甫能用，以第二人作《西厢》，即不敢用此险韵矣。

初学填词者不知，每于一折开手处误用此韵，致累全篇无好句；又有作不终篇，弃去此韵而另作者，失计妨时。故用韵不可不择。

①惠明：《西厢记》中的一个人物形象，性格粗犷、豪放。

侵寻、监咸和廉纤三个韵，都属于闭口音，但侵寻这个韵，和监咸韵、廉纤韵相比较，稍有些不同。每到收音时，侵寻韵虽是闭口的，但它的发音还带些清亮，而监咸和廉纤两个韵，则稍微有些不同。这两个韵，用在急板的小曲里是可以的，如果是写悠长的大套唱词，则应该避开它。

《西厢记》的“不念《法华经》，不理《梁王忏》”这折戏中用了它，因为出自惠明口中，声口十分相合。这两个韵应该避开，不仅仅在于音调，还因为每个韵中能用得上的都只有几个字，其余都是些艰涩、生僻的字，存在却用不上。如惠明的唱词中的“揝”“搀”“燂”“臜”“馅”“蘸”“髟”等字，这些字都只有惠明能用，也只有天才王实甫能用，换了第二个人去写《西厢记》，是不敢用这个险韵的。

初学填词的人不知道这一点，常在一折的开头误用了此韵，以致全篇都没有一句好语句；还有的人不能写完全篇，放弃此韵去重新写，真是费力又费时。所以用韵不能不有所选择。

拗句难好

原文

音律之难，不难于铿锵顺口之文，而难于倔强聱牙之句。铿锵顺口者，如此字声韵不合，随取一字换之，纵横顺逆，皆可成文，何难一时数曲。至于倔强聱牙之句，即不拘音律，任意挥写，尚难见才，况有清浊阴阳，及明用韵，暗用韵，又断断不宜用韵之成格，死死限在其中乎？

词名之最易填者，如《皂罗袍》《醉扶归》《解三醒》《步步娇》《园林好》《江儿水》等曲，韵脚虽多，字句虽有长短，然读者顺口，作者自能随笔。即有一二句宜作拗体[①]，亦如诗内之古风，无才者处此，亦能勉力见才。至如《小桃红》《下山虎》等曲，则有最难下笔之句矣。《幽闺记·小桃红》之中段云："轻轻将袖儿掀，露春纤，盏儿拈，低娇面也。"每句只三字，末字叶韵；而每句之第二字，又断该用平，不可犯仄。此等处，似难而尚未尽难。其《下山虎》云："大人家体面，委实多般，有眼何曾见！懒能向前，弄盏传杯，恁般腼腆。这里新人忒杀虔，待推怎地展？主婚人，不见怜，配合夫妻，事事非偶然。好恶姻缘总在天。"只须"懒能向前""待推怎地展""事非偶然"之三句，便能搅断词肠。"懒能向前""事非偶然"二句，每句四字，两平两仄，末字叶韵。“待推怎地展”一句五字，末字叶韵，五字之中，平居其一，仄居其四。此等拗句，如何措手？南曲中此类极多，其难有十倍于此者，若逐个牌名援引，则不胜其繁，而观者厌矣；不引一二处定其难易，人又未必尽晓，兹只随拈旧诗一句，颠倒声韵以喻之。如“云淡风轻近午天”，此等句法自然容易见好，若变为“风轻云淡近午天”，则虽有好句，不夺目矣。况“风轻云淡近午天”七字之中，未必言言合律，或是阴阳相左，或是平仄尚乖，必须再易数字，始能合拍。或改为“风轻云淡午近天”，或又改为“风轻午近云淡天”，此等句法，揆[2]之音律则或谐矣，若以文理绳之，尚得名为词曲乎？海内观者，肯曰此句为音律所限，自难求工，姑为体贴人情之善念而恕之乎？曰：不能也。既曰不能，则作者将删去此句而不作乎？抑自创一格而畅我所欲言乎？曰：亦不能也。然则攻此道者，亦甚难矣！

·注释·

①拗体：格律诗的一种变体。指诗人刻意求奇，特地变更诗格用拗句写成的诗。

②揆：量，度。

音律的难处，不是难于朗朗上口的文章，而是难于拗口的语句。朗朗上口的，如果这个字不合于声韵，就随意选取一个字来替换，

纵横顺逆，都可以写出来，一时写出数支曲子也不算难。至于拗口的语句，即使不受音律束缚，任其发挥，也难见他的才学，何况会被清浊阴阳，明用韵，暗用韵，又不能用韵等规矩死死地限制在其中呢？

最好填的词，如《皂罗袍》《醉扶归》《解三酲》《步步娇》《园林好》和《江儿水》等曲子，韵脚虽多，字句也长短不一，但读起来顺口，作者自然也能信笔所至。就是有一两句应作拗体，也是像诗歌中的古风，即便是没才学的人去写，也能勉力见到一些才气。至于《小桃红》和《下山虎》等曲子，就有些难写的句子了。《幽闺记·小桃红》的中段唱道："轻轻将袖儿掀，露春纤，盏儿拈，低娇面也。"每句只三个字，最后一个字都押韵；并且每句的第二个字都应该用平声，不可犯用仄声。这样的地方，像是很难，其实也并不是很难。《幽闺记·下山虎》一曲唱道："大人家体面，委实多般，有眼何曾见！懒能向前，弄盏传杯，恁般腼腆。这里新人忒杀虔，待推怎地展？主婚人，不见怜，配合夫妻，事事非偶然。好恶姻缘总在天。"只须有"懒能向前""待推怎地展""事非偶然"这三句，就能使人肝肠欲断。"懒能向前""事非偶然"两句，每句四个字，两个平声、两个仄声，最后一个字押韵。"待推怎地展"一句有五个字，最后一个字押韵，五个字中，平声占了一个，仄声占了四个。这等不合声律的句子，怎么下手？南曲中像这样的曲词很多，有的甚至要比这难上十倍，如果逐一援引解说，则不胜其繁，读者也会厌烦；不引用一两个来定它的难易，大家又不一定都知道；现在我只是随手选一句旧诗，颠倒声韵来说明它。如"云淡风轻近午天"，这样的写法自然容易见好，若改为"风轻云淡近午天"，则虽有好句，却不够夺人眼球。况且"风轻云淡近午天"七个字中，不一定每个字都合乎声律，有时阴阳相背，有时平仄不合，一定要再改几个字，才能合拍。有的改成"风轻云淡午近天"，有的又改成"风轻午近云淡天"，这样的写法，就音律来说也许能合拍，但从文理的角度来看，还能称作词曲吗？海内的读者，愿意说此句受了音律的限制，自然难以写得精妙，看作因为体贴人情的善念而宽恕吗？我认为：不能这样。既然不能这样，那么作者该删掉此句不作吗？或者另创一格来畅所欲言吗？我认为：也不能这样。所以要写出妙句，也是十分困难的！

原文

变难成易，其道何居？曰：有一方便法门[1]，词人或有行之者，未必尽有知之者。行之者偶然合拍，如路逢故人，出之不意，非我知其在路而往投之也。凡作倔强聱牙之句，不合自造新言，只当引用成语。成语在人口头，即稍更数字，略变声音，念来亦觉顺口。新造之句，一字聱牙，非止念不顺口，且令人不解其意。今亦随拈一二句试之。如“柴米油盐酱醋茶”，口头语也，试变为“油盐柴米酱醋茶”，或再变为“酱醋油盐柴米茶”，未有不明其义、不辨其声者。“东边日出西边雨，道是无情却有情”，口头语也，试将上句变为“日出东边西边雨”，下句变为“道是有情却无情”，亦未有不明其义、不辨其声者。若使新造之言而作此等拗句，则几与海外方言无别，必经重译而后知之矣。即取前引《幽闺》之二句，定其工拙。“懒能向前”“事非偶然”二句，皆拗体也。“懒能向前”一

句，系作者新构，此句便觉生涩，读不顺口；“事非偶然”一句，系家常俗语，此句便觉自然，读之溜亮。岂非用成语易工、作新句难好之验乎？予作传奇数十种，所谓“三折肱为良医”，此折肱语也。因觅知音，尽倾肝膈。孔子云：“益者三友：友直，友谅，友多闻。”多闻，吾不敢居，谨自呼为直谅。

·注释·

①方便法门：佛教指修行者入道的门径，也指佛门。泛指门径、方法。

·译文·

变难为易，它的途径是什么呢？回答说：有一个简便的方法，词人或者有人已经这样做了，但未必有人全都知道。做过的人偶然合拍，像在路上碰到了老朋友一样，出乎他的意料，不是我事先知道他在路上才到那里去的。凡是写倔强拗口的语句，不应自己创作新句，只应引用成语。成语在人嘴上，就是稍改几个字，稍变一下音调，念出来也觉得顺口。新创作的句子，一个字拗口，就不仅念不顺口，还会让人不能理解它的意思。现在也随手选一两个句子说明一下。如“柴米油盐酱醋茶”，是口头语，如果改为“油盐柴米酱醋茶”，或者改为“酱醋油盐柴米茶”，没有人不理解它的意思、不知道它的读音。“东边日出西边雨，道是无情却有情”，也是口头语，如果把上句改为“日出东边西边雨”，或把下句改为“道是有情却无情”，也不会有人不理解意思、不辨读音的。如果去另外写新的句子来做这种拗句，那就和外国方言一样，必须经过重新翻译才能让人理解。就拿前文引用的《幽闺记》中的两个句子，来看看它们写得好不好。“懒能向前”和“事非偶然”两句，都是不合声律的。“懒能向前”这句，是作者自创的，便让人觉得生涩，读不顺口；“事非偶然”这句，是日常用语，就让人觉得自然，读起来顺畅。这难道不是说用成语容易写好、创作新句却难成的验证吗？我写作的剧本已有数十种，俗话说“三折肱为良医”，这真是折肱之语。因为寻找知音，尽倾肺腑之言，毫不保留。孔子说：“适宜做朋友的有三种人：正直的人、诚信的人和博见多闻的人。”博见多闻，我不敢自居，但自认为是正直、诚信的人。

宾白第四

原文

自来作传奇者，止重填词，视宾白[①]为末着，常有“白雪阳春”其调，而“巴人下里”其言者，予窃怪之。原其所以轻此之故，殆有说焉。

元以填词擅长，名人所作，北曲多而南曲少。北曲之介白者，每折不过数言，即抹去宾白而止阅填词，亦皆一气呵成，无有断续，似并此数言亦可略而不备者。由是观之，则初时止有填词，其介白之文，未必不系后来添设。在元人，则以当时所重不在于此，是以轻之。后来之人，又谓元人尚在不重，我辈工此何为？遂不觉日轻一日，而竟置此道于不讲也。予则不然，尝谓曲之有白，就文字论之，则犹经文之于传注；就物理论之，

则如栋梁之于榱桷[2]；就人身论之，则如肢体之于血脉，非但不可相轻，且觉稍有不称，即因此贱彼，竟作无用观者。故知宾白一道，当与曲文等视，有最得意之曲文，即当有最得意之宾白，但使笔酣墨饱，其势自能相生。常有因得一句好白，而引起无限曲情，又有因填一首好词，而生出无穷话柄者。是文与文自相触发，我止乐观厥成，无所容其思议。此系作文恒情，不得幽渺其说，而作化境观也。

· 注释 ·

①宾白：戏曲中的念白。“介白”亦是。

②榱（cuī）桷（jué）：房屋的椽子。

自古以来的剧作家，都只重视填词，却把宾白看作小儿科，常常有唱词写的是《白雪》《阳春》，但宾白却是《巴人》《下里》的，对此现象，我感到很奇怪。他们轻视宾白的原因，也是有理由的。

元人擅长填词，名人的作品，北曲占多数而南曲比较少。北曲中的宾白，每折都只有几句话，即使删掉宾白，只读唱词，情节也是一气呵成，没有断续，似乎这几句话也可以删去不要的。由此看来，它们当初可能只有唱词，其宾白文字，未必不是后人增添上去的。对元人来说，因为当时并不看重宾白，因此轻视了。后人便认为元人尚且不重视，我们要在上面花功夫干什么呢？于是无形中就越来越轻视，最后连提也不提了。我却不这样认为。我认为戏曲有宾白，就文字而言，好比经文和传注的关系；就物理而言，就好比栋梁和椽子的关系；就人体而言，就像是四肢和血脉的关系，宾白不仅不能轻视，而且稍有不相称，就因此轻视它，以致将它看作无用的东西。所以，宾白和唱词应同样受到重视，有最得意的唱词，就应当有最得意的宾白，只要笔酣墨饱，唱词和宾白势必会相互生发。常常因为想到一句好的宾白，从而引起无限的剧情，也有的因为写了一首好唱词，而生出了无穷的话柄。这是文字之间的相互影响，我只是乐观其成，用不着去费心思。这是写文章的常理，不能把它说得虚无缥缈，而是当作化境看待。

声务铿锵

原文

宾白之学，首务铿锵。一句聱牙，俾听者耳中生棘；数言清亮，使观者倦处生神。世人但以音韵二字用之曲中，不知宾白之文，更宜调声协律。世人但知四六之句平间仄，仄间平，非可混施迭用，不知散体之文亦复如是。“平仄仄平平仄仄，仄平平仄仄平平”二语，乃千古作文之通诀，无一语一字可废声音者也。如上句末一字用平，则下句末一字定宜用仄，连用二平则声带喑哑，不能耸听。下句末一字用仄，则接此一句之上句，其末一字定宜用平，连用二仄则音类咆哮，不能悦耳。此言通篇之大较，非逐句逐字皆然也。能以作四六平仄

之法，用于宾白之中，则字字铿锵，人人乐听，有“金声掷地[①]”之评矣。

注释

①金声掷地：谓掷地有金石之声。形容语言文字铿锵有力。

宾白的学问，首先在于铿锵有力。一句拗口，会使听众耳中生刺；几句清亮的言语，能让观众厌倦时打起精神。世人只知道把音韵二字用在曲中，却不知道宾白更应该调声协律。世人只知道骈体文要平仄相间，不能混施迭用，却不知道散文也是如此。“平仄仄平平仄仄，仄平平仄仄平平”这两句话，是古今写作的通用口诀，没有一个字一句话可以不讲究音律的。例如上句话末尾用平声，那么下句话末尾一定要用仄声，接连用两个平声，就会声带喑哑，不能惊醒人的听觉。下句的末尾用仄声，那么接着一句的上半句末字应该用平声，连用两个仄声，会使声音类似咆哮，不能悦耳动听。这句话是针对整篇文章的大体说的，并非每句话每个字都要这样。能把骈体文的平仄之法用于宾白之中，就会使每个字都显得铿锵有力，人人喜欢听，有“金声掷地”的好评。

原文

声务铿锵之法，不出平仄、仄平二语是已。然有时连用数平，或连用数仄，明知声欠铿锵，而限于情事，欲改平为仄、改仄为平，而决无平声仄声之字可代者。此则千古词人未穷其秘，予以探骊觅珠[①]之苦，入万丈深潭者既久而后得之，以告同心。虽示无私，然未免可

惜。字有四声，平上去入是也。平居其一，仄居其三，是上去入三声皆丽于仄。而不知上之为声，虽与去入无异，而实可介于平仄之间，以其别有一种声音，较之于平则略高，比之去入则又略低。古人造字审音，使居平仄之介，明明是一过文，由平至仄，从此始也。譬如四方声音，到处各别，吴有吴音，越有越语，相去不啻天渊，而一至接壤之处，则吴越之音相半，吴人听之觉其同，越人听之亦不觉其异。晋、楚、燕、秦以至黔、蜀，在在皆然。此即声音之过文，犹上声介于平去入之间也。作宾白者，欲求声韵铿锵，而限于情事，求一可代之字而不得者，即当用此法以济其穷。如两句三句皆平，或两句三句皆仄，求一可代之字而不得，即用一上声之字介乎其间，以之代平可，以之代去入亦可。如两句三句皆平，间一上声之字，则其声是仄，不必言矣；即两句三句皆去声入声，而间一上声之字，则其字明明是仄而却似平，令人听之不知其为连用数仄者。此理可解而不可解，此法可传而实不当传，一传之后，则遍地金声，求一瓦缶之鸣而不可得矣。

· 注释 ·

①探骊觅珠：进入险地寻找无价之宝，比喻行文能抓住关键。骊，骊龙，传说中生于九重之渊的黑龙，其颔下有千金之珠。

译文

声音务必铿锵有力的方法，不出于平仄、仄平这两句话。然而有时连用几个平声，或连用几个仄声，明知声调不够铿锵，但由于情节的束缚，想要把平声改为仄声、仄声改为平声，又绝没有合适的字可以代替。这种情况，从古到今的剧作家都没探究出其中的奥妙，我为了摘得这颗明珠，不辞辛苦地深入万丈深潭，时间长了，终于解开了这个秘密，现在把它告诉同行们。虽显示出自己的无私，但不免有些感到可惜。汉字有四种声调，平、上、去、入。其中平声占一个，仄声却占了三个，即上、去、入三声都归为仄声。却不知道上声虽和去声、入声没什么分别，实际上却可以介于平仄之间，因为它发音有所不同，它比平声稍高，却又比去声、入声略低。古人选字定音时，让它处于平仄之间，当作一种过渡，由平到仄，就是从上声开始的。比如说各地的方言，各地都不相同，吴地有吴语，越地有越语，相差不止天渊之别，但在两地接壤的地方，吴越的方言各占一半，吴人听了觉得和自己差不多，越人听了也没感到与自己的方言有什么不同。晋、楚、燕、秦以至黔、蜀等地，基本上也都是这样。这就是声音的过渡，好比上声介于平声、去声、入声之间一样。写作宾白的人，想要求得声调铿锵，但由于情节所限，找不到一个合适的字时，就可以用此方法来解困。如果两句、三句都是平声，或两句、三句都是仄声，想找一个字代替却找不到，就用一个上声字放在当中，可用它来代替平声，也可以用来代替去声、入声。如两句、三句都是平声，中间有一个上声字，那么不用说，它是仄声；即使两句、三句都是去声、入声，中间加上一个上声字，那么，这个字虽明明是仄声却也像是平声似的，让人听起来感觉不到连用了几个仄声。这道理可以理解却又不可以理解，这种方法可以传授，实际上却实在不应该传授，一传开来，就会到处都是铿锵悦耳的声音，求一个难听的俗音都听不到了。

语求肖似

原文

文字之最豪宕、最风雅，作之最健人脾胃者，莫过填词一种。若无此种，几于闷杀才人，困死豪杰。予生忧患之中，处落魄之境，自幼至长，自长至老，总无一刻舒眉，惟于制曲填词之顷，非但郁藉以舒，愠为之解，且尝僭[①]作两间最乐之人，觉富贵荣华，其受用不过如此，未有真境之为所欲为，能出幻境纵横之上者。我欲做官，则顷刻之间便臻荣贵；我欲致仕，则转盼之际又入山林；我欲作人间才子，即为杜甫、李白之后身；我欲娶绝代佳人，即作王嫱、西施之元配；我欲成仙作佛，则西天蓬岛即在砚池笔架之前；我欲尽孝输忠，则君治亲年，可跻尧、舜、彭篯之上。非若他种文字，欲作寓言，必须远引曲譬，蕴藉包含，十分牢骚，还须留住六七分，八斗才学，止可使出二三升，稍欠和

平，略施纵送，即谓失风人[②]之旨，犯佻达[③]之嫌，求为家弦户诵者难矣。填词一家，则惟恐其蓄而不言，言之不尽。是则是矣，须知畅所欲言亦非易事。

言者，心之声也，欲代此一人立言，先宜代此一人立心，若非梦往神游，何谓设身处地？无论立心端正者，我当设身处地，代生端正之想；即遇立心邪辟者，我亦当舍经从权，暂为邪辟之思。务使心曲隐微，随口唾出，说一人，肖一人，勿使雷同，弗使浮泛，若《水浒传》之叙事，吴道子之写生，斯称此道中之绝技。果能若此，即欲不传，其可得乎？

·注释·

①僭：超越本分，过分。

②风人：指古代为观民风而采集民歌风俗的官员，后指诗人。

③佻达：轻薄放荡，轻浮。

·译文·

写起来最豪放、最风雅，写之能合人性情的文章，没有超过戏剧这一种的了。如果没有这一种，就会闷杀才子，困死豪杰。我一直生长在忧患之中，处于落魄的环境，从小到大，从大到老，没有一刻舒心的时候，只有在写作剧本时，非但心胸感到舒畅，烦恼化尽，而且觉得自己是天地之间最快乐的人，就是享受荣华富贵也不过如此，实际生活中的作为不可能有想象中那般纵横驰骋。我想当官，立刻就享受到了荣华富贵；我想归隐，很快就能隐身于山林之中；我要做才子，便成了杜甫、李白转世；我想娶美女，就当了王昭君和西施的丈夫；我想成仙成佛，西天蓬莱岛便会出现在砚池笔架之前；我想做皇帝尽孝尽忠，则君治就会超过尧、舜和彭祖。戏曲和其他文体有所不同，其他文体要想表达意旨，必须旁征博引，隐喻含蓄，十分的牢骚，还要留住六七分，八斗的才学，也只能用上两三升，稍微有些不平和，略略有点儿放纵，就会有人指责你失去了风范，犯了轻薄的嫌疑，很难广泛传播。剧本却唯恐写得含蓄，不明明白白地说出来，说得不彻底。道理虽是这样，但也应该清楚畅所欲言并不是件容易的事。

语言，是心灵的声音，想为某人立言，先要替该人立心，如果不是梦游神往，怎谈得上设身处地？不说心眼端正的人，应该设身处地地代替他生出端正的想法；就是遇到心思邪恶的人，也应该暂时为了角色的需要，去揣摩些邪恶的想法。一定要使人将心底的秘密随口说出来，谈论一个人，就要像一个人，不能雷同，也不要泛泛而写，像《水浒传》的叙事，吴道子的写生，都称得上本道中的绝技。如果真能做到他们那样，就是不想让它传世，可能吗？

词别繁减

原文

传奇中宾白之繁，实自予始。海内知我者与罪我者半。知我者曰：从来宾白作说话观，随口出之即是，笠翁宾白当文章做，字字俱费推敲。从来宾白只要纸上分明，不顾口中顺逆，常有观刻本极其透彻，奏之场上便觉糊涂者，岂一人之耳目，有聪明聋聩之分乎？因作者只顾挥毫，并未设身处地，既以口代优人，复以耳当听者，心口相维，询其好说不好说，中听不中听，此其所以判然之故也。笠翁手则握笔，口却登场，全以身代梨

园，复以神魂四绕，考其关目，试其声音，好则直书，否则搁笔，此其所以观听咸宜也。罪我者曰：填词既曰“填词”，即当以词为主；宾白既名“宾白”，明言白乃其宾，奈何反主作客，而犯树大于根之弊乎？笠翁曰：始作俑者，实实为予，责之诚是也。但其敢于若是，与其不得不若是者，则均有说焉。请先白其不得不若是者。

前人宾白之少，非有一定当少之成格。盖彼只以填词自任，留余地以待优人，谓引商刻羽我为政，饰听美观彼为政，我以约略数言，示之以意，彼自能增益成文。如今世之演《琵琶》《西厢》《荆》《刘》《拜》《杀》等曲，曲则仍之，其间宾白、科诨[①]等事，有几处合于原本，以寥寥数言塞责者乎？且作新与演旧有别。《琵琶》《西厢》《荆》《刘》《拜》《杀》等曲，家弦户诵已久，童叟男妇皆能备悉情由，即使一句宾白不道，止唱曲文，观者亦能默会，是其宾白繁减可不问也。

至于新演一剧，其间情事，观者茫然；词曲一道，止能传声，不能传情。欲观者悉其颠末，洞其幽微，单靠宾白一着。予非不图省力，亦留余地以待优人。但优人之中，智愚不等，能保其增益成文者悉如作者之意，毫无赘疣蛇足于其间乎？与其留余地以待增，不若留余地以待减，减之不当，犹存作者深心之半，犹病不服药之得中医也。此予不得不若是之故也。至其敢于若是者，则谓千古文章，总无定格，有创始之人，即有守成

不变之人；有守成不变之人，即有大仍其意，小变其形，自成一家而不顾天下非笑之人。

·注释·

①科诨：插科打诨，指戏曲演员在演出中穿插滑稽的动作和诙谐的语言引人发笑。

传奇中宾白的增多，其实是从我开始的。天下理解和指责我的人各占了一半。理解我的人说：宾白一直被看作说话，只要随口说出来就成了，李渔却把宾白当文章来写，每个字都要经过推敲。以前人们都只在纸上写清楚宾白，却不管说出来时顺畅不顺畅，常有看剧本时显得非常透彻，演出时却让人觉得稀里糊涂的，难道一个人的耳目，会有聪明和聋聩的不同吗？这只是由于作者只顾写作，没有设身处地，既以口代表演员，又以耳朵当作听众，心口相通，看看它好说不好说，中听不中听，这就是剧本和演出效果不同的原因所在。而我李渔写作时却是手里拿着笔，嘴却登上了戏台，完全以我的身体代表梨园，又让神魂四绕，检查关目，调试音调，感觉到好的就直接写下来，不好就停笔不写，因此我写出来的剧本既可用来听，也可演出来看。指责我的人说：填词既然叫“填词”，就应当以唱词为主；宾白既称作“宾白”，就说明了它是宾客，怎么能反客为主，犯树比根大的毛病呢？我回答说：确实是我带头这样去做的，你责备得确实有道理。但我敢于这样做，以及不得不这样做，都是有理由的。请先让我说说不得不这样做的理由吧。

前人宾白写得少，并没有一定要写少的规矩。只是他们以填词为己任，其他的留给优人去自由发挥，他们认为填词作曲是我的事，怎样表演得美观是优人的事，我只是稍微提示几句简单的话，优人们自己会补充成篇。现在人们表演《琵琶记》《西厢记》《荆钗记》《刘知远白兔记》《拜月亭》和《杀狗记》等剧本，唱词是沿用古人的，但剧中的宾白和科诨等，有几个地方合乎原本，能用几句简单的话搪塞过去的呢？而且创作新剧本和表演旧戏是不同的。《琵琶记》《西厢记》《荆钗记》《刘知远白兔记》《拜月亭》和《杀狗记》等戏曲，家家户户传唱已久，男女老少都知道其中的情节来源，即使一句宾白不说，只唱曲词，观众也能领会，所以这类剧作中宾白的多与少可以不用计较。

但对新剧作来说，其中的情节，观众并不知道；唱词只能传声，不能说明剧情。要让观众明白来龙去脉，察觉到其中的精妙，只能靠宾白一个手段。我并不是不想省力，也想留下些演员可以自由发挥的余地。但优人中有聪明的也有愚钝的，他们能保证补充的文字都合作者的本意，其中一点儿都不画蛇添足吗？与其留下余地让他们去增补，不如留下余地让他们去删减，减得不当，也还能留住作者一半的深意，就相当于病了不吃药，至少比吃了药病情反而更加重的好。以上是我不得不增加宾白的原因所在。至于我敢这样去做，是因为自古以来，写作文章都没固定的格式，有创始的人，就有墨守成规的人；有守成不变的人，就有大的方面依照原意，而小的地方稍做改变，自成一家而不顾别人笑话的人。

原文

古来文字之正变为奇，奇翻为正者，不知凡几，吾不具论，止以多寡增益之数论之。《左传》《国语》，纪事之书也，每一事不过数行，每一语不过数字，初时未病其少；迨班固之作《汉书》，司马迁之为《史记》，亦纪事之书也，遂益数行为数十百行，数字为数十百字，岂有病其过多，而废《史记》《汉书》于不读者

乎？此言少之可变为多也。

诗之为道，当日但有古风，古风之体，多则数十百句，少亦十数句，初时亦未病其多；迨近体一出，则约数十百句为八句；绝句一出，又敛八句为四句，岂有病其渐少，而选诗之家止载古风，删近体绝句于不录者乎？此言多之可变为少也。

总之，文字短长，视其人之笔性。笔性遒劲者，不能强之使长；笔性纵肆者，不能缩之使短。文患不能长，又患其可以不长而必欲使之长。如其能长而又使人不可删逸，则虽为宾白中之古风《史》《汉》，亦何患哉？予则乌能当此，但为糠秕之导，以俟后来居上之人。

·译文·

自古以来，文体由正变为奇，由奇又变为正的事例，不知道有多少，我就不去详细地谈论了，只谈论一下文字数量的增减。

《左传》和《国语》，都是纪事的书，每件事的记载都不过是几行字，每一句话都只有几个字，当初并没有人嫌它少；等到班固写《汉书》和司马迁作《史记》，也都是纪事的书，却由几行增加为几十、几百行，由几个字增加到几十、几百个字，难道人们会

因其字多而废弃《史记》和《汉书》不读吗？这是说字数少的可以变多。

诗歌作为一种文体，开始只有古风，古风的格式，多时有百十句，少的时候也有十几句，开始人们并不嫌它字多；等到近体律诗产生后，就将百十句缩减为八句；绝句出现后，又将八句减为四句，难道有编录诗集的人会因为字少就只选古风而不收律诗绝句的吗？这是说字数多的可以减少。

总之，文章的长短，要看作者的笔性。笔锋健劲的人，不能强迫他写洋洋洒洒的大作；笔锋纵横驰骋的人，不能让他去写精短小品。文章怕写得不长，也怕能短时却偏要生拉硬扯。如果一篇文章写得长，却又让人不能删掉其中的部分，那么宾白中即使有古风和《史记》《汉书》那样的长篇大作，又有什么可担忧的呢？我是不能做到这点的，只是简单地引导一下，等待后人去完成这样的大作。

原文

予之宾白，虽有微长，然初作之时，竿头未进，常有当俭不俭，因留余幅以俟剪裁，遂不觉流为散漫者。自今观之，皆吴下阿蒙[①]手笔也。如其天假以年，得于所传十种之外，别有新词，则能保为犬夜鸡晨，鸣乎其所当鸣，默乎其所不得不默者矣。

注释

①吴下阿蒙：《三国志·吴书·吕蒙传》裴松之注引《江表传》："鲁肃上代周瑜，过蒙言议，常欲受屈。肃拊蒙背曰：'吾谓大弟但有武略耳，至于今者，学识英博，非复吴下阿蒙。'"阿蒙，指吕蒙，比喻学识浅陋的人。

我写的宾白，虽然稍长，然而开始创作时，技艺不精，常常有许多该略写的地方却没有略写，是因为想留下余地等待人们去删减，所以无形中就显得有些散乱。现在再拿来读读，认为都是些吴下阿蒙的败笔。如果老天爷能让我多活几年，使我能够在已流传的十种剧作之外，再写出新的剧本，我一定会做到像狗守夜、鸡司晨那样，该鸣叫的地方就鸣叫，该保持沉默的地方就保持沉默。

字分南北

原文

北曲有北音之字，南曲有南音之字，如南音自呼为“我”，呼人为“你”，北音呼人为“您”，自呼为“俺”为“咱”之类是也。世人但知曲内宜分，乌知白随曲转，不应两截。此一折之曲为南，则此一折之白悉用南音之字；此一折之曲为北，则此一折之白悉用北音之字。时人传奇多有混用者，即能间施于净丑，不知加严于生旦；止能分用于男子，不知区别于妇人。以北字近于粗豪，易入刚劲之口，南音悉多娇媚，便施窈窕之人。殊不知声音驳杂，俗语呼为“两头蛮”，说话且然，况登场演剧乎？此论为全套南曲、全套北曲者言之，南北相间，如《新水令》《步步娇》之类，则在所不拘。

北方戏曲有北方音调的字，南方戏曲有南方音调的字，如南方自称为“我”，称呼别人为“你”，北方称呼别人为“您”，自称为“俺”“咱”之类的就是如此。世人只知道唱词中应该加以区分，却不知宾白随唱词变化，两者不应该有所不同。这一折戏的唱词为南曲，则该折戏的宾白都要用南方音调的字；这一折戏的唱词为北曲，则该折戏的宾白都用北方音调的字。当前的剧本大多是将两者混用的，他们懂得净角、丑角可以偶尔混用，却不知道生角、旦角也要严格加以限制；只能对男子加以区分，却不知道对女子也要分用。因为北方口音近于粗豪，适合性情刚烈的人说，南方口音娇媚动人，适合窈窕的女子说。却不知道语音混杂在一起，俗话称作“两头蛮”，平时说话尚且这样讲究，何况是上台演戏呢？这只是针对整本的南戏或整本的北戏而说的，如果是南曲、北曲相间的戏，如《新水令》和《步步娇》等，就不受这方面的拘束了。

文贵洁净

原文

白不厌多之说，前论极详，而此复言洁净。洁净者，简省之别名也。洁则忌多，减始能净，二说不无相悖乎？曰：不然。多而不觉其多者，多即是洁；少而尚病其多者，少亦近芜。予所谓多，谓不可删逸之多，非唱沙作米、强凫变鹤之多也。

作宾白者，意则期多，字惟求少，爱虽难割，嗜亦

宜专。每作一段，即自删一段，万不可删者始存，稍有可削者即去。此言逐韶初填之际，全稿未脱之先，所谓慎之于始也。然我辈作文，常有人以为非，而自认作是者；又有初信为是，而后悔其非者。文章出自己手，无一非佳；诗赋论其初成，无语不妙。迨易日经时之后，取而观之，则妍媸好丑之间，非特人能辨别，我亦自解雌黄[①]矣。此论虽说填词，实各种诗文之通病，古今才士之恒情也。

凡作传奇，当于开笔之初，以至脱稿之后，隔日一删，逾月一改，始能淘沙得金，无瑕瑜互见之失矣。此说予能言之不能行之者，则人与我中分其咎。予终岁饥驱，杜门日少，每有所作，率多草草成篇，章名急就，非不欲删，非不欲改，无可删可改之时也。每成一剧，才落毫端，即为坊人攫去，下半犹未脱稿，上半业已灾梨；非止灾梨，彼伶工[②]之捷足者，又复灾其肺肠，灾其唇舌，遂使一成不改，终为痼疾[③]难医。予非不务洁净，天实使之，谓之何哉！

①雌黄：矿物名。可制颜料、褪色剂等。古代常用来涂改文字，因称改易文字为“雌黄”。

②伶工：旧指乐师或演员。

③痼疾：长时间难以治愈的病。

宾白不怕多的说法，前面已讨论得十分详尽，在此再谈谈洁净。洁净，就是简省的别名。洁就忌讳多言，删减才能净，这和前文所说的不是有相矛盾的地方吗？我认为：不矛盾。话多却不让人觉得多，多就是洁；话少却让人嫌它多，少也近乎芜杂。我所说的多，是指不能删减的多，不是把泥沙当成米、把野鸭变成鹤的那种多。

写作宾白的人，心中想得多，写出来却要简略，割爱虽然难，嗜好却也要专一。每写一段，自己就删去一段，实在不能删的才能保留下来，稍有些能削减的就应去掉。这是针对刚开始一出一出地写，全稿还没完成时说的，即所说的开始一定要慎重从事。但是，我们写出的文章，常有别人觉得不对，而我们自己认为是对的；或者开始觉得对，到了后来却又后悔觉得不对的。自己写的文章，自己都会感觉良好；诗词歌赋刚写成，自己认为每句话都妙不可言。等过了一段时间，再拿出来读，那么它的好坏美丑，不仅别人看得出来，自己也能分辨得出。这话虽是针对剧本说的，其实是各种文体的通病，也是古今才子的常情。

凡是写剧本，从一动笔直到完稿以后，每天都应删一次，每月都改一次，才能淘出沙子得到金子，没有瑕瑜共存的弊病。这种标准，我能说到却没有做到，这责任是要别人来和我共同承担的。我常年为饥饿所驱，在家的日子不多，每次写出来的剧本，都是急急忙忙赶成的，不是不想删改，而是没有删改的时间。每写成一个剧本，才放下笔，就被刻印书的人抢去了，下半部还没写好，上半部已经刻出来了；不仅刻出来了，那些捷足先登的优伶，已经记在肺肠、念在唇舌间，以至于一点儿都改不了，成为很难医治的顽症。我不是不求洁净，实在是老天让它这样，还能说什么呢！

意取尖新

原文

“纤巧”二字，行文之大忌也，处处皆然，而独不戒于传奇一种。传奇之为道也，愈纤愈密，愈巧愈精。词人忌在老实，“老实”二字，即纤巧之仇家敌国也。然“纤巧”二字，为文人鄙贱已久，言之似不中听，易以“尖新”二字，则似变瑕成瑜。其实尖新即是纤巧，犹之暮四朝三[①]，未尝稍异。同一话也，以尖新出之，则令人眉扬目展，有如闻所未闻；以老实出之，则令人意懒心灰，有如听所不必听。

白有尖新之文，文有尖新之句，句有尖新之字，则列之案头，不观则已，观则欲罢不能；奏之场上，不听则已，听则求归不得。尤物足以移人[②]，“尖新”二字，即文中之尤物也。

注释

①暮四朝三：《庄子·齐物论》：“狙公赋芧，曰：‘朝三而暮四。’众狙皆怒。曰：‘然则朝四而暮三。’众狙皆悦。”指说法、做法有所变换而实质不变。

②尤物足以移人：谓绝色的女子能移易人的情志。

纤巧两个字，是写作的大忌，处处都一样，唯独创作剧本例外。剧本的写作道理，愈纤细就愈严密，愈机巧就愈精妙。剧作家忌讳老实，老实二字，就是纤巧的仇家敌国。但是纤巧两个字，长时间以来文人都很鄙视，说起来似乎不大好听，换成尖新两个字，似乎就化腐朽为神奇了。其实尖新就是纤巧，就像朝三暮四和暮四朝三，意思没变。同一句话，说得尖新，就会让人舒展眉目，觉得从来没有听说过；要是老老实实地说出来，就会让人心灰意懒，不想再听下去。

宾白中有尖新的文章，文章中有尖新的语句，语句中有尖新的字词，这样的剧本摆在案头，不看便罢，一看就舍不得再放下了；拿到戏台上演出，不听便罢，一听就舍不得走开了。貌美之人能够改变人的情志，尖新这两个字，就像文章中的美人。

科诨第五

原文

插科打诨，填词之末技也，然欲雅俗同欢，智愚共赏，则当全在此处留神。文字佳，情节佳，而科诨不佳，非特俗人怕看，即雅人韵士，亦有瞌睡之时。作传奇者，全要善驱睡魔，睡魔一至，则后乎此者虽有“钧天”之乐，《霓裳羽衣》[①]之舞，皆付之不见不闻，如对

泥人作揖、土佛谈经矣。予尝以此告优人，谓戏文好处，全在下半本。只消三两个瞌睡，便隔断一部神情，瞌睡醒时，上文下文已不接续，即使抖起精神再看，只好断章取义，作零出观。若是，则科诨非科诨，乃看戏之人参汤也。养精益神，使人不倦，全在于此，可作小道观乎？

·注释·

①《霓裳羽衣》：即《霓裳羽衣舞》，简称《霓裳》。唐代宫廷乐舞套曲。传为唐开元中西凉节度使杨敬述所献，初名《婆罗门曲》，后经玄宗润色并填词，改用此名。乐曲描绘虚无缥缈的仙境和仙女形象。

·译文·

插科打诨，在写作剧本中是末技，但是要让雅俗之人共同欣赏，聪明人、蠢人都喜欢看，就应当在此处留神。文采好，情节好，如果科诨不好，那么就不仅俗人不愿看，即使是雅韵之人，也有打瞌睡的时候。写作剧本的人，都要善于驱赶睡魔，因为睡魔一到，后面即使有神仙的《钧天》之乐和《霓裳羽衣》之舞，想让他欣赏他也听不到、看不见了，就像对着泥人作揖、对着土佛念经一样。我曾经把这话告诉过优人，说戏文的好坏全在于下半本。只要打两三个瞌睡，就会隔断了一部戏的情节，等到醒来时，上下文已衔接不上了，即使振作起来再看，也只好断章取义，当作零出的戏来看。这样说来，剧本中的科诨就不是科诨了，而是给看戏的人喝的参汤。让他养精益神，不感到疲倦，成败都在这上面，能当作小事来看吗？

戒淫亵

原文

戏文中花面插科，动及淫邪之事，有房中道不出口之话，公然道之戏场者。无论雅人塞耳，正士低头，惟恐恶声之污听，且防男女同观，共闻亵语[①]，未必不开窥窃之门，郑声宜放，正为此也。不知科诨之设，止为发笑，人间戏语尽多，何必专谈欲事？即谈欲事，亦有“善戏谑兮，不为虐兮[②]”之法，何必以口代笔，画出一幅春意图，始为善谈欲事者哉？

人问：善谈欲事，当用何法？请言一二以概之。予曰：如说口头俗语，人尽知之者，则说半句，留半句，或说一句，留一句，令人自思。则欲事不挂齿颊，而与说出相同，此一法也。如讲最亵之话虑人触耳者，则借他事喻之，言虽在此，意实在彼，人尽了然，则欲事未入耳中，实与听见无异，此又一法也。得此二法，则无处不可类推矣。

注释

①亵语：污秽的语言。

②善戏谑兮，不为虐兮：出自《诗经·卫风·淇奥》，指言谈中话语诙谐、风趣，待人接物和蔼平易。

·译文·

戏曲中花面的插科，动不动就说到淫秽的事情，有夫妻在房中都说不出口的话，竟公开地在戏台上说了出来。不用说文人雅士听了要低头塞耳，生怕被它弄脏了耳朵，而且要防止男女一同看戏，共听这种下流话，听了这话，就可能会干出丢人现眼的事来，郑声应该放逐，就是这个缘故。人们不知道插科打诨都只是为了引人发笑，世上的笑话非常多，何必非要专门谈论有关性欲的事呢？即使谈论性欲之事，也有"善于逗乐却不失分寸"的做法，又何必用嘴代笔画出一张张春宫图，才算擅长谈论性欲之事呢？

有人问：善谈淫欲之事，该用什么方法？请说一两句话来概括它。我说：如果说口头的俗话，人们都知道的，那么就说半句，留半句，或者说一句，留一句，让人们自己去想。这样嘴上没说性欲之事，而效果与说出来是一样的，这是一种办法。如果讲非常淫秽的话，怕刺激别人的耳朵，就借其他事来作为比喻，说的虽是这件事，实际却是指那件事，大家心里都清楚这一点，这样，性欲之事并没有钻进耳朵，实际却和听到了没有什么两样，这又是一种办法。有了这两种办法，那么就没有其他地方不可以类推的了。

忌俗恶

原文

科诨之妙，在于近俗，而所忌者，又在于太俗。不俗则类腐儒之谈，太俗即非文人之笔。吾于近剧中，取其俗而不俗者，《还魂》而外，则有《粲花五种》，皆

文人最妙之笔也。

《粲花五种》之长，不仅在此，才锋笔藻，可继《还魂》，其稍逊一筹者，则在气与力之间耳。《还魂》气长，《粲花》稍促；《还魂》力足，《粲花》略亏。虽然，汤若士之“四梦[1]”，求其气长力足者，惟《还魂》一种，其余三剧则与《粲花》并肩。使粲花主人及今犹在，奋其全力，另制一种新词，则词坛赤帜，岂仅为若士一人所攫哉？所恨予生也晚，不及与二老同时。他日追及泉台，定有一番倾倒，必不作妒而欲杀之状，向阎罗天子掉舌，排挤后来人也。

·注释·

①四梦：指汤显祖的《邯郸记》《南柯记》《紫钗记》和《还魂记》（即《牡丹亭》）四部戏曲，合称“四梦”。

·译文·

插科打诨的妙处，在于近俗，但所忌讳的，又在于过于粗俗。不俗的就像老学究的谈话，太俗了又不像文人写的了。我从近期的剧本中，挑出了一些又俗又不俗的作品，除了《还魂记》外，还有吴炳所写的《粲花五种》，可以说都是文人最妙之笔。

《粲花五种》的长处，并不限于科诨方面，它的才气锋芒和文墨笔藻，可和《还魂记》相媲美，稍差一些的只在于气势和力度方面。《还魂记》气势回荡，《粲花五种》却显得有些短促；《还魂记》力度恢宏，《粲花五种》却有些不足。虽是这样，汤显祖的“四梦”中，也只有《还魂记》一部气势恢宏，其他三部也都和《粲花五种》差不多。如果吴炳还活着，尽他的能力再写一部新作，那么剧坛的大旗岂会汤显祖一人来举？遗憾的是我生得太晚，不能和两位老先生同时活着。将来在黄泉路追上他们，我一定会向他们表示仰慕之情，绝不会做出忌妒得要杀人的样子，在阎王爷面前说坏话，排挤后来的人。

重关系

原文

科诨二字，不止为花面而设，通场脚色皆不可少。生旦有生旦之科诨，外末有外末之科诨，净丑之科诨则其分内事也。然为净丑之科诨易，为生旦外末之科诨难。雅中带俗，又于俗中见雅；活处寓板，即于板处证活。此等虽难，犹是词客优为之事。所难者，要有关系。关系维何？曰：于嘻笑诙谐之处，包含绝大文章；使忠孝节义之心，得此愈显。如老莱子之舞斑衣[①]，简雍[②]之说淫具，东方朔[③]之笑彭祖面长，此皆古人中之善于插科打诨者也。作传奇者，苟能取法于此，是科诨非科诨，乃引人入道之方便法门耳。

注释

①老莱子之舞斑衣：春秋末，楚国老莱子穿五色斑斓之衣，扮小儿之状以娱双亲，后被奉为孝养父母的典范。

②简雍：字宪和，三国时蜀汉昭德将军。性傲跌宕，滑稽善讽。

③东方朔：西汉文学家，字曼倩，平原厌次（今山东惠民）人，汉武帝时为太中大夫。性格诙谐滑稽。

科诨二字，并不是专门为花面设置的，剧中的所有角色都不能少。生旦有生旦的插科打诨，外末有外末的插科打诨，净丑的插科打诨则是他们分内的事。但是，写净丑的插科打诨比较容易，写生旦外末的插科打诨却比较困难。雅中要带俗，又要在俗中见雅；灵活中隐含着呆板，又要在呆板中显出灵活。这些写起来虽然难，却也是剧作家们能做好的。真正难的，是要写出关系。什么叫关系呢?回答说：就是在谈笑幽默当中，饱含深意；使忠孝节义的心，由于科诨而更加突出。比方说，春秋时期楚国的老莱子七十岁还穿彩衣跳舞，三国时简雍用淫具来讽谏刘备，汉武帝时东方朔笑话彭祖的脸长，这些都是古人中善于开玩笑的人。写作剧本的人，如果能从中汲取经验，那么科诨就不再是科诨，而是引导人们走上正路的捷径了。

贵自然

原文

科诨虽不可少，然非有意为之。如必欲于某折之中，插入某科诨一段，或预设某科诨一段，插入某折之中，则是觅妓追欢，寻人卖笑，其为笑也不真，其为乐也亦甚苦矣。妙在水到渠成，天机自露。“我本无心说笑话，谁知笑话逼人来”，斯为科诨之妙境耳。如前所云简雍说淫具，东方朔笑彭祖，即取二事论之。

蜀先主[①]时，天旱禁酒，有吏向一人家索出酿酒之具，论者欲置之法。雍与先主游，见男女各行道上，雍谓先主曰："彼欲行淫，请缚之。"先主曰："何以知其行淫?"雍曰："各有其具，与欲酿未酿者同，是以知之。"先主大笑，而释蓄酿具者。

汉武帝时，有善相者，谓人中[②]长一寸，寿当百岁。东方朔大笑，有司奏以不敬。帝责之，朔曰："臣非笑陛下，乃笑彭祖耳。人中一寸则百岁，彭祖岁八百，其人中不几八寸乎？人中八寸，则面几长一丈矣，是以笑之。"

此二事，可谓绝妙之诙谐，戏场有此，岂非绝妙之科诨？然当时必亲见男女同行，因而说及淫具；必亲听人中一寸寿当百岁之说，始及彭祖面长，是以可笑，是以能悟人主。如其未见未闻，突然引此为喻，则怒之不暇，笑从何来？笑既不得，悟从何有？此即贵自然、不贵勉强之明证也。吾看演《南西厢》，见法聪口中所说科诨，迂奇诞妄，不知何处生来，真令人欲逃欲呕，而观者听者绝无厌倦之色，岂文章一道，俗则争取，雅则共弃乎？

·注释·

①蜀先主：即刘备。

②人中：人的上唇正中凹下的部分。

插科打诨虽然不可缺少，但也不是有意去做的。如果一定要在某一折戏中，插入一段科诨，或者预先写了一段科诨，再插入某一折戏中去，那就好比是找妓女寻欢作乐，掏钱让人卖笑，这种笑肯定不真实，这种欢乐也肯定是很苦涩的。科诨的妙处在于水到渠成，天机自然流露。“我本无心说笑话，谁知笑话逼人来”，这才是科诨的最高境界。如前面所说的简雍以淫具讽谏刘备，东方朔讥笑彭祖，现在我就来详细地谈谈这两件事。

蜀国刘备时，天旱禁酒，有个官吏从一户人家搜出酿酒的用具，便准备治他家的罪。简雍和刘备一块儿散步，看见一男一女各自在路上走，简雍对刘备说：“他们马上要做奸淫之事，请下令把他们捆起来吧。”刘备说：“凭什么知道他们要行淫呢？”简雍回答说：“他们都有淫具，这和要酿酒却还没酿的那家人一样，所以知道他们会做那种事。”刘备大笑起来，释放了藏有酿酒工具的那家人。

汉武帝时，有个会看相的人，说人中长一寸则能活到一百岁。东方朔听了大笑不已，有官员向汉武帝告他不敬之罪。汉武帝责问他，东方朔说：“我不是在笑陛下，而是笑彭祖。人中长一寸能活百岁，彭祖活了八百岁，那他的人中不是就有八寸长了吗？人中有八寸，那么他的脸差不多就有一丈长了，因此笑话他。”

这两件事，可以说是绝妙的笑话，戏台上如果有这样的话，不就是绝妙的科诨了吗？但是，当时简雍和刘备必须亲眼见到一男一女同行，才能借机说到淫具；东方朔和汉武帝一定要亲耳听到人中长一寸能活百岁的话，才能说到彭祖之面长，这才让人感到可笑，才能使皇上有所感悟。如果他们不是耳闻目睹，而是突然用此来比喻，那么皇帝大怒还来不及，哪里还笑得出呢？既然笑不出来，哪里又会从中有所领悟呢？这就是插科打诨要注重自然、不要勉强为之的明证。我看《南西厢》时，看见法聪嘴里所说的一些科诨，诞妄离奇，不知道是怎样写出来的，真是让人想逃走呕吐，可是听戏的、看戏的居然没有厌倦的神色，难道写文章的结果就是粗俗的大家争着看，高雅的却共同抛弃吗？

格局第六

原文

传奇格局，有一定而不可移者，有可仍可改、听人自为政者。开场用末，冲场[①]用生；开场数语，包括通篇，冲场一出，蕴酿全部，此一定不可移者。开手宜静不宜喧，终场忌冷不忌热，生旦合为夫妇，外与老旦非充父母即作翁姑，此常格也。然遇情事变更，势难仍旧，不得不通融兑换而用之，诸如此类，皆其可仍可改，听人为政者也。

近日传奇，一味趋新，无论可变者变，即断断当仍者，亦加改窜，以示新奇。予谓文字之新奇，在中藏[②]，不在外貌，在精液，不在渣滓，犹之诗赋古文以及时艺，其中人才辈出，一人胜似一人，一作奇于一作，然止别其词华，未闻异其资格。有以古风之局而为近律者乎？有以时艺之体而作古文者乎？绳墨不改，斧斤自若，而工师之奇巧出焉。行文之道，亦若是焉。

①冲场：戏曲名词，谓传奇剧本的第二折。

②中藏：原指内脏。这里比喻诗文内容。

·译文·

传奇的格局，有的固定不能更改，有的可改可不改，由作者视具体情形自己决定。开场用末角，冲场用生角；开场白用以概括全篇，冲场一出戏，蕴含全剧情节，这些都是固定的格局，不能随意更改。开场时宜静不宜闹，终场时忌讳冷静而不忌讳热闹，在戏中，生旦一般都结为夫妻，外和老旦一般饰演父母或公婆，这些也都是常用的格局。但遇到特殊情况，不能沿用时，就要稍稍做出些调整，诸如此类，都是可改可不改的，由作者自己决定。

现在的传奇，过于追求新奇，不说可改的改了，就是万万不能改的地方，也被他们改掉了，用来标明新奇。我认为文字的新奇，应体现在它的内涵，而不在字面上，在于精髓，而不在于渣滓，好比诗赋散文和八股文，写作的人才层出不穷，一个好似一个，一篇比一篇奇特，但也只是文采上有所不同，没听说文体格式有什么差异。有人用古风的格式来写近体律诗吗？有人用时艺之体来写古文吗？墨线不用改变，斧头也不用换，好的木匠师傅同样能做出巧致的东西。写文章的道理，也是如此。

家　门

原文

开场数语，谓之“家门”。虽云为字不多，然非结构已完、胸有成竹者，不能措手。即使规模已定，犹虑做到其间，势有阻挠，不得顺流而下，未免小有更张，是以此折最难下笔。如机锋锐利，一往而前，所谓信手拈来，头头是道，则从此折做起；不则姑缺首篇，以俟终场补入。犹塑佛者不即开光①，画龙者点睛有待，非故迟之，欲俟全像告成，其身向左则目宜左视，其身向右则目宜右观，俯仰低徊，皆从身转，非可预为计也。此是词家讨便宜法，开手即以告人，使后来作者未经捉笔，先省一番无益之劳，知笠翁为此道功臣，凡其所言，皆真切可行之事，非大言欺世者比也。

注释

①开光：神佛的雕塑完成后，选择吉日举行仪式，揭去蒙在脸上的红绸，开始供奉。也称“开眼”。

译文

一出戏的开场白，称为“家门”。虽说字数不多，但是没有构思妥当、胸有成竹的人，就无法下笔去写。即使已拟定结构，还顾虑做起来，有些凝滞，不能顺顺当当地写出来，就不得不更改，所以这折戏是最难写的。如果笔锋锐利，写得顺畅自然，信手拈来些素材，都能写得头头是道，那么就从这一折写起；否则就不如先空着不写，等写完了再来补写。这就好比雕塑佛像的工匠不马上开光，画龙点睛的工作要等到最后，并不是人们故意要推迟，而是要等全像造好，它的身体侧向左，眼睛就应向左看，它的身体侧向右，眼睛就向右看，因为眼神的俯仰低徊，都是随身体转动的，不能预先计划好。这是剧作家最省心的方法，我一开始就告诉了大家，以后的作者动笔之前，就已经省了一番没用的劳苦，从这点也可知道我是戏剧界的功臣，我所说的这些话，都是切实可行的，是那些说大话骗人的人所没法比的。

原文

未说家门，先有一上场小曲，如《西江月》《蝶恋花》之类，总无成格，听人拈取。此曲向来不切本题，止是劝人对酒忘忧、逢场作戏诸套语。予谓词曲中开场一折，即古文之冒头，时文之破题，务使开门见山，不当借帽覆顶。即将本传中立言大意，包括成文，与后所说家门一词相为表里。前是暗说，后是明说，暗说似破题①，明说似承题②，如此立格，始为有根有据之文。场中阅卷，看至第二三行而始觉其好者，即是可取可弃之文；开卷之初，能将试官眼睛一把拿住，不放转移，始为必售之技。吾愿才人举笔，尽作是观，不止填词而已也。

·注释·

①破题：唐宋时应举诗赋和经义的起首处，须用几句话说破题目要义，叫破题。明清时八股文的头两句，也称破题，并成为一种固定的格式。

②承题：申述题意。八股文中之第二股叫“承题”。

·译文·

没说家门，还要先有一段上场的小曲，如《西江月》《蝶恋花》之类，并没有固定的规矩，由作者视情形随便选取。这种曲子一般都不用说明剧本的主题，只是一些劝人饮酒作乐、逢场作戏等客套话。我认为剧本中的开场一折，相当于古文中的冒头，八股文中的破题，一定要开门见山，不应遮遮掩掩的。也就是说要把整本戏中的主题大意进行总结概括，和后人所说的家门一词互为表里。前者是暗说，后者是明说，暗说像是破题，明说则像是承题，这样来确立格局，才算得上有根有据的文章。考场里阅卷，让人看到第二、三行才觉得好的文章，都是可取可不取的；只有那些刚打开卷子，一下子就能吸引住主考官的目光，并让他目不转睛的文章，才是必须推销出去的技巧。我希望才子们拿起笔来写作时，都要这样想，而不是只有写剧本时才这样做。

原文

元词开场，止有冒头数语，谓之“正名”，又曰“楔子”，多则四句，少则二句，似为简捷。然不登场则已，既用副末上场，脚才点地，遂尔抽身，亦觉张皇失次。增出家门一段，甚为有理。然家门之前，另有一

词，今之梨园皆略去前词，只就家门说起，止图省力，埋没作者一段深心。

大凡说话作文，同是一理，入手之初，不宜太远，亦正不宜太近。文章所忌者，开口骂题，便说几句闲文，才归正传，亦未尝不可，胡遽惜字如金，而作此卤莽灭裂[1]之状也？作者万勿因其不读而作省文。至于末后四句，非止全该，又宜别俗。元人楔子，太近老实，不足法也。

· 注释 ·

①卤莽灭裂：语出《庄子·则阳》，后多用以形容做事草率、粗疏。

· 译文 ·

元代的杂剧一开场只有几句话，叫作“正名”，又叫作“楔子”，多则四句，少则两句，似乎很简捷。但是，不登场也就算了，一旦让副末上场，脚才站稳，马上抽身就走，也是让人觉得匆忙失次的。所以，后人增加了家门这一折，是非常有道理的。不过在家门的前面，还有一首词，现在梨园中都略去了，只从家门开始，只是为了省些力气，却让作者的一片苦心白费了。

大凡说话和写文章，道理是相同的，刚开始时不要离主题太远，但太近也不适合。写文章最忌讳一下笔便从反面立论，先说些闲话，才言归正传，也是可以的，为什么要惜字如金，做出那副鲁莽的样子给人看呢？作者千万不要因为人们不愿读长篇大作而写出些俭省的文章。至于最后的四句定场诗，不仅要概括全剧，还要显得不俗气。元杂剧的楔子，过于呆板，不值得后人去学习。

冲　场

原文

开场第二折，谓之“冲场”。冲场者，人未上而我先上也，必用一悠长引子。引子唱完，继以诗词及四六排语，谓之“定场白”，言其未说之先，人不知所演何剧，耳目摇摇，得此数语，方知下落，始未定而今方定也。此折之一引一词，较之前折家门一曲，犹难措手。务以寥寥数言，道尽本人一腔心事，又且蕴酿全部精神，犹家门之括尽无遗也。同属包括之词，而分难易于其间者，以家门可以明说，而冲场引子及定场诗词全用暗射，无一字可以明言故也。非特一本戏文之节目全于此处埋根，而作此一本戏文之好歹，亦即于此时定价。何也？开手笔机飞舞，墨势淋漓，有自由自得之妙，则把握在手，破竹之势已成，不忧此后不成完璧。如此时此际文情艰涩，勉强支吾，则朝气昏昏，到晚终无晴色，不如不作之为愈也。然则开手锐利者宁有几人？不几阻抑后辈，而塞填词之路乎？曰：不然。有养机使动之法在：如入手艰涩，姑置勿填，以避烦苦之势；自寻乐境，养动生机，俟襟怀略展之后，仍复拈毫，有兴即填，否则又置，如是者数四，未有不忽撞天机者。若因好句不来，遂以俚词塞责，则走入荒芜一路，求辟草昧而致，文明不可得矣。

开场第二折戏，叫作“冲场”。冲场，意思是别人没上我就先上去了，此折首先一定要用一段悠长的引子。引子唱完后，接着唱诗词和四大排句，称之为“定场白”，意思是说他开口之前，人们都还不知道演的是什么戏，耳目茫然，等这几句话唱完，就弄清楚了，开头没定而现在定下来了。这一折的引子和词，比前面家门一折的曲子更难写。一定要用简单的几句话，将自己心中所想的情节和蕴藏的全部精神表达出来，就像家门一样概括完全而不能有一点遗漏。它和家门虽都是概括的语句，却有难易之分，因为家门可以明说，而冲场的引子和定场诗词全部都是暗含的，不能有一个字明说其意。不仅整本戏的情节都要在此处埋下伏笔，而且一本戏的好坏在这时也基本确定下来了。为什么呢？因为一开始就笔墨飞舞，才气横溢，有自由自得的妙处，则胸有成竹，有了破竹之势，就不用担心后面写得不完美了。如果这时都写得十分困难，勉勉强强的，早晨天气昏暗，一直到晚上都不会晴的，所以还不如及时停笔不写为好。但是，一动手就能写好的能有几个人呢？这不是要压抑后人，堵塞剧本创作的道路吗？回答说：不是这样。另外还有解决的途径：如果开始难写，不妨先放着不写，以免自寻烦恼；这样便可以去做其他事，从其他事当中找到些乐趣，陶冶性情，等到胸怀稍微舒畅以后，再来重写，有兴致就写下去，不然就再放下，这样反复多次，没有不忽然触发写作灵感的。如果因为想不出好的词句，就用俗话来代替，这等于是走进荒芜的草地，再想除杂求精，就不可能办到了。

出脚色

原文

本传中有名脚色，不宜出之太迟。如生为一家，旦为一家，生之父母随生而出，旦之父母随旦而出，以其为一部之主，余皆客也。虽不定在一出二出，然不得出四、五折之后。太迟则先有他脚色上场，观者反认为主，及见后来人，势必反认为客矣。即净丑脚色之关乎全部者，亦不宜出之太迟。善观场者，止于前数出所见，记其人之姓名；十出以后，皆是枝外生枝，节中长节，如遇行路之人，非止不问姓字，并形体面目皆可不必认矣。

本传之中有名有姓的角色，出场不应太迟。例如生角是一家人，旦角是一家人，那么生角的父母应和生角一块儿出场，旦角的父母和旦角一块儿出场，因为他们都是剧本中的主人公，其他都是配角。虽不一定要在第一出、第二出戏中出场，但他们的出场不能是在第四折、第五折之后。如果他们出场太迟，就会有其他角色先上场，观众反会把他们当作主角，等到见了后出场的人，势必反而被认作配角。就是关系到全部情节的净角、丑角，也不应出场太迟。懂得看戏的人，只记住前几出里所见到的角色的姓名；十出之后登场的角色都是后来添补上的，就像路上遇见的行人，不仅不用问姓名，就连形体、面貌也不用认得。

演习部

选剧第一

原文

填词之设，专为登场；登场之道，盖亦难言之矣。词曲佳而搬演不得其人，歌童好而教率不得其法，皆是暴殄天物，此等罪过，与裂缯毁璧等也。

方今贵戚通侯，恶谈杂技，单重声音，可谓雅人深致，崇尚得宜者矣。所可惜者：演剧之人美，而所演之剧难称尽美；崇雅之念真，而所崇之雅未必果真。尤可怪者：最有识见之客，亦作矮人观场，人言此本最佳，而辄随声附和，见单即点，不问情理之有无，以致牛鬼蛇神塞满氍毹[①]之上。极长词赋之人，偏与文章为难，明知此剧最好，但恐偶违时好，呼名即避，不顾才士之屈伸，遂使锦篇绣帙[②]沉埋瓿瓮之间。汤若士之《牡丹亭》《邯郸梦》得以盛传于世，吴石渠之《绿牡丹》《画中人》得以偶登于场者，皆才人侥幸之事，非文至必传之常理也。若据时优本念，则愿秦皇复出，尽火文人已刻之书，止存优伶所撰诸抄本，以备家弦户诵而后已。伤哉，文字声音之厄，遂至此乎！

吾谓《春秋》之法，责备贤者，当今瓦缶雷鸣，金石绝响，非歌者投胎之误，优师指路之迷，皆顾曲周郎

之过也。使要津之上，得一二主持风雅之人，凡见此等无情之剧，或弃而不点，或演不终篇而斥之使罢，上有憎者，下必有甚焉者矣。观者求精，则演者不敢浪习，黄绢色丝之曲，外孙齑臼之词，不求而自至矣。吾论演习之工而首重选剧者，诚恐剧本不佳，则主人之心血，歌者之精神，皆施于无用之地。使观者口虽赞叹，心实咨嗟[3]，何如择术务精，使人心口皆羡之为得也。

注释

①氍（qú）毹（shū）：指毛织地毯。旧时戏台演出常铺红色氍毹，因以氍毹或红氍毹代称戏台。

②锦篇绣帙：指华美的篇章。

③咨嗟：叹息。

设立填词这门艺术，只是为了登台演出；演出的规律，也很难说清楚。词曲好却找不到好演员，或歌童好却教导得不好，都是暴殄天物，这样的罪过，与撕裂绸缎、毁坏玉璧的行为是一样的。

如今的达官贵人都不喜欢谈论杂技，只看重声音，可说是品味高雅，推崇得当。可惜的是：演戏的人漂亮，所演的剧作却很难说都好；推崇高雅的想法是真切的，所推崇的高雅未必果真是高雅的。特别让人感到奇怪的是：非常有见识的人，也像矮人看戏一样，别人说这本戏在庸俗作品之间好，便也随声附和说好，看见戏单就点，也不问有没有情理，从而使得牛鬼蛇神塞满了戏台。非常擅长写作词赋的人，却偏要和文章为难，明明知道这本戏最好，只是怕偶然违反时尚，一说到它的名字就躲开了，也不管作者的升降沉沦，从而使得一些上好的佳作被埋没了。汤显祖的《牡丹亭》《邯郸梦》能够盛传于世，吴石渠的《绿牡丹》《画中人》得以偶尔搬上戏台演出，对才子来说都是很侥幸的事情，而不是因为文采好就一定能流传的常理。要是按当今优人的本来想法，则希望秦始皇再生，把文人已刻印的书全都烧掉，只留下优人自己创作的抄本，让家家户户传诵才算完。真让人痛心啊，文字、音乐所遭到的厄运，竟到了这般地步！

我认为写作《春秋》的目的是责备贤者奋发图强，现在粗糙的剧作风行于世，而杰出的佳作却被埋没，这不是因为演员投错了胎，或是优师指错了路，而是那些评论家的过错。如果在关键的地方，有一两个雅士主持大道，只要一见到这种无聊的剧作，或者放弃不点，或者演到一半就斥责他停演，上层人厌憎这种剧本，下层人就一定会更讨厌它。观众们希望看到精品，那么演员们也不敢乱学乱演了，这样，绝妙的剧作不用去刻意追求也会自然产生的。演习的技艺，我认为最重要的是选好剧本，这是因为怕剧本不好，主人和演员的心血、精力就都白白地浪费在无用之地了。与其让观众嘴上称好，心里却在叹息，何不在一开始选剧时就精益求精，让人心里、嘴上都称赞它好呢。

别古今

原文

选剧授歌童，当自古本始。古本既熟，然后间以新词，切勿先今而后古。何也？优师教曲，每加工于旧而草草于新，以旧本人人皆习，稍有谬误，即形出短长；新本偶尔一见，即有破绽，观者、听者未必尽晓，其拙

尽有可藏。且古本相传至今，历过几许名师，传有衣钵[①]，未当而必归于当，已精而益求其精，犹时文中“大学之道”“学而时习之”诸篇，名作如林，非敢草草动笔者也。新剧则如巧搭新题，偶有微长，则动主司之目矣。故开手学戏，必宗古本。而古本又必从《琵琶》《荆钗》《幽闺》《寻亲》等曲唱起，盖腔板之正，未有正于此者。此曲善唱，则以后所唱之曲，腔板皆不谬矣。旧曲既熟，必须间以新词。切勿听拘士腐儒之言，谓新剧不如旧剧，一概弃而不习。

盖演古戏，如唱清曲，只可悦知音数人之耳，不能娱满座宾朋之目。听古乐而思卧，听新乐而忘倦。古乐不必《箫》《韶》[②]，《琵琶》《幽闺》等曲，即今之古乐也。但选旧剧易，选新剧难。教歌习舞之家，主人必多冗事，且恐未必知音，势必委诸门客，询之优师。门客岂尽周郎，大半以优师之耳目为耳目。而优师之中，淹通文墨者少，每见才人所作，辄思避之，以凿枘不相入也。故延优师者，必择文理稍通之人，使阅新词，方能定其美恶。又必藉文人墨客参酌其间，两议佥同，方可授之使习。此为主人多冗，不谙音乐者而言。若系风雅主盟，词坛领袖，则独断有余，何必知而故询。

噫，欲使梨园风气丕变维新，必得一二缙绅[③]长者主持公道，俾词之佳音必传，剧之陋者必黜，则千古才人心死，现在名流，有不以沉香刻木而祀之者乎？

·注释·

①衣钵：佛教禅宗自初祖至五祖皆以衣钵相传，作为传法的信证，亦泛称师徒传承。衣，袈裟。钵，食具。

②《箫》《韶》：传说中虞舜时的音乐。

③缙绅：古代有官职的或做过官的人。也作搢绅。

·译文·

挑选剧本教授戏童唱戏，应当从古本开始。古本练熟之后，再间或让他们学新的剧本，千万不要先教新剧本后教古本。为什么要这样做呢？优师教戏，对旧的很精通，对新作却草草了事，因为旧戏是每个人都学的，稍出点儿错，就可以看出长短；新戏只是偶尔见到，就是有破绽，观众、听众不一定全都知道，很多短处可以隐藏起来。况且古本流传到现在，经过众多名师的衣钵相传，不当的地方也肯定得到了纠正，已很完美的地方也更加变得完美，这好比八股文中的“大学之道”“学而时习之”等题目一样，名作层出不穷，一般人不敢轻易动笔去写。新戏却像是巧妙地搭配新题目，偶然有一点儿长处，便引起了主考官的注意。所以刚开始学唱戏，一定要根据古本来学。而且，必须从《琵琶记》《荆钗记》

《幽闺记》《寻亲记》等古本唱起，因为腔调和配乐的准确，没有超过这几部戏的。这些曲子擅长唱了，以后唱的曲子，腔调就不会错了。旧曲唱熟了，就一定要加唱新的。千万别听那些老学究的话，认为新戏比不上旧戏，全都抛弃不去学。

演古戏，比方唱清曲，就只能让几个知音欣赏，而不能让满座宾朋欣赏。听古乐会让人想睡觉，听新乐则会让人忘记疲倦。古乐不一定非要虞舜时的《箫》《韶》，《琵琶记》和《幽闺记》等曲子，也就是现在的古乐。只不过选旧戏容易，选新戏难。教歌习舞的人家，主人肯定有许多杂事，并且不一定懂得音乐，自然会委托给门客去做，或向优师咨询。门客怎会全都懂得音乐呢，多半也是听优师的。优师中文采好的人少，一见到才子写的剧本，就想避开，因为雅俗不能共处。所以请优师，一定要选稍通文理的人，让他看新剧本，才能判断出剧本的好坏。另外，一定要让文人参加讨论，两方意见相同，才能让人传授学习。这是对忙碌又不懂音乐的主人说的。如果他是风雅的盟主，词坛的领袖，则独断有余，又何必故意向别人咨询。

唉，要改革梨园的风气，就一定得有一两个缙绅长者主持公道，让好剧本得以传播，差剧本得以废去，那么，古今的才子才会死心，现在的名流，有不以沉香刻木而对他们顶礼膜拜的吗？

剂冷热

原文

今人之所尚，时优之所习，皆在“热闹”二字；冷静之词，文雅之曲，皆其深恶而痛绝者也。然戏文太冷，词曲太雅，原足令人生倦，此作者自取厌弃，非人

有心置之也。然尽有外貌似冷而中藏极热，文章极雅而情事近俗者，何难稍加润色，播入管弦？乃不问短长，一概以冷落弃之，则难服才人之心矣。

予谓传奇无冷热，只怕不合人情。如其离合悲欢，皆为人情所必至，能使人哭，能使人笑，能使人怒发冲冠，能使人惊魂欲绝，即使鼓板不动，场上寂然，而观者叫绝之声，反能震天动地。是以人口代鼓乐，赞叹为战争，较之满场杀伐，钲鼓雷鸣，而人心不动，反欲掩耳避喧者为何如？岂非冷中之热，胜于热中之冷；俗中之雅，逊于雅中之俗乎哉？

·译文·

现在的人所崇尚的，现在的人所学习的，都是热闹二字；冷静文雅的剧情和唱词都是他们深恶痛绝的。然而剧情唱词太冷、太雅，本来就是令人生厌的，这是作者自取厌弃，不是别人存心使他如此。但是，也有外冷内热，文章极其典雅而情节近于通俗的剧本，只要稍微做出些修改，再让人配上管弦去演，有什么难的呢？如果不问好坏，全部弃而不用，就很难让文人心服了。

我认为剧本无所谓冷热，只怕不符合情理。比如，悲欢离合都是人情必至的，能让人哭，能让人笑，能让人怒发冲冠，能让人惊魂欲绝，即使不敲锣鼓，满场寂静无声，观众的喝彩声反倒能震天动地。这是用人的嘴代替锣鼓，用赞叹代替战争，比起满场杀喊声，战鼓雷鸣声，而人心却不被感动，反而想堵住耳朵躲避喧闹的情形，哪个更好呢？这难道不是冷中之热胜过热中之冷；俗中之雅逊色于雅中之俗吗？

变调第二

原文

变调者，变古调为新调也。此事甚难，非其人不行，存此说以俟作者。才人所撰诗赋古文，与佳人所制锦绣花样，无不随时更变。变则新，不变则腐；变则活，不变则板。至于传奇一道，尤是新人耳目之事，与玩花赏月同一致也。使今日看此花，明日复看此花，昨夜对此月，今夜复对此月，则不特我厌其旧，而花与月亦自愧其不新矣。故桃陈则李代，月满即哉生。花月无知，亦能自变其调，矧词曲出生人之口，独不能稍变其音，而百岁登场，乃为三万六千日雷同合掌之事乎？

吾每观旧剧，一则以喜，一则以惧。喜则喜其音节不乖，耳中免生芒刺；惧则惧其情事太熟，眼角如悬赘疣。学书学画者，贵在仿佛大都，而细微曲折之间，正不妨增减出入。若止为依样葫芦，则是以纸印纸，虽云一线不差，少天然生动之趣矣。因创二法，以告世之执郢斤[1]者。

注释

①郢斤：《庄子·徐无鬼》载，工匠挥斧削去郢人涂在鼻翼上的白粉，而不伤其人。比喻纯熟、高超的技艺。

·译文·

变调，就是把古调变成新调。这件事非常难做，不做这行的人做不了，只能等能做的人来做。文人所写的诗词文章和佳人所绣的锦绣花样，都会随时间的推移而变化。变化才会成新的，不变就成过时的了；变化了就是活的，不变就显得呆板。至于传奇一道，尤其是增长人们见识的事情，和玩花赏月是一回事。如果今天看了这花，明天还来看，昨夜看了这月亮，今夜还去看，则不仅我会厌烦它旧了，花和月亮也会为自己的不新鲜而感到自惭形秽的。所以桃花谢了就会有李花代替，月亮圆了就会出现缺口。花和月亮没有知觉，尚能够自己改变形态，词曲是活人演唱的，难道就不能稍微改些音调吗？演一百年的戏，就要三万六千日都做相同的事吗？

我每次看旧戏，都是又怕又喜。喜是因为它的音节不乖离，听着免得耳生出芒刺；怕的是其情节太熟悉，眼角如同悬着一块赘疣。学书、学画的人，看重模仿大概的情形，但在细微曲折的地方，倒不妨增减些出入。如果只是照葫芦画瓢，那么就只是用纸印纸，虽说一点儿不差，却没了生动自然的趣味。所以我发明了以下两种变调的方法，现在告诉给那些搞戏剧音乐的高手。

缩长为短

原文

观场之事，宜晦不宜明。其说有二：优孟衣冠[1]，原非实事，妙在隐隐跃跃之间。若于日间搬弄，则太觉分明，演者难施幻巧，十分音容，止作得五分观听，以

耳目声音散而不聚故也。且人无论富贵贫贱，日间尽有当行之事，阅之未免妨工。抵暮登场，则主客心安，无妨时失事之虑，古人秉烛夜游，正为此也。然戏之好者必长，又不宜草草完事，势必阐扬志趣，摹拟神情，非达旦不能告阕。然求其可以达旦之人，十中不得一二，非迫于来朝之有事，即限于此际之欲眠，往往半部即行，使佳话截然而止。

予尝谓好戏若逢贵客，必受腰斩之刑。虽属谑言，然实事也。与其长而不终，无宁短而有尾，故作传奇付优人，必先示以可长可短之法：取其情节可省之数折，另作暗号记之，遇清闲无事之人，则增入全演，否则拔而去之。此法是人皆知，在梨园亦乐于为此。但不知减省之中，又有增益之法，使所省数折，虽去若存，而无断文截角之患者，则在秉笔之人略加之意而已。法于所删之下折，另增数语，点出中间一段情节，如云昨日某人来说某话，我如何答应之类是也；或于所删之前一折，预为吸起，如云我明日当差某人去干某事之类是也。如此，则数语可当一折，观者虽未及看，实与看过无异，此一法也。

予又谓多冗之客，并此最约者亦难终场，是删与不删等耳。尝见贵介命题，止索杂单，不用全本，皆为可行即行，不受戏文牵制计也。予谓全本太长，零出太短，酌乎二者之间，当仿《元人百种》之意，而稍稍扩充之，另编十折一本，或十二折一本之新剧，以备应付忙人之用。或即将古书旧戏，用长房妙手[②]，缩而成之。

但能沙汰得宜，一可当百，则寸金丈铁，贵贱攸分，识者重其简贵，未必不弃长取短，另开一种风气，亦未可知也。此等传奇，可以一席两本，如佳客并坐，势不低昂，皆当在命题之列者，则一后一先，皆可为政，是一举两得之法也。有暇即当属草[3]，请以《下里》《巴人》，为《白雪》《阳春》之倡。

·注释·

①优孟衣冠：典出《史记·滑稽列传》，楚相孙叔敖死，优孟着孙叔敖衣冠，模仿其神态动作，楚庄王及左右不能辨，以为孙叔敖复生。后称登场演戏为“优孟衣冠”。

②长房妙手：费长房，东汉方士。《后汉书·方术列传八十二》中记载费长房有缩地神术，能将地缩短，使千里景色尽现眼前。

③属草：起草，写草稿。

看戏这件事，宜于晦暗而不宜于明亮。其原因有两点：演员扮演的本来就不是真事，隐隐约约才显得出妙处。如果在白天上演，观众看得太清楚，演员的幻巧之计难以得到充分发挥，十分的音容，只能让人欣赏到五分，这是耳目声音容易分散、不容易集中的缘故。并且不论富人、穷人，白天都有事要去做，看戏就不免要耽误工夫。等到晚上才演戏，宾主心情都很安定，不会有误时、误事的顾虑，古人拿着灯烛夜游，就是因为这一点。但是，好戏都比较长，又不能草草完事，一定要铺张志趣，摹演神情，不到天亮是演不完的。但是能看到天亮的人，十个中也没有一二个，不是迫于第二天有事，就是因为当时想睡觉，往往只看一半就走了，使得好戏看了一半就不能再看了。

我曾说过好戏如果遇到贵客，就会遭受腰斩的刑罚。虽然是戏言，却是事实。与其长而演不完，不如改短演得有头有尾，所以写完剧本交给优人时，一定要先告诉他可长可短的办法：选取情节可省略的数折，另外用暗号标明，遇到清闲没事的人，就添上一起演，不然的话就删掉。这办法人们都知道的，戏班也愿意这么做。但是，人们却不知道删减之中还有增补的办法，使删去的几折好像还存在一样，没有断文截角的毛病，这只要作者略加几笔就可做到。方法是在所删除的下一折之前，另外增加几句话，交代中间的一段情节，比如说昨天某人来说了什么话，我怎样回答的，等等；或者在所删除的前一折末尾，提前做些交代，比如我明天派某人去干什么事，等等。这样，几句话就可以代替一折，观众虽没看见，却和看过没有什么两样。这是一种办法。

我又说过，繁忙的观众，连最短的戏都看不完，对他们来说，删不删是一样的。我曾见过一名贵族点戏，只挑零杂的戏单，不点全本，都是为了要走就走，不受戏剧情节的牵制。我认为全本戏太长，零出戏又过短，最好是长短介于两者之间的，我们应当仿照《元人百种》的体例，稍微加长一点儿，另外编些十折一本，或十二折一本的新戏，用来应付事务繁忙之人。或者把古书旧戏精心改编，缩写成短篇。只要删减恰当，一字抵得上一百个字，那么就会达到寸金胜过丈铁的效果，识货的人看重它的简明扼要，不一定就不弃长篇而取短篇，从此便产生一种新风气，也不可预知。这种剧作，可以一次准备两本，如果宾客坐在一起，不分高低，都应当让他们点戏，那么就一后一先，都能随意而行，这是一举两得的方法。有空的话我就会去写，请让我用“下里巴人”，来倡导“阳春白雪”。

变旧成新

原文

演新剧如看时文，妙在闻所未闻，见所未见；演旧剧如看古董，妙在身生后世，眼对前朝。然而古董之可爱者，以其体质愈陈愈古，色相愈变愈奇。如铜器玉器之在当年，不过一刮磨光莹之物耳，迨其历年既久，刮磨者浑全无迹，光莹者斑驳成文，是以人人相宝，非宝其本质如常，宝其能新而善变也。使其不异当年，犹然是一刮磨光莹之物，则与今时旋造者无别，何事什佰其价而购之哉？旧剧之可珍，亦若是也。今之梨园，购得一新本，则因其新而愈新之，饰怪妆奇，不遗余力；演到旧剧，则千人一辙，万人一辙，不求稍异。观者如听蒙童背书，但赏其熟，求一换耳换目之字而不得，则是古董便为古董，却未尝易色生斑，依然是一刮磨光莹之物，我何不取旋造者观之？犹觉耳目一新，何必定为村学究，听蒙童背书之为乐哉？然则生斑易色，其理甚难，当用何法以处此？曰：有道焉。仍其体质，变其丰姿。如同一美人，而稍更衣饰，便足令人改观，不俟变形易貌，而始知别一神情也。体质维何？曲文与大段关目是已。丰姿维何？科诨与细微说白是已。曲文与大段关目不可改者，古人既费一片心血，自合常留天地之

间，我与何仇，而必欲使之埋没？且时人是古非今，改之徒来讪笑，仍其大体，既慰作者之心，且杜时人之口。

·译文·

演新戏就像看八股文，妙处在于听到和见到一些从没听过没见过的东西；演旧戏好比欣赏古董，妙处在于后世之人能见到前代之物。不过，古董的可爱，是因为它的体质愈陈愈古，而它的色相则愈变愈奇。比如铜器和玉器，在当时不过是刮磨得很光亮的东西，等到历经的年代久远了，刮磨的痕迹消失了，光亮的表面有了斑驳的图案时，人人都会珍惜，不是珍惜它平常的本质，而是喜爱它善变成新。如果它和当年一样还是一个刮磨光亮的物体，那么就和现在造的没有区别，哪里要用百十倍的价钱去买它呢？旧戏值得珍惜的道理，与此相同。现在的梨园，买得一个新剧本，就不遗余力地添枝加叶，让它变得更新；演旧戏时，却全都是一样，不去做任何变动。观众就像听小孩背书一样，只赏识他背得熟，连改换一个让人耳目一新的字都没有，这就好比古董仍然是古董，却没有变色生斑过，仍然是一个刮磨光亮的物体，这样的话我为什么不拿一个新造的来看呢？那样还会觉得耳目一新，却为什么一定要做老学究，把听小孩背书当作快乐之事呢？不过，让古董

生斑变色是很难的事，应当用什么办法来处理它呢？我说：有办法。保留它的体质，改变它的丰姿。像一个美人，稍稍换一下服饰，就足以让人对她改变印象，不等她改变形体面貌，就能知道她的另一种神情。戏剧的体质是什么？就是唱词和大段的关目。丰姿是什么？就是插科打诨和简短的说白。唱词和大段关目不能改，是因为古人费了许多心血，应当永远留传在世间，我和古人有什么仇恨，一定要使之埋没不可呢？并且当今的人厚古非今，改了只能让人嘲笑，保留古本的主要内容，既抚慰了作者的心，也堵住了今人的嘴。

原文

科诨与细微说白不可不变者，凡人作事，贵于见景生情，世道迁移，人心非旧，当日有当日之情态，今日有今日之情态，传奇妙在入情，即使作者至今未死，亦当与世迁移，自啭其舌，必不为胶柱鼓瑟之谈，以拂听者之耳。况古人脱稿之初，便觉其新，一经传播，演过数番，即觉听熟之言难于复听，即在当年，亦未必不自厌其繁，而思陈言之务去也。我能易以新词，透入世情三昧，虽观旧剧，如阅新篇，岂非作者功臣？使得为鸡皮三少之女[①]，前鱼不泣之男[②]，地下有灵，方颂德歌功之不暇，而忍以矫制[③]责之哉？但须点铁成金[④]，勿令画虎类狗。又须择其可增者增，当改者改，万勿故作知音，强为解事，令观者当场喷饭，而群罪作俑之人，则湖上笠翁不任咎也。此言润泽枯槁，变易陈腐之事。予尝痛改《南西厢》，如《游殿》《问斋》《逾墙》《惊梦》等科诨，及《玉簪·偷词》《幽闺·旅婚》诸宾白，付伶工搬演，以试旧新，业经词人谬赏，不以点窜

为非矣。

尚有拾遗补缺之法，未语同人，兹请并终其说。旧本传奇，每多缺略不全之事，刺谬难解之情。非前人故为破绽，留话柄以贻后人，若唐诗所谓“欲得周郎顾，时时误拂弦”，乃一时照管不到，致生漏孔，所谓“至人千虑，必有一失”。此等空隙，全靠后人泥补，不得听其缺陷，而使千古无全文也。女娲氏炼石补天，天尚可补，况其他乎？但恐不得五色石耳。姑举二事以概之。赵五娘于归两月，即别蔡邕，是一桃夭新妇。算至公姑已死，别墓寻夫之日，不及数年，是犹然一冶容诲淫之少妇也。身背琵琶，独行千里，即能自保无他，能免当时物议乎？张大公重诺轻财，资其困乏，仁人也，义士也。试问衣食名节，二者孰重？衣食不继则周之，名节所关则听之，义士仁人，曾若是乎？此等缺陷，就词人论之，几与天倾西北、地陷东南无异矣，可少补天塞地之人乎？

· 注释 ·

①鸡皮三少之女：出自《妆台记序》：“夏姬得道，鸡皮三少。”传说春秋陈灵公时的美女夏姬可以把皱得像鸡皮一样的脸三次恢复为少女模样。这里指将旧作呈现新貌。

②前鱼不泣之男：出自《战国策·魏策四》。龙阳君是战国时魏王的男幸，像美女一样婉转媚人，得宠于魏王。一天，他陪魏王钓鱼，钓得十条大鱼，不觉泪下。魏王惊问其故，他说：“我刚钓到鱼时很高兴，后又钓了一些大的，便想把前面钓的小鱼丢掉。四海之内，美人甚多，大王得到其他美女，必然也会将臣抛弃，臣怎能不

哭呢?”这里是反其意而用之。

③矫制：指假托君命行事。制，制书。

④点铁成金：神话故事中说仙人用手指一点，使铁变成金子，比喻把不好的作品改好。

·译文·

科诨和简短的说白却不能不改，这是因为人们做事，贵在见景生情，世道变了，人心也变了，当时有当时的情态，现在有现在的情态，传奇的妙处在于入情，即使作者到现在还没死，也会顺应时代的发展来改变他的口舌，肯定不会拘泥于原本一成不变地违背观众的意愿。况且古人刚脱稿之时，觉得它新，一经过传播，演过几遍，便觉得听熟的言语不能再听，就是在当年，也不一定不自厌其繁，而想到务必删除一部分老话。如果我能够把它改成新剧本，深刻地反映出当今的世道人情，虽是看旧戏，却像是看新戏一样，难道不是作者的功臣吗？使他的作品变成脱胎换骨的少女，永远受宠的少男，作者地下有灵，感激我还来不及，又怎么忍心责怪我改了他的原作呢？但是，改编旧戏必须做到点铁成金，不要画虎不成反类犬。另外还要选择可以增补的地方予以增补，应当修改的地方进行修改，千万别故作知音，勉强去改，让观众当场喷饭，群众追究起责任来，我是不会承担责任的。以上所说的是关于改编旧剧本的一些事情。我曾对《南西厢》一剧做了很大的修改，如《游殿》《问斋》《逾墙》《惊梦》等科诨，和《玉簪·偷词》《幽闺·旅婚》等的说白，都做了修改，让伶工去表演，试试新旧剧情，一些剧作家都很赞赏，没有责怪我的点窜为非。

还有一种拾遗补缺的方法，我没有告诉过同行，现在请让我说完吧。旧的传奇，往往有许多缺略不全的地方，以及荒谬不易理解的情节。这不是古人故意留下破绽，留下话柄让后人笑话，就像唐诗中所说的“欲得周郎顾，时时误拂弦”一样，是由于一时照顾不到，才出现的漏洞，也就是人们所说的“至人千虑，必有一失”。这些漏洞，全要靠后人来弥补，不能听任缺陷存在，而使长时间内没有完整的剧本。女娲氏曾炼石补天，天都可以补，何况其他东西呢？只是担心没有五色石罢了。在此试举两个事例来说明。赵五娘出嫁才两个月，就和丈夫蔡邕分离了，当时她是一个刚成婚的女人。等到她公婆都死了，她拜别公婆之墓去寻找丈夫时，也不过是几年时间，她也还是一个青春美貌的少妇。她却孤身一人背着琵琶，行走了千里，即使能自保不发生意外，难道也能避免当时人们的批评吗？张大公重诺轻财，在她困难时资助了她，是个仁人义士。那么请问吃穿和名节两件事，哪个更重要呢？赵五娘没有吃穿，他便接济她，可是事关名节的事他却听之任之，义士仁人曾是这样的吗？这些缺陷，就剧作家来说，是和天倾西北、地陷东南没什么两样的，还可以缺少修补天地的人吗？

原文

若欲于本传之外，劈空添出一人，送赵五娘入京，与之随身做伴，妥则妥矣，犹觉伤筋动骨，太涉更张。不想本传内现有一人，尽可用之而不用，竟似张大公止图卸肩，不顾赵五娘之去后者。其人为谁？着送钱米助丧之小二是也。《剪发》白云：“你先回去，我少顷就着小二送来。”则是大公非无仆从之人，何以吝而不使？予为略增数语，补此缺略，附刻于后，以政同心。此一事也。《明珠记》[①]之《煎茶》，所用为传消递息之人者，塞鸿是也。塞鸿一男子，何以得事嫔妃？使宫禁之内，可用男子煎茶，又得密谈私语，则此事可为，何事不可为乎？此等破绽，妇人小儿皆能指出，而作者绝不经

心，观者亦听其疏漏；然明眼人遇之，未尝不哑然一笑，而作无是公②看者也。若欲于本家之外，凿空构一妇人，与无双小姐从不谋面，而送进驿内煎茶，使之先通姓名，后说情事，便则便矣，犹觉生枝长节，难免赘语。不知眼前现有一妇，理合使之而不使，非特王仙客至愚，亦觉彼妇太忍。彼妇为谁？无双自幼跟随之婢，仙客现在作妾之人，名为采蘋是也。无论仙客觅人将意，计当出此，即就采蘋论之，岂有主人一别数年，无由把臂，今在咫尺，不图一见，普天之下有若是之忍人乎？予亦为正此迷谬，止换宾白，不易填词，与《琵琶》改本并刊于后，以政同心。又一事也。其余改本尚多，以篇帙浩繁，不能尽附。总之，凡予所改者，皆出万不得已，眼看不过，耳听不过，故为铲削不平，以归至当，非勉强出头、与前人为难者比也。凡属高明，自能谅其心曲。

·注释·

①《明珠记》：明代陆采所作，讲述王仙客和刘无双的爱情故事。

②无是公：汉代司马相如《子虚赋》中虚构的人物，后以其泛指虚构的人物。

·译文·

如果在本传之外，凭空增加一个人物送赵五娘入京，和她相随做伴，妥当是妥当，仍然觉得伤筋动骨，改动过大。可是本传中就有个现成的人，完全可以用得上却没有用，结果倒像是张大公只图解脱自己的责任，却不管赵五娘走后会怎么样。这个人是谁呢？就是张大公派去给赵五娘送钱粮助丧的仆从小二。《剪发》一折中张大公的宾白说："你先回去，我少顷就着小二送来。"可见大公并不是没有仆从的人，为何吝啬到不派他和赵五娘同行呢？我给它稍稍增补几句话，修补这个缺陷，附于本书后面，让大家看看。这是一件事。《明珠记》的《煎茶》一折中，用作传递消息的人，是塞鸿。塞鸿是个男人，如何能够侍奉嫔妃？如果宫禁之内，可用男人来煎茶，又能够密谈私语，这些都能做，那么什么事不能做呢？这样的破绽，是女人和小孩都能指出来的，但是作者却没有留意，观众也听任这种漏洞存在；然而明眼人见了，不免哑然一笑，当作戏中没有此人一样地看了。如果想在本传之外凭空捏造一个妇人，和无双小姐从没有见过面，却送进驿馆内煎茶，让她先报姓名，后说事情，行倒是行，但让人感觉是在瞎添枝节，难免添些累赘的话。殊不知剧中本来就有一个现成的妇人，应让她去却没有派她去，不仅是王仙客太蠢，也让人觉得这个妇人心太狠。这个妇人是谁呢？就是无双从小的跟随婢女，王仙客现在的妾，名字叫作采苹的。不说王仙客找人送信应当从此处想办法，就拿采苹来说，与主人一别数年，从未再见过，现在离得那么近，却不希望见上一面，难道天下有这样狠心的人吗？我为此修补缺陷时，也只

是换了说白，没变唱词，和《琵琶记》修改本一起附刊在后，让朋友们看看。这是第二件事。其余修改的剧本还很多，因为篇幅太长，不能全部附上。总而言之，凡是我修改的，都是应当修改的，眼睛看着不舒服，耳朵听着也不舒服，所以就修改了不平之处，让它显得更合情合理，并不是逞强出风头想与古人为难。凡是高明之人，相信都能理解我的心声。

原文

插科打诨之语，若欲变旧为新，其难易较此奚止百倍。无论剧剧可增，出出可改，即欲隔日一新，逾月一换，亦诚易事。可惜当世贵人，家蓄名优数辈，不得一诙谐弄笔之人，为种词林萱草[①]，使之刻刻忘忧。若天假笠翁以年，授以黄金一斗，使得自买歌童，自编词曲，口授而身导之，则戏场关目，日日更新，毡上诙谐，时时变相。此种技艺，非特自能夸之，天下人亦共信之。然谋生不给，遑问其他？只好作贫女缝衣，为他人助娇，看他人出阁而已矣。

注释

①萱草：又称忘忧草，据说可以使人忘记忧愁。

译文

插科打诨这类言语，如果想变旧为新，其难度比起上文所说的修改，相差又何止百倍。不要说每个剧本、每出戏都可增补和修改，即使每日改一次，或每月改一次，都是很容易的事。可惜现在的贵人，家中养着许多有名的优人，却没有一个诙谐善谈、精通写作的人，为他种上文坛的忘忧草，让他没有一丝烦恼。如果老天爷还让我多活几年，送给我一斗黄金，让我自买歌童，自编剧本，亲自教授他们，那么戏场上的情节就会日日更新，唱词也会天天变样。我的这种技艺，并不只是我自己夸口的，天下的人也都相信。但是饭都吃不饱，哪里还谈得上其他事呢？就好像贫苦人家的姑娘一样，为他人做嫁衣，替别人增添妩媚，看别人出嫁罢了。

授曲第三

原文

声音之道，幽渺难知。予作一生柳七[①]，交无数周郎，虽未能如曲子相公[②]身都通显，然论其生平制作，塞满人间，亦类此君之不可收拾。然究竟于声音之道未尝尽解，所能解者，不过词学之章句，音理之皮毛，比之观场矮人，略高寸许，人赞美而我先之，我憎丑而人和之，举世不察，遂群然许为知音。

噫，音岂易知者哉？人问：既不知音，何以制曲？予曰：酿酒之家，不必尽知酒味，然秫多水少则醇醲，曲好糵精则香冽，此理则易谙也；此理既谙，则杜康[③]不难为矣。造弓造矢之人，未必尽娴决拾[④]，然曲而劲者利于矢，直而锐者宜于鹄，此道则易明也；既明此道，即世为弓人矢人可矣。虽然，山民善跋，水民善

涉，术疏则巧者亦拙，业久则粗者亦精；填过数十种新词，悉付优人，听其歌演，近朱者赤，近墨者黑，况为朱墨所从出者乎？粗者自然拂耳，精者自能娱神，是其中菽麦亦稍辨矣。语云："耕当问奴，织当访婢。"予虽不敏，亦曲中之老奴，歌中之黠婢也。请述所知，以备裁择。

· 注释 ·

①柳七：柳永，北宋词人。原名三变，字耆卿，因排行七，又称柳七。作品多为慢词，喜用俗语填词，开拓了词的表现领域。

②曲子相公：五代晋相和凝的绰号。字成绩，郓州须昌人。少年时好为曲子词，所作流传颇广，故世称他为"曲子相公"。

③杜康：相传最早酿酒的人。

④决拾：这里指射箭。决，通"抉"，扳指，多以骨制，套在右手拇指上，用以钩弦。拾，套袖，革制，套在左臂上，用以护臂。

· 译文 ·

乐曲的真谛深奥无形，难以理解。我一生都像柳永那样填词作曲，与很多音乐人士交往，虽然没能像和凝那样声名显赫，但我平生所作的词曲，也可以说是充满了人世，也像他那样多得无法收拾了。不过，我到底也没能完全理解乐曲的真谛，所能理解的不过是诗词中个别章句的写作，乐曲中的一些皮毛，只不过比看热闹的矮人，稍稍高出一寸多而已，人家赞美夸奖的，我也就说好，我憎恶嫌丑的，别人也随声附和，大家都不明白真相，就一致认定我是个行家。

唉，乐曲怎么会是容易理解的呢？有人问我：你既然不懂音乐，又怎么能创作曲谱呢？我回答说：酿造美酒的人家，不一定都会品尝酒的美味，但高粱多些、水分少些酒味就醇厚，酒曲好、酒糟精致酒就香冽可口，这个道理是很容易懂的；既然知道这个道理，那么想会酿造美酒杜康就不难了。制造弓箭的人并不一定都懂得射箭之术，但弯曲度好而有劲力的弓就好用，笔直而锋利的箭容易射中目标，这个道理却是很容易明白的；明白了这个道理之后，就可以世世代代做制造弓箭的匠人了。尽管山里的人善于走山路，水边的人善于游泳，但如果总不练习，灵巧的人也会变得笨拙，经常练习的话，不太精通的人也会变得十分精通了；我为几十种剧本填写过词曲，并把它们拿去让优人们排演，看他们的歌舞演示，近朱者赤，近墨者黑，又何况这些作品都出自自己笔下呢？粗劣之处听起来自然不顺耳，精巧美妙之处倒也能够令人身心愉悦的，这样，作品当中的优劣好坏也就逐渐可以分辨出来了。俗话说得好：“种田的事情应当去请教奴仆，织布纺纱的事情应当去请教婢女。”我虽然不是很聪明，但也算是个作曲的老奴、填词的巧婢了。下面我就把自己所精通的详细记录下来，以供后人参考指教。

解明曲意

原文

唱曲宜有曲情，曲情者，曲中之情节也。解明情节，知其意之所在，则唱出口时，俨然此种神情，问者是问，答者是答，悲者黯然魂销而不致反有喜色，欢者怡然自得而不见稍有瘁容。且其声音齿颊之间，各种俱有分别，此所谓曲情是也。

吾观今世学曲者，始则诵读，继则歌咏，歌咏既成

而事毕矣。至于“讲解”二字，非特废而不行，亦且从无此例。有终日唱此曲，终年唱此曲，甚至一生唱此曲，而不知此曲所言何事，所指何人。口唱而心不唱，口中有曲而面上身上无曲，此所谓无情之曲，与蒙童背书，同一勉强而非自然者也。虽腔板极正，喉舌齿牙极清，终是第二、第三等词曲，非登峰造极之技也。欲唱好曲者，必先求明师讲明曲义。师或不解，不妨转询文人，得其义而后唱。唱时以精神贯串其中，务求酷肖。若是，则同一唱也，同一曲也，其转腔换字之间，别有一种声口，举目回头之际，另是一副神情，较之时优，自然迥别。变死音为活曲，化歌者为文人，只在“能解”二字，解之时义大矣哉！

译文

唱曲的时候应该理解曲情，曲情，就是戏曲中的情节。了解了情节，知道了它的大意是怎么回事，那么唱出口时就能很正确地表达出其内在的神韵，发问时会有疑问的样子，回答时会有回答的神情，悲伤的曲子会唱得低沉婉转、令人神伤，而不会表现出喜色，令人欢愉的曲子会唱出欢畅自然，而不会露出一丝的哀容。而且演唱之人的声音、齿形和面容都要根据具体的戏曲情节做出相应的变化配合，以表现出不同，这就是所谓的曲情。

我看当今那些学戏曲的人，开始都是通读朗诵，接着就练习演唱，演唱练好了之后就算学会了。至于说到讲解剧情曲意，不仅废弃不实行了，甚至好像从来都没有过先例似的。有的人一天到晚唱这支曲子，一年到头唱这支曲子，甚至一辈子都在唱这同一支曲子，却从来不知道这支曲子说的是什么事，讲的是什么人。嘴上唱唱而没有用心去体会，嘴里唱这支曲子，但面容上、体态上没有与之配合，这就是常说的无情的曲子，这和学童背书一样勉强，绝不是自然而然从内心唱出来的。虽然唱腔、板式唱得极其正确，发音的齿形也很标准，但也只能算是第二、第三等的唱法，并不是登峰造极的艺术。如果想把曲子唱好，一定要先求高明的老师讲明曲子的真正深意。老师若不懂，你不妨去请教文人，直到明白了它的意义之后再去演唱。唱的时候，把感情贯注到曲词里面，一定要力求达到角色的真情实感的程度。如果是这样，那么采用同一个唱腔演唱同一支曲子，在转换腔调、迭换韵律的时候，就会别有一种声口，抬头回眸的一瞬间，就会另有一种神情，和当代的优人相比，自然不同。把死谱变成活生生的曲调，把单纯的歌者变成文人，关键在于能够理解词曲的大意，理解的意义确实很大啊！

锣鼓忌杂

原文

戏场锣鼓，筋节所关，当敲不敲，不当敲而敲，与宜重而轻，宜轻反重者，均足令戏文减价。此中亦具至理，非老于优孟者不知。最忌在要紧关头，忽然打断。如说白未了之际，曲调初起之时，横敲乱打，盖却声音，使听白者少听数句，以致前后情事不连，审音者未闻起调，不知以后所唱何曲。

打断曲文，罪犹可恕，抹杀宾白，情理难容。予观场每见此等，故为揭出。又有一出戏文将了，止余数句宾白未完，而此未完之数句，又系关键所在，乃戏房锣

鼓早已催促收场，使说与不说同者，殊可痛恨。故疾徐轻重之间，不可不急讲也。场上之人将要说白，见锣鼓未歇，宜少停以待之，不则过难专委，曲、白、锣鼓，均分其咎矣。

·译文·

戏场上的锣鼓伴奏，起着很关键的作用，应该敲时却不敲，不应该敲时偏偏敲起来，和应该重敲却敲得很轻，应该轻敲却敲得很重，都会让戏文的价值大打折扣。这其中蕴藏着很深的道理，没有丰富演出经验的行家是不会知道的。戏场上敲锣鼓，最忌讳在紧要关头忽然打断。比如在独白没有结束之际，曲调刚刚奏响之时，锣鼓手横敲乱打一通，锣鼓声把独白和曲调的声音都淹没了，使倾听独白的人少听见了几句，导致他们对前后剧情的理解不能连贯，欣赏音乐的人则因此没有听见初始曲调，无法知道后来唱的是什么曲子。

打断曲调的罪过还可以宽恕，但将独白的大意都抹杀掉，于情于理都是令人难以容忍的。我常常遇到这种恶劣情况，所以在此特意揭示出来。还有的情况是，一出戏就要结束了，只剩下几句宾白还没有说完，而这几句没有说完的宾白，又是全戏的关键之处，但戏场边上的锣鼓却早已敲响，急着催促收场了，使得说不说那几句宾白没什么区别，这实在是令人痛恨至极。所以敲锣鼓的快

慢轻重的技巧与要求，不可以不急着向人讲出来。戏场上的演员将要说宾白的时候，如果见到锣鼓正敲得起劲，应该稍稍停歇一会儿，等锣鼓声停了再说，否则的话，宾白受到影响的过错就不能全怪在锣鼓手身上，演员、宾白、锣鼓，应该共同承担责任了。

教白第四

原文

教习歌舞之家，演习声容之辈，咸谓唱曲难，说白易。宾白熟念即是，曲文念熟而后唱，唱必数十遍而始熟，是唱曲与说白之工，难易判如霄壤。时论皆然，予独怪其非是。唱曲难而易，说白易而难，知其难者始易，视为易者必难。

盖词曲中之高低抑扬，缓急顿挫，皆有一定不移之格，谱载分明，师传严切，习之既惯，自然不出范围。至宾白中之高低抑扬，缓急顿挫，则无腔板可按、谱籍可查，止靠曲师口授；而曲师入门之初，亦系暗中摸索，彼既无传于人，何从转授于我？讹以传讹，此说白之理，日晦一日而人不知。人既不知，无怪乎念熟即以为是，而且以为易也。

吾观梨园之中，善唱曲者，十中必有二三；工说白者，百中仅可一二。此一二人之工说白，若非本人自通

文理，则其所传之师，乃一读书明理之人也。故曲师不可不择。教者通文识字，则学者之受益，东君[1]之省力，非止一端。苟得其人，必破优伶之格以待之，不则鹤困鸡群，与侪众[2]无异，孰肯抑而就之乎？然于此中索全人，颇不易得。不如仍苦立言者，再费几升心血，创为成格以示人。自制曲选词，以至登场演习，无一不作功臣，庶于为人为彻之义，无少缺陷。虽然，成格即设，亦止可为通文达理者道，不识字者闻之，未有不喷饭胡卢[3]，而怪迂人之多事者也。

注释

①东君：犹东家。对主人的尊称。

②侪众：指同类人，普通人。

③胡卢：喉咙间发出的笑声。

译文

教授歌舞的人家，排演戏曲的人，都认为唱曲子较难，说宾白较易。宾白只要说熟了就可以了，曲文则要先念熟了再去练唱，必须练唱几十遍才能掌握，因此唱曲和说宾白的难易程度有天壤之别。时下的人都持有这种观点，唯独我觉得不是这么回事。说唱曲难，实际容易，说宾白容易，实际较难，知道了它们难在何处，学起来才容易些，被看作容易的，实际上一定很难。

总的来说，戏曲中唱词音调的高低缓急，抑扬顿挫，都有难以更改的一定之规，这在曲谱上标示得很清楚，老师传授讲解时要求得十分严格，学生练唱，久而久之就习惯于这些规则，自然也就不容易超出范围了。至于宾白中的高低缓急，抑扬顿挫，就没有什么腔板可以依照了、没有什么曲谱可以查询，只能靠戏曲老师以口相授；可戏曲老师在当初入门学戏的时候，也是靠自己暗中摸索的，既然没有人向他传授过，他又怎能转而向我传授呢？结果以讹传讹，演说宾白的道理也就一天比一天埋没得更深了，人们根本也就不知道了。人们既然不知道说宾白的技巧，也不怪他们还认为念熟了就是会说了，而且以为那是很容易的事。

我看戏曲界，善于唱曲的，十个人里必定有两三个；善于说宾白的人，一百个人里也就只有一两个人。这一两个人善于说宾白，如果不是因为自己懂得文理，就是因为传授他技艺的老师是个明白文理的读书人。所以不能不对教唱戏曲的老师有所选择。老师通晓文理，那么学生所得到的益处，主人省事方便的地方，就不止一处。如果真要找到这样合适的戏曲老师，就一定要打破常规来对待他，否则就会使他像仙鹤困在鸡群中一样，跟平庸大众没有差别，这样的话，谁肯委屈自己而待在你的家里呢？但要在戏曲老师中找到那种合适的全才，也非常不容易。我不如再受点儿苦，再耗费几升心血，创立出一种现成的规范供大家参考。从填词谱曲，一直到登上舞台表演，每一个环节都涉及，遵照帮人就帮到底的道理，每一项细节都不缺少。即使是这样，设立好说宾白的规范，也只是对通晓文理的人说的，不识字的人听到了，没有不喷饭嘲笑我，责怪我迂腐怪异、多管闲事的。

高低抑扬

原文

宾白虽系常谈，其中悉具至理，请以寻常讲话喻之。明理人讲话，一句可当十句；不明理人讲话，十句抵不过一句，以其不中肯綮也。宾白虽系编就之言，说

之不得法，其不中肯綮等也。犹之倩人传语，教之使说，亦与念白相同，善传者以之成事，不善传者以之偾事[①]，即此理也。此理甚难亦甚易，得其孔窍[②]则易，不得孔窍则难。此等孔窍，天下人不知，予独知之。天下人即能知之，不能言之，而予复能言之。请揭出以示歌者。白有高低抑扬。何者当高而扬？何者当低而抑？曰：若唱曲然。曲文之中，有正字，有衬字。每遇正字，必声高而气长；若遇衬字，则声低气短而疾忙带过。此分别主客之法也。说白之中，亦有正字，亦有衬字，其理同，则其法亦同。一段有一段之主客，一句有一句之主客。主高而扬，客低而抑，此至当不易之理，即最简极便之法也。

凡人说话，其理亦然。譬如呼人取茶取酒，其声云："取茶来！""取酒来！"此二句既为茶酒而发，则"茶""酒"二字为正字，其声必高而长，"取"字、"来"字为衬字，其音必低而短。再取旧曲中宾白一段论之。《琵琶·分别》白云："云情雨意，虽可抛两月之夫妻；雪鬓霜鬟，竟不念八旬之父母！功名之念一起，甘旨之心顿忘，是何道理？"首四句之中，前二句是客，宜略轻而稍快，后二句是主，宜略重而稍迟。"功名""甘旨"二句亦然，此句中之主客也。"虽可抛""竟不念"六个字，较之"两月夫妻""八旬父母"，虽非衬字，却与衬字相同，其为轻快，又当稍别。至于"夫妻""父母"之上二"之"字，又为衬中之衬，其为轻快，更宜倍之。是白皆然，此字中之主客也。常见不解事梨园，每于四六句中之“之”字，与上下正文同其轻重疾徐，是谓菽麦不辨，尚可谓之能说白乎？此等皆言宾白，盖场上所说之话也。

至于上场诗，定场白，以及长篇大幅叙事之文，定宜高低相错，缓急得宜，切勿作一片高声，或一派细语，俗言“水平调”是也。上场诗四句之中，三句皆高而缓，一句宜低而快。低而快者，大率宜在第三句，至第四句之高而缓，较首二句更宜倍之。如《浣纱记》定场诗云：“少小豪雄侠气闻，飘零仗剑学从军。何年事了拂衣去，归卧荆南梦泽云。”“少小”二句宜高而缓，不待言矣。“何年”一句必须轻轻带过，若与前二句相同，则煞尾一句不求低而自低矣。末句一低，则懈而无势，况其下接着通名道姓之语。如“下官姓范名蠡，字少伯。”“下官”二字例应稍低，若末句低而接者又低，则神气索然不振矣。故第三句之稍低而快，势有不得不然者。此理此法，谁能穷究至此？然不如此，则是寻常应付之戏，非孤标特出之戏也。高低抑扬之法，尽乎此矣。

· 注释 ·

①偾事：把事情搞坏，即坏事。

②孔窍：洞孔，指窍门、门道。

·译文·

宾白虽然是平常的俗话，但其中也包含着深刻的道理，打个简单的比方。明白事理的人讲话，一句可以抵得上十句；不明白事理的人讲话，十句也抵不上一句，因为他没有说到点子上。宾白虽然是编写好了的话，但如果说得不得法，也跟不明事理的人一样说不到点子上。这就好比让别人传话，教他如何去说，也与念白相同，会传话的人能把事情办成功，不会传话的人肯定会使事情变得更糟，就是这个道理。这个道理看起来很难其实很容易，找到了窍门就容易，找不到窍门就难。这种窍门，天下人都不知道，只有我一个人知道。天下人即使知道，也不能表达出来，而我又能把它表达出来。下面就让我把它揭示出来，供歌者做参考吧。说宾白要讲究高低抑扬。何处该高该扬？何处该低该抑？回答说：跟唱曲的规律一样。曲文之中，有正字，有衬字。每当遇到正字，必须唱得声高气长；如果遇到衬字，就要唱得声低气短且很快带过去。这是区分主客的办法。宾白当中，也有正字和衬字之分，道理一样，方法也一样。一段有一段的主客，一句有一句的主客。主句主字要说得声高气扬，客句客字要说得声低气短，这是极其正确并且不可改变的真理，也是最简单方便的说白之法。

一般来讲，人们说话的道理也是这样。比如叫别人去取茶拿酒，就说："取茶来！""取酒来！"这两句话既然是为了茶和酒而说的，那么"茶""酒"二字就是正字，说的时候必须声高气长，"取"字、"来"字是衬字，说时必须声低气短。再拿旧戏曲中的一段宾白为例来说这个道理。《琵琶记·分别》一折戏中有段宾白："云情雨意，虽可抛两月之夫妻；雨鬓霜鬟，竟不念八旬之父母！功名之念一起，甘旨之心顿忘，是何道理？"开头四句之中，前两句是客句，应该念得稍快略轻，后两句是主句，应念得稍慢略重。"功名""甘旨"两句也是这个道理。这是应了句中主客有别之法。"虽可抛""竟不念"六个字，与“两月夫妻”“八旬父母”来比，虽然不是衬字，却和衬字一样，要念得轻快些，又要与衬字念法稍有细微差别。至于“夫妻”“父母”前的两个“之”字，又是衬字中的衬字，更要念得特别轻快。凡是宾白都依循这个道理，这是字中的主客之法。常常看到不懂这道理的演唱者，每当念到这四六句的时候，把“之”字念得轻重快慢和上下正文一个样，这可以说是连豆子和麦子都分不清楚，还能称他会说宾白吗？以上都说的是宾白，也就是戏场上演员所说的话。

至于上场诗，定场白，以及长篇大套的叙事文字，一定要念得高低错落，缓急适宜，千万不能一个劲儿地高声，或一味地低语，成为俗话讲的“水平调”。上场诗的四句当中，有三句都是声高而气缓的，一句应该说得声低而快的。声低而快的那句，通常是放在第三句说，到了第四句，要比前两句声音更加慢。例如，《浣纱记》的定场诗中说：“少小豪雄侠气闻，飘零仗剑学从军。何年事了拂衣去，归卧荆南梦泽云。”“少小”两句应该说得高昂而舒缓，自不用说了。“何年”一句必须轻声带过，如果与前两句相同的话，那么收尾的一句不想低也要低了。收尾句要是一低，那整段就会显得松懈，没有了气势，况且接下来还要通报姓甚名谁。比如“下官姓范名蠡，字少伯。”“下官”两个字按照常规应该声音低些，如果上面收句低了，接着一句又低，就会使整个人物的神情气势显得萎靡不振了。所以第三句要念得稍低而快，是有其不得不如此的道理。这道理这方法，谁能探究到如此程度？但不这样，就只能排演出平常应付的戏，而不是出类拔萃的戏曲了。说宾白的高低抑扬的理法，不外乎这些了。

原文

优师既明此理，则授徒之际，又有一简便可行之法，索性取而予之：但于点脚本时，将宜高宜长之字用朱笔圈之，凡类衬字者不圈。至于衬中之衬，与当急急

赶下、断断不宜沾滞[1]者，亦用朱笔抹以细纹，如流水状，使一一皆能识认。则于念剧之初，便有高低抑扬，不俟登场摹拟。如此教曲，有不妙绝天下，而使百千万亿之人赞美者，吾不信也。

·注释·

①沾滞：停留，拘执而不通达。

·译文·

优师明白了这个道理之后，在教授学生的时候，还有一种简单易行的方法，我索性也说出来供你参考：在校点戏曲脚本时，把该念得高、念得长的字用红色笔迹圈点出来，凡是属于衬字的都不圈。至于衬字中的衬字，应当赶快带过去，万万不可念得拖泥带水的字，也要用红色笔迹画上细线，就像流水的样子，好让学生能一一辨认清楚。那么，学生在一开始学念宾白，就有高低抑扬的认知，不用等到登场表演了再去效仿。这样教曲，如果不能达到绝妙境地，而令千百万亿人赞美，我是不相信的。

缓急顿挫

原文

缓急顿挫之法，较之高低抑扬，其理愈精，非数言可了。然了之必须数言，辩者愈繁，则听者愈惑，终身不能解矣。

优师点脚本授歌童，不过一句一点，求其点不刺谬，一句还一句，不致断者联而联者断，亦云幸矣，尚能询及其他？即以脚本授文人，倩其画文断句，亦不过每句一点，无他法也。而不知场上说白，尽有当断处不断，反至不当断处而忽断；当联处不联，忽至不当联处而反联者。此之谓缓急顿挫。此中微渺，但可意会，不可言传；但能口授，不能以笔舌喻者。不能言而强之使言，只有一法：大约两句三句而止言一事者，当一气赶下，中间断句处勿太迟缓；或一句止言一事，而下句又言别事，或同一事而另分一意者，则当稍断，不可竟连下句。是亦简便可行之法也。此言其粗，非论其精；此言其略，未及其详。精详之理，则终不可言也。

当断当联之处，亦照前法，分别于脚本之中，当断处用朱笔一画，使至此稍顿，余俱连读，则无缓急相左之患矣。

妇人之态，不可明言，宾白中之缓急顿挫，亦不可明言，是二事一致。轻盈袅娜，妇人身上之态也；缓急顿挫，优人口中之态也。予欲使优人之口，变为美人之身，故为讲究至此。欲为戏场尤物者，请从事予言，不则仍其故步。

缓急顿挫的方法，和高低抑扬的方法相比，显得更加精微深细，不是几句话就能说明白的。但又必须用几句话说明白，结果辩论的人越多，听的人越糊涂，一辈子也弄不明白了。

戏曲老师点脚本教授学生，也不过是一句一点，只要他点得没有错误，有一句点一句，不至于该断的仍连、该连通的点断，就已经是万幸的了，还能有更高的要求吗？就是拿脚本给文人，请他画文断句，也不过是每句一点而已，并没有其他办法。但他却无从知道，戏场上演出的说白，有很多该断开的地方不断开，反而在不应该断开的地方突然断开；有很多该连的地方不连，却在不该连的地方强行连起来念。这就叫作缓急顿挫。其中的微妙之处，只能让人意会，不可言传；只能用口传授，不能用笔说明白。非要让我说出来不可的话，只有一个办法：大约用两三句话只说一件事情，便应当一口气说下来，中间断句的地方也不能太迟缓；有时一句话只说一件事情，而下一句又说另一件事情，或者说的是同一件事，但其中又埋藏着其他的情节，就应该念得稍微舒缓一下，不能一口气说好几句。这是简单易行的方法。这是粗谈，不是精论；只是略说，没有详言。至于那些精深玄妙的道理，终究是不能用语言表达清楚的。

念宾白时，该断该连的地方，也可以按照前面讲过的办法，分别在脚本之中，在应该断开的地方用红色笔迹标示一下，让演员念到此处时知道稍微停顿一下，其他的都连起来念，就不会发生缓急相左这样的错误了。

女子的身姿体态之美，不能用语言表达清楚，宾白当中的缓急顿挫，也不能用语言表达明白，这两者的道理是一样的。轻盈袅娜，这是女子身体的姿态；缓急顿挫，这是优人口中的姿态。我想要让优人的口变成美女的身体，故而论说到这种程度。想要做戏剧场上的尤物，就请按照我说的去做，不然的话，就只能保持原来的水平而没有提高。

声容部

选姿第一

原文

“食、色，性也。”“不知子都之姣者，无目者也[①]。”古之大贤择言而发，其所以不拂人情，而数为是论者，以性所原有，不能强之使无耳。人有美妻美妾而我好之，是谓拂人之性；好之不惟损德，且以杀身。我有美妻美妾而我好之，是还吾性中所有，圣人复起，亦得我心之同然，非失德也。

孔子云：“素富贵，行乎富贵[②]。”人处得为之地，不买一二姬妾自娱，是素富贵而行乎贫贱矣。王道本乎人情，焉用此矫清矫俭者为哉？但有狮吼在堂，则应借此藏拙，不则好之实所以恶之，怜之适足以杀之，不得以红颜薄命借口，而为代天行罚之忍人也。

予一介寒生，终身落魄，非止国色难亲，天香未遇，即强颜陋质之妇，能见几人，而敢谬次音容，侈谈歌舞，贻笑于眠花藉柳之人哉！然而缘虽不偶，兴则颇佳，事虽未经，理实易谙，想当然之妙境，较身醉温柔乡者倍觉有情。如其不信，但以往事验之。

楚襄王，人主也。六宫窈窕，充塞内庭，握雨携云，何事不有？而千古以下，不闻传其实事，止有阳台

一梦，脍炙人口。阳台今落何处？神女家在何方？朝为行云，暮为行雨，毕竟是何情状？岂有踪迹可考，实事可缕陈乎？皆幻境也。

幻境之妙，十倍于真，故千古传之。能以十倍于真之事，谱而为法，未有不入闲情三昧者。凡读是书之人，欲考所学之从来，则请以楚国阳台之事对。

·注释·

①不知子都之姣者，无目者也：出自《孟子·告子上》。原文是"至于子都，天下莫不知其姣也。不知子都之姣者，无目者也。"子都，古代美男子名。

②素富贵，行乎富贵：出自《中庸·十四章》："素富贵，行乎富贵；素贫贱，行乎贫贱；素夷狄，行乎夷狄；素患难，行乎患难。君子无入而不自得焉。"

·译文·

"贪恋美食、美色，是人的本性"。"不知道子都的美貌的人，是有眼无珠的"。古代圣贤说话都是有选择的，之所以能不违背人情，而数次提出这种论断，是因为人性中原有的，不能勉强让其消失。别人有娇妻美妾而我去爱慕，这是违背人性的；爱她们不仅有损道德，而且会招来杀身之祸。我自己有娇妻美妾而我去爱慕，这是恢复了我的本性，即使圣人再生，也会同意我的观点，不认为这样是失德。

孔子说："生于富贵，就做富贵人应该做的事"。人在允许的情况下，不买上一两个姬妾以自娱，就是生于富贵而去做贫贱的事。王道以人情为本，哪里用得着这样假装清高和俭朴的行为呢？但如果家中有了一个悍妇，就应该藏起这种爱好，否则喜爱实际上就等同于厌恶，怜爱她们足以将她们杀死，不要把红颜薄命当作借口，让自己成为代替上天惩罚这些女子的残忍之人。

我是一个贫寒的书生，一生落魄，不但国色的美人难以亲近，天香也没有遇到，即使勉强能看的女人，能遇见的又有几个，哪敢谬谈音容，侈论歌舞，让整天寻花问柳的人笑话我！然而我的缘分虽然不好，兴致却很好，虽然没有亲身经历，道理却很容易明白，自己想当然的美妙境界，比起身醉温柔乡的人更加有情趣。如果不相信，就用历史上的事来验证。

楚襄王，是君王。宫中美女无数，翻云覆雨，什么样的事情没有过？然而自古以来，没听说过传述他的实事，只有阳台一梦的传说脍炙人口。阳台现在在哪里？神女的家在哪里？朝为行云，暮为行雨，到底是怎样的情景？哪里有踪迹可考，有实事能够细细陈述？这些都是幻境。

幻境的美妙，要比现实高出十倍，因此能千古流传。能将比现实美妙十倍的事情作为尺度，没有不得到闲情真谛的。凡是读这本书的人，要问我这些是从哪里学来的，就请让我用阳台一梦来作答吧。

肌　肤

原文

妇人妩媚多端，毕竟以色为主。《诗》不云乎“素以为绚兮”？素者，白也。妇人本质，惟白最难。常有眉目口齿般般入画，而缺陷独在肌肤者。岂造物生人之巧，反不同于染匠，未施漂练之力，而遽加文采之

工乎?

曰：非然。白难而色易也。曷言乎难?是物之生，皆视根本，根本何色，枝叶亦作何色。人之根本维何?精也，血也。精色带白，血则红而紫矣。多受父精而成胎者，其人之生也必白。父精母血交聚成胎，或血多而精少者，其人之生也必在黑白之间。若其血色浅红，结而为胎，虽在黑白之间，及其生也，豢以美食，处以曲房[①]，犹可日趋于淡，以脚地未尽缁也。有幼时不白，长而始白者，此类是也。至其血色深紫，结而成胎，则其根本已缁，全无脚地可漂，及其生也，即服以水晶云母，居以玉殿琼楼，亦难望其变深为浅，但能守旧不迁，不致愈老愈黑，亦云幸矣。有富贵之家，生而不白，至长至老亦若是者，此类是也。

知此，则知选材之法，当如染匠之受衣：有以白衣使漂者受之，易为力也；有白衣稍垢而使漂者亦受之，虽难为力，其力犹可施也；若以既染深色之衣，使之剥去他色，漂而为白，则虽什佰其工价，必辞之不受。以人力虽巧，难拗天工，不能强既有者而使之无也。

· 注释 ·

①曲房：内室，密室。

·译文·

女子妩媚多姿，到底是以姿色为主。《诗经》上不是说“素以为绚兮”吗？素就是白。女子天生的东西，只有皮肤白是最难的。经常有眉毛、眼睛、嘴巴和牙齿样样都能入画，而缺憾独在皮肤的女子。岂是造物主造人的精巧，还不如染匠，没有漂白，就加上了色彩吗？

回答说：不是这样的，因为要皮肤白很难，要皮肤有色却很容易。为什么说要皮肤白很难呢？这是因为万物的生长都要看它的根本，根本是什么颜色，枝叶就是什么颜色。人的根本是什么？是精，是血。精的颜色发白，血的颜色则是红中发紫。受精较多的胎儿，生出来必然白皙。父亲的精与母亲的血交聚形成胎儿，有血多而精少的胎儿，生出的肤色必定在黑白之间。如果母血为浅红色，结成胎儿，肤色虽然在黑白之间，等到出生以后，给她吃好食物，让她住幽暗的屋子，还能慢慢变白，因为其本质不完全是黑的。有小时候长得不白，长大后皮肤开始变白的人，就是这种情况。至于母血为深紫色，与父精结成胎儿，那么其本质就是黑的，完全没有变白的可能，等到生下来后，即使服用水晶云母，住在玉殿琼楼，也很难奢望她会变白，只要能维持好原来的肤色，不至于越老越黑，就可以说是万幸了。有的富贵人家，出生时皮肤不白，等长大变老后依然不白，就是这种情况。

知道了这些，就知道了挑选美女的方法，应当像染匠接衣服一样：有要将白衣服漂白的就接受，因为容易做到；有白衣服稍有污垢而要漂白的也接受，虽然有些难，但还是可以办到的；如果要让已经染成深色的衣服除去原有的颜色，再去漂白，那么即使给高出十倍、百倍的工钱，也必然要辞掉、不接受。因为人的技艺虽然巧妙，但难以拗得过天工，不能勉强使已经有的消失掉。

原文

妇人之白者易相，黑者亦易相，惟在黑白之间者，相之不易。有三法焉：面黑于身者易白，身黑于面者难白；肌肤之黑而嫩者易白，黑而粗者难白；皮肉之黑而宽者易白，黑而紧且实者难白。面黑于身者，以面在外而身在内，在外则有风吹日晒，其渐白也为难；身在衣中，较面稍白，则其由深而浅，业有明征，使面亦同身，蔽之有物，其验亦若是矣，故易白。身黑于面者，反此，故不易白。

肌肤之细而嫩者，如绫罗纱绢，其体光滑，故受色易，退色亦易，稍受风吹，略经日照，则深者浅而浓者淡矣。粗则如布如毯，其受色之难，十倍于绫罗纱绢，至欲退之，其工又不止十倍，肌肤之理亦若是也，故知嫩者易白，而粗者难白。

皮肉之黑而宽者，犹绸缎之未经熨，靴与履之未经楦者，因其皱而未直，故浅者似深，淡者似浓，一经熨楦之后，则纹理陡变，非复曩时色相矣。肌肤之宽者，

以其血肉未足，犹待长养，亦犹待楦之靴履，未经烫熨之绫罗纱绢，此际若此，则其血肉充满之后必不若此，故知宽者易白，紧而实者难白。

相肌之法，备乎此矣。若是，则白者、嫩者、宽者为人争取，其黑而粗、紧而实者遂成弃物乎？曰：不然。薄命尽出红颜，厚福偏归陋质，此等非他，皆素封[①]伉俪之材，诰命夫人[②]之料也。

注释

①素封：无官爵封邑而富比封君的人。

②诰命夫人：封建时代受过封号的妇女。

译文

女子皮肤白的容易分辨，皮肤黑的也容易分辨，只有介于黑白之间的，不容易分辨。有三种分辨方法：面部比身体皮肤黑的容易变白，身体比面部黑的难以变白；皮肤虽黑却细嫩的容易变白，又黑又粗糙的难以变白；皮肉黑而松驰的容易变白，黑而紧实的难以变白。面部肤色比身体黑的，因为脸在外面、身体在衣服里面，脸在外面就有风吹日晒，要变白就比较困难；身体在衣服里面，比脸部稍白，那么已经证明其肤色可以由深变浅，要让脸也和身体一样，用衣物遮蔽，结果也会和身体一样，所以容易变白。身体比面部黑的人与此相反，所以不容易变白。

肌肤细嫩的，就像绫罗纱绢，质地光滑，所以容易上色，也容易褪色，稍微受到风吹日晒，就会深的变浅，浓的变淡。肌肤粗糙就像粗布和毯子的，给它上色比绫罗纱绢困难十倍，褪色又不止比绫罗纱绢困难十倍，肌肤的原理也是如此，所以知道肌肤嫩的容易变白，粗糙的不容易变白。

皮肉黑并且松弛的，就像绸缎没有熨烫，靴子和鞋没有楦过，又皱又不平，因此浅的看起来也像深的，淡的看起来也像浓的，一经过熨楦，就会使纹理突变，不再是以前的样子。肌肤松弛的，因为血肉不丰满，还有待滋养，就像还未楦过的靴子和鞋，没有烫熨过的绫罗纱绢，现在是这样，等到血肉长得丰满之后必然不是这样了，所以知道肌肤松弛的容易变白，紧绷结实的难以变白。

分辨肌肤的方法，都在这儿了。如果这样，那么肌肤白的、嫩的、松弛的女子就会被人抢着要，而肌肤黝黑粗糙、紧绷结实的女子就会被遗弃了吗？回答道：不是这样。红颜往往薄命，长相粗陋的人偏偏有福，这种情况发生的原因不是别的，都是因为长相不好的女子向来就是做配偶，当诰命夫人的材料。

眉 眼

原文

面为一身之主，目又为一面之主。相人必先相面，人尽知之，相面必先相目，人亦尽知，而未必尽穷其秘。

吾谓相人之法，必先相心，心得而后观其形体。形体维何？眉、发、口、齿，耳、鼻、手、足之类是也。心在腹中，何由得见？曰：有目在，无忧也。

察心之邪正，莫妙于观眸子，子舆氏[①]笔之于书，业开风鉴之祖。予无事赘陈其说，但言情性之刚柔，心思之愚慧。四者非他，即异日司花执爨[②]之分途，而狮

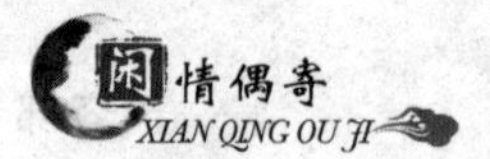

吼堂与温柔乡接壤之地也。

目细而长者，秉性必柔；目粗而大者，居心必悍；目善动而黑白分明者，必多聪慧；目常定而白多黑少、或白少黑多者，必近愚蒙。

然初相之时，善转者亦未能遽转，不定者亦有时而定。何以试之？曰：有法在，无忧也。其法维何？一曰以静待动，一曰以卑瞩高。目随身转，未有动荡其身，而能胶柱其目者；使之乍往乍来，多行数武，而我回环其目以视之，则秋波不转而自转，此一法也。妇人避羞，目必下视，我若居高临卑，彼下而又下，永无见目之时矣。必当处之高位，或立台坡之上，或居楼阁之前，而我故降其躯以瞩之，则彼下无可下，势必环转其睛以避我。虽云善动者动，不善动者亦动，而勉强自然之中，即有贵贱妍媸之别，此又一法也。

至于耳之大小，鼻之高卑，眉发之淡浓，唇齿之红白，无目者犹能按之以手，岂有识者不能鉴之以形？无俟哓哓，徒滋繁渎。

· 注释 ·

①子舆氏：即孟子。孟子，名轲，字子舆，故称子舆氏。

②司花执爨：指雅俗之分。司花，掌管百花。执爨，掌管炊事。

· 译文 ·

脸是身体的主体，眼睛又是脸的主体。看人必须先看脸，尽人皆知，看脸必须先看眼睛，也是尽人皆知，但是未必都深入探究过其中的奥秘。

我认为看人的方法是先看心，知道内心后再去观察其形体。形体是什么？就是眉毛、头发、嘴巴、牙齿，耳朵、鼻子、手和脚之类。心在肚子里，怎么看得见？回答说：有眼睛在，不用担心。

观察内心的邪正，最妙的莫过于观察眼睛，孟子将这些写进书里，已经打开用眸子识人的先河。我不想赘述他的学说，只想讲讲一个女子性情的刚烈、温柔，心思的愚钝、聪慧。这四者不是别的，就是决定一个女子他日是赏花品卉还是烧火做饭，是成天咆哮还是处于尽显温柔之地。

眼睛细长的，秉性必然温柔；眼睛粗大的，性格必然凶悍；眼睛善动而且黑白分明的，必然很聪慧；目光呆滞而且白多黑少或白少黑多的，必定接近愚钝。

然而刚开始相面时，眼睛灵活的未必马上转动，目光不定的也有定住的时候。如何识别呢？回答说：有办法，不用担心。是什么方法呢？一说是以静待动，一说是从低处往高处看。眼睛随着身体转动，没有身体摆动而目光不动的；让她来回多走几次，紧盯着她的眼睛看，那么目光不转也得转，这是一个方法。女子害羞，眼睛必然往下看，我如果居高临下，她的目光就更往下，这样就永远无法看到她的目光。必须让她站在高处，或者站在台坡上，或者站在楼阁之前，而我故意降低自己去看她，那么她的眼睛就没办法更向下看了，势必会转移她的目光来回避我。虽说目光善动的人眼睛会转动，目光呆滞的人眼睛也会转动，但从自然和勉强之间，就有贵贱、美丑的差别，这又是一个方法。

至于耳朵大小、鼻子高矮、眉毛头发淡浓、嘴唇及牙齿的红和白，盲人都可以用手摸出来，哪里会有明眼人看不出来的呢？这无须我絮絮叨叨，让人生厌了。

原文

眉之秀与不秀，亦复关系情性，当与眼目同视。然眉眼二物，其势往往相因。眼细者眉必长，眉粗者眼必巨，此大较也，然亦有不尽相合者。如长短粗细之间，未能一一尽善，则当取长恕短，要当视其可施人力与否。张京兆[①]工于画眉，则其夫人之双黛，必非浓淡得宜、无可润泽者。短者可长，则妙在用增；粗者可细，则妙在用减。但有必不可少之一字，而人多忽视之者，其名曰“曲”。必有天然之曲，而后人力可施其巧。“眉若远山”“眉如新月”，皆言曲之至也。即不能酷肖远山，尽如新月，亦须稍带月形，略存山意，或弯其上而不弯其下，或细其外而不细其中，皆可自施人力。最忌平空一抹，有如太白经天；又忌两笔斜冲，俨然倒书八字。变远山为近瀑，反新月为长虹，虽有善画之张郎，亦将畏难而却走。非选姿者居心太刻，以其为温柔乡择人，非为娘子军[②]择将也。

注释

①张京兆：张敞。汉时平阳人，宣帝时为京兆尹。《汉书·张敞传》中记载张敞常替妻子画眉毛。有成语“张敞画眉”，旧时比喻夫妻感情好。

②娘子军：指唐高祖之女平阳公王所组织的军队。唐高祖第三女平阳公主嫁柴绍，并在长安。高祖将起义兵，遣使密召之。绍间行赴太原。公主乃归鄠县庄所，散家资，招引山中亡命，起兵以应高祖。营中号曰“娘子军”。后指由女子组成的队伍。

·译文·

眉毛秀气不秀气，也关系到人的性格，应当与眼睛同样看待。然而眉毛和眼睛，二者往往相互关联。眼睛细长的眉毛也必然细长，眉毛粗的眼睛一定大，一般是这样，然而也有不完全一致的时候。比如眉眼的长短粗细，不可能处处尽善尽美，应该取长补短，要看能否人工修饰。张京兆擅于画眉，那么他夫人的双眉必定不是浓淡相宜、不用再修饰的。眉毛短的可以画长，妙在增加；眉毛粗的可以变细，妙在减省。还有一个必不可少的字，而往往被人们忽视，那就是“曲”。眉毛必然有天然的曲线，然后人工才能修饰好。“眉若远山”“眉如新月”，都是说眉毛弯曲的程度。即使不能都酷似远山，都像新月，也必须稍微带点儿月形，略存些山意，或者上面弯而下面不弯，或者是眉梢细中间不细，都能人工修饰。最忌讳平空一抹，如同太白星掠过天空；又忌讳两笔斜冲，俨然成了倒写的八字。将远山变成了近处的瀑布，将新月反变成了长虹，虽然有善于画眉的张京兆，也会望而却步、畏难逃走。不是挑选姿容的人要求太苛刻，是因为他要挑选温柔可人的美人，而不是为娘子军选择良将。

手　足

原文

相女子者，有简便诀云：“上看头，下看脚。”似二语可概通身矣。予怪其最要一着，全未提起。两手十指，为一生巧拙之关，百岁荣枯所系，相女者首重在

此，何以略而去之？且无论手嫩者必聪，指尖者多慧，臂丰而腕厚者，必享珠围翠绕之荣；即以现在所需而论之，手以挥弦，使其指节累累，几类弯弓之决拾；手以品箫，如其臂形攘攘，几同伐竹之斧斤；抱枕携衾，观之兴索，捧卮进酒，受者眉攒，亦大失开门见山之初着矣。

故相手一节，为观人要着，寻花问柳者不可不知，然此道亦难言之矣。选人选足，每多窄窄金莲[①]；观手观人，绝少纤纤玉指。是最易者足，而最难者手，十百之中，不能一二觏也。须知立法不可不严，至于行法，则不容不恕。但于或嫩、或柔、或尖、或细之中，取其一得，即可宽恕其他矣。

至于选足一事，如但求窄小，则可一目了然。倘欲由粗以及精，尽美而思善，使脚小而不受脚小之累，兼收脚小之用，则又比手更难，皆不可求而可遇者也。其累维何？因脚小而难行，动必扶墙靠壁，此累之在己者也；因脚小而致秽，令人掩鼻攒眉，此累之在人者也。其用维何？瘦欲无形，越看越生怜惜，此用之在日者也；柔若无骨，愈亲愈耐抚摩，此用之在夜者也。

昔有人谓予曰：“宜兴周相国，以千金购一丽人，名为‘抱小姐’，因其脚小之至，寸步难移，每行必须人抱，是以得名。”予曰：“果若是，则一泥塑美人而已矣，数钱可买，奚事千金？”

·注释·

①金莲：旧时称妇女缠过的小脚。

相女子的人，有简便的口诀：“上看头，下看脚。”这两句话似乎概括了全身。我怪罪他最重要的一条，完全没有提起。双手的十根手指，是人一生巧拙的关键，也关系到一生的兴衰，看女子最重要的就在这里，为什么将其忽略呢？且不说手细嫩的一定聪明，指头尖的大多聪慧，手臂、手腕丰满的必能得到珠翠环绕的荣华富贵；就从现在需要的来说，用手来弹琴，如果手指关节粗大，几乎与拉弓的手没有差别；用手品箫，假如手臂粗壮，几乎和砍竹子的斧头相同；与这样的女子同床共枕，看到就让人兴味索然，让她们来捧杯进酒，接受的人也会皱眉，这就违背了挑选美女的初衷。

所以看手是观察女人的要点，寻花问柳的人不能不知道，然而这个道理也很难用语言表达。挑选美女要选脚，有三寸金莲的很多；看手来选美女，很少有纤纤玉指的。所以说最容易选的是脚，最难选的是手，几十、上百个人当中，不能找出一两个长有妙手的女子。要知道制定准则不能不严格，至于具体应用时，就不得不放宽。只要在细嫩、柔软、形尖、细长当中具备其中一点，就能原谅其他的不足。

至于选脚，如果只要求脚窄小，那么就能一目了然。倘若想精益求精，尽善还想尽美，使脚小又不受小的拖累，并且兼具小脚的作用，这就又比挑手更难，都是可遇不可求的。拖累小脚的是什么？是因为脚小难于行走，走动就必须扶靠墙壁，这是拖累自己；还有因为脚小而发出臭味，让人掩鼻皱眉的，这是拖累别人。脚小的作用是什么？纤瘦得快没形状了，让人越看越怜惜，这个作用体现在白天；柔若无骨，愈抚摩愈爱不释手，这个作用是晚上的。

以前有人对我说：“宜兴的周相国，花费千金买了一个美人，名叫‘抱小姐’，因为她的脚太小了，寸步难移，每次走路都要人抱，因此得名。”我回答说：“果真如此，只要一个泥塑的美人就可以了，几个钱就能买到，何必花费千金呢？”

原文

造物生人以足，欲其行也。昔形容女子娉婷[①]者，非曰“步步生金莲”，即曰“行行如玉立”，皆谓其脚小能行，又复行而入画，是以可珍可宝。如其小而不行，则与刖足[②]者何异？此小脚之累之不可有也。

予遍游四方，见足之最小而无累，与最小而得用者，莫过于秦之兰州、晋之大同。兰州女子之足，大者三寸，小者犹不及焉，又能步履如飞，男子有时追之不及，然去其凌波小袜而抚摩之，犹觉刚柔相半；即有柔若无骨者，然偶见则易，频遇为难。至大同名妓，则强半皆若是也。与之同榻者，抚及金莲，令人不忍释手，觉倚翠偎红之乐，未有过于此者。

向在都门，以此语人，人多不信。一日席间拥二妓，一晋一燕，皆无丽色，而足则甚小。予请不信者即而验之，果觉晋胜于燕，大有刚柔之别。座客无不翻然，而罚不信者以金谷酒数。此言小脚之用之不可无也。噫，岂其娶妻必齐之姜？就地取材，但不失立言之大意而已矣。

·注释·

①娉婷：女子容貌姿态姣好的样子。

②刖足：断足，古代酷刑之一。

·译文·

造物主将脚给人，是用来走路的。过去形容娉婷的女子，不是说“步步生金莲”，就是说“行行如玉立”，都是说脚小而能走，又可以入画，所以让人珍爱。如果小得走不了路，那么与被砍掉脚的人还有什么分别？如此看来，不能让脚小成为拖累。

我遍游天下，看到脚小而不受拖累，并能发挥小脚作用的，莫过于秦地兰州、晋地大同的女子。兰州女子的脚，大的三寸，小的还不到三寸，又能步履如飞，男子有时也追不上，然而脱掉脚上的凌波小袜抚摩它们，就更觉得刚柔相济；也有柔若无骨的，但只能偶尔见到一个，想频繁遇见就难了。大同的名妓，则大多也是如此。和她们同榻而卧，抚摩她们的小脚，令人爱不释手，觉得男欢女爱的乐趣，莫过于此。

过去我在京城跟别人说这些，别人多不相信。一次酒席间有两个妓女，一个是晋地的，一个是燕地的，都姿色平平，然而脚都很小。我于是请不相信我的话的人来当场验证，果然觉得晋地的胜于燕地的，软硬差别很大。在座的宾客无不幡然醒悟，于是对不相信的人罚酒数杯。这里是说小脚的用处不能抹杀。唉，难道娶妻一定要娶齐国的姜氏吗？就地取材，只要不失选择女子的大概标准就可以了。

原文

验足之法无他，只在多行几步，观其难行易动，察其勉强自然，则思过半矣。直则易动，曲即难行；正则自然，歪即勉强。直而正者，非止美观便走，亦少秽气。大约秽气之生，皆强勉造作之所致也。

译文

检验脚的方法没有别的，只是让她多走几步，观察她行走是否困难，是否自然，这样，就考虑得差不多了。脚直的就容易走动，脚扭曲的就很难走动；脚正就走得自然，脚歪就走得勉强。脚又直又正的，不仅好看、便于行走，也很少有臭味。大概脚臭的产生，都是走路勉强、做作造成的。

态　度

原文

古云："尤物足以移人。"尤物维何？媚态是已。世人不知，以为美色，乌知颜色虽美，是一物也，乌足移人？加之以态，则物而尤矣。如云美色即是尤物，即可移人，则今时绢做之美女，画上之娇娥，其颜色较之生人，岂止十倍，何以不见移人，而使之害相思成郁病耶？是知"媚态"二字，必不可少。

媚态之在人身，犹火之有焰，灯之有光，珠贝金银之有宝色，是无形之物，非有形之物也。惟其是物而非物，无形似有形，是以名为“尤物”。尤物者，怪物也，不可解说之事也。凡女子，一见即令人思之而不能自已，遂至舍命以图、与生为难者，皆怪物也，皆不可解说之事也。

吾于“态”之一字，服天地生人之巧、鬼神体物之工。使以我作天地鬼神，形体吾能赋之，知识我能予之，至于是物而非物、无形似有形之态度，我实不能变之化之，使其自无而有，复自有而无也。态之为物，不特能使美者愈美，艳者愈艳，且能使老者少而媸者妍，无情之事变为有情，使人暗受笼络而不觉者。

女子一有媚态，三四分姿色，便可抵过六七分。试以六七分姿色而无媚态之妇人，与三四分姿色而有媚态之妇人同立一处，则人止爱三四分而不爱六七分，是态度之于颜色，犹不止一倍当两倍也。试以二三分姿色而无媚态之妇人，与全无姿色而止有媚态之妇人同立一处，或与人各交数言，则人止为媚态所惑，而不为美色所惑，是态度之于颜色，犹不止于以少敌多，且能以无而敌有也。

今之女子，每有状貌姿容一无可取，而能令人思之不倦，甚至舍命相从者，皆“态”之一字之为祟也。是知选貌、选姿，总不如选态一着之为要。态自天生，非可强造。强造之态，不能饰美，止能愈增其陋。同一颦也，出于西施则可爱，出于东施则可憎者，天生、强造

之别也。相面、相肌、相眉、相眼之法，皆可言传，独相态一事，则予心能知之，口实不能言之。口之所能言者，物也，非尤物也。噫，能使人知，而能使人欲言不得，其为物也何如！其为事也何如！岂非天地之间一大怪物，而从古及今，一件解说不来之事乎？

古人说："尤物足以移人。"尤物是什么？就是媚态。世人不清楚，以为美色就是尤物，哪里知道模样虽然很美，也只不过是一种东西，哪里足以动摇人心？加上媚态，就是尤物了。如果说美色就是尤物，可以动摇人心，那么用绢做的，以及画中的美女，其美貌比活人高出何止十倍，为何不见它们动摇人心，而使人相思抑郁成病的呢？由此可见，"媚态"二字是必不可少的。

媚态在人身上，就如火有焰，灯有光，珠贝金银有宝色一样，这是无形的东西，而非有形的东西。正因为其是物又不是物，无形又好像有形，所以才叫"尤物"。尤物，就是怪物，是不能解说的事情。凡是女子，一见就让人思念，并且无法自拔，甚至为了得到她而甘愿舍弃性命、与自身生命作对的，都是怪物，都是不可解说的事。

我对于"态"这个字，叹服天地生人的奇巧、鬼斧神工。假如让我来当造物主，形体我能给，知识我能给，至于这种似物而非物、无形似有形的态，我实在不能变化出来，让它从无到有，又从有到无。媚态这种东西，不仅能让美丽的人更美丽，娇艳的人更娇艳，而且能使年老变为年轻、丑陋变为美丽，无情的事变为有情的事，让人暗中受到吸引而感觉不到。

女子一旦有了媚态，三四分姿色就能比得上六七分姿色。假如让一个六七分姿色却无媚态的女子，与一个有三四分姿色却有媚态的女子站在一起，那么人们就只喜欢三四分姿色的却不喜欢六七分姿色的，这就是媚态相比容貌，不止胜过一两倍。假如让有两三分姿色却无媚态的女子与一点儿姿色都没有却有媚态的女子站在一起，或

者都和别人说几句话，那么人们只会被妩媚的姿态所迷惑，而不被美色所迷惑，这说明媚态相比姿色，还不止能以少敌多，并且能用无来胜有。

现在的女子，常有容貌没有一点儿可取之处，却能让人不知疲倦地思念，甚至舍命相从的，这是“态”这个字在作祟。所以知道挑选容貌与姿色，不如挑选媚态重要。媚态是天生的，不能勉强做作。造作的媚态，不能增添美丽，只能显得更加丑陋。同是皱眉，出于西施就觉得可爱，出于东施就觉得可憎，这是天生和做作的区别。相面、相肌、相眉、相眼的方法，都能言传，唯独看人的媚态，我心里明白，嘴上却说不出来。口中能说出的，是物，不是尤物。唉，能让人知道，却又让人想说而不能说的，是什么东西呢！是怎样一回事！难道不是天地间的一大怪物，一件从古至今都解释不了的事情吗？

原文

诘予者曰：既为态度立言，又不指人以法，终觉首鼠[①]，盍亦舍精言粗，略示相女者以意乎？予曰：不得

已而为言，止有直书所见，聊为榜样而已。向在维扬[②]，代一贵人相妾。靓妆而至者不一其人，始皆俯首而立，及命之抬头，一人不作羞容而竟抬；一人娇羞腼腆，强之数四而后抬；一人初不即抬，及强而后可，先以眼光一瞬，似于看人而实非看人，瞬毕复定而后抬，俟人看毕，复以眼光一瞬而后俯，此即“态”也。

记曩时春游遇雨，避一亭中，见无数女子，妍媸不一，皆踉跄而至。中一缟衣[③]贫妇，年三十许，人皆趋入亭中，彼独徘徊檐下，以中无隙地故也；人皆抖擞衣衫，虑其太湿，彼独听其自然，以檐下雨侵，抖之无益，徒现丑态故也。及雨将止而告行，彼独迟疑稍后，去不数武而雨复作，乃趋入亭。彼则先立亭中，以逆料必转，先踞胜地故也。然臆虽偶中，绝无骄人之色。见后入者反立檐下，衣衫之湿，数倍于前，而此妇代为振衣，姿态百出，竟若天集众丑，以形一人之媚者。自观者视之，其初之不动，似以郑重而养态；其后之故动，似以徜徉而生态。然彼岂能必天复雨，先储其才以俟用乎？其养也，出之无心，其生也，亦非有意，皆天机之自起自伏耳。当其养态之时，先有一种娇羞无那之致现于身外，令人生爱生怜，不俟娉婷大露而后觉也。斯二者，皆妇人媚态之一斑，举之以见大较。噫，以年三十许之贫妇，止为姿态稍异，遂使二八佳人与曳珠顶翠者皆出其下，然则态之为用，岂浅鲜哉！

·注释·

①首鼠：踌躇，迟疑不决，模棱两可。

②维扬：旧时扬州的别称。

③缟衣：白绢衣裳。

·译文·

有人反问我：你既然为媚态立言，又不告诉别人方法，终究让人觉得含糊，为何不舍去精深理论讲一下大概，给相女子的人一些粗略的提示呢？我说：我是不得已才说的，只能直接写出我所看到的，作为榜样而已。我以前在扬州，曾替一个贵人相妾。打扮得漂亮而来的不止一个人，开始都是低着头站着，等到命她们抬头，其中一个不害羞直接把头抬起来；另一个娇羞腼腆，强迫多次才抬起头；还有一个刚开始没有马上抬头，强迫时才抬起，先是目光一扫，像是要看人而实际上没有看人，扫完后眼神定住，然后才把头抬起，等人看完了，又目光一扫把头低了下去，这就是"态"。

记得曾经有一次春游时遇到下雨，我在一个亭子中避雨，看见许多女子，美丑不一，都踉踉跄跄地跑过来。其中有一个身穿白衣的贫寒女子，三十岁左右，别人都跑入亭子中间，只有她徘徊在亭檐下，因为亭子中间已经没有空地了；别人都在抖擞衣衫，担心衣服太湿，她却听其自然，因为在亭檐下还是会被雨淋，抖衣服也没用，只会丑态尽现。等雨要停大家互相喊着往外走时，唯独她迟疑片刻走在后面，人们刚离亭子没几步，雨又开始下，于是又都跑向亭子。而她已先站在了亭子中间，因为预料到人们必定会跑回来，所以先占了个好地方。然而虽然她偶然猜中，却没有一点儿骄傲的神色。见后来的人反而站在檐下，衣衫比先前更湿，而这个女子就帮她们整理衣服，姿态百出，就像上天集合众多丑女，来衬托她一

个人的妩媚一样。以旁观的眼光来看，她开始不动，似乎是郑重地养态；其后动起来，又好像是徜徉而生态。然而她难道是料到天会再下雨，先把这些媚态收起以等待表现的时机吗？她养态是出于无心，生态也不是有意，都是浑然天成的。当她养态时，身上已经先有了一种娇羞的情致，令人产生怜爱，不用等到她媚态大露之后才能感觉到。这两个例子，都是女子媚态的全豹之一斑，举出来以见个大概。唉，年纪三十的贫家女子，只因为姿态与别人稍有不同，就将十六七的妙龄女子和穿金戴银的贵妇人比下去，这样看来媚态的作用怎会小呢！

原文

人问：圣贤神化之事，皆可造诣而成，岂妇人媚态独不可学而至乎？予曰：学则可学，教则不能。人又问：既不能教，胡云可学？予曰：使无态之人与有态者同居，朝夕熏陶，或能为其所化；如蓬生麻中，不扶自直，鹰变成鸠，形为气感，是则可矣。若欲耳提而面命之，则一部《廿一史》，当从何处说起？还怕愈说愈增其木强①，奈何！

①木强：质直刚强。

·译文·

有人问：圣贤神而化之的事，都可以通过学习完成，唯独女子的媚态就不能通过学习得到吗？我回答：学是能学的，教就不行了。有人又问：既然不能教，为什么说可以学呢？我说：让没有媚态的女子与有媚态的女子住在一起，朝夕熏陶，或许能被她同化；就像蓬草生长在麻中间，不用扶它就自然是直的，鹰变成鸠，是因为受了鸠的气息感染，像这样就可以了。若想耳提面命，那么就像一部《廿一史》，应当从何处说起呢？还怕愈说愈让她呆滞，有什么办法能办到呢！

修容第二

原文

妇人惟仙姿国色，无俟修容；稍去天工者，即不能免于人力矣。然予所谓“修饰”二字，无论妍媸美恶，均不可少。

俗云：“三分人材，七分妆饰。”此为中人以下者言之也。然则有七分人材者，可少三分妆饰乎？即有十

分人材者，岂一分妆饰皆可不用乎？曰：不能也。若是，则修容之道不可不急讲矣。

今世之讲修容者，非止穷工极巧，几能变鬼为神，我即欲勉竭心神，创为新说，其如人心至巧，我法难工，非但小巫见大巫，且如小巫之徒，往教大巫之师，其不遭喷饭而唾面[①]者鲜矣。然一时风气所趋，往往失之过当。非始初立法之不佳，一人求胜于一人，一日务新于一日，趋而过之，致失其真之弊也。

“楚王好细腰，宫中皆饿死；楚王好高髻，宫中皆一尺；楚王好大袖，宫中皆全帛”。细腰非不可爱，高髻大袖非不美观，然至饿死，则人而鬼矣。髻至一尺，袖至全帛，非但不美观，直与魑魅魍魉无别矣。此非好细腰、好高髻大袖者之过，乃自为饿死、自为一尺、自为全帛者之过也。亦非自为饿死、自为一尺、自为全帛者之过，无一人痛惩其失，著为章程，谓止当如此，不可太过，不可不及，使有遵守者之过也。

吾观今日之修容，大类楚宫之末俗，著为章程，非草野得为之事。但不经人提破，使知不可爱而可憎，听其日趋日甚，则在生而为魑魅魍魉者，已去死人不远，矧腰成一缕，有饿而必死之势哉！

予为修容立说，实具此段婆心，凡为西子者，自当曲体人情，万毋遽发娇嗔，罪其唐突。

注释

①唾面：往人的脸上吐唾沫，表示鄙视、侮辱。语出《战国策·赵策四》：“有复言令长安君为质者，老妇必唾其面。”

译文

女子当中除了天姿国色的不需要修饰面容；长得稍差一点儿的，就免不了要人工修饰。然而我说的“修饰”二字，无论相貌美丑都是必不可少的。

俗话说：“三分人材，七分妆饰。”这是对相貌中下的人而说的。然而有七分相貌的女子，能够少了三分的妆饰吗？即使有十分相貌的女子，难道一分的妆饰都不需要吗？我说：不能。像这样，那么修饰面容的道理不得不赶紧讲了。

现在所讲的修饰面容，不仅极其考究精巧，几乎能把丑鬼变成神仙，我即使想殚精竭虑，创立新学说，怎奈人心极其巧妙，我的方法难以达到，不仅是小巫见大巫，并且像小巫的徒弟去教大巫的老师，不让人喷饭、唾弃的情况很少见。然而一味地追求流行，往往过犹不及。并非最初设立的规则不好，而是一个人想胜过一个人，一天比一天新奇，追求过了头，就会失去了真实。

“楚王好细腰，宫中皆饿死；楚王好高髻，宫中皆一尺；楚王好大袖，宫中皆全帛”。细腰不是不可爱，高高的发髻和宽宽的衣袖也不是不美观，然而以至于饿死，就会是人变成了鬼。发髻高达一尺，衣袖用整块布，非但不美观，简直与鬼怪没有区别。这并不是喜好细腰、喜好高髻、喜好大袖的楚王的过错，而是那些饿死自己、自梳高髻、自己用整块布做衣袖的宫女们的过错。也并非全是这些人的过错，错在没有一个人去纠正这个错误，制定规则，告诉她们只应当这样，不能太过分，也不能达不到，使她们有章可循。

我看现在的修容，很像楚王宫中的陋习，制定规则，不是我这个平民百姓能做到的。但如果不对她们提醒，让她们知道这种做法不仅不可爱，而且令人厌恶，听凭它越来越严重，活着就打扮得像鬼怪，已经离死人不远了，而且要使腰细得只有一缕，势必有饿死的趋势！

我为修饰容貌立说，实在是出于这样的苦心，凡是像西施那样的美人，自然能体谅我这番用心，千万不要恼怒嗔怪，怪罪我说话唐突。

盥　栉

原文

盥面之法，无他奇巧，止是濯垢务尽。面上亦无他垢，所谓垢者，油而已矣。油有二种，有自生之油，有沾上之油。自生之油，从毛孔沁出，肥人多而瘦人少，似汗非汗者是也。沾上之油，从下而上者少，从上而下者多，以发与膏沐[1]势不相离，发面交接之地，势难保其不侵。况以手按发，按毕之后，自上而下亦难保其不

相挨擦，挨擦所至之处，即生油发亮之处也。生油发亮，于面似无大损，殊不知一日之美恶系焉，面之不白不匀，即从此始。从来上粉着色之地，最怕有油，有即不能上色。倘于浴面初毕，未经搽粉之时，但有指大一痕为油手所污，追加粉搽面之后，则满面皆白而此处独黑，又且黑而有光，此受病之在先者也。既经搽粉之后，而为油手所污，其黑而光也亦然，以粉上加油，但见油而不见粉也，此受病之在后者也。此二者之为患，虽似大而实小，以受病之处止在一隅，不及满面，闺人尽有知之者。尚有全体受伤之患，从古佳人暗受其害而不知者，予请攻而出之。

从来拭面之巾帕，多不止于拭面，擦臂抹胸，随其所至；有腻即有油，则巾帕之不洁也久矣。即有好洁之人，止以拭面，不及其他，然能保其上不及发、将至额角而遂止乎？一沾膏沐，即非无油少腻之物矣。以此拭面，非拭面也，犹打磨细物之人，故以油布擦光，使其不沾他物也。他物不沾，粉独沾乎？凡有面不受妆，越匀越黑；同一粉也，一人搽之而白，一人搽之而不白者，职是故也。以拭面之巾有异同，非搽面之粉有善恶也。故善匀面者，必须先洁其巾。拭面之巾，止供拭面之用，又须用过即浣，勿使稍带油痕，此务本穷源之法也。

①膏沐：古代妇女润发的油脂。

·译文·

洗脸的方法，没什么奇妙技巧，只是一定要洗干净污垢。脸上没有其他污垢，所谓的污垢只是油而已。脸上的油垢有两种，一种是皮肤自己生出的，一种是沾上去的。自己生出的油垢，是从毛孔分泌出来的，胖人出得多，瘦人出得少，像是汗其实不是汗的东西。沾上去的油垢，从下往上的少，从上往下的多，因为头发要抹油，脸与头发相接之处就难免沾上油。何况偶尔用手摸头发后，手从头上放下来时也难免碰到脸，手碰到脸的地方沾上油垢，出现亮光。生油发亮，对脸好像没什么影响，却不知道关系着女人面部一整天的美丑，面部不白皙不匀称，就是由此引起的。向来搽粉着色的地方，最怕有油，有油就不能上色。倘若刚洗完脸，尚未施粉之时，就有指头大的一块被油手弄脏，等搽完粉后，脸上都是白色的，却只有这个地方是黑的，并且又黑又亮，这是在搽粉之前留下的毛病。搽完粉后，脸上却被油手弄脏，弄脏的地方也会又黑又亮，这是因为粉上沾了油，只看得见油而看不见粉，这是搽粉后留下的毛病。这两种毛病，好像很大，其实并不大，因为只在脸上的一小块地方，并非整张脸，闺中女子大都明白这个道理。还有一种会使整个面容受到损害，自古以来，许多美人暗受其害却不知道，让我来将其指出。

擦脸的手巾、手帕，大多不只用来擦脸，还用它来擦臂抹胸，随便擦到哪里；有腻的地方就有油，手帕早就不干净了。即使有爱干净的女人，只用来擦脸，不擦其他地方，然而能保证它不会碰到头发、只是擦到额角停下不擦了吗？一沾到头上的发油，就不是没有油腻的东西了。用它来擦脸，这不是在擦脸，而是像打磨器物的人，故意用油布把器物擦光一样，为使器物不沾上其他东西。其他东西沾不上，粉就能沾得上吗？脸上上不了妆，越抹越黑；同样的粉，有人搽上白，有人搽上不白，就是这个原因。这全是因为擦脸的手帕有别，而不是因为搽的粉有别。所以擅长擦脸的人，一定会把手帕先洗干净。手帕只用作擦脸之用，而且用后一定要清洗，不让它带上一点儿油迹，这是最基本的做法。

原文

善栉不如善篦，篦者，栉之兄也。发内无尘，始得丝丝现相，不则一片如毡，求其界限而不得，是帽也，非髻也，是退光黑漆之器，非乌云蟠绕之头也。

故善蓄姬妾者，当以百钱买梳，千钱购篦。篦精则发精，稍俭其值，则发损头痛，篦不数下而止矣。篦之极净，使便用梳。而梳之为物，则越旧越精。“人惟求旧，物惟求新”。古语虽然，非为论梳而设。求其旧而不得，则富者用牙，贫者用角。新木之梳，即搜根剔齿者，非油浸十日，不可用也。

译文

善于梳头不如善于篦头，篦子，是梳的老兄。头发中没有脏东西，才能使每根头发都呈现出来，否则就会像一片毡子，发丝之间找不到界限，这是帽子，而不是发髻了，是没有光泽的黑漆之物，而不是乌云盘绕的头了。

所以善养姬妾的人，应当用一百钱买梳子，一千钱买篦子。篦子精细头发就精细，稍微廉价些的，就会使头发受损而且头痛，梳不了几下就得停下。把头发篦得干净了，再用梳子梳理。梳子这种东西则越旧越好。古话虽说“人惟求旧，物惟求新”。但对于梳子却并不适用。找不到旧梳子，那么富人就用象牙梳，穷人就用牛角梳。新的木梳，就像抠指甲、剔牙齿的东西，不浸在油里十来天，就不能用。

原文

古人呼髻为“蟠龙”。蟠龙者，髻之本体，非由妆饰而成。随手绾成，皆作蟠龙之势，可见古人之妆，全用自然，毫无造作。然龙乃善变之物，发无一定之形，使其相传至今，物而不化，则龙非蟠龙，乃死龙矣；发非佳人之发，乃死人之发矣。无怪今人善变，变之诚是也。但其变之之形，只顾趋新，不求合理；只求变相，不顾失真。

凡以彼物肖此物，必取其当然者肖之，必取其应有者肖之，又必取其形色相类者肖之，未有凭空捏造，任意为之而不顾者。古人呼发为“乌云”，呼髻为“蟠龙”者，以二物生于天上，宜乎在顶。发之缭绕似云，发之蟠曲似龙，而云之色有乌云，龙之色有乌龙。是色也、相也、情也、理也，事事相合，是以得名，非凭捏造，任意为之而不顾者也。

窃怪今之所谓“牡丹头”“荷花头”“钵盂头”，种种新式，非不穷新极异，令人改观，然于当然应有、形色相类之义；则一无取焉。人之一身，手可生花，江淹之彩笔[①]是也；舌可生花，如来之广长[②]是也；头则未见其生花，生之自今日始。此言不当然而然也。发上虽有簪花之义，未有以头为花，而身为蒂者；钵盂乃盛饭之器，未有倒贮活人之首，而作覆盆之象者，此皆事所未闻，闻之自今日始。此言不应有而有也。

群花之色，万紫千红，独不见其有黑。设立一妇人

于此，有人呼之为“黑牡丹”“黑莲花”“黑钵盂”者，此妇必艴然而怒，怒而继之以骂矣。以不喜呼名之怪物，居然自肖其形，岂非绝不可解之事乎？

·注释·

①江淹之彩笔：江淹，南朝梁人，少有文名，世称江郎。江淹少时，曾梦人授予五色笔，从此文思大进，晚年又梦一个自称郭璞的人索还其笔，自后作诗，再无佳句。人因以“彩笔”指辞藻富丽的文笔。

②如来之广长：佛三十二相之一。广长，指佛的舌头。据说佛舌广而长，覆面至发际，故名。

·译文·

古人称发髻为“蟠龙”。蟠龙，是指发髻本来的样子，不是装饰而成的。随手将头发绾起，都是蟠龙的样子。可见古人梳妆，都很自然，毫不造作。然而龙很善于变化，头发也没有固定形状，假如流传到现在，没有任何变化，那么龙就不是蟠龙，而是死龙了；头发也就不是美人的头发，而是死人的头发。难怪现在的人善变，变是对的。但是变化的形状，却不能只顾追求潮流，不管是否合理；也不能只顾追求变化，不管是否失真。

凡是一种东西来模仿另一种东西，必须按其本来面目来模仿，或者取来形状、颜色相似的东西来模仿，没有凭空捏造，随心所欲、毫无顾忌的。古人称头发为“乌云”，称发髻为“蟠龙”，是因为二者都生在天上，适合用在头顶上。头发缭绕如同云，盘旋弯曲像龙，而且云有乌云，龙有乌龙。如此一来，无论颜色形状、于情于理都非常贴切，因此才有了如此称呼，并非凭空捏造，或随意称呼不顾情理。

我奇怪现在所谓“牡丹头”“荷花头”“钵盂头”等，各种新式的发型，非要新颖到极致，令人改观，然而在情理、外形和颜色等各个方面；没有任何可取之处。人的一身，手上可以生花，比如江淹的彩笔；舌头可以生花，比如如来佛的舌头；头上却没见过生花的，头上生花是从现在才开始的。这是说不应该那样做却做了。头上虽然簪花，但并非要将头当作花，将身体当成蒂；钵盂是盛饭的用具，不是用来储存人脑袋，做出倒扣盆子的模样的，这些闻所未闻的，今天开始听到了。这是说不该发生的事却发生了。

百花的颜色，万紫千红，却唯独没有见过黑色。假设有一个女子在这里，有人喊她“黑牡丹”“黑莲花”“黑钵盂”，这个女子定然勃然大怒，继而破口大骂。居然用自己不喜欢说出名字的怪物的形状来形容自己，这难道不是让人费解的事吗？

原文

吾谓美人所梳之髻，不妨日异月新，但须筹为理之所有。理之所有者，其象多端，然总莫妙于云龙二物。仍用其名而变更其实，则古制新裁，并行而不悖矣。勿谓止此二物，变来有限，须知普天下之物，取其千态万状，越变而越不穷者，无有过此二物者矣。

龙虽善变，犹不过飞龙、游龙、伏龙、潜龙、戏珠龙、出海龙之数种。至于云之为物，顷刻数迁其位，须臾屡易其形，“千变万化”四字，犹为有定之称，其实云之变相，“千万”二字，犹不足以限量之也。若得聪明女子，日日仰观天象，既肖云而为髻，复肖髻而为云，即一日一更其式，犹不能尽其巧幻，毕其离奇，矧

未必朝朝变相乎？

若谓天高云远，视不分明，难于取法，则令画工绘出巧云数朵，以纸剪式，衬于发下，俟栉沐既成，而后去之，此简便易行之法也。

云上尽可着色，或簪以时花，或饰以珠翠，幻作云端五彩，视之光怪陆离。但须位置得宜，使与云体相合，若其中应有此物者，勿露时花珠翠之本形，则尽善矣。

肖龙之法：如欲作飞龙、游龙，则先以己发梳一光头于下，后以假髲制作龙形，盘旋缭绕，覆于其上。务使离发少许，勿使相粘相贴，始不失飞龙、游龙之义；相粘相贴则是潜龙、伏龙矣。

悬空之法，不过用铁线一二条，衬于不见之处，其龙爪之向下者，以发作线，缝于光发之上，则不动矣。

戏珠龙法，以髲作小龙二条，缀于两旁，尾向后而首向前，前缀大珠一颗，近于龙嘴，名为“二龙戏珠”。出海龙亦照前式，但以假髲作波浪纹，缀于龙身空隙之处，皆易为之。

是数法者，皆以云龙二物分体为之，是云自云而龙自龙也。予又谓云龙二物势不宜分，“云从龙，风从虎”，《周易》业有成言，是当合而用之。同用一髲，同作一假，何不幻作云龙二物，使龙勿露全身，云亦勿作全朵，忽而见龙，忽而见云，令人无可测识，是美人之头，尽有盘旋飞舞之势，朝为行云，暮为行雨，不几两擅其绝，而为阳台神女之现身哉？

噫，笠翁于此搜尽枯肠，为此髻者，不可不加尸

祝。天年以后，倘得为神，则将往来绣阁之中，验其所制，果有裨于花容月貌否也。

·译文·

我认为美人所梳发髻，不妨日新月异，但是应该合乎情理。合乎情理的发型有很多，但没有比云、龙这二者更妙的了。如果仍用原名却改变形状，那么古代的发式与现在的发式就能够并行不悖了。不要觉得只有这两样东西，变化有限，要知道普天之下的事物，千变万化，越变化越无穷的，没有超过这两者的。

龙虽然善变，也不过是飞龙、游龙、伏龙、潜龙、戏珠龙、出海龙等几种。至于云这种东西，瞬息万变，顷刻之间就会改变它的形状、位置，“千变万化”四字对于它还只是定量的东西，其实云变化的形态，用“千万”来形容远远不够。如果有一个聪明女子，每天都仰观天象，按照云的形状去梳发髻，又根据发髻的模样去观察云，即使她每天都变换发型，也不能够穷尽云的变幻无端，何况她不是每天都变换发型呢？

如果说天太高、云太远，看不分明，难以仿效，那么也可以让画工画出几朵新巧的云，剪成纸样，衬在头发下面，等梳洗完毕，再去掉，这是一个简便易行的方法。

云髻尽可以加上些颜色，或者插上鲜花，或者戴上些珠玉装饰，变幻成五彩的云端，看上去光怪陆离。但必须选择恰当的位置，使它们与云的形状吻合，好像其中应该有这种东西，不要露出鲜花珠翠的形状，那么就尽善尽美了。

模仿龙的方法：如果想做飞龙、游龙的形状，那么就先将头发下边梳光，然后用假发做成龙的样子，使假发盘旋缭绕，覆盖在自己的头发上。不要使它与自己的头发有一点儿距离，也不要让假发和头发贴在一起，才不失飞龙、游龙的含义；如果贴在一起，就成了潜龙、伏龙了。

使龙悬空的方法，不过是用一两条铁线，衬在看不见的地方，龙爪向下的就用头发做线，缝在自己的头发上，就会固定不动了。

戏珠龙发式的做法，是用假发编成两条小龙，缀在发髻的两旁，尾朝后头朝前，前面点缀一颗大珠，靠近龙嘴，就叫作“二龙戏珠”。出海龙发式也按照上面的方式，只用假发做成波浪形状，缀在龙身有空隙之处，都是很容易的。

这几种方法，都是模仿云、龙两者分别做出来的，云就是云，龙就是龙。我又认为云、龙两者是不能分开的，“云从龙，风从虎”，《周易》里面这样说了，这是说应该将两者结合起来。同样是用假发，同样都制作成假的，为什么不同时做出云、龙两种形状，龙不要露出全身，云也不做整朵，一会儿见龙，一会儿见云，令人分辨不出哪个是龙哪个是云，如此一来，美人的头发就有了盘旋飞舞之势，真正是早上行云，晚上行雨，不就两者的长处都有了，成了阳台神女的化身吗？

唉，我在这里绞尽脑汁，梳这些发型的人，不能不向我祝拜。我死之后，倘若能变成神，那么就一定要到绣房、闺阁当中检验一下，看它是否果真对女子的花容月貌有好处。

薰 陶

原文

名花美女，气味相同，有国色者，必有天香。天香结自胞胎，非由薰染，佳人身上实实有此一种，非饰美之词也。此种香气，亦有姿貌不甚姣艳，而能偶擅其奇者。总之，一有此种，即是夭折摧残之兆，红颜薄命未有捷于此者。

有国色而有天香，与无国色而有天香，皆是千中遇一，其余则薰染之力不可少也。其力维何？富贵之家，则需花露。花露者，摘取花瓣入甑，酝酿而成者也。蔷薇最上，群花次之。然用不须多，每于盥浴之后，挹取数匙入掌，拭体拍面而匀之。此香此味，妙在似花非花，是露非露，有其芬芳，而无其气息，是以为佳，不似他种香气，或速或沉，是兰是桂，一嗅即知者也。其次则用香皂浴身，香茶沁口，皆是闺中应有之事。皂之为物，亦有一种神奇，人身偶染秽物，或偶沾秽气，用此一擦，则去尽无遗。由此推之，即以百和奇香拌入此中，未有不与垢秽并除，混入水中而不见者矣；乃独去秽而存香，似有攻邪不攻正之别。皂之佳者，一浴之后，香气经日不散，岂非天造地设，以供修容饰体之用者乎？香皂以江南六合县出者为第一，但价值稍昂，又恐远不能致，多则浴体，少则止以浴面，亦权宜丰俭之策也。至于香茶沁口，费亦不多，世人但知其贵，不知每日所需，不过指大一片，重止毫厘，裂成数块，每于饭后及临睡时以少许润舌，则满吻皆香，多则味苦，而反成药气矣。

凡此所言，皆人所共知，予特申明其说，以见美人之香不可使之或无耳。别有一种，为值更廉，世人食而但甘其味，嗅而不辨其香者，请揭出言之：果中荔子，虽出人间，实与交梨、火枣[①]无别，其色国色，其香天香，乃果中尤物也。予游闽粤，幸得饱啖而归，庶不虚生此口，但恨造物有私，不令四方皆出。陈不如鲜，夫

人而知之矣。殊不知荔之陈者，香气未尝尽没，乃与橄榄同功，其好处却在回味时耳。佳人就寝，止啖一枚，则口脂之香，可以竟夕，多则甜而腻矣。须择道地者用之，枫亭是其选也。

人问：沁口之香，为美人设乎？为伴美人者设乎？予曰：伴者居多。若论美人，则五官四体皆为人设，奚止口内之香。

①交梨、火枣：道教所称的仙果。

译文

名花与美女，气味相同，有国色的，就必定有天香。天香是从娘胎里带来的，不是由后天熏染出来的，佳人身上确实有这种香味，不是夸大其词。这种香气，有些容貌不太娇艳的女人，偶尔也会散发出来。总之，身上一有这种香气，就是早逝、被摧残的征兆，红颜薄命没有比这更快的了。

既有国色又有天香的女子，与没有国色而有天香的女子，都是千里挑一的，其余女子的香气都是熏染之功了。如何熏染？富贵人家，就需要用花露。花露就是摘下花瓣，放进瓶子里，酿制而成的汁液。其中最上等的是蔷薇，其他花次之。不需要用太多，每次洗脸沐浴之后，取几勺放在手心，拭身拍脸，涂抹均匀。这种香味，妙在它是花又非花，是露而非露，有花的芬芳而没有花的气息，所以最好，不像其他的香气，有的马上挥发掉，有的沉淀在皮肤上，是兰花还是桂花，一闻就知道。其次则是用香皂洗澡，或用香茶漱口，这些都是女子应有之物。香皂这种东西，也有一种神奇的功能，人身上偶然沾上了脏东西或者难闻的气味，用它一擦就都去掉了。由此可知，把百种奇香混合在其中，没有不同污垢秽气一起洗去，混入水中而消失不见的；只有香皂能只去掉污秽而保留香气，似乎有攻邪不攻正的功效。好的香皂，洗过以后，香气整日都不散去，这难道不是天造地设，专供美容、修饰身体用的吗？香皂以江南六合县出的最佳，但价钱稍微有点儿贵，又担心路途太远买不到，如果这种香皂多就能用来洗澡，少就只用来洗脸，也是出于节俭考虑。至于用香茶漱口，花费也不多，世人只知道香茶很贵，却不知道每天所需的不过是指甲大一片，重量只有毫厘，把一片分成几块，每次在饭后以及睡觉前用少许来润舌，就会满口都是香味了，多了味道就会苦，反而变成药味了。

凡是这些话都是人们知道的，我特意再申明一次，是为了强调美人的香气不能缺少。还有一种香料，价格更低廉，平时人们吃这种东西只觉得它味道好，但闻着却分辨不出它的香味，请让我说出这种东西：水果中的荔枝，虽然长在人间，其实与交梨、火枣这些传说的仙果没有区别，它的颜色是国色，香气是天香，是水果中的尤物。我游历过闽粤一带，有幸饱餐一顿回来，觉得这张嘴没有白长，只是恨造物主有私心，不让四处都产荔枝。陈荔枝不如鲜荔枝，大家都知道。却不知道陈荔枝的香气，并没有完全消失，和橄榄的功用相同，好处都在回味之时。女子在睡觉前，只吃一颗，那么口中和肌肤上的香气，就可以保持一整晚，吃多了就会甜得发腻。必须选择地道的来吃，枫亭出产的就是上选。

有人问：漱口的香味是为美人准备的，还是为陪伴美人的人准备的呢？我说：为陪伴的人准备的居多。因为美人整个人都是为别人准备的，何止口里的香气。

点 染

原文

“却嫌脂粉污颜色，淡扫蛾眉朝至尊”。此唐人妙句也。今世讳言脂粉，动称污人之物，有满面是粉而云粉不上面、遍唇皆脂而曰脂不沾唇者，皆信唐诗太过，而欲以虢国夫人[1]自居者也。噫，脂粉焉能污人，人自污耳。

人谓脂、粉二物，原为中材而设，美色可以不需。予曰：不然。惟美色可施脂粉，其余似可不设。何也？二物颇带世情，大有趋炎附热之态，美者用之愈增其美，陋者加之更益其陋。使以绝代佳人而微施粉泽，略染猩红，有不增娇益媚者乎？使以媸颜陋妇而丹铅其面，粉藻其姿，有不惊人骇众者乎？询其所以然之故，则以白者可使再白，黑者难使遽白；黑上加之以白，是欲故显其黑，而以白物相形之也。试以一墨一粉，先分二处，后合一处而观之，其分处之时，黑自黑而白自白，虽云各别其性，未甚相仇也；迨其合处，遂觉黑不自安，而白欲求去。相形相碍，难以一朝居者，以天下之物，相类者可使同居，即不相类而相似者，亦可使之同居，至于非但不相类、不相似，而且相反之物，则断断勿使同居，同居必为难矣。此言粉之不可混施也。

脂则不然，面白者可用，面黑者亦可用。但脂、粉二物，其势相依，面上有粉而唇上涂脂，则其色灿然可爱，倘面无粉泽而止丹其唇，非但红色不显，且能使面上之黑色变而为紫，以紫之为色，非系天生，乃红黑二色合而成之者也。黑一见红，若逢故物，不求合而自合，精光相射，不觉紫气东来[②]，使乘老子青牛，竟有五色灿然之瑞矣。若是，则脂、粉二物，竟与若辈无缘，终身可不用矣。何以世间女子人人不舍，刻刻相需，而人亦未尝以脂粉多施，摈而不纳者？曰：不然。予所论者，乃面色最黑之人，所谓不相类、不相似，而且相反者也。若介在黑白之间，则相类而相似矣，既相类而相似，有何不可同居？但须施之有法，使浓淡得宜，则二物争效其灵矣。

从来傅粉之面，止耐远观，难于近视，以其不能匀也。画士着色，用胶始匀，无胶则研杀不合。人面非同纸绢，万无用胶之理，此其所以不匀也。有法焉：请以一次分为二次，自淡而浓，由薄而厚，则可保无是患矣。

·注释·

①虢国夫人：杨贵妃三姐，嫁裴氏。天宝七载封为虢国夫人，得宠遇。唐杜甫有《虢国夫人》诗："却嫌脂粉污颜色，淡扫娥眉朝至尊。"讽其自炫丽质。天宝十五载安禄山陷长安，随玄宗、贵妃西行，途中为陈仓县令薛景仙所抓而后自杀。

②紫气东来：《史记·老子韩非列传》："于是老子乃著书上下篇，言道德之意五千余言而去，莫知其所终。"司马贞索隐引汉刘向《列仙传》："老子西游，关令尹喜望见有紫气浮关，而老子果乘青牛而过也。"后遂以"紫气东来"表示祥瑞。

“却嫌脂粉污颜色，淡扫蛾眉朝至尊”。这是唐代诗人的佳句。现在的人忌讳谈论脂粉，动辄就说是污染人的东西，有的人满脸是粉却说自己从来不施粉、满嘴唇胭脂却说自己从来不用胭脂抹嘴唇，这些都是对唐诗太过相信，而想以虢国夫人自居的人。唉，脂粉怎么会污染人，不过是人自己污染自己而已。

有人认为脂、粉这两种东西，本来是给中等姿色的女人准备的，美人可以不需要。我说：不是这样。只有美人才可以施脂粉，其他女人反而可以不用。为什么？因为这两样东西都非常世俗，大有趋炎附势的样子，美丽的女人用了会更加美丽，丑陋的女人用了反而更加丑陋。假如让绝色的美人微施脂粉，略染猩红，怎么可能不增添她的娇媚呢？假使相貌丑陋者涂脂抹粉，描眉画眼，看后能不让人害怕吗？之所以会这样，是因为皮肤白的化妆后会更加白，肤色黑的化妆后不能马上变白；而在黑皮肤上加了白色，这是想故意显出自己的黑，而用白色来形成对比。试用墨、粉来做实验，先把它们分开放在两处，然后放在一起观察，会发现分开时，黑就是黑而白就是白，虽说各自的性质不同，却并没有发生冲突；等到把它们放在一起时，就感觉黑的似乎很不安，而白的也想要离开。二者互相妨碍，难以合在一起，因为天下万物，同类的才能相处，不同类而相似的，也可以使它们相处，至于既不同类又不相似，而且相反的东西，就千万不能放在一起，放在一起必然会很为难。这是说粉不可以乱用。

胭脂就不然，脸白的人能用，脸黑的人也能用。然而脂、粉这两种东西，相互依存，脸上搽了粉而唇上涂了胭脂，就显得灿烂可爱，如果脸上没搽粉而只染红了嘴唇，不但红色显不出来，而且红色还将脸上的黑色变成了紫色，而紫色这种颜色不是天生的，是红、黑两种颜色混合而成的。黑色一遇见红色，就像遇到了老朋友，不让它们合在一起也会自动合在一起，脸上精光四射，不觉生出一片紫气，假使让她骑上老子的青牛，就会呈现色彩斑斓的祥瑞之气了。如果这样，那么脂、粉两种东西，就和脸黑的人无缘，终身可以不用了。可为什么世间的女子，人人都不肯放弃，时刻都需要它，而且人们也没有因为别人多施了脂粉，就不接受她了呢？我说：不是这样。我指的是脸色最黑的人，是所谓不同类、不相似，甚至相反的。如果肤色介于黑白之间，就是相类相似了，既然是相类相似，为什么不能共处呢？必须施用得法，浓淡得宜，那么这两种东西就会争着发挥作用了。

搽过粉的脸，只适合远看，不适合近看，因为它难以均匀。画家着色时，要用胶才能让颜色均匀，没有胶就涂抹不匀。人的脸不同于纸绢，绝对没有用胶的道理，这就是涂不均匀的原因。对此有办法解决：将一次的粉分成两次搽，从淡到浓，由薄到厚，就能保证没有这种忧虑了。

原文

请以他事喻之。砖匠以石灰粉壁，必先上粗灰一次，后上细灰一次；先上不到之处，后上者补之；后上偶遗之处，又有先上者衬之，是以厚薄相均，泯然无迹。使以二次所上之灰，并为一次，则非但拙匠难匀，巧者亦不能遍及矣。粉壁且然，况粉面乎？今以一次所傅之粉，分为二次傅之，先傅一次，俟其稍干，然后再傅第二次，则浓者淡而淡者浓，虽出无心，自能巧合，远观近视，无不宜矣。此法不但能匀，且能变换肌肤，使黑者渐白。何也？染匠之于布帛，无不由浅而深，其在深浅之间者，则非浅非深，另有一色，即如文字之有

过文也。如欲染紫，必先使白变红，再使红变为紫，红即白、紫之过文，未有由白竟紫者也。如欲染青，必使白变为蓝，再使蓝变为青，蓝即白、青之过文，未有由白竟青者也。如妇人面容稍黑，欲使竟变为白，其势实难。今以薄粉先匀一次，是其面上之色已在黑白之间，非若曩时之纯黑矣；再上一次，是使淡白变为深白，非使纯黑变为全白也，难易之势，不大相径庭哉？由此推之，则二次可广为三，深黑可同于浅，人间世上，无不可用粉匀面之妇人矣。

此理不待验而始明，凡读是编者，批阅至此，即知湖上笠翁原非蠢物，不止为风雅功臣，亦可谓红裙知己。初论面容黑白，未免立说过严。非过严也，使知受病实深，而后知德医人，果有起死回生之力也。舍此更有二说，皆浅乎此者，然亦不可不知；匀面必须匀项，否则前白后黑，有如戏场之鬼脸；匀面必记掠眉，否则霜花覆眼，几类春生之社婆[①]。至于点唇之法，又与匀面相反，一点即成，始类樱桃之体；若陆续增添，二三其手，即有长短宽窄之痕，是为成串樱桃，非一粒也。

·注释·

①社婆：春社日头胎生下的女子，肌肤、头发都是雪白的。

·译文·

请让我用其他事情来比喻。泥瓦匠用石灰粉刷墙壁，必然先刷一层粗灰，然后再刷一层细灰；前一次粉刷不到之处，后刷的补上；后刷的偶然有遗漏，又有先刷的相衬，所以厚薄均匀，没有一点儿痕迹。假如将两次的灰合为一次刷，那么不但拙笨的泥瓦匠不能涂匀，灵巧的泥瓦匠也难以涂匀。粉刷墙壁尚且这样，更何况在脸上搽粉呢？现在将一次所搽的粉分为两次搽，先搽一次，等到稍微干了，再搽第二次，就会浓的地方变淡，淡的地方变浓，虽然出于无心，也自然能够巧合，无论远观近看，都没有不合适的。这种方法不但均匀，而且能改变肌肤颜色，使黑的皮肤渐渐变白。为什么？染匠染布的时候，无不从浅色到深色，而在浅深之间的，就不深又不浅，另有一种颜色，就像文章中有过渡文一样。如果想要染成紫色，必须先使白色变成红色，再把红色变成紫色，红色就是白和紫的过渡文，没有一下子把白色染成紫色的。如果想染青色，必然先把白色变成蓝色，再把蓝色变成青色，蓝色就是白与青的过渡文，没有从白色直接染成青色的。如果女子的容貌稍黑，想使脸一下子变白，势必很难。现在用薄粉先匀一次，这时脸上的肤色已经在黑白之间，不像开始的纯黑了；接着再搽一次，这是使淡白变为深白，不是使纯黑变成全白，和以前相比，难易程度不是大相径庭吗？由此推之，那么两次可以扩展到三次，深黑的皮肤和浅白的相同了，人间世上，没有不能用粉均匀抹脸的女子了。

这种道理不用检验就能明白，凡是读这本书的，批阅到这里，就知道我原来不蠢笨，不仅是风雅的功臣，还可以说是红颜的知己。前面谈论面容黑白，说法未免过于严格。并非过于严格，只是为了让人知道自己病得实在很严重，而后他才会感谢医生的恩德，知道他真的有起死回生的能力。除此之外还有两点，都比这些要浅显，然而也不能不知道；在给脸搽粉时也必须搽匀脖子，否则前面白而后面黑，就像戏台上的鬼脸；搽粉时一定要记住掠过眉毛，否则粉屑就会盖上眼睛，就像祭祀仪式上的社婆。至于点唇的方法，又和搽粉相反，点一下就成，才是樱桃小嘴；如果陆续地增添，点两三次，就会有长短宽窄不等的痕迹，就成了成串的樱桃，而不是一粒了。

居室部

房舍第一

原文

人之不能无屋，犹体之不能无衣。衣贵夏凉冬燠，房舍亦然。“堂高数仞，榱题数尺[①]”，壮则壮矣，然宜于夏而不宜于冬。登贵人之堂，令人不寒而栗，虽势使之然，亦廖廓有以致之；我有重裘，而彼难挟纩[②]故也。及肩之墙，容膝之屋，俭则俭矣，然适于主而不适于宾。造寒士之庐，使人无忧而叹，虽气感之乎，亦境地有以迫之；此耐萧疏，而彼憎岑寂故也。

吾愿显者之居，勿太高广。夫房舍与人，欲其相称。画山水者有诀云：“丈山尺树，寸马豆人。”使一丈之山，缀以二尺三尺之树；一寸之马，跨以似米似粟之人，称乎？不称乎？

使显者之躯，能如汤文之九尺十尺，则高数仞为宜；不则堂愈高而人愈觉其矮，地愈宽而体愈形其瘠，何如略小其堂，而宽大其身之为得乎？

处士之庐，难免卑隘，然卑者不能耸之使高，隘者不能扩之使广，而污秽者、充塞者则能去之使净，净则卑者高而隘者广矣。

吾贫贱一生，播迁流离，不一其处，虽债而食，赁

而居，总未尝稍污其座。性嗜花竹，而购之无资，则必令妻孥忍饥数日，或耐寒一冬，省口体之奉，以娱耳目。人则笑之，而我怡然自得也。性又不喜雷同，好为矫异，常谓人之葺居治宅，与读书作文同一致也。譬如治举业[③]者，高则自出手眼，创为新异之篇；其极卑者，亦将读熟之文移头换尾，损益字句而后出之，从未有抄写全篇，而自名善用者也。

乃至兴造一事，则必肖人之堂以为堂，窥人之户以立户，稍有不合，不以为得，而反以为耻。常见通侯贵戚，掷盈千累万之资以治园圃，必先谕大匠曰：亭则法某人之制，榭则遵谁氏之规，勿使稍异。而操运斤之权者，至大厦告成，必骄语居功，谓其立户开窗，安廊置阁，事事皆仿名园，纤毫不谬。

·注释·

①堂高数仞，榱题数尺：语出《孟子·尽心下》："说大人，则藐之，勿视其巍巍然。堂高数仞，榱题数尺，我得志弗为也。"榱题，屋檐。通常伸出屋檐，故通称出檐。

②挟纩：身披丝绵。

③治举业：为应科举考试而准备的学业。明清时专指八股文。

人不能没有房屋，就像不能没有衣服覆体。衣服贵在夏凉冬暖，房屋也是这样。厅堂有数丈之高，屋檐伸出几尺之远，壮观是壮观，然而只适合在夏天住而不适合在冬天住。走进豪门贵族豪华显贵的家，令人不寒而栗，虽然与主人的权势有关，但也跟房屋的高大、空洞有极大关系；这种感觉是我有厚破皮袄，而他衣衫单薄所致。刚及肩的墙壁，只能容膝的小屋，俭朴是俭朴，然而只适合于主人居住，却不适合于宾客造访。造访贫寒人士的家，使人没有担忧也会有感叹，虽然有屋里气氛营造的缘故，可是房屋的低小、矮窄也会让人感到窘迫；即使主人耐得住萧条冷清，可客人却憎恶这种孤寂凄清。

我希望显贵者的房屋不要太高太大。房屋和人应该相称。画山水的人有口诀说：“丈山尺树，寸马豆人。”就是说一丈高的山，点缀的却是两三尺的树；画的是一寸大的马，马背上却是米粒大小的人，相称还是不相称呢？

假使显贵者的身躯能像商汤和周文王那样有九尺、十尺高，那么房屋要高数丈才合适；否则屋子越高就显得人越矮小，地面越宽显得人越消瘦，将房子建小点儿，而使自己的身材显得高大、魁梧不是更好吗？

贫寒人士的房子，难免矮小狭窄，虽然低的不能再加高，狭窄的不能再扩充，但是屋里污秽、没用的东西则能够除去而使房子变干净，干净了低矮的就会显得高大，狭窄的就会显得宽阔。

我贫苦一生，四处奔波、流离，没有固定的住处，虽然靠借钱吃饭，靠租房居住，却从未让居住的房子沾上一点儿污秽。我生性嗜好养花、种竹，又没钱购买，宁可让妻子儿女忍耐几天饥饿，或者忍受一个冬天的寒冷，也要省出点生活费用，购买花竹娱悦耳目。别人嘲笑我，而我却怡然自得。我生性又不喜欢雷同，爱好标新立异，常说人们建造房屋和读书作文一样。比如参加科举考试的考生，水平高的能够别出心裁，写出新颖奇异的文章；水平低的也能将读熟的文章改头换尾，增减字句后创作新文章，从没有照抄全篇而自命不凡的人。

但是到了建造房屋，就一定要模仿人家的厅堂来建厅堂，按照人家的窗户来建窗户，稍有不同，不会自得，反觉得羞耻。经常见那些公侯贵戚，耗费成千上万的资财来修建园圃，他们必定事先吩咐工匠：亭子要效法某人的款式，台榭要遵循谁家的规矩，不要有一点儿差别。而那些建造房屋的工匠，等到房屋建成时，也必定居功自傲，说他建造的门窗、走廊、台阁，每样都模仿名园，丝毫不差。

原文

噫，陋矣！以构造园亭之胜事，上之不能自出手眼，如标新创异之文人；下之至不能换尾移头，学套腐为新之庸笔，尚嚣嚣以鸣得意，何其自处之卑哉！

予尝谓人曰：生平有两绝技，自不能用，而人亦不能用之，殊可惜也。人问：绝技维何？予曰：一则辨审音乐，一则置造园亭。性嗜填词，每多撰著，海内共见之矣。设处得为之地，自选优伶，使歌自撰之词曲，口授而躬试之，无论新裁之曲，可使迥异时腔，即旧日传奇，一概删其腐习而益以新格，为往时作者别开生面，此一技也。一则创造园亭，因地制宜，不拘成见，一榱一桷，必令出自己裁，使经其地、入其室者，如读湖上笠翁之书，虽乏高才，颇饶别致，岂非圣明之世、文物之邦，一点缀太平之具哉？

噫，吾老矣，不足用也。请以崖略付之简篇，供嗜痂者采择。收其一得，如对笠翁，则斯编实为神交之助尔。

译文

唉，太浅陋了！建造园亭这样的胜事，好的不能别出心裁，如同标新立异的文人；坏的甚至不能做到改头换尾，像那些庸俗的文人写出新文章一样，还在那里满不在乎、自鸣得意，为何要自降身份到如此卑微的地步呢！

我曾经对别人说：我生平有两大绝技，自己不能用，别人也不能用，太可惜了。别人问我：那绝技是什么？我回答：一是辨审音乐，一是建造园亭。我嗜好填词，写了很多作品，这是天下人都看到的。假如让我处在能自己做主的位置，自己挑选演员，让他们演唱我自己写的戏曲，并由我亲自教导，那么不仅新编的戏曲可以使其迥异于时下流行的腔调，即使旧戏，也能一律删去陈腐习气而形成新的风格，为过去的作者别开生面，这是一种绝技。另一种绝技是建造园亭，因地制宜，不拘泥于成规，一椽一桷，必然要自己亲手设计，使路过的人和进来的人，都像读湖上笠翁的书一样，虽然缺少高才，但也饶有一番情致，这难道不是现在的圣明之世、文明之邦，一个点缀太平的工具吗？

唉，我老了，不中用了。请让我将自己的一些粗浅的感受写在书上，以供有此爱好的人来参考。若能得到一些收获，对于笠翁来说，那么这篇文章就是我们神交的帮手了。

原文

土木之事，最忌奢靡。匪特庶民之家当崇俭朴，即王公大人亦当以此为尚。盖居室之制，贵精不贵丽，贵新奇大雅，不贵纤巧烂漫。凡人止好富丽者，非好富丽，因其不能创异标新，舍富丽无所见长，只得以此塞责。譬如人有新衣二件，试令两人服之，一则雅素而新奇，一则辉煌而平易，观者之目，注在平易乎？在新奇乎？锦绣绮罗，谁不知贵，亦谁不见之？缟衣素裳，其制略新，则为众目所射，以其未尝睹也。

凡予所言，皆属价廉工省之事，即有所费，亦不及

雕镂粉藻之百一。且古语云："耕当问奴，织当访婢[①]。"予贫士也，仅识寒酸之事。欲示富贵，而以绮丽胜人，则有从前之旧制在。新制人所未见，即缕缕言之，亦难尽晓，势必绘图作样。然有图所能绘，有不能绘者。不能绘者十之九，能绘者不过十之一。因其有而会其无，是在解人善悟耳。

· 注释 ·

①耕当问奴，织当访婢：古谚语，谓办事应与熟习其事的人商量。

· 译文 ·

兴建房屋这件事，最忌讳奢侈浪费。不仅普通的百姓家庭应当崇尚俭朴，就是王公大人也应该把节俭作为风尚。因为房屋的法则，贵在精致而不是贵在华丽，贵在新奇高雅，而不是贵在纤巧烂漫。凡是只喜欢富丽堂皇的人，并不是真的喜欢富丽堂皇，而是因为他不能标新立异，除了富丽堂皇没有其他长处，只好以此来搪塞。比如一个人有两件新衣服，试想让两个人穿在身上，一个穿素雅而新奇的，一个穿华丽而平常的，观赏者的注意力，是在普通的上呢？还是在新奇的上呢？绫罗绸缎，谁不知道贵重，谁又没有见过？朴素的衣服，其款式略微新颖，就会引起众人的注意，因为以前没见过。

凡是我所说的，都是省钱省力的事，即使有点花费，也到不了雕镂粉饰的百分之一。而且古语说："耕当问奴，织当访婢。"我是一个贫寒之士，只知道这些寒酸的事。想炫耀自己的富贵，而靠绮丽华贵来胜过别人，那么就按照以前的款式。新的款式人们没有见过，即使我在这里详细说明，也很难全都知晓，必须要绘制图样。然而有的东西可以画，有的东西画不出来。不能画的有十分之九，能画出来的只有十分之一。凭借画出来的东西去领会没有画出来的，这就全靠自己领悟了。

向背

原文

屋以面南为正向。然不可必得，则面北者宜虚其后，以受南薰；面东者虚右，面西者虚左，亦犹是也。如东、西、北皆无余地，则开窗借天以补之。牖[①]之大者，可抵小门二扇；穴之高者，可敌低窗二扇，不可不知也。

注释

①牖：窗户。

译文

房屋以面朝南为正向。然而不可能都办到，所以面朝北的应该留些空地在后面，以接受南风熏染；面朝东的要留空地在右边，面朝西的要留空地在左边，也是这个道理。如果东、西、北面都没有空地，就要开窗借天光来补救。窗户大的，抵得上两扇低小的门；窗户开得高，可以抵得上两扇低一些的窗户，这些不能不知道。

途　径

原文

径莫便于捷，而又莫妙于迂。凡有故作迂途，以取别致者，必另开耳门一扇，以便家人之奔走，急则开之，缓则闭之，斯雅俗俱利，而理致兼收矣。

道路中最方便的莫过于捷径，最巧妙的莫过于迂回的小径。凡是故意铺设迂回小径，以达到别具一格的，必须要另开一扇边门，以方便家人出入，紧急的时候就打开，没有急事就关上，这样对雅俗两方面都适合，兼具雅致与实用。

高　下

原文

房舍忌似平原，须有高下之势，不独园圃为然，居宅亦应如是。前卑后高，理之常也。然地不如是，而强欲如是，亦病其拘。总有因地制宜之法：高者造屋，卑者建楼，一法也；卑处叠石为山，高处浚水为池，二法也。又有因其高而愈高之，竖阁磊峰于峻坡之上；因其

卑而愈卑之，穿塘凿井于下湿之区。总无一定之法，神而明之，存乎其人，此非可以遥授方略者矣。

·译文·

房屋忌讳建造得像平原，必须有高低起伏之势，不仅园圃是这样，住宅也应该像这样。前面低、后面高，这是常理。然而如果地形不是这样，而勉强非要这样，也是犯了拘谨、死板的毛病。总有因地制宜的方法：地势高的地方造房屋，地势低的地方建楼宇，这是一种方法；在地势低的地方叠起石头做假山，地势高的地方引水建水池，这是第二种方法。还可以将高的地方变得更加高，如在陡坡上建造亭阁、山峰；将低的地方变得更低，在低洼潮湿处挖塘凿井。总之没有一定的法则，心领神会全在于自己，这不是能够让别人传授的。

窗栏第二

原文

吾观今世之人，能变古法为今制者，其惟窗栏二事乎！窗栏之制，日新月异，皆从成法中变出。“腐草为萤”，实具至理，如此则造物生人，不枉付心胸一片。但造房建宅与置立窗轩，同是一理，明于此而暗于彼，何其有聪明而不善扩乎？

予往往自制窗栏之格，口授工匠使为之，以为极新极异矣，而偶至一处，见其已设者，先得我心之同然，因自笑为辽东白豕[①]。独房舍之制不然，求为同心甚少。门窗二物，新制既多，予不复赘，恐又蹈白豕辙也。惟约略言之，以补时人之偶缺。

·注释·

①辽东白豕：语出《后汉书·朱浮传》：“往时辽东有豕，生子白头，异而献之。行至河东，见群豕皆白，怀惭而还。”指知识浅薄，少见多怪。

·译文·

我看现在的人，能够做到将古法今用的，唯独窗与栏这两样东西了！窗与栏的样式日新月异，都是从古法中演变出来的。“腐草生出萤火虫”，非常有道理，如此造物主创造人的一片苦心才不至于白费。然而建造房屋与开设窗栏的道理相同，但人们明白这一点却不明白那一点，为什么有聪明才智却不用到更多的地方呢？

我常常自己设计窗栏的样式，告诉工匠让他们去做，自以为非常新颖独特，然而偶然到一个地方，看到了这种样式，才知道有人已经先有了和我一样的想法了，于是自嘲为辽东白豕。只有在房屋设计方面不是这样，很少能找到与我想法一致的人。门窗这两样东西，新的样式已经很多，我就不再啰唆了，否则又会像辽东白豕一样了。只简略说一下，以弥补现在人偶尔的缺漏。

制体宜坚

原文

窗棂以明透为先，栏杆以玲珑为主，然此皆属第二义；具首重者，止在一字之坚，坚而后论工拙。尝有穷工极巧以求尽善，乃不逾时而失头堕趾，反类画虎未成者，计其新而不计其旧也。总其大纲，则有二语：宜简不宜繁，宜自然不宜雕斫。凡事物之理，简斯可继，繁则难久，顺其性者必坚，戕其体者易坏。

木之为器，凡合笋使就者，皆顺其性以为之者也；雕刻使成者，皆戕其体而为之者也；一涉雕镂，则腐朽

可立待矣。故窗棂栏杆之制，务使头头有笋，眼眼着撒。然头眼过密，笋撒太多，又与雕镂无异，仍是戕其体也，故又宜简不宜繁。根数愈少愈佳，少则可坚；眼数愈密愈贵，密则纸不易碎。然既少矣，又安能密？曰：此在制度之善，非可以笔舌争也。窗栏之体，不出纵横、欹斜、屈曲三项，请以萧斋[①]制就者，各图一则以例之。

·注释·

①萧斋：唐张怀瓘《书断》：“武帝造寺，令萧子云飞白大书‘萧’字，至今一字存焉。李约竭产，自江南买归东洛，建一小亭以玩，号曰‘萧斋’。”后人称寺庙、书斋为“萧斋”。

窗棂以明亮通透为主，栏杆以玲珑精致为主，然而这些都是属于第二位的；居首位的，只在一个“坚”字，坚固之后才能谈论做工的好坏。曾有人挖空心思追求精巧美观，但是没多久不是掉头就是断脚，画虎不成反类犬，这是因为那人只求新而不顾旧的教诲。总括来讲，就是两条：宜简洁不宜繁杂，宜自然不宜雕琢。但凡事物的道理，简单的就能持续很长时间，繁杂的就很难长久，顺应事物本性的必然坚牢，破坏事物本体的就容易毁坏。

木制的物品，凡是合榫接头的，都是顺应了它的本性；而雕刻而成的东西，都是破坏了它的本体；一旦经过雕刻，就会很快腐朽。因此窗棂栏杆的制作，务必要做到每个头都有榫，每个眼都嵌入竹片。然而如果榫头太密，榫眼太多，就又和雕刻没有区别了，仍然是在破坏其本体，所以应该简单、不应该繁杂。根数越少越好，少了就可以坚固；眼数越密越好，密了窗纸就不容易破碎。然而既然根数少，又怎么可能密呢？我回答：这在于设计是否完善，不是可用语言来争辩的。窗户和栏杆的式样，不外乎纵横、欹斜、屈曲这三种样式，请让我将书斋现成的式样，各绘制一张图举例。

原文

纵横格：是格也，根数不多，而眼亦未尝不密，是所谓头头有笋，眼眼着撒者，雅莫雅于此，坚亦莫坚于此矣。是从陈腐中变出。由此推之，则旧式可化为新者，不知凡几。但取其简者、坚者、自然者变之，事事以雕镂为戒，则人工渐去，而天巧自呈矣。

译文

纵横格：这种格式，木料根数不多，榫眼也不是不密，这就是所谓的头头有笋，眼眼着撒，没有比这种款式更高雅、坚固的了。这是从旧式样中变化出来的。由此可以推断，那些旧式样可以变化成新式样的，不知道有多少。只选取其中简洁的、坚固的、自然的来变化，处处都避免雕镂，则人工的痕迹就会逐渐看不到，而天然的精巧会自然呈现出来。

图 1　纵横格

原文

欹斜格（系栏）：此格甚佳，为人意想所不到，因其平而有笋者，可以着实；尖而无笋者，没处生根故也。然赖有躲闪法，能令外似悬空，内偏着实，止须善藏其拙耳。当于尖木之后，另设坚固薄板一条，托于其后，上下投笋，而以尖木钉于其上，前看则无，后观则有。

其能幻有为无者，全在油漆时善于着色。如栏杆之本体用朱，则所托之板另用他色。他色亦不得泛用，当以屋内墙壁之色为色。如墙系白粉，此板亦作粉色；壁系青砖，此板亦肖砖色。自外观之，止见朱色之纹，而与墙壁相同者，混然一色，无所辨矣。至栏杆之内向者，又必另为一色，勿与外同，或青或蓝，无所不可，而薄板向内之色，则当与之相合。自内观之，又别成一种文理，较外尤可观也。

欹斜格（系栏）：这种格式非常好，是人们意想不到的，因为如果是平而有榫的，木条可以落到实处；如果是尖而无榫的，木条便无处生根。然而幸好有躲闪法，能让它从外面看好像是悬空的，而里面却偏偏落在实处，只需善于藏拙而已。应当在尖木条的后面，另外安一条坚固的薄板，托在后面，上下入榫，再将尖木条钉在它上面，从前面看不到，后面看就有。

这种格式能将有变成无，在于油漆时善于着色。如果栏杆的主

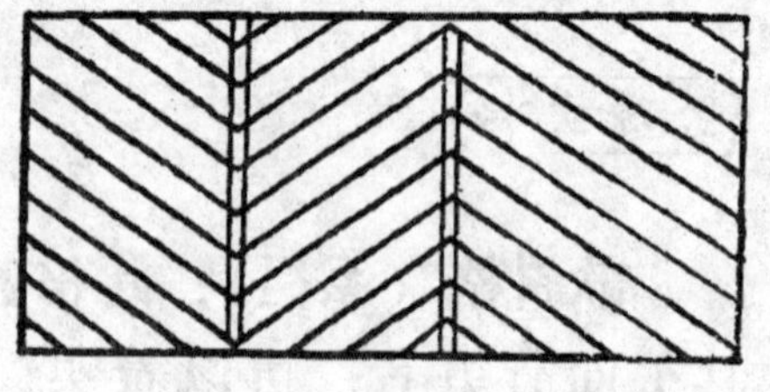

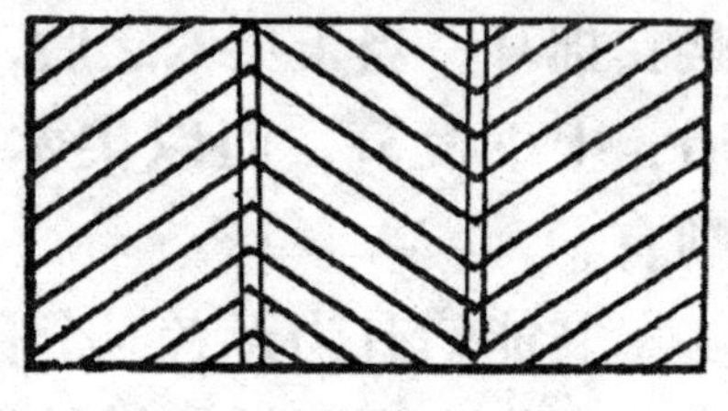

图 2　欹斜格

体用红色，那托板就要使用别的颜色。别的颜色也不能乱用，应该使用室内墙壁的颜色。比如墙壁是白粉色，托板也要用白粉色；墙壁是青砖，托板就也要模仿青砖的颜色。从外面看，只看到红色的纹路，而与墙壁颜色相同的部分，已经跟墙壁浑然一体，无从辨别了。至于向内的栏杆，又必须用另外一种颜色，不能与外面颜色相同，或者青色或者蓝色，都可以，而这时薄板向内的颜色就应该跟它相配。从里面看，又是另一种图案，相比外面还要好看。

原文

屈曲体（系栏）：此格最坚，而又省费，名“桃花浪”，又名“浪里梅”。曲木另造，花另造，俟曲木入柱投笋后，始以花塞空处，上下着钉，借此联络，虽有大力者挠之，不能动矣。花之内外，宜作两种，一作桃，一作梅，所云“桃花浪”“浪里梅”是也。浪色亦忌雷同，或蓝或绿，否则同是一色，而以深浅别之，使人一转足之间，景色判然。是以一物幻为二物，又未尝于本等材料之外，另费一钱。凡予所为，强半皆若是也。

屈曲体（系栏）：这种格式最为坚固，而且又节省费用，名为“桃花浪”，也叫“浪里梅”。弯曲的木条和装饰的花要分开另做，等弯曲的木条安上去后，再把花塞到空隙处，上下钉上钉子，用它作为联络，即使力气大的人摇它，也摇不动。内外的花最好做两种，一种桃花，一种梅花，这就是所谓的“桃花浪”和“浪里梅”。浪的颜色忌讳雷同，或着蓝色或着绿色，否则如果用同一种颜色，就用深浅来区分，让人转身之间，眼前出现完全不同的景色。这是把一件东西变幻成两件东西，又没有在原有的材料之外，另有花费。我做的窗栏，大半都是这样。

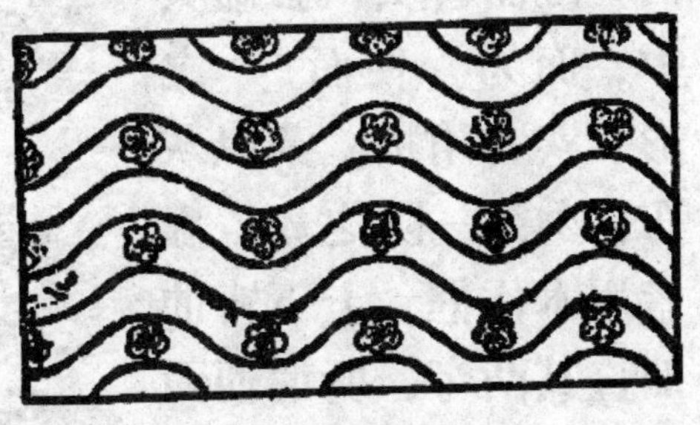

图3　曲屈体

取景在借

原文

开窗莫妙于借景，而借景之法，予能得其三昧。向犹私之，乃今嗜痂者众，将来必多依样葫芦，不若公之海内，使物物尽效其灵，人人均有其乐。但期于得意酣

歌之顷，高叫笠翁数声，使梦魂得以相傍，是人乐而我亦与焉，为愿足矣。

向居西子湖滨，欲购湖舫一只，事事犹人，不求稍异，止以窗格异之。人询其法，予曰：四面皆实，独虚其中，而为“便面[1]”之形。实者用板，蒙以灰布，勿露一隙之光；虚者用木作框，上下皆曲而直其两旁，所谓便面是也。纯露空明，勿使有纤毫障翳。是船之左右，止有二便面，便面之外，无他物矣。坐于其中，则两岸之湖光山色、寺观浮屠、云烟竹树，以及往来之樵人牧竖、醉翁游女，连人带马，尽入便面之中，作我天然图画。且又时时变幻，不为一定之形。非特舟行之际，摇一橹，变一像，撑一篙，换一景，即系缆时，风摇水动，亦刻刻异形。是一日之内，现出百千万幅佳山佳水，总以便面收之。而便面之制，又绝无多费，不过曲木两条、直木两条而已。

世有掷尽金钱，求为新异者，其能新异若此乎？此窗不但娱己，兼可娱人。不特以舟外无穷之景色摄入舟中，兼可以舟中所有之人物，并一切几席杯盘射出窗外，以备来往游人之玩赏。何也？以内视外，固是一幅

便面山水；而以外视内，亦是一幅扇头人物。譬如拉妓邀僧，呼朋聚友，与之弹棋观画，分韵拈毫，或饮或歌，任眠任起，自外观之，无一不同绘事。同一物也，同一事也，此窗未设以前，仅作事物观；一有此窗，则不烦指点，人人俱作画图观矣。

夫扇面非异物也，肖扇面为窗，又非难事也。世人取像乎物，而为门为窗者，不知凡几，独留此眼前共见之物，弃而弗取，以待笠翁，讵非咄咄怪事乎？所恨有心无力，不能办此一舟，竟成欠事。兹且移居白门，为西子湖之薄幸人矣。此愿茫茫，其何能遂？不得已而小用其机，置此窗于楼头，以窥钟山气色，然非创始之心，仅存其制而已。

· 注释 ·

①便面：古代用以遮面的扇状物。后称团扇、折扇为便面。

· 译文 ·

开设窗户最妙的莫过于借景，而借景的方法，我得到了其中的真谛。以前我一直保密，但现在喜欢模仿别人的人很多，将来必定会有很多依样画葫芦的人，不如将它公诸天下，使物尽其用，每个人都享受到其中的乐趣。只希望在得意酣歌之余，高喊笠翁几声，使我的梦魂得以相傍，这样别人快乐我也就跟着快乐，我的心愿就满足了。

以前我住在西湖边的时候，想购买一条小船，这船任何地方都可以和别人的船样子相同，不求任何差异，只是窗格要不一样。别人问我窗格的做法，我说：四面都是实的，只有中间是虚的，做成扇面形状。实的地方用木板，蒙上灰布，不要露一点儿光亮；虚的地方用木框，上下两边用弯木、左右两旁用直木，所谓的扇面就是这样。窗户要完全空明，不能有丝毫遮挡。这样船的左右只有两个扇面窗，除了扇面形的窗之外再也没有其他东西了。坐在船中，两岸的湖光山色、寺院宝塔、云烟竹树，以及往来的樵夫牧童、醉翁游女，连人带马，全都进入扇面当中，成了我的天然图画。而且时时都在变幻，不是固定的形态。不仅船行时摇一下橹就会变一幅画，撑一下篙就会变一个景，就是在系上缆绳时，风摇水动，也时刻都有不同形态。如此，一天之内，呈现出千万幅的好山好水，都收入我的扇面了。而扇面窗的制作，花费也不多，不过是两条弯木、两条直木而已。

世上有一掷千金寻求新异的人，难道有比这个更新异的吗？这种窗户不仅娱悦自己，还可以娱悦别人。它不仅能把船外的无穷景色摄入船中，还可以把船上所有的人与物，及一切桌席杯盘映出窗外，以备来往游人观赏。为什么呢？因为从里面往外面看，固然是一幅扇面山水画；而从外面往里面看，也是一幅扇面人物画。比如拉妓邀僧，呼朋聚友，和他们弹琴观画，吟诗泼墨，饮酒歌舞，任眠任起，从外面看进去，没有一样不同于绘事画。同一件物品，同一件事情，在这扇窗没有开以前，仅仅只是一般的事物；一旦有了这扇窗，不劳烦别人指点，人人都会当成图画来欣赏了。

扇面并非特殊的事物，把窗户做成扇面形，也不是难事。世人模仿事物的形状，用来做成门窗，不知有多少种，唯独留下眼前人所共见的扇面，抛开不用，而要等我来发现，难道不是咄咄怪事吗？遗憾的是我有心无力，不能置办这样一条船，终成憾事。现在我移居到了白门，成了西湖的无缘人。这个愿望变得渺茫了，如何才能如愿以偿？不得已只好小用一下心机，做了一扇这样的窗子放在楼头，用来窥探钟山的景色，然而并非设计的本意，只是保存了样式而已。

原文

予又尝作观山虚牖，名“尺幅窗”，又名“无心画”，姑妄言之。浮白轩中，后有小山一座，高不逾丈，宽止及寻，而其中则有丹崖碧水，茂林修竹，鸣禽响瀑，茅屋板桥，凡山居所有之物，无一不备。盖因善塑者肖予一像，神气宛然，又因予号笠翁，顾名思义，而为把钓之形。予思既执纶竿[①]，必当坐之矶上，有石不可无水，有水不可无山，有山有水，不可无笠翁息钓归休之地，遂营此窟以居之。是此山原为像设，初无意于为窗也。后见其物小而蕴大，有“须弥芥子[②]”之义，尽日坐观，不忍阖牖，乃瞿然曰：“是山也，而可以作画；是画也，而可以为窗；不过损予一日杖头钱，为装潢之具耳。”遂命童子裁纸数幅，以为画之头尾，及左右镶边。头尾贴于窗之上下，镶边贴于两旁，俨然堂画一幅，而但虚其中。非虚其中，欲以屋后之山代之也。坐而观之，则窗非窗也，画也；山非屋后之山，即画上之山也。不觉狂笑失声，妻孥群至，又复笑予所笑，而“无心画”“尺幅窗”之制，从此始矣。

予又尝取枯木数茎，置作天然之牖，名曰“梅窗”。生平制作之佳，当以此为第一。己酉之夏，骤涨滔天，久而不涸，斋头淹死榴、橙各一株，伐而为薪，因其坚也，刀斧难入，卧于阶除者累日。予见其枝柯盘曲，有似古梅，而老干又具盘错之势，似可取而为器者，因筹所以用之。是时栖云谷中幽而不明，正思辟

牖，乃幡然曰："道在是矣！"遂语工师，取老干之近直者，顺其本来，不加斧凿，为窗之上下两旁，是窗之外廓具矣。再取枝柯之一面盘曲、一面稍平者，分作梅树两株，一从上生而倒垂，一从下生而仰接，其稍平之一面则略施斧斤，去其皮节而向外，以便糊纸；其盘曲之一面，则匪特尽全其天，不稍戕斫，并疏枝细梗而留之。既成之后，剪彩作花，分红梅、绿萼二种，缀于疏枝细梗之上，俨然活梅之初着花者。同人见之，无不叫绝。予之心思，讫于此矣。后有所作，当亦不过是矣。

·注释·

①纶竿：鱼竿。

②须弥芥子：佛教语。谓偌大一个须弥山可以塞进一粒芥子中。形容佛法无边。引申为内涵丰富之意。

·译文·

我还制作过观赏山景的虚窗，叫作"尺幅窗"，也叫"无心画"，姑且随意说说。浮白轩后面有一座小山，高不超过一丈，宽只有八尺，然而里面却有丹崖碧水，茂林修竹，鸣禽响瀑，茅屋板桥，凡是山居所需要的东西，没有一样不具备。因为善于雕塑的人为我塑了一座雕像，活灵活现，又因为我号笠翁，顾名思义，将我雕塑成垂钓的样子。我想既然手执钓竿，就应该坐在石头上，有石头就不能没有水，有水就不能没有山，有山有水，又不能没有钓鱼回来休息的地方，于是营造了这个地方来安置它。此山原本是为安置雕像而设的，起初没有想过开窗。后来看见东西虽小含蕴却大，有"须弥山藏于芥子之中"的含义，我于是整天坐在那里观看景色，不

愿关窗，有一天突然想明白："这座山，可以当画；这幅画，也可以当窗；不过花掉我一天的酒钱来装潢罢了。"于是叫仆童裁了几幅纸，作为画的头尾及左右的镶边。头尾贴在窗户上下，镶边贴在窗户两旁，俨然成了一幅堂画，只是把中间空出来。并不是真的要让中间空起来，而是想用屋后的山来代替堂画。再坐下来观赏，那么窗户就不是窗户，而是画了；山也不是屋后的山，而是画中的山。不自觉狂笑失声，妻子儿女全都赶来，又笑我所笑的，于是"无心画""尺幅窗"的做法从此就开始了。

我曾经又用过几根枯木，制作成天然的窗户，叫作"梅窗"。我生平制作的窗户最好的，应当以梅窗为第一。己酉年的夏天，大雨倾盆，地面长时间不干，我书房前的石榴和橙树各被淹死了一棵，于是想砍掉它们当柴烧，可是它们很坚硬，柴刀和斧头都劈不动，放在台阶上好几天。我见树枝弯曲，有点像古梅，而老枝干又有盘桓交错之势，好像可以拿来做什么东西，所以就考虑怎么用。当时栖云谷中，幽暗不明，正想开窗户，于是幡然醒悟："有办法了！"于是告诉工匠，将老树干中最直的，按本来形状，不用砍凿，做成窗户的上下两边，于是窗户的外框就成了。再拿一面盘曲、一面比较平直的树枝，分别做成两棵梅树，一棵从上面向下倒垂，一棵从下面向上仰接，比较平直的一面用斧头稍微加工，削去皮和节疤，朝外安放，以便往上糊纸；盘曲的一面，则不仅完全保留天然的形状，任何加工也不做，连稀疏的枝丫和细小的树梗都留下来。窗户做成之后，将彩纸剪开做成花，分为红梅与绿萼两种，点缀在枝丫和树梗之上，俨然是活梅初开的样子。朋友见了，无不叫绝。我的心思全用在这里了。后来再有其他的作品，也不过如此了。

原文

便面不得于舟，而用于房舍，是屈事矣。然有移天换日之法在，亦可变昨为今，化板成活，俾耳目之前，刻刻似有生机飞舞，是亦未尝不妙，止费我一番筹度耳。

予性最癖，不喜盆内之花、笼中之鸟、缸内之鱼，及案上有座之石，以其局促不舒，令人作囚鸾絷凤之想。故盆花自幽兰、水仙而外，未尝寓目。鸟中之画眉，性酷嗜之，然必另出己意而为笼，不同旧制，务使不见拘囚之迹而后已。自设便面以后，则生平所弃之物，尽在所取。

从来作便面者，凡山水人物、竹石花鸟以及昆虫，无一不在所绘之内，故设此窗于屋内，必先于墙外置板，以备承物之用。一切盆花笼鸟、蟠松怪石，皆可更换置之。如盆兰吐花，移之窗外，即是一幅便面幽兰；盎菊舒英，纳之牖中，即是一幅扇头佳菊。或数日一更，或一日一更；即一日数更，亦未尝不可。但须遮蔽下段，勿露盆盎之形。而遮蔽之物，则莫妙于零星碎石，是此窗家家可用，人人可办，讵非耳目之前第一乐事？得意酣歌之顷，可忘作始之李笠翁乎？

扇面窗不能用于小船，而用在了房舍上，是委屈它了。然而还有移天换日的方法，可以将昨天变成今天，将刻板变为灵活，使耳畔眼前，时刻充满生机，这样也不是不妙，只是要多花费一些心思而已。

我性格怪僻，不喜欢盆里的花、笼中的鸟、缸内的鱼，和摆在桌上的有底座的石头，因为其受到拘束无法自然舒展，让人产生鸾凤被囚的感觉。所以盆里的花除了幽兰和水仙，其他我都不看。鸟中的画眉，我生性喜欢它，然而鸟笼也必须按照我的设计制成，不同于旧式鸟笼，必须让它看不出有拘禁的痕迹才罢休。自从设计出扇面窗之后，平常抛弃的东西，都在这上面利用起来了。

历来画扇面的，山水人物、竹石花鸟以及昆虫，全都在描绘的范围之内，所以设置扇面窗在屋子当中，必须先放一块木板在墙外，以备摆放东西之用。所有的盆花笼鸟、蟠松怪石，都可以交替摆放。比如开花的盆兰，摆到窗外，就是一幅扇面幽兰图；菊花开了，将它放在窗中，就是一幅扇面佳菊图。或者几天一换，或者一天一换；即使一天换几次，也未尝不可。只是必须将盆景的下端遮住，不能露出花盆的形状。而遮蔽所用的东西，没有比零星碎石更妙的了，这样的窗户家家都能用，人人都能做，这难道不是令人赏心悦目的头等乐事吗？在得意纵情歌唱之余，难道可以忘了发明者李笠翁吗？

原文

湖舫式：此湖舫式也。不独西湖，凡居名胜之地，皆可用之。但便面止可观山临水，不能障雨蔽风，是又宜筹退步，以补前说之不逮。退步云何？外设推板，可开可阖，此易为之事也。但纯用推板，则幽而不明；纯用明窗，又与扇面之制不合，须以板内嵌窗之法处之。其法维何？曰：即仿梅窗之制，以制窗棂。亦备其式于右。

图4　湖坊式

译文

湖舫式：这就是湖船扇面窗的样式。不仅西湖，凡是名胜之地，都可以采用。但是扇面窗只能观赏山水，不能遮风挡雨，这就应该想一个补救的方法，以补充前面说法的不足。如何弥补？就是在外面设置推板，可开可关，这是容易办到的事。可是如果单纯只用推板，屋里就会幽暗不明；如果单纯用明窗，又和扇面的式样不搭配，必须用板内嵌窗的方法来处理。这种方法是什么？回答：就是仿照梅窗的式样，来制作窗棂。将其式样介绍如下。

原文

便面窗外推板装花式：四围用板者，既取其坚，又省制棂装花人工之半也。中作花树者，不失扇头图画之本色也。用直棂间于其中者，无此则花树无所倚靠，即勉强为之，亦浮脆而难久也。

棂不取直，而作欹斜之势，又使上宽下窄者，欲肖扇面之折纹；且小者可以独扇，大则必分双扇，其中间合缝处，糊纱糊纸，无直木以界之，则纱与纸无所依附故也。

若是，则棂与花树纵横相杂，不几泾渭难分，而求工反拙乎？曰：不然。有两法盖藏，勿虑也。花树粗细不一，其势莫妙于参差，棂则极匀，而又贵乎极细，须以极坚之木为之，一法也；油漆并着色之时，棂用白粉，与糊窗之纱纸同色，而花树则绘五彩，俨然活树生花，又一法也。若是泾渭自分，而便面与花，判然有别矣。梅花止备一种，此外或花或鸟，但取简便者为之，勿拘一格。惟山水人物，必不可用。板与花棂俱另制，制就花棂，而后以板镶之。即花与棂，亦难合适，须使花自花而棂自棂，先分后合。其连接处，各损少许以就之，或以钉钉，或以胶粘，务期可久。

·译文·

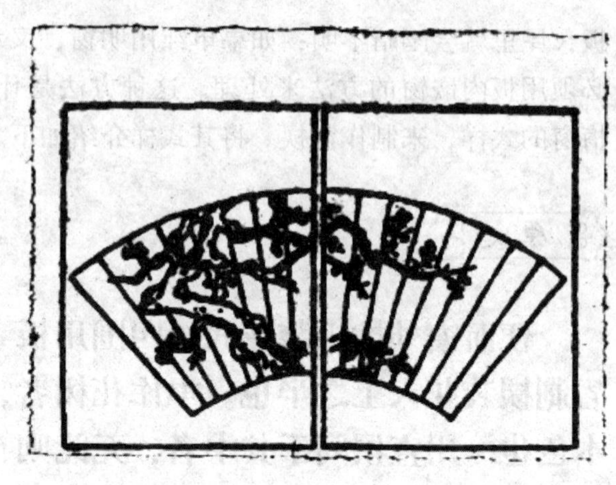
图 5　便面窗外推板装花式

便面窗外推板装花式：推板四周用木板，既坚固又节省了制作窗棂、安装假花一半的人工。在中间装饰成花和树，是为了不丢失扇面画的本色。将直窗棂间隔用在中间，是因为如果没有直窗棂支撑花树就没有倚靠，即使勉强安了上去，也会松动而难以持久。

窗棂不要做成直立的，而要做成欹斜的，形成上宽下窄的式样，是为了模仿扇面折纹；同时窗子小的可以用一扇推板，大的就一定要分成两扇，中间合缝的地方要糊上纱或者纸，如果没有直木支撑，纱和纸就没有依附的地方了。

如果是这样，窗棂和花树纵横交错，不就无法区分，而弄巧成拙了吗？回答：不是的。这里有两种方法可以弥补，不用担心。花树的粗细可以不同，妙就妙在参差不齐，而窗棂却必须要匀称，而且越细越好，并且必须用极其坚固的木料来做，这是方法之一；涂油漆和上色时，用白色粉刷窗棂，与糊窗的纱、纸颜色一致，而花树则要绘成彩色，俨然活树开花，这是另一种方法。像这样自然就泾渭分明，扇面与花树就区别明显。梅花只用准备一种，除此之外，无论花鸟，都只选用最简单的制作，不拘一格。只有山水人物，绝对不能用。板与花棂都要另外制作，做好了花棂，然后再用板镶上。即使是花与棂，也很难合在一起造，必须使花就是花、棂就是棂，先分后合。它们连接的地方，各自削去一点儿以便连接，或者用钉子钉，或者用胶粘，务必要使它持久耐用。

原文

便面窗花卉式和便面窗虫鸟式：诸式止备其概，余可类推。然此皆为窗外无景，求天然者不得，故以人力补之；若远近风景尽有可观，则焉用此碌碌为哉？昔人云：“会心处正不在远。”若能实具一段闲情、一双慧眼，则过目之物尽在画图，入耳之声无非诗料。譬如我坐窗内，人行窗外，无论见少年女子是一幅美人图，即见老妪白叟扶杖而来，亦是名人画幅中必不可无之物；见婴儿群戏是一幅百子图，即见牛羊并牧、鸡犬交哗，亦是词客文情内未尝偶缺之资。“牛溲马渤，尽入药笼。”予所制便面窗，即雅人韵士之药笼也。

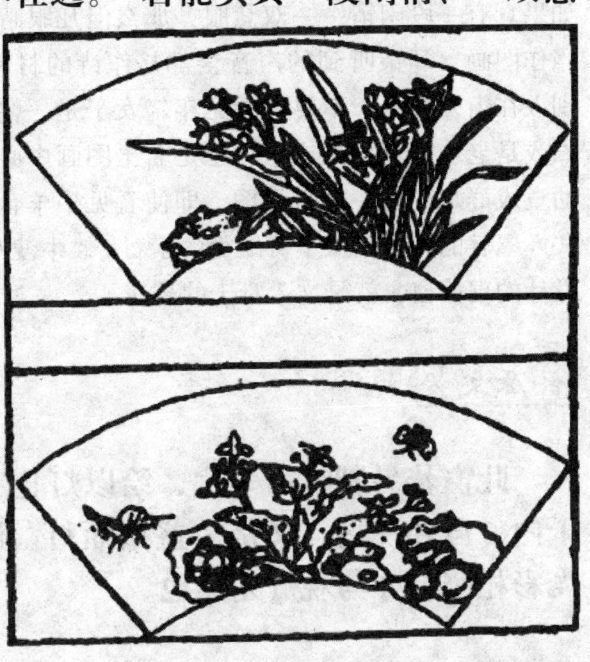

图 6① 便面窗花卉式

译文

便面窗花卉式和便面窗虫鸟式：各种样式只要明白了大概，其他都能以此类推。然而这些都是因为窗外没有景致，想要天然的景致却得不到，所以才用人工来弥补；如果远近都有可以观赏的景致，哪里还用得着这样忙忙碌碌呢？前人曾说："会心之处不在远方。"如果真有一段闲情、一双慧眼，那么但凡眼睛看得到的东西都可以当作图画，耳朵听到的声音全都是作诗的材料。比如我坐在窗内，别人在窗外行走，不要说看见年轻女子是一幅美人图，即使看见老妇或是老翁拄着拐杖走来，也是名士图画中必不可缺的部分；看见幼童成群嬉戏是一幅百子图，即使看见牛羊合牧、鸡犬相鸣，也是文人墨客的诗文里从不可缺少的素材。"牛溲马渤，尽入药笼。"我设计的扇面窗，就是文人雅士的药笼了。

原文

此窗若另制纱窗一扇，绘以灯色花鸟，至夜篝灯[①]于内，自外视之，又是一盏扇面灯。即日间自内视之，光彩相照，亦与观灯无异也。

注释

①篝灯：将灯置入笼中称篝灯。宋王安石《书定林院窗》："竹鸡呼我出华胥，起灭篝灯拥燎炉。"

如果这种窗子另外制一面纱窗，画上灯色花鸟，到夜里挂一盏灯笼在里面，从外面看来，又是一盏扇面灯。即使白天从里面看去，光彩相映，也和看花灯没有两样。

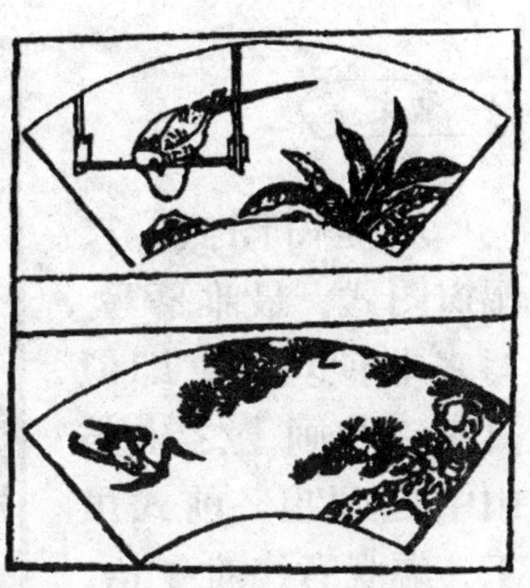

图 6② 便面窗虫鸟式

山水图窗：凡置此窗之屋，进步宜深，使座客观山之地去窗稍远，则窗之外廓为画，画之内廓为山，山与画连，无分彼此，见者不问而知为天然之画矣。浅促之屋，坐在窗边，势必倚窗为栏，身之大半出于窗外，但见山而不见画，则作者深心有时埋没，非尽善之制也。

山水图窗：凡是安这种窗户的房屋，进深应该比较大，让客人观山的位置离窗户稍微远一些，那么窗的外廓就是画，画的内廓就是山，山与画相连，不分彼此，见到的人不用问就知道这是一幅天然的图画。进深较小而局促的房屋，坐在窗边，势必靠着窗子当作栏杆，身体大部分都探出窗外，只见山而不见画，那么作者的苦心就被埋没，不是完美的设计了。

原文

图 7　山水图窗

尺幅窗图式：尺幅窗图式，最难摹写。写来非似真画，即似真山，非画上之山与山中之画也。前式虽工，虑观者终难了悟，兹再绘一纸，以作副墨[①]。且此窗虽多开少闭，然亦间有闭时；闭时用他槅他棂，则与画意不合，丑态出矣。必须照式大小，作木槅[②]一扇，以名画一幅裱之，嵌入窗中，又是一幅真画，并非"无心画"与"尺幅窗"矣。但观此式，自能了然。裱槅如裱回屏，托以麻布及厚纸，薄则明而有光，不成画矣。

注释

①副墨：副本。

②木槅：指可取下的活动窗板。

尺幅窗图式：尺幅窗的图样，最难画。画出来不是像真画，就是像真山，而非画上之山与山中之画了。前面的式样虽然很精致，考虑到看的人不能完全明白，现在再画一张，作为副本。而且这种窗子虽然开的时候多、关的时候少，但毕竟有关的时候；如果关的时候用其他的木槅窗棂，就与画的意境不合，就会出现丑态。必须按照窗子的大小，做一扇木槅，再裱一幅名画在上面，嵌在窗子里面，就又是一幅真画，并非“无心画”与“尺幅窗”了。看了这款图样，自然就明白了。裱木槅如同裱回屏，下面用麻布和厚纸托住，太薄就会明亮透光，成不了画了。

图 8　尺幅窗图式

原文

梅窗：制此之法，总论已备之矣，其略而不详者，止有取老干作外廓一事。外廓者，窗之四面，即上下两旁是也。若以整木为之，则向内者古朴可爱，而向外一面屈曲不平，以之着墙，势难贴伏。必取整木一段，分中锯开，以有锯路者着墙，天然未斫者向内，则天巧人工，俱有所用之矣。

译文

图9　梅窗

梅窗：制作梅窗的方法，总论中已经说得很详细了，其中说得简略不详细的，只有用老树干做外廓这件事。外廓是指窗户的四周，即上下和两边。如果用整块木头来做，向里的一面虽然古朴可爱，可向外的一面却弯曲不平，用它靠墙，肯定难以伏贴。必须将一段整木从中间锯开，有锯痕的一面靠墙，天然没有动过的一面向内，那么天巧与人工，就都用到了。

墙壁第三

原文

"峻宇雕墙""家徒壁立"，昔人贫富，皆于墙壁间辨之。故富人润屋[①]，贫士结庐，皆自墙壁始。墙壁者，内外攸分而人我相半者也。俗云："一家筑墙，两家好看"。居室器物之有公道者，惟墙壁一种，其余一切皆为我之学也。

然国之宜固者城池，城池固而国始固；家之宜坚者墙壁，墙壁坚而家始坚。其实为人即是为己，人能以治墙壁之一念治其身心，则无往而不利矣。人笑予止务闲情，不喜谈禅讲学，故偶为是说以解嘲，未审有当于理学名贤及善知识否也。

·注释·

①润屋：使居室华丽生辉。指装饰房屋。

·译文·

“峻宇雕墙”“家徒壁立”，古人的贫富，都能从墙壁上分辨出来。所以富人修饰房屋，穷人建造住处，都是从墙壁开始的。墙壁区分内外，一半是给自己看、一半则是给别人看的。就是俗话说的“一家筑墙，两家好看”。居家的器物当中为公众考虑的只有墙壁一件，其他都是只为自己而设的。

国家应该坚固的是城池，城池坚固国家才能稳固；家应该坚实的是墙壁，墙壁坚实家才坚固。其实为别人就是为自己，人们如果用修治墙壁的观念来修治身心，就没什么事情做起来不顺利了。有人嘲笑我只喜欢追求闲情，不喜欢谈禅讲学，所以偶尔做这样的言论来解嘲，不知理学名贤和善知识的佛教徒是否觉得正确。

界墙

原文

界墙[①]者，人我公私之畛域，家之外廓是也。莫妙于乱石垒成，不限大小方圆之定格，垒之者人工，而石则造物生成之本质也。

其次则为石子。石子亦系生成，而次于乱石者，以其有圆无方，似执一见，虽属天工，而近于人力故耳。然论二物之坚固，亦复有差；若云美观入画，则彼此兼擅其长矣。此惟傍山邻水之处得以有之，陆地平原，知其美而不能致也。

予见一老僧建寺，就石工斧凿之余，收取零星碎石几及千担，垒成一壁，高广皆过十仞，嶙峋崭绝，光怪陆离，大有峭壁悬崖之致。此僧诚韵人也。迄今三十余年，此壁犹时时入梦，其系人思念可知。

砖砌之墙，乃八方公器，其理其法，是人皆知，可以置而弗道。至于泥墙土壁，贫富皆宜，极有萧疏雅淡之致，惟怪其跟脚过肥，收顶太窄，有似尖山，又且或进或出，不能如砖墙一截而齐，此皆主人监督之不善也。若以砌砖墙挂线之法，先定高低出入之痕，以他物建标于外，然后以筑板因之，则有旃墙粉堵之风，而无败壁颓垣之象矣。

·注释·

①界墙：作为分界的墙壁。

·译文·

界墙，是人与我、公与私的界限，是家宅的外廓。最妙的莫过于用乱石头堆砌，不受大小方圆约束，虽然是人工垒砌而成，却不失天然本色。

其次就是石子。石子也是自然生成，但次于乱石，因为石子只有圆形而没有方形，形状大致相似，虽然是天然生成，却像人工雕琢过的。从坚固程度来看，两者也有差别；如果说到美观入画，那么两者就各有所长。这两样东西只有依山傍水的地方才有，在陆地平原上，虽然知道它们的美却没办法得到。

我曾经见过一位老僧建造寺庙，他将石匠凿下的碎石块收集起来，差不多有上千担，将它们垒成了一面石壁，高和宽都超过十仞，嶙峋峥嵘，光怪陆离，大有悬崖峭壁的韵致。这位僧人真是个雅人。到现在已经三十多年了，这面石壁还经常出现在我的梦中，让人思念的程度可想而知。

砖砌的界墙，天下通用，它的原理和方法尽人皆知，可以放在一边不说。至于泥墙土壁，贫富人家都适用，也能显示清淡高雅的情致，只是墙脚太厚，收顶太窄，好像一座尖山，而且凹进、凸出，不能像砖墙那样整齐，这都是因为主人没有监督好。如果像砌砖墙使用吊线的方法那样，先将建筑时的界限画出来，用别的东西在外面做出记号，再用筑板根据记号筑墙，筑出来的墙就有赤墙粉堵之风致，而不会有残缺断裂的情形了。

女墙

原文

《古今注》云："女墙者，城上小墙。一名睥睨[①]，言于城上窥人也。"予以私意释之，此名甚美，似不必定指城垣，凡户以内之及肩小墙，皆可以此名之。盖女者，妇人未嫁之称，不过言其纤小，若定指城上小墙，则登城御敌，岂妇人女子之事哉？至于墙上嵌花或露孔，使内外得以相视，如近时园圃所筑者，益可名为女墙，盖仿睥睨之制而成者也。其法穷奇极巧，如《园冶》所载诸式，殆无遗义矣。但须择其至稳极固者为之，不则一砖偶动，则全壁皆倾，往来负荷者，保无一时误触之患乎？坏墙不足惜，伤人实可虑也。

予谓自顶及脚皆砌花纹，不惟极险，亦且大费人工。其所以洞彻内外者，不过使代琉璃屏，欲人窥见室家之好耳。止于人眼所瞩之处，空二三尺，使作奇巧花纹，其高乎此及卑乎此者，仍照常实砌，则为费不多，而又永无误触致崩之患。此丰俭得宜、有利无害之法也。

注释

①睥睨：城墙上锯齿形的短墙，用于监视、侦伺。

《古今注》上说："女墙，指的是城上的矮墙。又叫睥睨，是说用来从城上窥视人。"从我个人的观点来看，这个名字非常美，似乎不一定是专指城墙，凡是大门之内及肩高的矮墙，都能够这么叫。因为女是对未嫁女子的称呼，只不过是说她们的纤细，如果是专门指城上的矮墙，那么登城御敌，岂不是成了妇人、女子的事了？至于墙上是嵌花还是打孔，使内外能够互相看到，就像近来建造园圃所造的那样，就应该称为女墙了，这其实是模仿睥睨来建的。它的方法极其巧妙，《园冶》所记载的式样，已经没有什么遗漏。然而必须从中选出最稳最坚固的式样来做，否则偶然松动一块砖，整堵墙都会倒塌，墙外行走挑担的人，能保证不会有人偶然碰触带来祸患吗？墙坏了倒没什么，担心的是伤到人。

我认为从墙的顶部到底部都砌上花纹，不只极其危险，而且太费人力。之所以留出孔来以通内外，不过是取代琉璃屏风，让别人能够看到他家园中的美好罢了。只在人眼睛所瞩目的地方，空出两三尺，雕一些奇巧的花纹，高于此和低于此的仍旧照常砌实，则花费不多，又可以避免不小心触碰而倒塌的隐患。这是丰俭得宜、有利无害的方法。

厅　壁

原文

厅壁不宜太素，亦忌太华。名人尺幅自不可少，但须浓淡得宜，错综有致。予谓裱轴不如实贴。轴虑风起动摇，损伤名迹，实贴则无是患，且觉大小咸宜也。实

贴又不如实画，“何年顾虎头[①]，满壁画沧州”。自是高人韵事。予斋头偶仿此制，而又变幻其形，良朋至止，无不感到耳目一新，低回留之不能去者。因予性嗜禽鸟，而又最恶樊笼，二事难全，终年搜索枯肠，一悟遂成良法。乃于厅旁四壁，倩四名手，尽写着色花树，而绕以云烟，即以所爱禽鸟，蓄于虬枝老干之上。画止空迹，鸟有实形，如何可蓄？曰：不难，蓄之须自鹦鹉始。

从来蓄鹦鹉者必用铜架，即以铜架去其三面，止存立脚之一条，并饮水啄粟之二管。先于所画松枝之上，穴一小小壁孔，后以架鹦鹉者插入其中，务使极固，庶往来跳跃，不致动摇。松为着色之松，鸟亦有色之鸟，互相映发，有如一笔写成。良朋至止，仰观壁画，忽见枝头鸟动，叶底翎张，无不色变神飞，诧为仙笔；乃惊疑未定，又复载飞载鸣，似欲翱翔而下矣。谛观熟视，方知个里情形，有不抵掌叫绝，而称巧夺天工者乎？若四壁尽蓄鹦鹉，又忌雷同，势必间以他鸟。鸟之善鸣者，推画眉第一。然鹦鹉之笼可去，画眉之笼不可去

也，将奈之何？予又有一法：取树枝之拳曲似龙者，截取一段，密者听其自如，疏者网以铁线，不使太疏，亦不使太密，总以不致飞脱为主。蓄画眉于中，插之亦如前法。此声方歇，彼喙复开；翠羽初收，丹睛复转。因禽鸟之善鸣善啄，觉花树之亦动亦摇；流水不鸣而似鸣，高山是寂而非寂。座客别去者，皆作殷浩书空②，谓咄咄怪事，无有过此者矣。

·注释·

①顾虎头：东晋画家顾恺之小字虎头，故称。

②殷浩书空：晋中军将军殷浩被罢官为民后，常终日用手指对空画写“咄咄怪事”四字。借指事情令人惊奇、诧异。

厅堂的墙壁不宜太朴素，也不宜太奢华。名人的字画自然不能少，但也应当浓淡得宜，错落有致。我认为裱成画轴不如直接贴在墙上。画轴被风吹动，会损坏名人的手迹，而直接贴在墙上就不必担心了，而且大大小小的字画都适合这样做。直接贴在墙上又不如直接画在墙上，“何年顾虎头，满壁画沧州”。这自然是高人的风流韵事。我书房里面曾经效仿过这个方法，又变幻了它的形制，朋友见了，都感觉耳目一新，流连不忍离去。我生性喜欢养鸟，却又讨厌鸟笼，这就很难两全其美了，于是常年思考这个问题，终于悟出了一个好方法。我请来四位名家高手，在厅屋的四面墙上画满各种颜色的花、树，再加上缭绕的云烟，再将我喜爱的鸟养在盘曲的老树干上。画是假的，鸟却是真的，如何去喂养呢？我回答：不难，要养就先从鹦鹉养起。

从来养鹦鹉的必定用铜架，我将铜架去掉三面，只留下立脚的一条管子，及喝水啄食的两条管子。先在所画的松枝上，钻一个小孔，再将铜架插进去，一定要插牢固，使鹦鹉在跳动时，铜管不至于摇动。松树是着色的松树，鸟是有色的鸟，相互映衬，就像同一时间画成的。好朋友来我家中做客，抬头去看壁画，突然看到枝头有小鸟在跳跃，叶子底下有翅膀在扇动，无不神飞色变，赞叹其为神笔；还没回过神来，鸟又开始飞翔鸣叫，仿佛就要从墙上飞下来。再仔细观察，才看明白其中的奥妙，哪有不拍掌叫绝，赞称巧夺天工的呢？如果四面墙上所养的全是鹦鹉，又要避免雷同，还应该养一些其他的鸟。画眉鸟叫声最动听。然而养鹦鹉的笼子能够除去，养画眉的笼子却不能除去，怎么办呢？我又想了一个方法：找一根蜷曲的树枝，截取一段，枝叶密集的地方不用管，听其自然，稀疏的地方用铁丝编成网，不要太稀，也不要太密，鸟飞不出去就可以了。如同前面所说的将它插在墙上，将画眉鸟养在里面。这只鸟的叫声刚停，那只鸟又叫了；这边的小鸟刚收起翅膀，那边的小鸟又眨其丹睛。由于小鸟喜欢叫、喜欢啄，让人觉得花树好像也在摇摆；流水好像也有了响动，高山好像也不那么寂静。客人离开后，都像殷浩书空作字一样，认为是咄咄怪事，没有比这更奇妙的了。

书房壁

原文

书房之壁，最宜潇洒。欲其潇洒，切忌油漆。油漆二物，俗物也，前人不得已而用之，非好为是沾沾者。门户窗棂之必须油漆，蔽风雨也；厅柱榱楹[①]之必须油漆，防点污也。若夫书房之内，人迹罕至，阴雨弗浸，

无此二患而亦蹈此辙，是无刻不在桐腥漆气之中，何不并漆其身而为厉乎？石灰垩壁，磨使极光，上着也；其次则用纸糊。纸糊可使屋柱窗楹共为一色，即壁用灰垩，柱上亦须纸糊，纸色与灰，相去不远耳。

壁间书画自不可少，然粘贴太繁，不留余地，亦是文人俗态。天下万物，以少为贵。步幛非不佳，所贵在偶尔一见，若王恺之四十里，石崇之五十里，则是一日中哄市，锦绣罗列之肆廛而已矣。看到繁缛处，有不生厌倦者哉？

昔僧玄览住荆州陟屺寺，张璪画古松于斋壁，符载赞之，卫象诗之，亦一时三绝，览悉加垩焉。人问其故，览曰："无事疥吾壁也。"诚高僧之言，然未免太甚。若近时斋壁，长笺短幅尽贴无遗，似冲繁道上之旅肆，往来过客无不留题，所少者只有一笔。一笔维何？"某年月日某人同某在此一乐"是也。此真疥壁，吾请以玄览之药药之。

·注释·

①榱楹：榱，架屋承瓦的木头，方形叫榱。楹，厅堂前部的柱子。

·译文·

书房的墙壁，最应该潇洒自然。想要它潇洒自然，切忌用油和漆。油与漆这两种东西都是俗物，前人是不得已才使用的，并不是喜欢这样做。门和窗棂之所以要用油漆，是为了避免风雨侵蚀；厅柱屋檐之所以要用油漆，是为了防止沾上脏东西。如果书房当中，很少有人来往，也不会遇到风雨侵蚀，没有上面所说的两种麻烦却也刷上油漆，使人无时无刻不处于油漆的刺鼻气味当中，何不将油漆直接刷在身上而更加痛快呢？用石灰粉刷墙，并且磨得很光，是最好的做法；其次是用纸糊。纸糊可以使柱子和窗棂颜色相同，即使墙壁用灰粉刷，柱子上也必须用纸糊，因为纸的颜色与灰相近。

墙壁上自然不能少了字画，但是如果贴得太多，不留一点儿空地，就是文人俗气的做法。天下万物，以少为贵。步幛不是不好，但是贵在偶尔见到，像王恺那样陈列四十里，石崇那样陈列五十里，那就成了一个午间的闹市，锦绣罗列的市场了。人们看到繁杂的地方，能不觉得厌倦吗？

古时僧人玄览住在荆州陟屺寺，张璪在斋壁上画了古松，符载填上了赞词，卫象为它题了一首诗，他们三人在当时也称得上三绝了，玄览却用粉把他们所画、所写的东西全都刷掉了。有人问玄览为什么这么做，玄览说：“无端让我的墙壁像长了疥一样。”虽然是高僧的话，但未免太过。像近来的寺墙，长篇、短幅到处都是，就像大道上繁忙的旅店，来来往往的过客，无不在上面题字，缺少的只有一句话。是句什么话？“某年某月某日某人同某人在此一乐”。这才真的是让墙壁生疥，我希望能用玄览的方法来医治它。

原文

糊壁用纸，到处皆然，不过满房一色白而已矣。予怪其物而不化，窃欲新之。新之不已，又以薄蹄变为陶冶，幽斋化为窑器，虽居室内，如在壶中，又一新人观听之事也。先以酱色纸一层，糊壁作底，后用豆绿云母笺，随手裂作零星小块，或方或扁，或短或长，或三角或四五角，但勿使圆，随手贴于酱色纸上，每缝一条，

必露出酱色纸一线，务令大小错杂，斜正参差，则贴成之后，满房皆冰裂碎纹，有如哥窑美器。

其块之大者，亦可题诗作画，置于零星小块之间，有如铭钟勒卣，盘上作铭，无一不成韵事。问予所费几何，不过于寻常纸价之外，多一二剪合之工而已。同一费钱，而有庸腐新奇之别，止在稍用其心。“心之官则思”。如其不思，则焉用此心为哉？

用纸糊墙壁，到处都是如此，不过是满房白色而已。我嫌弃它呆滞、缺少变化，私下想改进一番。革新不停，将糊纸变成了陶冶，将幽斋化为了窑器，虽然身在书房，却如临仙境，这又是一件让人耳目一新的事。先用一层酱色纸糊在墙壁上作为底，然后用豆绿色的云母笺，随手撕成零星小块，或方或扁，或短或长，或三角或四五角，但一定不要是圆形，将这些碎片随手贴在酱色纸上，在每块相接的地方，一定要露出一线酱色纸，让它们大小错杂，斜正参差，那么贴完之后，就满房都是冰裂碎纹，好像哥窑的精美瓷器。

其中大块的，也可以题诗作画，置于零星小块之间，就像钟鼎酒器上镌刻的铭文，无处不显出韵味。问我这样花费了多少，不过是平常的纸钱之外，多花一点儿剪贴的工夫罢了。相同的花费，却有庸腐和新奇的差别，只在于稍微用心思罢了。“人心的作用就是思考”。如果不思考，这个心还用来干什么？

原文

糊纸之壁，切忌用板。板干则裂，板裂而纸碎矣。用木条纵横作槅，如围屏之骨子然。前人制物备用，皆

经屡试而后得之，屏不用板而用木槅，即是故也。即如糊刷用棕，不用他物，其法亦经屡试，舍此而另换一物，则纸与糊两不相能，非厚薄之不均，即刚柔之太过，是天生此物以备此用，非人不能取而予之。人知巧莫巧于古人，孰知古人于此亦大费辛勤，皆学而知之，非生而知之者也。

·译文·

糊纸的墙壁，切忌使用木板。木板干了就会开裂，木板开裂纸也就跟着碎了。要用木条纵横交错制成木槅，就像围屏的骨架一样很疏。前人制作和使用某种东西，都是经过反复试验才成功，屏风不用木板而用木槅，就是这个缘故。就像糊墙的刷子用棕丝而不用其他材料一样，这也是经过多次验证的，若是不用棕丝而用其他东西，纸和糨糊就不容易黏合，不是厚薄不均匀，就是太硬或太软，这真是天生的一物配一物，不是人们可以用其他东西随便代替的。人们只知道自己的巧思比不上古人，却不知道古人对于这些事情也付出了辛勤劳动，他们都是通过学习知道的，并非一出生就什么都知道。

原文

壁间留隙地，可以代橱。此仿伏生[①]藏书于壁之义，大有古风，但所用有不合于古者。此地可置他物，独不可藏书，以砖土性湿，容易发潮，潮则生蠹，且防朽烂故也。然则古人藏书于壁，殆虚语乎？曰：不然。东南

西北，地气不同，此法止宜于西北，不宜于东南。西北地高而风烈，有穴地数丈而始得泉者，湿从水出，水既不得，湿从何来？即使有极潮之地，而加以极烈之风，未有不返湿为燥者。故壁间藏书，惟燕赵秦晋则可，此外皆应避之。即藏他物，亦宜时开时阖，使受风吹；久闭不开，亦有霾湿生虫之患。莫妙于空洞其中，止设托板，不立门扇，仿佛书架之形，有其用而不侵吾地，且有磐石之固，莫能摇动。此妙制善算，居家必不可无者。予又有壁内藏灯之法，可以养目，可以省膏，可以一物而备两室之用，取以公世，亦贫士利人之一端也。我辈长夜读书，灯光射目，最耗元神。有用瓦灯贮火，留一隙之光，仅照书本，余皆闭藏于内而不用者。予怪以有用之光置无用之地，犹之暴殄天物，因效匡衡凿壁[②]之义，于墙上穴一小孔，置灯彼屋而光射此房，彼行彼事，我读我书，是一灯也，而备全家之用，又使目力不竭于焚膏，较之瓦灯，其利奚止十倍？以赠贫士，可当分财。使予得拥厚资，其不吝亦如是也。

·注释·

①伏生：名胜，汉时济南人，原秦博士，治《尚书》。始皇焚书，伏生以书藏壁中，后来在汉文帝时教授晁错《尚书》。

②匡衡凿壁：《汉书·匡衡传》记载，匡衡幼时家贫，“勤学而无烛，邻舍有烛而不逮，衡乃穿壁引其光，以书映光而读之”，即“凿壁借光”的故事。

·译文·

墙壁间留下空地，可以用来做橱柜。这是模仿伏生在墙壁里藏书的做法，很有古人遗风，不过用途却跟古人不同。橱柜可以放些其他东西，唯独不能藏书，因为砖土性湿，容易返潮，会生虫，并且还要防止腐朽。那么古人藏书于墙壁当中就是假话吗？我回答：不是的。四方的气候不同，这种方法只适合于西北，不适合用在东南。西北地势高，风也猛烈，常常要挖地好几丈深才能挖出水来，湿气是因为有水，地下既然没有水，怎么会有湿气呢？即使很潮湿的地方，遇到那么强烈的风，也会变得干燥。

所以可以在墙壁里藏书，燕、赵、秦、晋等地都可以，除此以外的地方都不能这样做。即使藏别的东西，也要不时打开通风；长时间关着，也有可能潮湿而发霉、长虫子。最妙的是在墙壁上留出空间，只设托板，不置门扇，好像书架那样，既能发挥功用又不占地方，并且坚固不可摇动。如此巧妙的设计，日常生活中是不能少的。我还有一个壁内藏灯的好办法，既可以保养眼睛，又可以节省灯油，还可以一盏灯的光亮供两间房使用，把这种方法告诉世人，也是贫寒人士为别人谋利的一种方法吧。我们这些读书人彻夜读书，灯光刺激眼睛，最损耗人的精神。有人使用瓦灯，只留一线光亮照着书本，其余的光线都被遮在瓦灯之内而不去利用。我奇怪为什么人们要把有用的光亮放在无用的地方，这简直是浪费，所以我仿效匡衡凿壁借光的办法，在墙上挖一个小孔，将灯放在那间屋子，灯光也可以射到这间屋子里来，别人做别人的事，我读我的书，这样，一盏灯就可以供全家使用，又不会使视力受到灯光损害，比起瓦灯来，这种方法何止好十倍？将这个方法告诉贫寒的读书人，抵得上将财产分给他们。即使以后我发了财，还是会像现在一样。

联匾第四

原文

堂联斋匾，非有成规。不过前人赠人以言，多则书于卷轴，少则挥诸扇头；若止一二字、三四字，以及偶语一联，因其太少也，便面难书，方策[①]不满，不得已而大书于木。彼受之者，因其坚巨难藏，不便纳之笥中，欲举以示人，又不便出诸怀袖，亦不得已而悬之中堂，使人共见。此当日作始者偶然为之，非有成格定制，画一而不可移也。讵料一人为之，千人万人效之，自昔徂今，莫知稍变。

夫礼乐制自圣人，后世莫敢窜易，而殷因夏礼，周因殷礼，尚有损益于其间，矧器玩竹木之微乎？予亦不必大肆更张，但效前人之损益可耳。锢习[②]繁多，不能尽革，姑取斋头已设者，略陈数则，以例其余。非欲举世则而效之，但望同调者各出新裁，其聪明什佰于我。投砖引玉，正不知导出几许神奇耳。

·注释·

①方策：同方册，即典籍。

②锢习：长期养成、不易改掉的陋习。锢，通“痼”。

厅堂书房的对联和匾额，并没有固定的规矩。前人为别人题写赠言时，字多则写在卷轴上，字少则直接写在扇面上；如果只有一两个字、三四个字，或者偶尔写成一副对联，因为字数太少，写在扇面或书页上都不合适，没办法才用大字写在木匾上。接受赠言的人，因为木匾又大又硬难以收藏，不方便放在箱子中，想拿给人看，又不方便藏在襟怀衣袖中取出来，所以没有办法就把它挂在厅堂里，使大家都可以看见。这是开创者当时的做法，并没有什么固定规矩，非如此做不可。想不到一个人这么做了，千万个人都仿效，并且从古到今都没有改变。

礼乐是圣人制定的，后世没有人敢窜改，然而殷朝仿照夏朝礼制，周朝又仿照殷朝礼制，尚且要做些增减变化，何况器玩竹木呢？我也不必大肆更张，只像前人那样做些增减就可以了。旧的陋习实在太多，很难一下子都改过来，就拿我书房里已有的东西，举几个例子，以作为推行的典范。我并非想要天下人都来学我，只希望和我有相同爱好的人能够别出心裁，他们比我聪明几十、几百倍。以此抛砖引玉，不知道能引出多少奇思妙想。

原文

有诘予者曰：观子联匾之制，佳则佳矣，其如挂一漏万何？由子所为者而类推之，则《博古图》中，如樽

罍、琴瑟、几杖、盘盂之属，无一不可肖像而为之，胡仅以寥寥数则为也？予曰：不然。凡予所为者，不徒取异标新，要皆有所取义。凡人操觚握管，必先择地而后书之，如古人种蕉代纸[①]、刻竹留题、册上挥毫、卷头染翰、剪桐作诏[②]、选石题诗，是之数者，皆书家固有之物，不过取而予之，非有蛇足于其间也。若不计可否而混用之，则将来牛鬼蛇神无一不备，予其作俑之人乎！图中所载诸名笔，系绘图者勉强肖之，非出其人之手。缩巨为细，自失原神，观者但会其意可也。

·注释·

①种蕉代纸：唐代书法家怀素和尚种植芭蕉万余株，以蕉叶代纸练习书法，传为千古佳话。

②剪桐作诏：即“桐叶封弟”的故事。周成王与弟弟叔虞游戏时，剪桐叶做圭说：“我拿这个封你。”周公听见后说“天子无戏言”，周成王便封叔虞于唐。

·译文·

有人反问我：看你设计的联匾，好是好，可是如果挂一漏万怎么办？从你所谈的这些类推出去，《博古图》里像酒具、琴瑟、几杖、盘盂等器物，全都可以拿来模仿，你为什么就举了这么几个例子呢？我说：不是这样的。凡我所设计的，不只是为了标新立异，重要的是要取它的含义。凡是人们写文章，必须要想好思路然后才下笔，像古人拿蕉叶做纸、在竹板上刻字挥毫、在纸上染墨、剪桐叶做诏书、选取石头题诗，这些都是书法家原本早已用过的，我选来用，中间并非可以画蛇添足。要是不管是否合适都随便拿来用，那么以后牛鬼蛇神岂不是都会被人拿来用，我岂不是成了始作俑者！图中所记载的名人手迹，是画图的人勉强模仿的，并非出自其人之手。将大的东西缩小，自然会失去原来的神韵，看的人只要领会其中的含义就可以了。

蕉叶联

原文

蕉叶题诗，韵事也；状蕉叶为联，其事更韵。但可置于平坦贴服之处，壁间门上皆可用之，以之悬柱则不宜，阔大难掩故也。其法先画蕉叶一张于纸上，授木工以板为之，一样二扇，一正一反，即不雷同。后付漆工，令其满灰密布，以防碎裂。漆成后，始书联句，并画筋纹。蕉色宜绿，筋色宜黑，字则宜填石黄，始觉陆离可爱，他色皆不称也。用石黄乳金更妙，全用金字则太俗矣。此匾悬之粉壁，其色更显，可称“雪里芭蕉”。

译文

在蕉叶上题诗，是十分风雅的事；模仿蕉叶的形状做成对联，就更风雅了。但这种对联只能挂在平坦的地方，比如墙壁或门上，挂在柱子上则不适合，因为蕉叶又宽又大，难以掩实。制作蕉叶联的方法是，先在纸上画出一张蕉叶，让木工用木板做出来，一样两扇，一正一反，这样就不会雷同。然后交给油漆工，让他在上面刮上底灰，防止碎裂。漆完以后，再开始写对联，而且要画上蕉叶的纹路筋络。蕉的颜色适合绿色，筋的颜色适合黑色，字的颜色就最好填上石黄色，才觉得可爱，其他颜色都不合适。用石黄乳金更好，都用金色太俗。将这种匾挂在粉墙上，颜色更明显，可以称为“雪里芭蕉”。

此君联

原文

“宁可食无肉，不可居无竹”。竹可须臾离乎？竹之可为器也，自楼阁几榻之大，以至筒䇲杯箸之微，无一不经采取，独至为联为匾诸韵事弃而弗录，岂此君[1]之幸乎？用之请自予始。截竹一筒，剖而为二，外去其青，内铲其节，磨之极光，务使如镜，然后书以联句，令名手镌之，掺以石青或石绿，即墨字亦可。以云乎雅，则未有雅于此者；以云乎俭，亦未有俭于此者。不宁惟是，从来柱上加联，非板不可，柱圆板方，柱窄板阔，彼此抵牾，势难贴服，何如以圆合圆，纤毫不谬，有天机凑泊之妙乎？

此联不用铜钩挂柱，用则多此一物，是为赘瘤。止用铜钉上下二枚，穿眼实钉，勿使动移。其穿眼处，反择有字处穿之，钉钉后，仍用掺字之色补于钉上，混然一色，不见钉形尤妙。钉蕉叶联亦然。

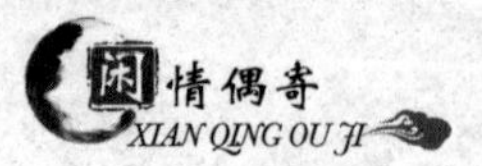

·注释·

①此君：对竹的昵称。语出《晋书·王徽之传》：“王徽之在宅内种竹，人问其故，他说何可一日无此君耶？”之后便以“此君”称呼竹。

·译文·

“宁可食无肉，不可居无竹”。人可以一刻远离竹子吗？竹子可以做成器物，大到楼阁桌床，小到箱盒杯筷，没有不使用竹子的，唯独到了做联做匾这种雅事反而弃置不用了，这难道能说是竹子的幸运吗？使用竹子就从我这里来开始吧！截一段竹子，剖成两半，削去外面的青皮，铲平中间的节疤，磨得如同镜子一样光亮，然后在上面书写联句，再请来名匠篆刻，填上石青或者石绿，直接用墨字也可以。如果说到雅致，没有比这更雅致的了；如果说到简朴，也没有比这更简朴的了。不仅如此，在柱子上挂对联，非得用木板不可，柱子是圆的而木板是方的，柱子是窄的而木板是宽的，彼此互相抵触，必定难以伏贴，哪里比得上竹子做的，圆的与圆的相合，一点儿都不差，有没有天机自然凑合的妙趣呢？

这种联不用铜钩来挂，用了也是多此一举，又是一个累赘。只要用两枚铜钉，在联上穿眼钉牢使它移动不了就行。穿眼的地方，要特意选有字的地方，钉上钉子后，仍然用字的颜色，涂在钉子上，使它们浑然一色，看不出钉子的形状更妙。钉蕉叶联也是如此。

山石第五

原文

幽斋磊石，原非得已。不能致身岩下，与木石居，故以一卷代山、一勺代水，所谓无聊之极思也。然能变城市为山林，招飞来峰使居平地，自是神仙妙术，假手于人以示奇者也，不得以小技目之。且磊石成山，另是一种学问，别是一番智巧。尽有丘壑填胸、烟云绕笔之韵士，命之画水题山，顷刻千岩万壑，及倩磊斋头片石，其技立穷，似向盲人问道者。

故从来叠山名手，俱非能诗善绘之人。见其随举一石，颠倒置之，无不苍古成文，纡回入画，此正造物之巧于示奇也。譬之扶乩召仙，所题之诗与所判之字，随手便成法帖，落笔尽是佳词，询之召仙术士，尚有不明其义者。若出自工书善咏之手，焉知不自人心捏造？妙在不善咏者使咏，不工书者命书，然后知运动机关，全

由神力。其叠山磊石，不用文人韵士，而偏令此辈擅长者，其理亦若是也。

然造物鬼神之技，亦有工拙雅俗之分，以主人之去取为去取。主人雅而喜工，则工且雅者至矣；主人俗而容拙，则拙而俗者来矣。有费累万金钱，而使山不成山、石不成石者，亦是造物鬼神作祟，为之摹神写像，以肖其为人也。一花一石，位置得宜，主人神情已见乎此矣，奚俟察言观貌，而后识别其人哉？

·译文·

幽静的居所内用石头垒成假山，原本是不得已的做法。因为不能置身于自然山水之中，只好用假山、假水来代替了，这也是所谓无聊中想出的好办法。然而能将城市变成山林，将飞来峰移到平地，自然是神仙的妙术，巧借他人之手来显示奇异的，不能看成雕虫小技。况且垒石成山，也是一种学问，别有一番智慧与技巧。不少雅士满胸丘壑、烟云绕笔，让他们画山水，顷刻之间千岩万壑就画出来了，可是要他们在房屋旁边垒一座假山，却一点儿办法都没有了，如同向盲人问路一样。

所以历来那些做假山的名家，并非都是能诗善画的人。他们顺手拿一块石头，颠来倒去随便一放，无不显得苍凉古朴，迂回入画，这正是造物主善于显示神奇的地方。就像术士占卜召仙时所题的诗与所画的字，随手写来就成了法帖，落笔都是佳词，询问他们那些语句的含义，连他自己也说不清楚。如果这些字句出自一个擅长书法、善于作诗的人，怎么知道是不是他自己捏造出来的呢？妙就妙在让不擅作诗的人去作诗，不擅书法的人去写字，然后才会知道机巧全都由神力控制。叠山垒石，文人雅士不擅长，而这些人却偏偏擅长，就是这个道理。

造物的鬼斧神工也有巧拙、雅俗的区别，这种区别是以主人的取舍为标准的。主人趣味高雅并追求精巧，那造出来的山石就是高雅精巧的；主人趣味低俗而且可以容许笨拙，那造出来的山石就也是低俗笨拙的。有的人花费上万的金钱造山造石，然而造出来的山却不像山、石也不像石，这也是造物之鬼神在作祟，在为主人摹神写像，来显示主人的为人。一盆花一块石，只要摆放的位置适当，主人的神情就已经体现出来了，哪里还需要看到本人后察言观色，才能识别他的为人呢？

大 山

原文

山之小者易工，大者难好。予遨游[①]一生，遍览名园，从未见有盈亩累丈之山，能无补缀穿凿之痕，遥望与真山无异者。犹之文章一道，结构全体难，敷陈零段易。唐宋八大家之文，全以气魄胜人，不必句栉字篦，一望而知为名作。以其先有成局，而后修饰词华，故粗览细观，同一致也。若夫间架未立，才自笔生，由前幅

而生中幅，由中幅而生后幅，是谓以文作文，亦是水到渠成之妙境；然但可近视，不耐远观，远观则襞襀缝纫之痕出矣。

书画之理亦然。名流墨迹，悬在中堂，隔寻丈而观之，不知何者为山，何者为水，何处是亭台树木，即字之笔画杳不能辨，而只览全幅规模，便足令人称许。何也？气魄胜人，而全体章法之不谬也。

至于累石成山之法，大半皆无成局，犹之以文作文，逐段滋生者耳。名手亦然，矧庸匠乎？然则欲累巨石者，将如何而可？必俟唐宋诸大家复出，以八斗才人，变为五丁力士，而后可使运斤乎？抑分一座大山为数十座小山，穷年俯视，以藏其拙乎？曰：不难。用以土代石之法，既减人工，又省物力，且有天然委曲之妙。混假山于真山之中，使人不能辨者，其法莫妙于此。累高广之山，全用碎石，则如百衲僧衣，求一无缝处而不得，此其所以不耐观也。以土间之，则可泯然无迹，且便于种树。树根盘固，与石比坚，且树大叶繁，混然一色，不辨其为谁石谁土。立于真山左右，有能辨为积累而成者乎？

此法不论石多石少，亦不必定求土石相半，土多则是土山带石，石多则是石山带土。土石二物原不相离，石山离土，则草木不生，是童山[②]矣。

·注释·

①遨游：漫游，畅游。

②童山：无草木的不毛之山。

·译文·

小山容易造精巧，大山却难以造好。我遨游一生，游遍天下名园，从没见过方圆一亩多、几丈高的假山，能够没有缝补、拼凑的痕迹，远观与真山没有差别的。这就同文人写文章一样，构思全篇困难，零碎写来容易。唐宋八大家的文章，全是以气魄胜人，用不着逐字逐句地考察，一看便知是大手笔。因为它先从整体布局，然后才修饰辞藻，所以无论粗看还是细看都是一样的。如果文章的骨架还没打好，就顺着文思信笔写出，从开头写到中间，再从中间写到结尾，这叫作以文作文，也是水到渠成的奇妙境界；然而只可近观，不耐远看，远看就能看出拼凑的痕迹。

书画的道理也一样。名人的字画，挂在大厅里，隔了一丈多远来看，看不清楚哪里是山，哪里是水，哪里是亭台、树木，可能连字的笔画都看不清，而如果只看全幅的规模气势，就会令人十分赞许。为什么？因为气魄过人，整体的章法没有错误。

至于垒石造假山，大多没有固定规则，就像以文作文，是一段一段写出来的。名家都是这样，何况平庸的工匠呢？那么垒一座巨石大山，应该如何做呢？难道一定要等唐宋八大家再生，将才高八斗的文士变成大力士，然后让他们操斧造山吗？或者将一座大山分为几十座小山，终年低头琢磨，以此来掩饰其拙劣吗？我说：其实这并不困难。用一种以土代石的方法，既减少人工，又节省物力，而且还有天然起伏的巧妙。就是将假山混在真山当中，使人分辨不出，这是最妙的方法。要垒砌高大的山，如果全部用碎石头，就如

同百衲僧衣，想找没缝的地方却不行，这是它不耐看的原因。用土掺杂在中间，就能看不出丝毫拼凑的痕迹，而且还便于种树。树根盘曲稳固，可以跟石头一样坚固，而且树大叶繁，浑然一色，分辨不出哪里是石哪里是土。站在真山的旁边，有谁能分辨出它是人工堆积而成的呢？

这种方法不要求石头的多少，也不要求土和石各占一半，土多就是土山带石，石多就是石山带土。土和石这两种东西原本就是不能分开的，石山离开土，就会草木不生，成为童山了。

小　山

原文

小山亦不可无土，但以石作主，而土附之。土之不可胜石者，以石可壁立，而土则易崩，必仗石为藩篱故也。外石内土，此从来不易之法。

小山也不能没有土，只是以石头为主，以土为辅。土有比不上石头的地方，石头可以竖起来，而土很容易崩塌，必须要以石头为依托。外面用石、里面填土，这是从来都不可改变的法则。

言山石之美者，俱在透、漏、瘦三字。此通于彼，彼通于此，若有道路可行，所谓透也；石上有眼，四面玲珑，所谓漏也；壁立当空，孤峙无倚，所谓瘦也。然透、瘦二字在在宜然，漏则不应太甚。若处处有眼，则似窑内烧成之瓦器，有尺寸限在其中，一隙不容偶闭者矣。塞极而通，偶然一见，始与石性相符。

·译文·

说到山与石的美，都在透、漏、瘦三个字上。它们彼此相通，好像有道路可以行走，这叫透；石上有眼，四面玲珑，就叫作漏；当空直立，独立无依，则叫作瘦。然而透与瘦这两个字，山的每个地方都应该如此，漏则不能太过分。如果处处有眼，就像窑里烧成的瓦器，有尺寸的限制，一个小洞都不能闭塞。完全堵塞，偶然见到一个眼，才符合石头的本性。

原文

瘦小之山，全要顶宽麓[①]窄，根脚一大，虽有美状，不足观矣。

注释

①麓：山脚。

译文

瘦小的山，都应该顶宽、底窄。山脚一大，即使有美丽的形状，也不值得看了。

原文

石眼忌圆，即有生成之圆者，亦粘碎石于旁，使有棱角，以避混全之体。

译文

石眼忌讳太圆，即使天生是圆的，也要粘上些碎石在旁边，使它有棱有角，以避免过于圆滑。

原文

石纹、石色取其相同，如粗纹与粗纹当并一处，细纹与细纹宜在一方，紫、碧、青、红，各以类聚是也。然分别太甚，至其相悬接壤处，反觉异同，不若随取随得，变化从心之为便。至于石性，则不可不依；拂其性而用之，非止不耐观，且难持久。石性维何？斜正纵横之理路是也。

译文

石头的纹理和颜色要选择相同的，例如粗纹和粗纹的合在一起，细纹和细纹的合在一起，各种颜色，也各自归类。然而如果分得太细致，到了不同颜色相接的地方，反而觉得太生硬，不如随取随放，随心所欲的好。至于石性，就不能不顺从；如果违背石性而去用它，不但不好看，而且难以持久。石性是什么？就是石头斜正纵横的纹理。

石　壁

原文

假山之好，人有同心；独不知为峭壁，是可谓叶公之好龙矣。山之为地，非宽不可；壁则挺然直上，有如劲竹孤桐，斋头但有隙地，皆可为之。且山形曲折，取

势为难，手笔稍庸，便贻大方之诮。壁则无他奇巧，其势有若累墙，但稍稍纡回出入之，其体嶙峋，仰观如削，便与穷崖绝壑无异。且山之与壁，其势相因，又可并行而不悖者。

凡累石之家，正面为山，背面皆可作壁。匪特前斜后直，物理皆然，如椅、榻[1]、舟车之类；即山之本性亦复如是，逶迤其前者，未有不崭绝其后，故峭壁之设，诚不可已。但壁后忌作平原，令人一览而尽。须有一物焉蔽之，使座客仰观不能穷其颠末，斯有万丈悬岩之势，而绝壁之名为不虚矣。蔽之者维何？曰：非亭即屋。或面壁而居，或负墙而立，但使目与檐齐，不见石丈人[2]之脱巾露顶，则尽致矣。

石壁不定在山后，或左或右，无一不可，但取其地势相宜。或原有亭屋，而以此壁代照墙，亦甚便也。

· 注释 ·

①椅、榻：古代的坐具和卧具。

②石丈人：指园林中之峭壁。

· 译文 ·

对于假山的喜好，人人都有同感；唯独不知道垒峭壁，这真可以说是叶公好龙了。造假山的地方，一定要宽敞才可以；而峭壁却要挺拔直立，就像劲竹孤桐，房屋旁只要有一点儿空地，就可以垒造。而且假山造型曲折，很难造出气势，手艺稍微平庸，就会贻笑大方。石壁则没有那么多的奇巧，就像垒墙，只要稍微造得迂回曲折，山体嶙峋，仰看像刀削斧劈，就与悬崖绝壁没有差别了。而且假山与石壁的气势是相辅相成的，可以并行不悖。

凡是垒了石山的人家，正面是石山，背面就可以做成峭壁。事物本来的规律都是前斜后直，如椅、床、车、船之类；山的本性也是这样，前面蜿蜒曲折，后面峻峭挺拔，因此峭壁必不可少。只是峭壁后面要避免留下空地，不能使人一览无余。必须用一个东西遮掩起来，使坐着的人仰视时不会把顶部全都看清楚，这才有万丈悬崖的气势，绝壁也就不是徒有虚名了。用什么来遮掩呢？回答是：亭子或者屋子。无论是面朝石壁而坐，还是背靠石壁而立，只要让视线与亭檐、屋檐相平，看不见石壁顶端，就完美了。

石壁不一定要在山后，或左或右，都可以，只是应该与地势相宜。如果原来有亭屋，那用这块石壁做照墙，也很便当。

石　洞

原文

假山无论大小，其中皆可作洞。洞亦不必求宽，宽则藉以坐人。如其太小，不能容膝，则以他屋联之，屋中亦置小石数块，与此洞若断若连，是使屋与洞混而为一，虽居屋中，与坐洞中无异矣。洞中宜空少许，贮水其中而故作漏隙，使涓滴之声从上而下，旦夕皆然。置身其中者，有不六月寒生，而谓真居幽谷者，吾不信也。

·译文·

假山无论大小，中间都可以做洞。洞不要求太宽，能够坐人就可以了。如果石洞太小，连人都站不下，那么就将其他房屋和它连接起来，屋子中也放些小石块，看起来与石洞似断似连，如此屋子与石洞就浑然一体，虽然坐在屋子里，也跟坐在洞里差不多。洞中也应空出一小块地方，在里面储存少许水，并且故意做出漏隙，使涓涓滴水之声从上而下，日夜不断。置身于山洞之中的人，如果没有感到六月生寒，而说自己身处幽谷的，我才不相信。

器玩部

制度第一

原文

人无贵贱，家无贫富，饮食器皿，皆所必需。“一人之身，百工之所为备。”子舆氏尝言之矣。至于玩好之物，惟富贵者需之，贫贱之家，其制可以不问。然而粗用之物，制度果精，入于王侯之家，亦可同乎玩好；宝玉之器，磨砻[①]不善，传于子孙之手，货之不值一钱。知精粗一理，即知富贵贫贱同一致也。

予生也贱，又罹奇穷，珍物宝玩虽云未尝入手，然经寓目者颇多。每登荣膴之堂，见其辉煌错落者星布棋列，此心未尝不动，亦未尝随见随动，因其材美，而取材以制用者未尽善也。

至入寒俭之家，睹彼以柴为扉，以瓮作牖，大有黄虞[②]三代之风，而又怪其纯用自然，不加区画。如瓮可为牖[③]也，取瓮之碎裂者联之，使大小相错，则同一瓮也，而有哥窑冰裂之纹矣。柴可为扉也，取柴之入画者为之，使疏密中窾，则同一扉也，而有农户、儒门之别矣。

人谓变俗为雅，犹之点铁成金，惟具山林经济者能此，乌可责之一切？予曰：垒雪成狮，伐竹为马，三尺

童子皆优为之，岂童子亦抱经济乎？有耳目即有聪明，有心思即有智巧，但苦自画为愚，未尝竭思穷虑以试之耳。

①磨砻：磨治。

②黄虞：黄帝、虞舜的合称。

③牖（yǒu）：窗户。

·译文·

人无论贵贱，家无论贫富，饮食、器具都是必需的。孟子曾经说过："一个人身上的东西，是上百个工匠为他准备的。"至于玩物之类的东西，只有富贵人家需要，贫贱人家，可以不去管它的样式。但是那些日常用具，如果样式与制作的确非常精美，到了王侯的家里，也会被当作赏玩之物；如果制作粗糙，即使是宝石、玉器，传到子孙手里，再卖掉也分文不值。懂得了精致粗糙的道理，就和明白贫富贵贱是一样的。

我生于贫贱之家，而且穷困潦倒，珍贵的玩物虽说未曾拥有，但亲眼见到的却也不少。我每到富贵人家，看到珍贵玩物高低错落、琳琅满目，并非不动心，然而也不是每次看了都动心，因为有些物品即使材料很好，然而做工却不精致。

而到了贫寒人家，看他以木柴做门，坛子做窗，大有上古遗风，却又责怪他们只懂得用自然之物，却不知道加以修饰。比如瓮能够做窗户，就将碎瓮片连起来，使之大小互相错落，那么同是一个瓮，就有哥窑烧制的冰裂纹理。柴能够做门，那就用外形美观的来做，使其疏密相间，那么同是一个门，却有农户和儒门的区别。

有人认为变俗为雅，就像点铁成金，只有善于谋划的人才可以办到，怎么可以要求每个人都能做到呢？我说：垒雪堆狮子，砍竹当马骑，这些即使小孩都可以做得很好，难道他们也有谋划的头脑吗？人有耳目就聪明，用心做事就会产生智慧，只怕自认为愚昧，就不去绞尽脑汁来尝试了。

几　案

原文

予初观《燕几图》，服其人之聪明什佰于我，因自置无力，遍求置此者，讯其果能适用与否，卒之未得其人。夫我竭此大段心思，不可不谓经营惨淡，而人莫之则效者，其故何居？以其太涉繁琐，而且无此极大之屋尽列其间，以观全势故也。

凡人制物，务使人人可备，家家可用，始为布帛菽粟之才，不则售冕旒而沽玉食，难乎其为购者矣。故予所言，务舍高远而求卑近。几案之设，予以庀材无资，尚未经营及此。但思欲置几案，其中有三小物必不可少。

一曰抽替。此世所原有者也，然多忽略其事，而有设有不设。不知此一物也，有之斯逸，无此则劳，且可藉为容懒藏拙之地。文人所需，如简牍、刀锥、丹铅、胶糊之属，无一可少，虽曰司之有人，藏之别有其处，究竟不能随取随得，役之如左右手也。予性卞急，往往呼童不至，即自任其劳。书室之地，无论远近迂捷，总

以举足为烦，若抽替一设，则凡卒急所需之物尽内其中，非特取之如寄，且若有神物俟乎其中，以听主人之命者。至于废稿残牍，有如落叶飞尘，随扫随有，除之不尽，颇为明窗净几之累，亦可暂时藏纳，以俟祝融，所谓容懒藏拙之地是也。知此则不独书案为然，即抚琴观画、供佛延宾之座，俱应有此。一事有一事之需，一物备一物之用。《诗》云："童子佩觿[①]"；《鲁论》云："去丧无所不佩。"人身且然，况为器乎？

·注释·

①童子佩觿（xī）：语出《诗经·卫风·芄兰》："芄兰之友，童子佩觿。"觿，象骨制成的解绳结的角锥。亦用为饰物。

·译文·

我开始看《燕几图》时，就佩服作者的才智高出我十倍、百倍，因为我自己没有能力置办，于是就到处寻找置办了这种几案的人家，想知道是否真的适用，然而始终没有找到。我这样挖空心思，不能不说是惨淡经营，然而却没人仿效，为什么？因为那种几案太烦琐，没有那么大的屋子能将它们全部放进去以观全貌。

人们制作器物，总是选择人人需要，家家都用的，像布匹、粮食之类的东西，如果卖皇家衣食，那就是在难为购买的人了。因此，我的想法就是要舍弃高远、追求通俗。我因为没钱买材料，所以还没来得及做几案。但我考虑过，如果做几案，有三样东西不可缺少。

一是抽屉。这是世间原本就有的东西，然而大多数人都忽略了它，有些设计了抽屉，有些则没有。不了解抽屉这种东西，有了就很方便，没有就很麻烦，而且它还能成为偷懒藏拙的地方。文人所需要的物品，比如信笺、剪刀、锥子、笔墨、糨糊之类，没有一样可以缺少，虽说有专门掌管的人，但是放在其他地方，不能像使用左右手那样随用随取。我是急性子，往往喊书童没有到，就亲自跑去拿了。在书房里，无论是远路还是近路，都不愿意走，要是有了抽屉，把紧急时所需的物品都放在其中，不仅取用方便，而且就像神物等在那里，专门听候主人的命令。至于那些废纸残稿，就像是落叶与飞尘那样，随时打扫随时还会有，无法除尽，是书房中碍眼的东西，也可以暂时收在抽屉中，等以后一起烧掉，这就是所说的能够偷懒藏拙的意思。明白这点就明白不只书桌应该如此，就是弹琴赏画、烧香供佛或是供客人使用的座位，都应该设有抽屉。每件事都有各自的需要，每样东西都有各自的用途。《诗经》说："童子佩觿"；《鲁论》说："去丧无所不佩。"身上佩带的物品尚且如此，更何况器具呢？

原文

一曰隔板，此予所独置也。冬月围炉，不能不设几席。火气上炎，每致桌面台心为之碎裂，不可不预为计也。当于未寒之先，另设活板一块，可用可去，衬于桌面之下，或以绳悬，或以钩挂，或于造桌之时，先作机彀以待之，使之待受火气，焦则另换，为费不多。此珍惜器具之婆心，虑其暴殄天物，以惜福也。

一曰桌撒。此物不用钱买，但于匠作挥斤之际，主人费启口之劳，僮仆用举手之力，即可取之无穷，用之不竭。从来几案与地不能两平，挪移之时必相高低长短，而为桌撒。非特寻砖觅瓦时费辛勤，而且相称为难，非损高以就低，即截长而补短，此虽极微极琐之

事，然亦同于临渴凿井，天下古今之通病也，请为世人药之。

凡人兴造之际，竹头木屑，何地无之？但取其长不逾寸，宽不过指，而一头极薄、一头稍厚者，拾而存之，多多益善，以备挪台撒脚之用。如台脚所虚者少，则止入薄者，而留其有余者于脚外，不则尽数入之。是止一寸之木，而备高低长短数则之用，又未尝费我一钱，岂非极便于人之事乎？但须加以油漆，勿露竹头木屑之本形。何也？一则使之与桌同色，虽有若无；一则恐童子扫地之时，不能记忆，仍谬认为竹头木屑而去之，势必朝朝更换，将亦不胜其烦；加以油漆，则知为有用之器而存之矣。只此极细一着，而有两意存焉，况大者乎？劳一人以逸天下，予非无功于世者也。

一是隔板，这是我的独创。冬天围火炉，不能不设置几案。火气上升，时间长了总会将桌面台心烤得碎裂，不能不提前想一个办法解决。应该在天冷前，另做一块可以活动的板子，可拆可装，将它衬在桌子下面，用绳子或钩子将其悬挂起来，或者在做桌子时，先做一个能放置木板的机关，使之受热气变焦之后，另外再换一块，没有多少花费。这是我珍惜器具的一片苦心，担心人们浪费财物，而不懂得珍惜自己的福祉。

一是桌撒。这种东西不需要花钱买，只要在工匠制作时，主人动动口，仆人动动手，就能取之不尽，用之不竭。几案与地面总是不能平齐，搬动时必定和地面高低不一，而要找一件东西当作垫脚。找砖头、瓦块不仅浪费时间精力，而且找到后也很难合用，不是去

高就低，就是截长补短，虽然这是极为细微琐碎的事，但跟临渴挖井相同，是天下古今人们的通病，我希望帮助世人治好这个病。

人们在制作家具时，竹片木屑，何处没有？只要拣选那些长不过寸，宽不过一个指头，且一头较薄、另一头较厚的，保存起来，多多益善，以备挪桌时垫脚之用。如果桌脚留空少，就只将薄的一边塞进去，而将剩下一边留在外面，否则就全部塞进去。这样一寸木头，就能备高低长短多种情况使用，又不用花一文钱，难道不是对人很方便的事吗？但是要将它刷好油漆，不要露出本来面目。为什么呢？一来能使它与桌子同色，放在那里都像没有一样；二是担心仆童扫地时忘了，将它当竹头、木屑而扫掉，那样就必定要天天更换，也会让人不胜其烦；如果涂上油漆，仆童就知道这是有用的东西而应该保留。就是这样极细微的事，也包含两层含义，何况大的方面呢？操劳我一个人而使天下人方便，可见我不是对世间没有贡献的人。

椅　杌

原文

器之坐者有三：曰椅、曰杌[①]、曰凳。三者之制，以时论之，今胜于古，以地论之，北不如南；维扬之木器、姑苏之竹器，可谓甲于古今，冠乎天下矣，予何能

赘一词哉！但有二法未备，予特创而补之，一曰暖椅，一曰凉杌。

予冬月著书，身则畏寒，砚则苦冻，欲多设盆炭，使满室俱温，非止所费不赀，且几案易于生尘，不终日而成灰烬世界。若止设大小二炉以温手足，则厚于四肢而薄于诸体，是一身而自分冬夏，并耳目心思，亦可自号孤臣孽子[②]矣。计万全而筹尽适，此暖椅之制所由来也。制法列图于后。一物而充数物之用，所利于人者，不止御寒而已也。

盛暑之月，流胶铄金，以手按之，无物不同汤火，况木能生此者乎？凉杌亦同他杌，但杌面必空其中，有如方匣，四围及底，俱以油灰嵌之，上覆方瓦一片。此瓦须向窑内定烧，江西福建为最，宜兴次之，各就地之远近，约同志数人，敛出其资，倩人携带，为费亦无多也。先汲凉水贮杌内，以瓦盖之，务使下面着水，其冷如冰，热复换水，水止数瓢，为力亦无多也。其不为椅而为杌者，夏月少近一物，少受一物之暑气，四面无障，取其透风；为椅则上段之料势必用木，两胁及背又有物以障之，是止顾一臂而周身皆不问矣。此制易晓，图说皆可不备。

①杌：小凳。

②孤臣孽子：指孤立无助的远臣和贱妾所生的庶子。

·译文·

图 10　暖椅式

用来坐的器具有三种：一是椅子、一是杌、一是凳。这三种家具的样式，以时代来说，现在胜于古代，从地域来说，南方胜于北方；扬州之木器、苏州之竹器，可以说是古今天下第一，哪里用得着我再说什么！然而有两样东西没有，我特地将它做出来加进去，一是暖椅，一是凉杌。

冬天写书时，我身体怕冷，砚池怕冰冻，想多烧几盆炭，让满屋子暖和起来，不仅费用太高，而且桌上容易有灰尘，一天工夫就会到处是灰烬。但是如果只用两个大小不一的炉子温暖了手足，又是厚待了四肢而亏待了身体，这样，同一个身体却有冬夏之分，连耳目心思，也要自称为孤臣孽子了。想尽一切办法考虑周全，这就是造暖椅的原因。制作方法见后面图示。一件物品能当几件物品用，暖椅对人的好处也不仅仅是御寒而已。

盛夏时，温度能流胶铄金，每样东西摸上去都像开水与火焰一样，何况木头本来就是用来烧火的呢？凉杌也如同普通的杌一样，只是杌面留出空来，像个方匣子，四围和底部全部嵌上油灰，上面盖一片方瓦。这种瓦必须要向瓦窑专门定制，江西与福建最好，宜兴次之，各看地方远近，有同样想法的几个人一起出钱，请人携带，花费也不多。先在杌内倒入凉水，上面盖上瓦，务必使底面碰着水，像冰一样冷，热了就再换水，只需要几瓢，不会太费力。之所以不做成椅子而做成杌，是因为夏天少接近一些东西，就少受一些暑气，四面没有遮挡，是为了透风；如果做成椅子，则上段的材料要用木头，两胁和背部又有东西挡住，这是只顾屁股而忽略了全身。制作比较明白，不需要画图和解说了。

暖椅式

原文

如太师椅而稍宽，彼止取容臀，而此则周身全纳故也。如睡翁椅而稍直，彼止利于睡，而此则坐卧咸宜，坐多而卧少也。前后置门，两旁实镶以板，臀下足下俱用栅。用栅者，透火气也；用板者，使暖气纤毫不泄也；前后置门者，前进人而后进火也。然欲省事，则后门可以不设，进人之处亦可以进火。

此椅之妙，全在安抽替于脚栅之下。只此一物，御尽奇寒，使五官四肢均受其利而弗觉。另置扶手匣一具，其前后尺寸，倍于轿内所用者。入门坐定，置此匣于前，以代几案。倍于轿内所用者，欲置笔砚及书本故也。抽替以板为之，底嵌薄砖，四围镶铜。所贮之灰，务求极细，如炉内烧香所用者。置炭其中，上以灰覆，则火气不烈而满座皆温，是隆冬时别一世界。况又为费极廉，自朝抵暮，止用小炭四块，晓用二块至午，午换二块至晚。此四炭者，秤之不满四两，而一日之内，可享室暖无冬之福，此其利于身者也。若至利于身而无益于事，仍是宴安之具，此则不然。扶手用板，镂去掌大一片，以极薄端砚补之，胶以生漆，不问而知火气上蒸，砚石常暖，永无呵冻之劳，此又利于事者也。不宁惟是，炭上加灰，灰上置香，坐斯椅也，扑鼻而来者，只觉芬芳竟日，是椅也，而又可以代炉。炉之为香也散，此之为香也聚，由是观之，不止代炉，而且差胜于炉矣。有人斯有体，有体斯有衣，焚此香也，自下而升者能使氤氲透骨，是椅也而又可代薰笼。薰笼之受衣也，止能数件；此物之受衣也，遂及通身。迹是论之，非止代一薰笼，且代数薰笼矣。倦而思眠，倚枕可以暂息，是一有座之床。饥而就食，凭几可以加餐，是一无足之案。游山访友，何烦另觅肩舆，只须加以柱杠，覆以衣顶，则冲寒冒雪，体有余温，子猷之舟可弃也，浩然之驴可废也，又是一可坐可眠之轿。日将暮矣，尽纳枕簟[①]于其中，不须臾而被窝尽热；晓欲起也，先置衣履于其内，未转睫而襦裤皆温。

是身也，事也，床也，案也，轿也，炉也，薰笼也，定省晨昏之孝子也，送暖偎寒之贤妇也，总以一物焉代之。苍颉造字而天雨粟[②]，鬼夜哭[③]，以造化灵秘之气泄尽而无遗也。此制一出，得无重犯斯忌而重杞人之忧[④]乎？

·注释·

①枕簟：枕席。泛指卧具。

②天雨粟：天降粟。古人传说天下将饿，则有此兆。

③鬼夜哭：传说仓颉造字时鬼怕为书文所劾，因而夜哭。

④杞人之忧：即杞人忧天。《列子·天瑞》："杞国有人，忧天地崩坠，身亡所寄，废寝食者。"后因以"杞人忧天"代指不必要的担忧。

暖椅像太师椅而稍微宽一点儿，太师椅只能容纳臀部，而暖椅却要容纳全身。像睡翁椅又比它稍微直一点儿，睡翁椅只方便睡觉，而暖椅坐卧都便利，坐得多、卧得少。暖椅前后都装上门，两旁镶上实板，臀下和脚下部用栅栏。之所以用栅栏，是为了让火气透出来。用板是为了使暖气一点儿都不泄漏；前后装上门，是为了前面进人，后面进火。但要是想省事，就可以不用装后门，进人的地方也进火。

这种椅子的妙处，全在脚下的栅栏下面安放了抽屉。只这么一件东西，就能够抵御奇寒，使五官四肢都在不知不觉中享受到温暖。另外设置一个扶手匣，尺寸比轿里用的大一倍。进门坐好后，将这种匣子放在前面，代替书桌。之所以要比轿子里用的大一倍，是为了放笔砚书本。抽屉用板来做，底部嵌薄砖，四围镶铜。抽屉当中储存的灰，一定要很细，像香炉里烧香用的灰一样。在里面放上炭，上面盖上灰，火气就不会太冲而整个椅子里都很温暖，成为隆冬时节的另一世界。而且花费又不高，从早到晚，只要用四块小炭，早上用两块能够坚持到下午，下午用两

块能够坚持到晚上。这四块炭连四两都不到，而一天之内却能享受室暖无冬之福，这是它对身体有利的方面。如果只对身体有利而对做事没有帮助，那就只是享乐的工具了，然而暖椅却不是。扶手用板做好，镂掉巴掌大的一块，补上很薄的端砚，用生漆胶住，不用说也知道，火气上来时砚台可以一直保暖，不需要再用口去呵，这是它利于做事之处。不仅如此，在炭上加灰，在灰上放香，坐在这种椅子里，整天都觉得芳香扑鼻，暖椅又能代替香炉。用香炉来点香，香气会散发掉，用暖椅点香，香气会集中起来，如此看来，暖椅不仅能够代替香炉，还会比香炉更好。有人才能有身体，有身体才能有衣服，点香时，香气从下面上升可以熏遍全身，因此暖椅又能够代替熏笼。熏笼一次只能熏几件衣服；而暖椅可以熏全身的衣服。如此看来，暖椅不只抵得上一个熏笼，可以说能抵得上好几个熏笼了。困了想睡觉时，靠着枕头就能休息，暖椅又成了一个有座位的床。饿了想吃饭时，靠着书桌就能用饭，暖椅又成了一个没有腿的桌子。要去游山或者探访朋友，不用另找轿子，只需在上面加上杠子，盖上布篷，即使顶风冒雪，身上都还是温暖的，王子猷的船、孟浩然的驴子都不想再要了，暖椅又成了一个可坐、可睡的轿子。天快到晚上时，将枕头、褥子放进去，不一会儿，被窝就热了；白天要起床时，把衣服和鞋子放进去，一转眼就都暖了。

对身体有利，又方便做事，又能代替床、桌子、轿子、香炉和熏笼，就像早晚来问候的孝子，相偎送暖的贤妻一样，全部可以用这一件东西来代替。仓颉造字时天上下粟米，百鬼夜哭，是因为造化的灵动和神秘之气都被泄露了。我设计了暖椅，会不会再犯这个忌讳而使杞人的忧虑加重呢？

床帐

原文

人生百年，所历之时，日居其半，夜居其半。日间所处之地，或堂或庑，或舟或车，总无一定之在，而夜间所处，则止有一床。是床也者，乃我半生相共之物，较之结发糟糠[①]，犹分先后者也。人之待物，其最厚者，当莫过此。然怪当世之人，其于求田问舍，则性命以之，而寝处晏息之地，莫不务从苟简，以其只有己见，而无人见故也。若是，则妻妾婢媵是人中之榻也，亦因己见而人不见，悉听其为无盐、嫫姆[②]，蓬头垢面而莫之讯乎？予则不然。每迁一地，必先营卧榻而后及其他，以妻妾为人中之榻，而床笫乃榻中之人也。欲新其制，苦乏匠资；但于修饰床帐之具，经营寝处之方，则未尝不竭尽绵力，犹之贫士得妻，不能变村妆为国色，但令勤加盥栉，多施膏沐而已。

其法维何？一曰床令生花，二曰帐使有骨，三曰帐宜加锁，四曰床要着裙。曷云"床令生花"？夫瓶花盆卉，文人案头所时有也，日则相亲，夜则相背，虽有天香扑鼻，国色昵人，一至昏黄就寝之时，即欲不为纨扇之捐，不可得矣。殊不知白昼闻香，不若黄昏嗅味。白昼闻香，其香仅在口鼻；黄昏嗅味，其味直入梦魂。法于床帐之内先设托板，以为坐花之具；而托板又勿露板

形，妙在鼻受花香，俨若身眠树下，不知其为妆造也者。先为小柱二根，暗钉床后，而以帐悬其外。托板不可太大，长止尺许，宽可数寸，其下又用小木数段，制为三角架子，用极细之钉，隔帐钉于柱上，而后以板架之，务使极固。

· 注释 ·

①糟糠：酒糟、糠皮是穷人赖以生活的食物。指贫贱时一起过患难生活的妻子。

②无盐：亦称“无盐女”，即战国时齐宣王后钟离春，因是无盐人，故名，为人有德而貌丑。嫫姆：即嫫母，又名丑女。黄帝第四妻室，面貌丑陋却温柔贤淑。这里用无盐、嫫姆代称丑女。

人生在世的百年时间，白天和晚上各占了一半。白天或是待在堂屋、庭院里，或是待在舟船车马中，没有固定的地点，然而晚上待的地方，却只有一张床。床是与人共处半生的东西，比结发妻子相处得还要早。人们最应该看重的就是它。然而现在的人，在买田地建房子方面，可以不惜生命去求取，而对于床却都简单凑合，因为床只有自己看见，而其他人都看不见。如果这

样，那么妻妾对于人来说也是床，因为只有自己看见而别人看不见，即使她们丑陋无比、蓬头垢面也没关系吗？我不是如此。每换一个地方，我必定要先设置好床再考虑其他事情，因为对于我而言妻妾是床，床也如妻妾。我想更新床的样式，却出不起工钱；但是对于床的修饰、安排，却是尽心竭力的，就像是穷人娶妻子，没办法让她由村妇变成国色天香的美人，只好让她多梳洗打扮，多用润发油脂而已。

用什么办法来修饰床呢？一是床令生花，二是帐使有骨，三是帐宜加锁，四是床要着裙。什么是“床令生花”呢？花瓶与花盆中的花，是文人经常放在案头的东西，白天在一起，晚上就分开了，虽然香气扑鼻，花色诱人，然而到晚上睡觉时，想不分开也不可能。人们不知道白天闻花香其实没有晚上闻效果好。白天闻花香，香味只在口鼻之间；晚上闻花香，香气却能进入梦中。办法就是在床帐里面设一块托板，用来放花；而托板也不要露出板的形状，妙在鼻子闻到花香，俨然身眠树下，却看不出人工妆造的痕迹。先做两根小柱子，钉在床后隐蔽之处，帐子悬在外面。托板不要太大，有一尺长几寸宽就行，下面用几段小木条，做成三角架子，用极细的钉子，隔着帐子钉在柱子上，然后将板子架上去，务必使其十分牢固。

原文

架定之后，用彩色纱罗制成一物，或像怪石一卷，或作彩云数朵，护于板外以掩其形。中间高出数寸，三面使与帐平，而以线缝其上，竟似帐上绣出之物，似吴门堆花之式是也。若欲全体相称，则或画或绣，满帐俱作梅花，而以托板为虬枝老干，或作悬崖突出之石，无一不可。帐中有此，凡得名花异卉可作清供者，日则与之同堂，夜则携之共寝。即使群芳偶缺，万卉将穷，又

有炉内龙涎、盘中佛手与木瓜、香楠等物可以相继。若是，则身非身也，蝶也，飞眠宿食尽在花间；人非人也，仙也，行起坐卧无非乐境。

予尝于梦酣睡足、将觉未觉之时，忽嗅蜡梅之香，咽喉齿颊尽带幽芬，似从脏腑中出，不觉身轻欲举，谓此身必不复在人间世矣。既醒，语妻孥曰："我辈何人，遽有此乐，得无折尽平生之福乎？"妻孥曰："久贱常贫，未必不由于此。"此实事，非欺人语也。

曷云"帐使有骨"？床居外，帐居内，常也。亦有反此旧制，使帐出床外者，善则善矣，其如夏月驱蚊，匿于床栏曲折之处，有若负嵎[①]，欲求美观，而以膏血殉之，非长策也，不若仍从旧制。其不从旧制，而使帐出床外者，以床有端正之体，帐无方直之形，百计撑持，终难服贴，总以四角之近柱者软而无骨，不能肖柱以为形，有犄角抵牾之势也，故须别为赋形，而使之有骨。用不粗不细之竹，制为一顶及四柱，俟帐已挂定而后撑之，是床内有床，旧制之便与新制之精，二者兼而有之矣。床顶及柱，令置轿者为之，其价颇廉，仅费中人一饭之资耳。

曷云"帐宜加锁"？设帐之故有二：蔽风、隔蚊是也。蔽风之利十之三，隔蚊之功十之七，然隔蚊以此，闭蚊于中而使之不得出者亦以此。蚊之为物也，体极柔而性极勇，形极微而机极诈。薄暮而驱，彼宁受奔驰之苦，挞伐之危，守死而弗去者十之八九。及其去也，又必择地而攻，乘虚而入。

·注释·

①负嵎：负隅。倚靠险要的地势（抵抗）。

·译文·

架好后，用彩色的纱罗做一件东西，或是像一卷怪石，或是像几朵彩云，围在板外面来掩饰它的形状。中间高出几寸，其他三面都和帐子平齐，用线将它缝在上面，就好像绣在帐子上的东西一样，如同苏州的堆花。如果想要使整体很相称，那么要么画要么绣，将整个帐子都弄上梅花图案，而将托板做成虬曲的树枝或者老树干，或是做成悬崖上突出的石头，都行。帐子里有这种设计，凡是得到名花异草值得做摆设的，白天就放在厅堂，晚上则带着它共寝。如果到了没有花卉的时节，用香炉中的香料或是盘子里的佛手、木瓜、香楠之类替代也可以。这样，身体就不是身体，而成了蝴蝶，无论飞翔或是休息或是进食，都在花丛中；人也不再是人，而成了神仙，行起坐卧全在极乐之处。

有一次我曾在睡得将醒未醒时，忽然闻到蜡梅的香气，咽喉和牙齿间都带着清幽的芳香，就如同是从肺腑间出来的，感觉身体轻飘飘地像要飞起来一样，感觉自己好像已经不在人间。醒来后，和妻子儿女说："我们是什么人，却能享受到如此乐趣，岂不是将平生的福分都享尽了？"妻子儿女都说："我们总是如此贫穷，说不定就是这个原因。"这是真事，并非是在骗人。

什么是"帐使有骨"？床在帐外，帐在床内，这是常理。也有人不按规矩做，将帐放在床外，是美观了，然而夏天赶蚊子时，蚊子都躲到了床栏的角落里，可以负隅顽抗，为了美观而用膏血去喂蚊子，毕竟不是长久之计，还不如用原来的办法呢。想不按旧规矩，又要使帐子在床的外面也有办法，因为床有方正的形状，而帐子却没有，想尽了办法要将它撑起来，却难以做到，总是在四角靠近柱子的地方软而无骨，不能像柱子一样成形，有所谓犄角抵牾之势，所以必须另想办法，让帐子有棱有角。可以用不粗不细的竹子，做一个顶和四根柱子，待帐挂好后将它撑起来，这样就床中有床，同时具备了旧方法的便利与新方法的精致。床顶和柱子，让做轿子的人去做，价钱很便宜，只要花中等人家一顿饭的钱就行了。

什么是“帐宜加锁”？设置帐子有两个原因：挡风和隔蚊子。挡风的目的占三成，隔蚊子的目的占七成，然而隔开蚊子用的是它，将蚊子关在里面的还是它。蚊子这种东西，身体柔弱，性情却很凶悍，形体虽小却很狡诈。傍晚驱赶蚊子时，多数蚊子宁可受奔波之苦和被打死的危险，也不肯离开。等赶出去了，还是会寻找地方进攻，乘虚而入。

原文

昆虫庶类之善用兵法者，莫过于蚊。其择地也，每弃后而攻前；其乘虚也，必舍垣而窥户。帐前两幅之交接处，皆其据险扼要、伏兵伺我之区也。或于风动帐开之际，或于取器入溺之时，一隙可乘，遂鼓噪而入。法于门户交关之地，上、中、下共设三纽，若妇人之衣扣然。至取溺器时，先以一手绾帐，勿使大开，以一手提之使入，其出亦然。若是，则坚壁固垒，彼虽有奇勇异诈，亦无所施其能矣。至于驱除之法，当使人在帐中，空洞其外，始能出而无阻。世人逐蚊，皆立帐檐之下，使所开之处蔽其大半，是欲其出而闭之门也。犯此弊者十人而九，何其习而不察，亦至此乎？

曷云“床要着裙”？爱精美者，一物不使稍污。常

有绮罗作帐，精其始而不能善其终，美其上而不得不污其下者，以贴枕着头之处，在妇人则有膏沐之痕，在男子亦多脑汗之迹，日积月累，无瑕者玷而可爱者憎矣，故着裙之法不可少。此法与增添顶柱之法相为表里。欲令着裙，先必使之生骨，无力不能胜衣也。即于四竹柱之下，各穴一孔，以三横竹内之，去簟尺许，与枕相平，而后以布作裙，穿于其上，则裙污而帐不污，裙可勤涤，而帐难频洗故也。至于枕、簟、被褥之设，不过取其夏凉冬暖。请以二语概之，曰：求凉之法，浇水不如透风；致暖之方，增绸不如加布。是予贫士所知者。至于羊羔美酒，亦足御寒，广厦重冰，尽堪避暑，理则固然，未尝亲试。“知之为知之，不知为不知”，此圣贤无欺之学，不敢以细事而忽之也。

昆虫当中没有比蚊子更会使用兵法的了。它们寻找地方，通常是放弃后面进攻前面；乘虚而入，必定放弃墙而选择窗。帐前两幅帐门交接之处，是蚊子据险埋伏、伺机而入的地方。或是在风吹开帐子时，或是在人取用便器的时候，只要有一条缝隙能进，它们便叫着飞进来。解决办法是在帐门接缝处，缝上上、中、下三个纽扣，就像女人的衣扣一样。取便器时，先用一只手挽着帐子，不能开大，再用另一只手将便器提进去，拿出去也一样。如此就防守严密了，蚊子虽然凶悍、狡诈，却也无计可施。至于驱逐蚊子的办法，应该是人在帐中，将帐门打开，才能将蚊子赶走。而人们赶蚊子，都站在帐檐之下，将打开的地方遮住了一大半，这是想把蚊子赶走却将门关上。十个人中有八九个会犯这种错误，为什么会习以为常到如此地步呢？

什么是“床要着裙”？爱干净的人，不会让任何一样东西有一点儿脏处。用绸缎做帐子，经常是开始很干净，后来就保持不了了，上面干净、下面很脏，这是因为放枕头的地方，容易沾上女子的脂粉与男子的汗渍，日积月累，原来很干净的帐子就被玷染，而可爱的东西也令人厌恶了，所以着裙这个方法是不能少的。方法和增添顶柱的办法相配套。想要给床着裙，一定要先给它造骨架，因为帐子无骨的话就无法支撑。在四根竹柱下面，各钻一个洞，横着插三根竹子，比席子高出一尺左右，跟枕头持平，然后用布做裙，穿在上面，这样帐子就不会容易弄脏，脏也是将裙子弄脏，这样做是因为裙能经常洗，而帐子却不能经常洗。至于枕头、席子与被褥的配置，不过是要冬暖夏凉而已。我可以用两句话概括：求凉之法，浇水不如透风；致暖之方，增绸不如加布。这是我这个没钱的人所知道的。至于羊羔美酒能御寒，高楼大厦可避暑，从道理上说是正确的，但我没有亲身尝试过。“知之为知之，不知为不知”，这是圣人教导我们不要欺骗自己，我不敢因为小事而忽视它。

橱　柜

原文

造橱立柜，无他智巧，总以多容善纳为贵。尝有制体极大而所容甚少，反不若渺小其形而宽大其腹，有事半功倍之势者。制有善不善也，善制无他，止在多设搁板。橱之大者，不过两层、三层，至四层而止矣。若一层止备一层之用，则物之高者大者容此数件，而低者小者亦止容此数件矣。实其下而虚其上，岂非以上段有用之隙，置之无用之地哉？当于每层之两旁，别钉细木二条，以备架板之用。板勿太宽，或及进身之半，或三分之一，用则活置其上，不则撤而去之。如此层所贮之物，其形低小，则上半截皆为余地，即以此板架之，是一层变为二层。总而计之，即一橱变为两橱，两柜合成一柜矣，所裨不亦多乎？或所贮之物，其形高大，则去而容之，未尝为板所困也。此是一法。

至于抽替之设，非但必不可少，且自多多益善。而一替之内，又必分为大小数格，以便分门别类，随所有而藏之，譬如生药铺中，有所谓“百眼橱”者。

此非取法于物，乃朝廷设官之遗制，所谓五府六部群僚百执事，各有所居之地与所掌之簿书钱谷是也。医者若无此橱，药石之名盈千累百，用一物寻一物，则卢医扁鹊①无暇疗病，止能为刻舟求剑之人矣。

此橱不但宜于医者，凡大家富室，皆当则而效之，至学士文人，更宜取法。能以一层分作数层，一格画为数格，是省取物之劳，以备作文著书之用。则思之思之，鬼神通之；心无他役，而鬼神得效其灵矣。

·注释·

①卢医扁鹊：泛指良医。扁鹊，战国名医，因家在卢国，又称卢医。

制造橱柜，没有其他技巧，看重的是能多容纳东西。有的柜子做得很大而所能容纳的东西却不多，反而不如外形做得小些而里头大些，就会有事半功倍的功效。设计有完善也有不完善的，完善的设计没有其他，就是里面多做一些搁板。大橱柜，也不过两层、三层，最多的也就四层。如果一层只当一层之用，那么体积大的东西只能放几件，而短小的也只能放几件。下半部分放满东西而上面却是空的，岂不是将上半部分的有用空间闲置了吗？应该在每层两边，钉上两条细木，以备架板之用。板子不要太宽，是柜子深度的三分之一，或者二分之一就行，用时就架上去，不用时就撤掉。如果这层放置的物品都比较低小，上半截是空的，就将板子架上去，那么一层就变成了两层。总的来看，一个橱就变成了两个，两个柜子就合成一个了，不是有很多好处吗？如果存放的物品很大，就将板子抽掉，就不会再受板子的限制。这是方法之一。

至于抽屉的设置，不但必要，而且越多越好。而抽屉必须分成几格，以便分类之用，有什么就放什么，就像生药铺中的“百眼橱”。

这不是从其他地方受到的启发，而是仿照朝廷设官的方法，五府六部的文武百官有各自的居所和各自所掌管的文书、财物。医生若没有“百眼橱”，成千上万的药物，随用随找，那么即使扁鹊那样的神医也没时间看病了，只能像刻舟求剑那样胡乱找药。

这种橱柜不但适合医生，凡是大户人家，都应当仿照它做一个，至于文人学士，更要学习这种方法。将一层分成几层，一格划为几格，这样就能将找东西浪费的精力省下来写文章。思考着思考着，就会上通鬼神；心无旁骛，鬼神就能够显灵。

箱笼箧笥

原文

随身贮物之器，大者名曰箱笼，小者称为箧笥。制之之料，不出革、木、竹三种；为之关键者，又不出铜、铁二项，前人所制亦云备矣。后之作者，未尝不竭尽心思，务为奇巧，总不出前人之范围；稍出范围即不适用，仅供把玩而已。

予于诸物之体，未尝稍更，独怪其枢纽太庸，物而不化，尝为小变其制，亦足改观。法无他长，惟使有之若无，不见枢钮之迹而已。止备二式者，腹稿虽多，未经尝试，不敢以待验之方误人也。

予游东粤，见市廛所列之器，半属花梨、紫檀，制法之佳，可谓穷工极巧，止怪其镶铜裹锡，清浊不伦。无论四面包镶，锋棱埋没，即于加锁置键之地，务设铜枢，虽云制法不同，究竟多此一物。譬如一箱也，磨砻

极光，照之如镜，镜中可使着屑乎？一筒也，攻治极精，抚之如玉，玉上可使生瑕乎？

有人赠我一器，名“七星箱”，以中分七格，每格一替，有如星列故也。外系插盖，从上而下者。喜其不钉铜枢，尚未生瑕着屑，因筹所以关闭之。遂付工人，命于中心置一暗闩，以铜为之，藏于骨中而不觉，自后而前，抵于箱盖。盖上凿一小孔，勿透于外，止受暗闩[①]少许，使抽之不动而已。乃以寸金小锁，锁于箱后。置之案上，有如浑金粹玉，全体昭然，不为一物所掩。觅关键而不得，似于无锁；窥中藏而不能，始求用钥。此其一也。后游三山，见制器皿无非雕漆，工则细巧绝伦，色则陆离可爱，亦病其设关置键之地难免赘瘤，以语工师，令其稍加变易。工师曰：“吾地般、倕颇多，如其可变，不自今日始矣。欲泯其迹，必使无关键而后可。”予曰：“其然，岂其然乎？”因置暖椅告成，欲增一匣置于其上，以代几案，遂使为之。上下四旁，皆听工人自为雕漆，俟其成后，就所雕景物而区画之。前面有替可抽者，所雕系“博古图”，樽罍钟磬之属是也；后面无替而平者，系折枝花卉、兰菊竹石是也。皆备五彩，视之光怪陆离。但抽替太阔，开闭时多不合缝，非左进右出，即右进左出。

予顾而筹之，谓必一法可当二用，既泯关键之迹，又免出入之疵，使适用美观均收其利而后可。乃命工人亦制铜闩一条，贯于抽替之正中，而以薄板掩之，此板即作分中之界限。夫一替分为二格，乃物理之常，乌知

有一物焉贯于其中，为前后通身之把握哉？得此一物贯于其中，则抽替之出入皆直如矢，永无左出右入、右出左入之患矣。

注释

①闩：门上的横插。

译文

随身储藏物品的器具，大的叫作箱笼，小的叫作箧笥。制作的材料，不外是革、木、竹这三种；用来做锁的，不过是铜、铁这两样，前人所做的东西可以说非常完备了。后人制作这些东西的时候，未尝不是用尽心思，想要制作得奇巧一些，却总是超不出前人的范围；稍微超出范围便会不实用，只能让人把玩罢了。

我对这些东西的形体没有改变，只是觉得上锁的地方太过于平庸古板，试着对它进行些小改进，让外形变得更美观。改变的方法没有什么，就是要做到使上锁之处有之若无，看不到痕迹。这里准备介绍两种式样，因为我虽有许多想法，但自己也没有尝试过，不敢用有待检验的方法来误人。

我游历广东东部的时候，看到市场上陈列的东西，大半是花梨、紫檀木制作的，制作的方法，都非常精巧，只怪它镶铜裹锡，清浊、雅俗混淆。只是四面镶铜裹锡的地方，把棱角都给埋没了，在设锁的地方，一定要弄一个铜枢，虽然说花样繁多，但毕竟多出一样东西。比如一口箱子，磨得像镜子一样光亮，怎么能让镜子上有碎屑呢？一个做工精良的匣子，摸上去感觉和玉一样，怎么可以让玉上有瑕疵呢？

有人送给我一个器物，叫作“七星箱”，叫这个名字是因为它里

面分成了七个格子，每格中有一个抽屉，好像星座分布一样。箱子的外面是插盖，插盖从上而下。我喜欢的是它没有钉铜枢，因此看上去非常的整洁平滑，就开始考虑如何给它上锁。把它拿给工匠，让他在中心的位置装一个铜制的暗门，藏在箱壁中让人察觉不到，从后向前，到达箱盖。盖上面钻一个小孔，不要穿透，只让暗闩插进去一点点，使它不能抽动就可以了。再用个寸金小锁，锁在箱子的后面。放在桌上，有如浑金璞玉，整个都非常的光滑，没有遮掩。找不到开关，就像是没有锁一样；想看看里面有什么东西却不能打开，才知道需要用钥匙。这是其一。后来游览三山，看到当地所制的器具都是雕漆的，工艺精致无比，色泽光怪艳丽，但它的毛病也是装锁的地方太过烦琐了。我把意见告诉给了工匠，要他们稍加改造。工匠说："我们这地方能工巧匠非常多，如果能够改造的话，不会到现在才改。如果想要掩盖上锁的痕迹，除非不上锁。"我说："果真是这样的吗？"暖椅制成后，我想要在上面加一个匣子代替几案，于是就让工匠去做。上下四边，都让工人自己雕漆，做成以后，根据所雕刻的图案来设计。前面有抽屉的，雕刻的是"博古图"，即樽罍钟磬之类的东西；后面没有抽屉的平板，雕刻的是折枝花卉、兰菊竹石之类的植物。上面都粉饰得五颜六色，看上去光怪陆离。但抽屉太宽，开关时不是很合缝，不是左边进、右边出，就是右边进、左边出。

我看着它仔细考虑，想了一个一举两得的方法，既遮蔽了锁的痕迹，又使抽屉开合时没有不合缝这个毛病，使得实用与美观二者兼得。于是让工人也做一条铜闩，贯穿抽屉的正中，上面盖上一块薄板，这块板就是从中间分开的界线。一个抽屉分成两个格子，这是常理，谁能知道其中有件东西是贯穿其中的，是它前后连贯一体的关键呢？有这样一件东西贯穿其中，抽屉进出就永远都是笔直的，而不会有抽屉门左出右入、右出左入的毛病了。

原文

前面所雕“博古图”，中系三足之鼎，列于两旁者一瓶一炉。予鼓掌大笑曰：“‘执柯伐柯，其则不远。’即以其人之道，反治其身足矣！”遂付铜工，令依三物之成式，各制其一，钉于本等物色之上。鼎与炉、瓶皆铜器也，尚欲肖其形与色而为之，况真者哉？不问而知其酷似矣。鼎之中心穴一小孔，置二小钮于旁，使抽替闭足之时，铜闩自内而出，与钮相平。闩与钮上俱有眼，加以寸金小锁，似鼎上原有之物，虽增而实未尝增也。锁则锁矣，抽开之时，手执何物？不几便于入而穷于出乎？曰：不然。瓶、炉之上原当有耳，加以铜圈二枚，执此为柄，抽之不烦余力矣。此区画正面之法也。铜闩既从内出，必在后面生根，未有不透出本匣之背者，是铜皮一块与联络补缀之痕，俱不能泯矣。乌知又有一法，为天授而非人力者哉！所雕诸卉，菊在其中，菊色多黄，与铜相若，即以铜皮数层，剪千叶菊花一朵，以暗闩之透出者穿入其中，胶之甚固，若是则根深蒂固，谁得而动摇之？予于此一物也，纯用天工，未施人巧，若有鬼物伺乎其中，乞灵于我，为开生面者。制之既成，工师告予曰：“八闽之为雕漆，数百年于兹矣，

四方之来购此者，亦百千万亿其人矣，从未见创法立规有如今日之奇巧者，请行此法，以广其传。”予曰：“姑迟之，俟新书告成，流布未晚。”窃恐世人先睹其物而后见其书，不知创自何人，反谓剿袭成功以为己有，讵非不白之冤哉？工师为谁？魏姓，字兰如；王姓，字孟明。闽省雕漆之佳，当推二人第一。自不操斤，但善于指使，轻财尚友，雅人也。

匣子正面雕刻的“博古图”，中间是一个三足鼎，旁边有一个炉子和一个瓶子。我拍手大笑着说道：“‘拿着斧子砍斧柄，例子就在身边啊。’就用这上面的方法来修理它就足够了！”于是交给铜匠，让他照这三样物品的样子，各打造出一个来，钉在图案之上。鼎和炉子、瓶子本身都是铜器，漆器上的图案还要模仿，何况真的铜器呢？不用说是极像了。鼎的中心钻了一个小孔，旁边装上两个小钮，在抽屉关紧时，铜闩可以从里面伸出，和钮相平。闩和钮上面都有眼，加上一个寸金小锁，就像鼎上原本就有的东西一样，虽然加了一个东西也和没加是一样的。锁是锁上了，拉开抽屉时，手上需要抓什么呢？这不是好关而难开吗？我说：不是的。瓶子和

炉子上面原本就应有个耳，在上面加上两枚铜环，以这个做柄，拉开抽屉就十分方便了。这是规划正面的方法。铜闩既然从里面出来，必定要在后面生根，不能不透出匣的背面，这样一块铜皮和补缀连接的痕迹，就都不容易掩盖起来了。没想到又想出一个办法，像是天授而非出自人力！背面所雕的花卉中，菊花在中间，菊花的颜色大多是黄色的，跟铜十分相似，就用几层铜皮剪成一朵千层菊花，让暗闩透出的地方穿到菊花里面，胶粘牢固，这样就根深蒂固，还有什么能动摇它呢？我在这件东西上面，完全是利用天然的方便而没有人力的雕琢，就像有鬼物藏在里面，通过我的手，来达到这种特别的效果一样。做好以后，工匠对我说："福建做雕漆已有几百年的历史了，四面八方来购买的人也是不计其数了，但是从来没见过像今天这件东西这样设计巧妙的，请您允许我将这种方法推行开来。"我说："先等一等，等我新书写成之后，再推广也不晚。"我担心世人先看到实物再看到我的书，就会不知道是何人创始的，反说我是抄袭别人的而据为己有，这不就是不白之冤了吗？工匠是谁呢？有一个姓魏，字兰如；另一个姓王，字孟明。福建雕漆做得最好的，应当是这两个人了。他们自己不动手，但善于指导别人，轻视钱财却喜欢结交朋友，也是风雅之人。

骨　董

原文

是编于骨董一项，缺而不备，盖有说焉。崇高古器之风，自汉魏晋唐以来，至今日而极矣。百金贸一卮，数百金购一鼎，犹有病其价廉工俭而不足用者。常有为

一渺小之物，而费盈千累万之金钱，或弃整陌连阡之美产，皆不惜也。

夫今人之重古物，非重其物，重其年久不坏；见古人所制与古人所用者，如对古人之足乐也。若是，则人与物之相去，又有间矣。设使制用此物之古人至今犹在，肯以盈千累万之金钱与整陌连阡之美产，易之而归，与之坐谈往事乎？吾知其必不为也。予尝谓人曰：物之最古者莫过于书，以其合古人之心思面貌而传者乎。其书出自三代，读之如见三代之人；其书本乎黄、虞，对之如生黄虞之世；舍此则皆物矣。物不能代古人言，况能揭出心思而现其面貌乎？

古物原有可嗜，但宜崇尚于富贵之家，以其金银太多，藏之无具，不得不为长房缩地之法，敛丈为尺，敛尺为寸，如“藏银不如藏金，藏金不如藏珠”之说，愈轻愈小，而愈便收藏故也。矧金银太多，则慢藏诲盗，贸为骨董，非特穿窬不取，即误攫入手，犹将掷而去之。迹是而观，则古董、金银为价之低昂，宜其倍蓰而无算也。乃近世贫贱之家，往往效颦于富贵，见富贵者偶尚绮罗，则耻布帛为贱，必觅绮罗以肖之；见富贵者单崇珠翠，则鄙金玉为常，而假珠翠以代之。事事皆然，习以成性，故因其崇旧而黜新，亦不觉生今而反古。有八口晨炊不继，犹舍旦夕而问商周；一身活计茫然，宁遣妻孥而不卖古董者。

人心矫异，讵非世道之忧乎？予辑是编，事事皆崇俭朴，不敢侈谈珍玩，以为末俗扬波。且予窭人也，所

置物价，自百文以及千文而止，购新犹患无力，况买旧乎？《诗》云："惟其有之，是以似之。"生平不识古董，亦借口维风，以藏其拙。

这本书对古董一项没有介绍，是有原因的。崇尚古器的风气，从汉、魏、晋、唐起，至今已经到达极点了。花百两银子买一个酒杯，用几百两银子买一只鼎，还有人说它价格低廉、工艺简陋而不满意。常有人会为一个小小的古董，花费成千上万的金钱，或者赔上大片的良田，都在所不惜。

现在的人重视古物，并不是看重古董本身，而是看重它年代久远而没有任何损坏；看见古人制造和曾经使用过的东西，就好像是面对着古人一样快乐满足。像这样，古人和古物之间是有距离的。假使当年制作这件器物的人今天仍然活着，他会愿意用大量的金钱和大片的田产，来把它买回去，还面对它坐谈往事吗？我肯定他不会的。我曾经对人说：没有比《尚书》更古老的东西了，这是因为它符合了古人的心思及面貌而得以流传下来。读上古三代的书，就好像看到了上古三代的人；读黄帝和虞舜时代的书，就好像自己生活在黄帝、虞舜的时代一样；此外，就都只是物品罢了。物品不能代替古人说话，又怎能揭示古人的心思并再现他们的音容笑貌呢？

古物本来就有令人喜爱的地方，但它只适合富贵人家收藏，因为富贵人家金银太多，不容易收藏，不得不采用这种缩地法，缩丈

为尺，缩尺为寸，正如“藏银不如藏金，藏金不如藏珠”的说法，东西越轻越小，就越便于收藏。况且如果金银太多，还会招来盗贼，将它换成古董，穿墙打洞的贼不仅不会要，即使误拿了，也会将它丢掉。从这点来看，古董、金银价值的高低差别，应该加倍来估算。而最近贫贱的人家，也效仿富贵人家，见富人爱穿绫罗绸缎，就认为穿布做的衣服十分低贱，感觉羞耻，也一定要用绫罗绸缎来做衣服跟人家一样；见富人喜欢戴珠翠首饰，就鄙视那些金玉的首饰，认为太普通了，而利用珠翠来代替金玉。任何事都是这样，习以成性，所以又因为富贵人家喜欢古物而贬低当代器具，于是生在现代却喜欢返回古代而对此却不知不觉。有时候一家八口都吃不上饭了，还不关心眼前的事而忙着玩弄商周的古董；自己的生计都没有了保障，宁可将妻子、儿女舍弃也不肯变卖古董。

人心如此矫作怪异，难道不是世道的危机吗？我编这本书，事事都崇尚俭朴，不敢侈谈珍玩古董来为不良的习俗推波助澜。况且我是个穷人，所买的东西的价钱，大多从一百文到一千文钱，买新东西还担心自己无能为力，更何况是买旧东西呢？《诗经》中说：“因为他有德，所以被效仿。”我生平不识古董，也只能借口维护世道风尚，来掩盖我的拙朴无知了。

炉 瓶

原文

炉、瓶之制，其法备于古人，后世无容蛇足。但护持衬贴之具，不妨意为增减。如香炉既设，则锹、箸随之，锹以拨灰，箸以举火，二物均不可少。箸之长短，视炉之高卑，欲其相称，此理易明，人尽知之；若锹之

方圆，须视炉之曲直，使勿相左，此理亦易明，而为世人所忽。入炭之后，炉灰高下不齐，故用锹作准以平之，锹方则灰方，锹圆则灰圆，若使近边之地炉直而锹曲，或炉曲而锹直，则两不相能，止平其中而不能平其外矣，须用相体裁衣之法，配而用之。然以铜锹压灰，究难齐截，且非一锹二锹可了。此非僮仆之事，皆必主人自为之者。予性最懒，故每事必筹躲懒之法，尝制一木印印灰，一印可代数十锹之用。初不过为省繁惜劳计耳，讵料制成之后，非止省力，且极美观，同志相传，遂以为一定不移之法。譬如炉体属圆，则仿其尺寸，镟一圆板为印，与炉相若，不爽纤毫，上置一柄，以便手持。但宜稍虚其中，以作内昂外低之势，若食物之馒首然。方者亦如是法。加炭之后，先以箸平其灰，后用此板一压，则居中与四面皆平，非止同于刀削，且能与镜比光，共油争滑，是自有香灰以来，未尝现此娇面者也。既光且滑，可谓极精，予顾而思之，犹曰尽美矣，未尽善也，乃命梓人①镂之。凡于着灰一面，或作老梅数茎，或为菊花一朵，或刻五言一绝，或雕八卦全形，只须举手一按，现出无数离奇，使人巧天工，两擅其绝，是自有香炉以来，未尝开此生面者也。湖上笠翁实有裨于风雅，非僭词也。请名此物为“笠翁香印”。

方之眉公诸制，物以人名者，孰高孰下，谁实谁虚，海内自有定评，非予所敢饶舌。用此物者，最宜神速，随按随起，勿迟瞬息，稍一逗留，则气闭火息矣。雕成之后，必加油漆，始不沾灰。焚香必需之物，香

锹、香箸之外，复有贮香之盒，与插锹、箸之瓶之数物者，皆香与炉之股肱手足，不可或无者也。然此外更有一物，势在必需，人或知之而多不设，当为补入清供。夫以箸拨灰，不能免于狼藉，炉肩鼎耳之上，往往蒙尘，必得一物扫除之。此物不须特制，竟用蓬头小笔一枝，但精其管，使与濡墨者有别，与锹、箸二物同插一瓶，以便次第取用，名曰“香帚”。

·注释·

①梓人：古代木工的一种，专造乐器悬架、饮器和箭靶等。泛指木工、建筑工匠。

·译文·

香炉和花瓶的式样，古人已设计得非常完备了，后人就没有必要去画蛇添足了。只是一些用来保护和衬托它们的东西，不妨随意进行一些增减。比如说有了香炉，就要有铲子和筷子，铲子要用来拨灰，筷子用来夹炭，这两种东西都是必不可少的。筷子的长短要视香炉的高低而定，要和香炉相称，这个道理非常简单，每个人都能明白；而铲子用方形的还是圆形的也要看炉子是圆的还是方的而定，不能让它们相差太远，这个道理也非常容易明白，然而人们却经常忽视。装了炭之后，香炉里的灰高低不齐，因此拿铲子做准来压平，铲子是方形的灰就成了方形，铲子是圆形的灰就成了圆形，如果是靠近边缘的地方，炉子是方的而铲子却是圆的，或是炉子是圆的而铲子却是方的，那就不容易吻合，只能压平中间的部分而不能压平边缘的地方了，必须量体裁衣，配合着来用。然而用铜铲去压灰，终究难压得平整，并且不是一铲、两铲就可以做完的。这不

是僮仆做的事，应让主人亲自去做。我性情懒散，所以每件事情都想找个偷懒的方法，我曾做过一个木印来印灰，一个印能代替数十把铲子。一开始只是为了省去些麻烦，没有想到做好之后，不仅省力，而且非常美观，在朋友中流传开了，就成了固定的方法。比如炉体是圆的，就可以依照它的尺寸，镟一块圆板做印，这样就和香炉相合了，丝毫不差，上面做一个柄，手拿着比较方便。只是圆板的中间要稍微凹进去一点，中间高、四周低，像馒头一样。方的也要这样做。加了炭之后，先用筷子把灰弄平，然后用这种板子压一下，中间和四周就都平整了，不仅像刀削的一样，而且还像镜子和油那样光滑，自从有香灰以来，就没有见过如此漂亮的灰面。又光又滑，可以称得上极其精巧的了，我看后又想，说它尽美可以，但是并不尽善，就让木工加以镂刻。凡是着灰的一面，或刻上几根老梅，或刻上一朵菊花，或刻上一首五绝，或刻上一个完整的八卦图，只要举起这个板往灰上一按，就会出现无数图案了，而且人工与天成，都巧妙绝伦，自从有了香炉之后，就没见过如此别开生面的。我湖上笠翁实在是有益于风雅，这并不是过头话。请将此物称作“笠翁香印”。

和眉公设计出来的那些以人名命名的东西相比较，哪个高哪个低，哪个实哪个虚，天下自有定论，不是我可以随便乱说的。使用这种灰印的时候，一定要神速，随按随起，不能有一点儿迟缓，稍微有点逗留迟疑，就气闭火熄了。灰印雕好之后，必须加上些油漆，这样才不会沾上灰。焚香所必需的东西，除铲子和筷子外，还有存香的盒子以及插铲子和筷子的瓶子，这几样东西也都是香炉所必需的。但是此外还有一样东西，也是必不可少的，人们或许知道，但大都没有置备，我把它补充进来。用筷子拨灰，弄得一片狼藉是在所难免的，炉子的肩上和鼎的耳上，经常会蒙上一层灰尘，一定要有一样东西来打扫。这不需另外制作，只要用一支毛散开的小毛笔，笔管要硬些，使其和用来写字的笔不同，将它和铲子与筷子一起放在瓶子里，需要时取出来用就可以了，可以把它叫作“香帚”。

原文

至于炉有底盖，旧制皆然，其所以用此者，亦非无故。盖以覆灰，使风起不致飞扬；底即座也，用以隔手，使移动之时，执此为柄，以防手汗沾炉，使之有迹，皆有为而设者也。然用底时多，用盖时少。何也？香炉闭之一室，刻刻焚香，无时可闭；无风则灰不自扬，即使有风，亦有窗帘所隔，未有闭熄有用之火，而防未必果至之风者也。是炉盖实为赘瘤，尽可不设。而予则又有说焉：炉盖有时而需，但前人制法未善，遂觉有用为无用耳。盖以御风，固也。独不思炉不贮火，则非特盖可不用，并炉亦可不设；如其必欲置火，则盖之火熄，用盖何为？

予尝于花晨月夕及暑夜纳凉，或登最高之台，或居极敞之地，往往携炉自随，风起灰飏，御之无策，始觉前人呆笨，制物而不善区画之，遂使贻患及今也。同是一盖，何不于顶上穴一大孔，使之通气，无风置之高阁，一见风起，则取而覆之，风不得入，灰不致飏，而

香气自下而升，未尝少阻，其制不亦善乎？止将原有之物，加以举手之劳，即可变无益为有裨。昔人点铁成金，所点者不必是铁，所成者亦未必皆金，但能使不值钱者变而值钱，即是神仙妙术矣。此炉制也。

瓶以磁者为佳，养花之水清而难浊，且无铜腥气也。然铜者有时而贵，以冬月生冰，磁者易裂，偶尔失防，遂成弃物，故当以铜者代之。然磁瓶置胆，即可保无是患。胆用锡，切忌用铜，铜一沾水即发铜青，有铜青而再贮以水，较之未有铜青时，其腥十倍，故宜用锡。且锡柔易制，铜劲难为，价亦稍有低昂，其便不一而足也。磁瓶用胆，人皆知之，胆中着撒，人则未之行也。插花于瓶，必令中窾，其枝梗之有画意者随手插入，自然合宜，不则挪移布置之力不可少矣。有一种倔强花枝，不肯听人指使，我欲置左，彼偏向右，我欲使仰，彼偏好垂，须用一物制之。所谓撒也，以坚木为之，大小其形，勿拘一格，其中则或扁或方，或为三角，但须圆形其外，以便合瓶。此物多备数十，以俟相机[1]取用。总之不费一钱，与桌撒一同拾取，弃于彼者，复收于此。斯编一出，世间宁复有弃物乎？

·注释·

①相机：亦作“相几”。察看机会。

·译文·

至于香炉有底有盖，以前的都是这样，之所以有底和盖，也不是没有原因的。炉盖是用来覆盖香灰的，有风刮来的时候香灰才不至于四处飞扬；炉底就是底座，用来隔手，移动香炉时，可以当作手柄，以防止手上的汗渍沾到香炉上，使炉上沾染上痕迹，这些东西都是有用处的。然而用底座的时候多，用盖的时候少。这是为什么呢？香炉放在房里的时候，时刻在焚烧，需要用盖的时候很少；如果没有风，灰就不会自己飞起来，即使有风，也会被窗帘挡住，没有熄灭有用的香火来防止不一定能刮进来的风的道理。这样炉盖实在是个累赘，完全可以不要。然而我的看法是：炉盖有时也是有用的，只是前人制作得不够完善，让人感觉有用的东西都没有用了。炉盖原本是用来挡风的。可是没有想到如果香炉里面没有火，就不只是炉盖可以不用，连香炉也可以不要了；如果香炉中有火，盖上火就熄灭了，盖子有什么用处呢？

我曾经在早晨赏花、傍晚赏月以及夏天夜晚乘凉，或是登上高处的楼台，或是住在极其开阔的地方的时候，常常自己随身带个炉子，风刮来的时候灰也就跟着飞了起来，让人束手无策，才觉得前人有些呆笨，设计东西的时候没有规划周到，以至于这个麻烦还留到了今天。同样是一个盖子，为什么不在顶上钻一个大孔，使之通气，没风的时候收起来，有风的时候再盖上，风吹不进去，灰也扬不起来，而香气从下升上来，又不会受到任何阻挡，这办法不是很好吗？只需将原来已有的东西，稍加改变，就可将无益变成有用。古人点铁成金，所点的不一定都是铁，所成的也不一定都是金，只要能把不值钱的变成值钱的，就可以说是神仙的妙术了。这里说的是香炉。

花瓶中瓷的是最好的，这样养花的水就不容易变浑浊，而且不会有铜腥气。但铜的瓶子有时也有它的可贵之处，例如冬天结冰，瓷瓶很容易破裂，不小心就会成为废物，因此应用铜瓶来替代。但瓷瓶如果装上个胆，那就不用担心此事了。胆要用锡制作，不要用铜，因为铜一沾水就会产生铜青，有了铜青再装水，腥气就会比没有铜青时要厉害十倍，因此应该用锡来制作。而且锡非常柔软而容易成型，铜很硬且难以加工，价格也有高低之分，用锡的好处不止这一点。瓷瓶用胆是尽人皆知的，可是在瓶胆中安撒，却很少有人这样做。把花插在瓶中，一定要插在空处，那些富有诗情画意的枝梗，随手插入就自然适宜，否则挪动布置的空间就多了。有一种很倔强的花枝，不肯听从人的指挥，我想要把它放在左面，它偏要朝右转，想要让它向上，可它偏偏向下垂，必须用什么来压制它。这个东西就是所谓的“撒”，它用坚硬的木头做成，形状大小也不拘一格，中间可以是扁的也可以是方的，也可以是三角形的，但外面必须是圆形的，以便和花瓶相吻合。这种东西可准备几十个，以备在各种情况下取用。总之不用花费一文钱，和桌撒一起拾取就好了，其他地方丢掉的东西，在这里再收起来。这本书一出，世上难道还会再有废弃物吗？

位置第二

原文

器玩未得，则讲购求；及其既得，则讲位置。位置器玩与位置人才同一理也。设官授职者，期于人地相宜；安器置物者，务在纵横得当。设以刻刻需用者，而置之高阁，时时防坏者，而列于案头，是犹理繁治剧之材，处清静无为之地，黼黻皇猷[1]之品，作驱驰孔道之

官。有才不善用，与空国无人等也。

他如方圆曲直、齐整参差，皆有就地立局之方、因时制宜之法。能于此等处展其才略，使人入其户、登其堂，见物物皆非苟设，事事具有深情，非特泉石勋猷，于此足征全豹[②]，即论庙堂经济，亦可微见一斑。未闻有颠倒其家，而能整齐其国者也。

①黼黻皇猷：犹言辅佐朝廷。黼黻，指帝王和高官所穿之服，后指辅佐。皇猷，帝王的谋略或教化。

②全豹：喻事物的全貌、全体。

没有器玩的时候，先要谈购买它；得到了器玩之后，就要想想摆放在什么位置最合适。安放器玩与安置人才道理相同。设官授职的人，需要考虑人才使用在什么地方是最合适的；安放器物的时候，器物要和周围的环境相和谐。如果将常用物品放在不易拿到的高处，将易碎的物品放在桌案之上，就好像是把善于处理繁杂事物的人才安置在清静无为的地方，让善于谋划的大臣做一个传令官。有人才却不善于任用，和没有人才是一样的。

如果器玩参差不齐且有方圆曲直的差别，就应该有就地立局、因时制宜的方法。能在这些方面将他的才能施展出来，让那些来家中的客人，看出所有的东西都不是随意摆放的，处处都包含着主人深深的用心，那就不仅能体现出主人布置园林的才能，也可以看出他治理国家的本领来了。从没有听说过自己家中乱七八糟，而能把国家治理好的人存在。

忌排偶

原文

“胪列古玩，切忌排偶。”此陈说也。予生平耻拾唾余，何必更蹈其辙。但排偶之中，亦有分别。有似排非排，非偶是偶；又有排偶其名，而不排偶其实者，皆当疏明其说，以备讲求。如天生一日，复生一月，似乎排矣，然二曜出不同时，且有极明、微明之别，是同中有异，不得竟以排比目之矣。所忌乎排偶者，谓其有意使然，如左置一物，右无一物以配之，必求一色相俱同者与之相并，是则非偶尔是偶，所当急忌者矣。

若夫天生一对，地生一双，如雌雄二剑、鸳鸯二壶，本来原在一处者，而我必欲分之，以避排偶之迹，则亦矫揉执滞[①]，大失物理人情之正矣。即避排偶之迹，亦不必强使分开，或比肩其形，或连环其势，使二物合成一物，即排偶其名，而不排偶其实矣。大约摆列之法，忌作八字形，二物并列，不分前后、不爽分寸者是也；忌作四方形，每角一物，势如小菜碟者是也；忌作梅花体，中置一大物，周遭以小物是也；余可类推。

当行之法，则与时变化，就地权宜，视形体为纵横曲直，非可预设规模者也。如必欲强拈一二，若三物相俱，宜作品字形，或一前二后，或一后二前，或左一右

二，或右一左二，皆谓错综；若以三者并列，则犯排矣。四物相共，宜作心字及火字格，择一或高或长者为主，余前后左右列之，但宜疏密断连，不得均匀配合，是谓参差；若左右各二，不使单行，则犯偶矣。此其大略也，若夫润泽之，则在雅人君子。

·注释·

①执滞：执着，固执，拘泥。

·译文·

“陈列古玩，切忌排偶。”这是过去的说法。我一向认为拾人牙慧是件羞耻的事情，何必重复。但在排偶的时候，也是有分别的。有的看起来像是排偶却不是，有的看上去不像是排偶恰恰却又是；还有的虽然名称叫作排偶，实际上却并非如此，这些都应该说清楚，以备有人要对此进行研究。就像天上有一个太阳，还有一个月亮，这好像是排偶了，可是太阳和月亮并不是同时出现的，而且还有着极亮与微亮的区别，这是同中有异，因此不能看作排偶。真正应该忌讳的排偶，指的是那种有意造成的排偶形式，比如将一个物件放在了左边，而右边没有一个物件来与它相配，就一定要找一个颜色、式样与它相同的摆放在一起，这样不是真正的排偶，是有意造成的排偶，这是最为忌讳的。

如果是天生一对，地设一双的东西，比如雌雄二剑、鸳鸯二壶，原本就是一起的，而我一定要将它们分开摆放，以避免有排偶的痕迹，那就会显得矫揉、呆板，不合物理人情了。即使要避免排偶的痕迹，也没有必要勉强将它们分开，可以将它们并排摆放，或者连环摆放，使两件东西合成一件，这虽名排偶，而实际上却不是。总之，摆放的方法，忌讳摆放成八字形，就是两件东西并列放置，位置不分前后，摆起来完全一样；也忌讳摆成四方形，每个角放一件东西，好像一个小菜碟；也忌讳摆放成梅花体，即中间放一件大东西，周围放些小物件；其他物品摆放可以以此类推。

摆放的正确方法应该是，根据具体的地点和时间而变化，要根据物品的形状，不能进行预先设定。如果一定要举例，比如要将三样东西摆放在一起，应该摆成品字形，或者是一前两后，或者是一后两前，或者是一左两右，或者是一右两左，这都是错综的方法；如果是三件东西并排放置，就犯了排的毛病了。如果是四件东西放一起，就适宜用心字形或者火字形。以一个高的或长的物件为主，其他的小物件放在它的前后左右，但是应该疏密不均，不要整齐划一，这就叫作参差；如果是左右各两件，不把它们单独摆放，就犯了偶的毛病。这是大概的情形，如果想将它演绎得更好，就看风雅之士的安放了。

贵活变

原文

幽斋陈设，妙在日异月新。若使骨董生根，终年匏系一处，则因物多腐象，遂使人少生机，非善用古玩者也。居家所需之物，惟房舍不可动移，此外皆当活变。何也？眼界关乎心境，人欲活泼其心，先宜活泼其眼。即房舍不可动移，亦有起死回生之法。譬如造屋数进，取其高卑广隘之尺寸不甚相悬者，授意匠工，凡作窗棂门扇，皆同其宽窄而异其体裁，以便交相更替。同一房也，以彼处门窗挪入此处，便觉耳目一新，有如房舍皆

迁者；再入彼屋，又换一番境界，是不特迁其一，且迁其二矣。房舍犹然，况器物乎？或卑者使高，或远者使近，或二物别之既久，而使一旦相亲，或数物混处多时，而使忽然隔绝，是无情之物变为有情，若有悲欢离合于其间者。但须左之右之，无不宜之，则造物在手，而臻化境矣。

人谓朝东夕西，往来仆仆，“何许子[①]之不惮烦乎”？予曰：陶士行之运甓[②]，视此犹烦，未有笑其多事者；况古玩之可亲，犹胜于甓，乐此者不觉其疲，但不可为饱食终日无所用心者道。

·注释·

①许子：许行，战国时期农家人物。

②陶士行：陶侃，字士行。运甓：典出《晋书·陶侃传》：“侃在州无事，辄朝运百甓于斋外，暮运于斋内。人问其故，答曰：‘吾方致力中原，过尔优逸，恐不堪事。’其励志勤力，皆此类也。”比喻刻苦自励。

·译文·

幽静书房中的陈设，妙在经常变化。如果让古董像生了根一样，终年放在一个地方，就会因为古董腐朽的样子，使人缺少了生机，这样做就不是善于摆弄古玩的人了。家里用的东西，除房子不能移动之外，其他的都应经常地挪动。是什么原因呢？眼中所看到的东西和人的心境有关系，人如果想让心活泼些，应该首先让眼中所看到的东西活泼起来。房屋虽然是不动的，但是也有起死回生的方法。比如建造数进房屋，选几间高低宽窄差异不大的房间，让工匠把窗棂门扇的宽窄做成一致的，但是式样要不相同，这样就可以互相交换了。同一处房子，将那间房屋的门窗挪到这间，便会令人感觉耳目一新，就像房屋搬迁了一般；再进入另一个房间，又换了另外一番景象，这样，改变了的不仅仅是一间房屋，而是改变了两间房屋。房屋如此，保况器物呢？或是将低的放到高处，或是将远的放到近处，或是原来隔得很远的两件东西突然放在一起，或是原来放在一起的几件东西，将它们突然分开，这样就使得无情的东西也有了情致，就像其中多了悲欢离合一般。只要把东西左右移动，并恰到好处，就可以得心应手，而且变得出神入化了。

有人会说，像许行一样不怕麻烦，把古物搬来搬去，不嫌累吗？我说：晋人陶士行每天把砖搬来搬去，看上去十分麻烦，却没有人笑话他多事；何况古玩的可爱远远胜过砖，喜欢这样做的人自然不会感觉到劳累，但是这番话却不能对那些饱食终日、不思考任何事情的人说。

原文

古玩中香炉一物，其体极静，其用又妙在极动，是当一日数迁其位，片刻不容胶柱者也。人问其故，予以风帆喻之。舟行所挂之帆，视风之斜正为斜正，风从左而帆向右，则舟不进而且退矣。位置香炉之法亦然。当由风力起见，如一室之中有南北二牖，风从南来，则宜位置于正南；风从北入，则宜位置于正北；若风从东南或从西北，则又当位置稍偏，总以不离乎风者近是。若反风所向，则风去香随，而我不沾其味矣。又须启风来路，塞风去路，如风从南来而洞开北牖，风从北至而大辟南轩，皆以风为过客，而香亦传舍视我矣。

须知器玩之中，物物皆可使静，独香炉一物，势有不能。“爱之能勿劳乎?”待人之法也，吾于香炉亦云。

·译文·

古玩中香炉这种器具，本身非常的沉静，但是用起来的妙处又在于给人以动感，应该每天多换几次地方，一刻也不要将它固定住。有人问这其中的原因，我用风帆进行比喻。船航行时挂的帆，要根据风向的变化而及时调整，如果风吹向了左边而帆却转向右边，那么船就会不进反退了。放香炉的方法也是这样。要根据风向来改变放置的位置，比如在一间房子里有南北两个窗户，如果风是从南面吹来的，香炉就适宜放在正南面；如果风是从北面吹来的，则适宜放在正北面；如果风是从东南或从西北吹来的，那么位置就应该稍微偏一点，总之是要以不离开风为好。如果和风的方向相反，那么风一吹香气也就跟着飘走了，而我就不会沾到香气了。还必须打开风进来的路而堵塞风散去的路，如果风从南面吹进来却打开北面的窗户，风从北面吹来却打开南面的窗户，这都是把风当作过客，而香气也会把我当作旅店匆匆而过了。

应该知道器玩之中，样样都可让它静，只有香炉不可以静止。“爱之能勿劳乎?”这是一种待人的方法，对于香炉我也是这样认为的。

飲饌部

蔬食第一

原文

吾观人之一身，眼、耳、鼻、舌、手、足，躯骸，件件都不可少；其尽可不设而必欲赋之、遂为万古生人之累者，独是口腹二物。口腹具而生计繁矣，生计繁而诈、伪、奸、险之事出矣；诈、伪、奸、险之事出，而五刑不得不设。君不能施其爱育，亲不能遂其恩私，造物好生，而亦不能不逆行其志者，皆当日赋形不善，多此二物之累也。草木无口腹，未尝不生；山石土壤无饮食，未闻不长养。何事独异其形，而赋以口腹？即生口腹，亦当使如鱼虾之饮水，蜩螗[①]之吸露，尽可滋生气力，而为潜、跃、飞、鸣。若是，则可与世无求，而生人之患熄矣。乃既生以口腹，又复多其嗜欲，使如溪壑之不可厌；多其嗜欲，又复洞其底里，使如江海之不可填。以致人之一生，竭五官百骸之力，供一物之所耗而不足哉！

吾反复推详，不能不于造物是咎。亦知造物于此，未尝不自悔其非，但以制定难移，只得终遂其过。

甚矣！作法慎初，不可草草定制。吾辑是编而谬及饮馔，亦是可已不已之事。其止崇俭啬，不导奢靡者，

因不得已而为造物饰非，亦当虑始计终，而为庶物弭患。如逞一己之聪明，导千万人之嗜欲，则匪特禽兽昆虫无噍类，吾虑风气所开，日甚一日，焉知不有易牙[②]复出、烹子求荣，杀婴儿以媚权奸、如亡隋故事者哉！一误岂堪再误，吾不敢不以赋形造物视作覆车。

·注释·

①蜩螗：蝉。

②易牙：又称狄牙、雍巫。春秋时齐桓公宠臣，长于调味，善逢迎，传说曾烹其子为羹以献桓公。

·译文·

我看人的身体，眼、耳、鼻、舌、手、足，躯干，每一样都不能少；如果说尽可以不要而造物主又赋予了人、以至于成为千百年来活人累赘的，只有口腹两样东西。有了口腹则生计的操劳就多了，生计的操劳一多，欺诈、奸险的事情就出现了；欺诈、奸险的事情一出现，五刑就不得不设立了。君王无法施洒其仁爱，双亲不能满足对子女的宠爱，造物主爱护生命，却不得不违逆自己的心意——都是当初造人时不够完善，多了这两样东西造成的。草木没有口腹，未尝见它不能长存；山、石、土壤不用饮食，未尝听说就不长存。为什么独把人类造成特别的形状而又给予口与腹？就算生了口腹，也该使他像鱼虾饮水，知了吸露，就能滋生气力，而能潜游、跳跃、飞翔、鸣叫。如果这样，那么人就也能与世无求了，活人的忧患也能够避免了。然而造物主却让人类生了口腹，又使人类有了很多嗜好和欲望，像沟壑一样难填；有了很多嗜好和欲望，又让它变成无底洞，像江海一样无法填满。以致人的一生，竭尽全力供一样东西

的消耗却还不能让它满足。

我反复琢磨，终究不得不归咎于造物主。也知道造物主在这件事情上，未尝不悔恨自己的错误，只是因为规矩已经定了，很难改变，只好继续纵容这种错误了。

唉！规则初创时，千万不能太草率啊。我写这一章谈到饮食，本来也是可做可不做的事情。出发点是为了提倡节俭，而非倡导奢靡，由此来替造物主文过饰非，也应当考虑到全局，而为百姓消除忧患。如果是为表现自己的聪明，而引发千万人的嗜欲，那么不仅禽兽昆虫将会绝灭，而且我担心这种风气一开，就一天甚过一天，又怎么会知道将来不会有人像易牙一样烹子求荣，陶郎儿兄弟杀婴儿来向权奸献媚而重蹈隋朝灭亡的故事呢！怎么可以一错再错？我不敢不将造物主造人的过错作为参考。

原文

声音之道，丝不如竹，竹不如肉，为其渐近自然。吾谓饮食之道，脍不如肉，肉不如蔬，亦以其渐近自然也。草衣木食[1]，上古之风。人能疏远肥腻，食蔬蕨而甘之，腹中菜园，不使羊来踏破[2]，是犹作羲皇[3]之民，

鼓唐、虞[4]之腹，与崇尚古玩同一致也。所怪于世者，弃美名不居，而故异端其说，谓佛法如是，是则谬矣。吾辑《饮馔》一卷，后肉食而首蔬菜，一以崇俭，一以复古；至重宰割而惜生命，又其念兹在兹，而不忍或忘者矣。

· 注释 ·

①草衣木食：以草为衣，以木为食。

②腹中菜园，不使羊来踏破：不使腹中蔬菜受肉腥践踏。羊，代表肉食。

③羲皇：伏羲氏。

④唐、虞：唐尧、虞舜，皆为古传说中的五帝。

· 译文 ·

音乐之道，弦乐不如管乐，管乐不如人声，因为它逐渐贴近自然。我认为饮食之道，精制的肉不如普通肉，普通肉不如蔬菜，也是因为逐渐贴近自然。穿着草衣吃素食，是上古的民风。人们都能远离肥腻，而喜欢吃蔬菜，肚子里的菜园，不再让牛羊来践踏，那就跟上古的人民一样，与崇尚古玩是同样的道理。奇怪的是，世人抛弃尊古的美名，非要把素食当作异端，说这是佛家的法则，这种观点是错误的。我编《饮馔》这一卷，先说蔬菜后说肉食，一是因为崇尚节俭，一是为了复古；至于不轻易屠宰而珍惜生命，也是我时刻记在心里，不忍或不敢忘记的。

笋

原文

论蔬食之美者，曰清，曰洁，曰芳馥，曰松脆而已矣。不知其至美所在，能居肉食之上者，只在一字之“鲜”。《记》曰：“甘受和，白受采[①]。”“鲜”即“甘”之所从出也。此种供奉，惟山僧野老躬治园圃者，得以有之，城市之人向卖菜佣求活者，不得与焉。然他种蔬食，不论城市山林，凡宅旁有圃者，旋摘旋烹，亦能时有其乐。至于笋之一物，则断断宜在山林，城市所产者，任尔芳鲜，终是笋之剩义。此蔬食中第一品也，肥羊嫩豕，何足比肩？但将笋、肉齐烹，合盛一簋，人止食笋而遗肉，则肉为鱼而笋为熊掌可知矣。购于市者且然，况山中之旋掘者乎？

食笋之法多端，不能悉纪，请以两言概之，曰：“素宜白水，荤用肥猪。”茹斋者[②]食笋，若以他物伴之，香油和之，则陈味夺鲜，而笋之真趣没矣。白煮俟熟，略加酱油，从来至美之物，皆利于孤行，此类是也。以之伴荤，则牛羊鸡鸭等物皆非所宜，独宜于豕，又独宜于肥。肥非欲其腻也，肉之肥者能甘，甘味入笋，则不见其甘，但觉其鲜之至也。烹之既熟，肥肉尽当去之，即汁亦不宜多存，存其半而益以清汤。调和之物，惟醋与酒。此制荤笋之大凡也。

笋之为物，不止孤行、并用各见其美，凡食物中无论荤素，皆当用作调和。菜中之笋与药中之甘草，同是必需之物，有此则诸味皆鲜，但不当用其渣滓，而用其精液。庖人之善治具者，凡有焯笋之汤，悉留不去，每作一馔，必以和之，食者但知他物之鲜，而不知有所以鲜之者在也。

《本草》中所载诸食物，益人者不尽可口，可口者未必益人，求能两擅其长者，莫过于此。东坡云："宁可食无肉，不可居无竹。无肉令人瘦，无竹令人俗。"不知能医俗者，亦能医瘦，但有已成竹、未成竹之分耳。

· 注释 ·

①甘受和，白受采：出自《礼记》，意为甘美的东西容易调味，洁白的东西便于上色。

②茹斋者：吃斋饭、素食的人。茹，吃。

· 译文 ·

说到蔬菜的美味，就是清淡、干净、芳香、松脆这几样而已。人们不知素食的美味，能居于肉食之上，就在于一个"鲜"字。《礼记》上说："甘受和，白受采。""鲜"就是"甘"美的来源。此种享受，只有山里的和尚、野外的村民这些亲自种植的人才能够得到，城市的人向菜贩子买菜，是享受不到这种新鲜的。然而其他蔬菜，无论城市还是山林，只要自家住所旁边有菜圃的，随摘随吃，也能够时常享受这种乐趣。至于笋这种东西，就一定适合生长于山林，城市里出产的，再怎么芳香鲜美，终究是笋的次品。笋是蔬菜中最美味的，肥羊乳猪，怎么能比得上呢？只要笋与肉一起煮，盛在同一个盆里，人们都只吃笋而留下肉，就知道肉如鱼而笋如熊掌了。在市场上购买的尚且如此，何况山中刚刚挖出来的呢？

吃笋的方法有很多种，不能全都记录，请让我用两句话概括："素宜白水，荤用肥猪。"吃斋的人如果在吃笋时拌上其他东西，再加上香油，就会使其他东西的陈味夺走笋的鲜味，笋的真正美味就没有了。用白水煮熟，略加点酱油，从来最美好的事物都适合保持其独立性，笋就是这样。和肉食一起煮时，牛、羊、鸡、鸭等都不合适，适合的只有猪肉，还特别适宜与肥肉同煮。用肥肉不是因为其肥腻，而是肥肉味甘，甘味被笋吸入，就感觉不到甘了，只觉得鲜到了极点。快煮熟时，将肥肉全部去掉，汤也不要多留，只留下一半，再加上清汤。调味的佐料，只用醋和酒。这是烧制荤笋的基本要领。

笋这种东西，不管单吃还是合煮都可以表现出美味，而且食物中无论荤素，都应该用它来调和。蔬菜中的笋如同中药里的甘草，都是必需的东西，有了它就什么食物都很鲜，只是不应用它的渣滓，而应用它的精华。会做菜的厨师，凡是烧笋的汤，就都留着，每做一道菜都拿来调味，吃的人只觉得很鲜美，而不知道之所以鲜美是因为有笋汤在内。

《本草》中所记载的诸多食物，对人有益的不一定可口，可口的不一定对人有益，如果想两全其美，就没有比笋更好的了。苏东坡说："宁可食无肉，不可居无竹。无肉令人瘦，无竹令人俗。"却不晓得能医治俗病的东西也可以医治瘦病，只在于竹子是否已经长成。

蕈

原文

求至鲜至美之物于笋之外，其惟蕈[1]乎？蕈之为物也，无根无蒂，忽然而生，盖山川草木之气，结而成形者也，然有形而无体。凡物有体者必有渣滓，既无渣滓，是无体也。无体之物，犹未离乎气也。食此物者，犹吸山川草木之气，未有无益于人者也。其有毒而能杀人者，《本草》云以蛇虫行之故。予曰：不然。蕈大几何，蛇虫能行其上？况又极弱极脆而不能载乎？盖地之下有蛇虫，蕈生其上，适为毒气所钟，故能害人。毒气所钟者能害人，则为清虚之气所钟者，其能益人可知矣。世人辨之原有法，苟非有毒，食之最宜。此物素食固佳，伴以少许荤食尤佳，盖蕈之清香有限，而汁之鲜味无穷。

·注释·

①蕈：伞菌一类植物，指蘑菇。

·译文·

要找至鲜至美的东西，除了笋之外，大概只有蘑菇了吧？蘑菇这种东西，没有根蒂就突然长出来，是山川草木之气聚集而成的，

然而有形状却无本体。凡是有本体的事物就一定有渣滓，既然没有渣滓，那就是没有本体。没有本体的东西，还没有从气中完全脱离出来。吃蘑菇就像吸食山川草木之气一样，对身体是有好处的。其中有些有毒能致命的，《本草》中说那是被蛇虫爬行过的缘故。我说：不是。蘑菇才多大，蛇虫能够在上面行走吗？何况又很脆弱而不能负载呢？原因是地下有蛇虫，蘑菇长在上面，就吸收了毒气，所以可以害人。聚集了毒气就能够害人，那么聚集了清虚之气的，对人有利就可以类推了。世人有辨别蘑菇是否有毒的方法，如果没毒，就最适宜吃。蘑菇素吃固然很好，伴上少许荤腥味道更好，大概是因为蘑菇的清香有限，而汁液的鲜味却无穷。

莼

原文

陆之蕈、水之莼[1]，皆清虚妙物也。予尝以二物作羹，和以蟹之黄、鱼之肋，名曰“四美羹”。座客食而甘之，曰：“今而后，无下箸处矣！”

·注释·

①莼：莼菜，亦名水葵，一种水生植物，味鲜美。

·译文·

陆上的蘑菇、水中的莼菜，都是清虚美味。我曾拿这两种东西做羹，加上蟹黄、鱼肋，起名叫“四美羹”。客人尝了以后觉得美味，说：“从今以后，没有再想动筷子的地方了！”

菜

原文

世人制菜之法，可称百怪千奇。自新鲜以至于腌、糟、酱、腊，无一不曲尽奇能，务求至美，独于起根发轫[1]之事缺焉不讲，予甚惑之。其事维何？有八字诀云：“摘之务鲜，洗之务净。”务鲜之论，已悉前篇。

蔬食之最净者，曰笋，曰蕈，曰豆芽；其最秽者，则莫如家种之菜。灌肥之际，必连根带叶而浇之；随浇随摘，随摘随食，其间清浊，多有不可问者。洗菜之人，不过浸入水中，左右数漉，其事毕矣。孰知污秽之湿者可去，干者难去，日积月累之粪，岂顷刻数漉之所能尽哉？故洗菜务得其法，并须务得其人。以懒人、性

急之人洗菜，犹之乎弗洗也。

洗菜之法，入水宜久，久则干者浸透而易去；洗叶用刷，刷则高低曲折处皆可到，始能涤尽无遗。若是，则菜之本质净矣。本质净而后可加作料，可尽人工；不然，是先以污秽作调和，虽有百和之香，能敌一星之臭乎？噫！富室大家食指繁盛者，欲保其不食污秽，难矣哉！

·注释·

①起根发轫：其与“起根”同指事情刚开始。轫，车闸。发轫，拿掉支住车轮的木头，使车前进。

·译文·

世人做菜的方法，可称得上千奇百怪。从新鲜到腌、糟、酱、腊，没有一样不尽其所能，以求尽善尽美，只是开始阶段的事却不讲究，我深感困惑。开始阶段的事是什么？有八字口诀说：“摘之务鲜，洗之务净。”讲究新鲜的观点，已经在前面谈过了。

蔬菜当中最干净的，是竹笋、蘑菇、豆芽；最脏的莫过于自家种的菜。施肥的时候，必定是连根带叶地浇；随浇随摘，随摘随吃，里面是否干净，就不能多问了。洗菜的人也不过是将其泡在水里，左右涮几下就算完事。不知道湿的脏东西容易去掉，干的却很难去掉，日积月累的粪便，怎么会是顷刻间洗几次就能去除得尽的呢？所以洗菜务必得法，也务必要适当的人。让懒人和性急的人来洗菜，跟没洗一样。

洗菜的方法，泡在水里的时间要长些，这样菜上干的脏东西浸透之后就容易洗去；洗菜叶要用刷子，这样叶子上高低曲折之处都能洗到，才能把菜的里外彻底洗净。若是如此，则菜就从根本上洗净了。里外干净以后可以加作料，可以施展厨艺；否则就是先以污秽的东西做了调料，即使加入百种香料，能敌得了一点儿臭味吗？唉！富家大户吃饭的人多，想要保证吃不到污秽，很难啊！

原文

菜类甚多，其杰出者则数黄芽。此菜萃于京师，而产于安肃[①]，谓之“安肃菜”，此第一品也。每株大者可数斤，食之可忘肉味。不得已而思其次，其惟白下之水芹乎！予自移居白门，每食菜、食葡萄，辄思都门；食笋、食鸡豆，辄思武陵[②]。物之美者，犹令人每食不忘，况为适馆授餐之人乎？

注释

①安肃：古代县名，今河北徐水。

②武陵：古代县名，今湖南常德。

译文

菜的种类非常多，最好的要数黄芽。这种菜集中在京城销售，却是产于安肃，称为“安肃菜”，这是最上等的菜。大的每株有数斤重，吃这种菜能让你忘掉肉味。如果没有办法吃到，不得已只好吃差一点儿的，那恐怕要数南京的水芹了！我移居南京后，每到吃菜和葡萄时，就怀念京城；每到吃笋和鸡豆时就怀念武陵。好吃的东西尚且令人一吃过就忘不了，更何况那些殷勤招待过我的人呢？

原文

菜有色相最奇，而为《本草》《食物志》诸书之所不载者，则西秦所产之头发菜是也。予为秦客，传食于塞上诸侯。一日脂车将发，见炕上有物，俨然乱发一卷，谬谓婢子栉发所遗，将欲委之而去。婢子曰："不然，群公所饷之物也。"询之土人，知为头发菜。浸以滚水，拌以姜醋，其可口倍于藕丝、鹿角[1]等菜。携归饷客[2]，无不奇之，谓珍错中所未见。此物产于河西，为值甚贱，凡适秦者皆争购异物，因其贱也而忽之，故此物不至通都，见者绝少。由是观之，四方贱物之中，其可贵者不知凡几，焉得人人物色之？发菜之得至江南，亦千载一时之至幸也。

注释

①鹿角：藻类植物，供食用或制饲料用。

②饷客：以食物款待客人。

译文

菜有各种奇特的形状，而《本草》《食物志》里面都没记载的，应该是甘肃所产的发菜了。我到甘肃做客，到当地官员家里接受招待。一天，将要乘车离开时，看见床上有东西，俨然是一卷乱发，误认为是婢女梳头掉的，正想要扔掉。婢女说："不是乱发，是各位大人送的礼物。"询问当地人，才知道是发菜。用开水浸泡，拌上姜和醋，比藕丝、鹿角等菜还要可口数倍。我将发菜带回去招待客人，无不觉得神奇，说是从未见过的好菜。这种菜产于黄河以西，很便宜，凡是去甘肃的人，都争着去买特产，却因为它很便宜而忽略掉，所以这种东西没有流传到繁华的都市，见过的人很少。由此可见，各地的廉价之物中，可贵的东西不知有多少，又怎么会人人都能找到呢？发菜能够来到江南，也算是千载难得的大幸了。

瓜茄瓠芋山药

原文

瓜、茄、瓠、芋[①]诸物，菜之结而为实者也。实则不止当菜，兼作饭矣。增一簋菜，可省数合粮者，诸物是也。一事两用，何俭如之？贫家购此，同于籴粟。但食之各有其法：煮冬瓜、丝瓜忌太生；煮王瓜、甜瓜忌太熟；煮茄、瓠利用酱醋，而不宜于盐；煮芋不可无物伴之，盖芋之本身无味，借他物以成其味者也；山药则孤行、并用，无所不宜，并油盐酱醋不设，亦能自呈其美，乃蔬食中之通材也。

·注释·

①瓠、芋：瓠，即瓠瓜，又叫扁蒲，俗称葫芦。芋，俗称芋艿、芋头。

·译文·

瓜、茄、瓠、芋这些食物，是蔬菜中结为果实的。果实不仅可以做菜，还可以当作主食。增加一篮菜，能省数合粮食的，就是这些东西。一物两用，还有什么比这更节省的呢？穷人家买这些菜，就如同买粮食一样。但吃的时候各有各的做法：煮冬瓜、丝瓜不能太生；煮王瓜、甜瓜不能太熟；煮茄、瓠适合用酱、醋而不适合用盐；芋不能单独煮，因为它本身没有味道，要借其他东西来产生味道；山药单吃、合煮都可以，即便没有油盐酱醋，本身的味道也很美，是蔬菜当中的全才。

葱蒜韭

原文

葱、蒜、韭三物，菜味之至重者也。菜能芬人齿颊者，香椿头是也；菜能秽人齿颊及肠胃者，葱、蒜、韭是也。椿头明知其香而，食者颇少，葱、蒜、韭尽识其臭而嗜之者众，其故何欤？以椿头之味虽香而淡，不若葱、蒜、韭之气甚而浓。浓则为时所争尚，甘受其秽而不辞；淡则为世所共遗，自荐其香而弗受。吾于饮食一道，悟善身处世之难。一生绝三物不食，亦未尝多食香椿，殆所谓“夷、惠[①]之间”者乎？

注释

①夷、惠：两人都是古代的清高之士。夷，伯夷。惠，柳下惠。

译文

葱、蒜、韭菜这三样东西，是蔬菜中气味最重的。蔬菜中能使人口齿芳香的是香椿芽；污秽人的唇齿和肠胃的是葱、蒜、韭菜。明知香椿芽香，却很少有人吃；明知葱、蒜、韭菜臭，却有许多人喜欢吃，为什么？因为香椿芽的味道虽然香却比较淡，不像葱、蒜、韭菜的味道那样浓。味道浓就被世人所喜爱，甘愿忍受难闻气味；味道淡就被世人所忽视，即使香气能引起注意，也很难被接受。我从饮食当中领悟出为人处世的艰难。一生中绝对不吃葱、蒜、韭菜这三种东西，也没有多吃香椿，算得上伯夷和柳下惠这样有操守的人了吧！

原文

予待三物有差。蒜则永禁弗食；葱虽弗食，然亦听作调和；韭则禁其终而不禁其始，芽之初发，非特不臭，且具清香，是其孩提之心之未变也。

译文

我对待葱、蒜、韭菜三者是有区别的。蒜是永远不吃；葱是虽然不吃，但也可以用来做调料；韭菜则是不吃老的而吃嫩的，韭菜刚发芽，非但不臭而且清香，就像小孩纯洁的心还没改变一样。

萝　卜

原文

生萝卜切丝作小菜，伴以醋及他物，用之下粥最宜。但恨其食后打嗳[①]，嗳必秽气。予尝受此厄于人，知人之厌我，亦若是也，故亦欲绝而弗食。然见此物大异葱、蒜，生则臭，熟则不臭，是与初见似小人，而卒为君子者等也。虽有微过，亦当恕之，仍食勿禁。

注释

①打嗳：胃里的气体从口里排出，并发出声音。通称打嗝儿。

译文

生萝卜切丝做小菜，拌上醋和其他作料，最适合用来喝粥。只是不喜欢吃完后打嗝儿，打嗝儿必然有臭气。我曾经从别人那里闻到过，知道我打嗝儿时别人也不会喜欢，所以想不再吃了。但是觉得萝卜跟葱、蒜大不一样，生吃的时候会臭，煮熟吃就不会了，这与初看觉得是小人，而后来才知是君子的道理相似。虽然有些小毛病，也应该原谅，所以仍然照吃不禁。

芥辣汁

原文

菜有具姜、桂之性者乎？曰：有，辣芥[1]是也。制辣汁之芥子，陈者绝佳，所谓愈老愈辣是也。以此拌物，无物不佳。食之者如遇正人，如闻谠论[2]，困者为之起倦，闷者以之豁襟，食中之爽味也。予每食必备，窃比于夫子之不撤姜也。

注释

①芥：芥菜类蔬菜，其茎有辛辣味，可制成芥辣粉和芥辣汁。

②谠论：正直之言，直言。谠，正直。

译文

蔬菜当中有具有姜、桂之性的吗？回答：有，辣芥就是。制作辣汁的芥子，老的最好，所谓越老越辣就是如此。用它来做调拌物，没有不好吃的。吃起来就像遇见了正直的人，听到了正直的言论，困乏的人除去疲倦，郁闷的人开阔心胸，是食物中让人畅快的味道。我每次吃饭时必备，私下将它比作孔子不撤的姜食。

谷食第二

原文

食之养人，全赖五谷①。使天止生五谷而不产他物，则人身之肥而寿也，较此必有过焉，保无疾病相煎、寿夭不齐之患矣。试观鸟之啄粟，鱼之饮水，皆止靠一物为生，未闻于一物之外，又有为之肴馔酒浆、诸饮杂食者也。乃禽鱼之死，皆死于人，未闻有疾病而死，及天年自尽而死者，是止食一物，乃长生久视之道也。人则不幸而为精腆②所误，多食一物，多受一物之损伤，少静一时，少安一时之淡泊。其疾病之生，死亡之速，皆饮食太繁、嗜欲过度之所致也。此非人之自误，天误之耳。天地生物之初，亦不料其如是，原欲利人口腹，孰意利之反以害之哉！然则人欲自爱其生者，即不能止食一物，亦当稍存其意，而以一物为君。使酒肉虽多，不胜食气，即使为害，当亦不甚烈耳。

注释

①五谷：稻、黍、稷、麦、菽五种谷物，指粮食。

②精腆：精美丰盛。腆，丰厚，美好。

食物养人，全靠五谷。假如上天只生产五谷而不生产其他东西，那么人类一定会比现在更健康长寿，保证没有疾病和夭折的担忧。试观鸟吃谷、鱼饮水，都是只靠一种食物过活，没听说在一种食物之外，还做酒、做菜，诸多东西杂食的。因此禽和鱼的死，都是死在人手上，没听说有因疾病而死的以及天然老死的，所以单吃一种食物，是长寿之道。人则不幸而被佳肴所误，多吃一种食物，就多受一种食物的损害，少得一刻的清静，就少享受一刻的淡泊。人生病和早死都是因为饮食太繁杂、嗜欲过度。这不是人自己贻误自己，是上天贻误了人。天地在造物之初，也没料到会这样，原本是想让人口腹得益，没想到却害了人！但是如果人自己想要爱惜生命，就算不能单吃一种食物，也该保存这个用心，以一种食物为主。酒肉虽然吃了很多，但只要没超过主食，就算有损害，应当也不会太严重。

饭　粥

原文

粥、饭二物，为家常日用之需，其中机彀，无人不晓，焉用越俎者强为致词？然有吃紧二语，巧妇知之而不能言者，不妨代为喝破，使姑传之媳，母传之女，以两言代千百言，亦简便利人之事也。

先就粗者言之。饭之大病，在内生外熟，非烂即焦；粥之大病，在上清下淀，如糊如膏。此火候不均之

故，惟最拙最笨者有之，稍能炊爨者，必无是事。然亦有刚柔合道，燥湿得宜，而令人咀之嚼之，有粥饭之美形，无饮食之至味者。其病何在？曰：挹水无度，增减不常之为害也。其吃紧二语，则曰："粥水忌增，饭水忌减。"米用几何，则水用几何，宜有一定之度数。如医人用药，水一钟或钟半，煎至七分或八分，皆有定数。若以意为增减，则非药味不出，即药性不存，而服之无效矣。

不善执爨者，用水不均，煮粥常患其少，煮饭常苦其多。多则逼而去之，少则增而入之，不知米之精液全在于水，逼去饭汤者，非去饭汤，去饭之精液也。精液去则饭为渣滓，食之尚有味乎？粥之既熟，水米成交，犹米之酿而为酒矣。虑其太厚而入之以水，非入水于粥，犹入水于酒也。水入而酒成糟粕，其味尚可咀乎？故善主中馈[①]者，挹水时必限以数，使其勺不能增、滴无可减，再加以火候调匀，则其为粥为饭，不求异而异乎人矣。

·注释·

①中馈：《易经·家人》："天攸遂，在中馈。"指饭菜、酒食。

·译文·

粥、饭这两样食物，是家常日用所必需的，做法尽人皆知，哪里还用得着我在这里多费唇舌？但是有两句要紧的话，巧媳妇知道却说不出来，我不妨代为说破，将来婆婆教给媳妇，母亲传给女儿，以两句话代替千言万语，也是一件简便利人的好事。

先从粗略的方面来说。煮饭的大毛病是内生外熟，不是太烂就是烧焦；煮粥的大毛病，在于米沉在下面，上面只有清汤，像糨糊一样。这是火候不均匀导致的，只有最笨拙的人才会弄成这样，稍懂做饭的人，一定不会这样。但也有软硬合宜，干湿适中，然而看着好看，吃起来却没有味道的。毛病在哪里？我说：这是因为没有节制而用了太多的水，增减没有根据规律。关键的两句话就是："粥水忌增，饭水忌减。"用多少米，就相应用多少水，这有一定的规则。就像医生煎药，用一钟水还是半钟，煎到七分还是八分，都有一定的比例。如果照自己的意思增减，不是药的味道熬不出来，就是煎得太过，药性被煎得流失了，服用也就没有效果。

不擅长做饭的人，用水不均匀，煮粥就担心水太少，煮饭就担心水太多。多就去掉一些，少就多添一些，不知道米的精华都在汤里，滤掉饭汤，等于将精华也都滤掉了。精华没有了，饭就成了渣滓，吃起来还怎么会有味道？粥煮熟后，水和米混合得很好，就像米酿成了酒。如果担心太稠又加进去水，就像在酒里掺水一样。加水后酒就成了糟粕，味道还能品尝吗？所以擅长做饭的人，加水的时候必须要限定数量，做到恰到好处，再加上火候均匀，那么做粥、做饭，不求特别也会与别人不一样了。

原文

宴客者有时用饭，必较家常所食者稍精。精用何法？曰：使之有香而已矣。予尝授意小妇，预设花露[①]一盏，俟饭之初熟而浇之，浇过稍闭，拌匀而后入碗。食者归功于谷米，诧为异种而讯之，不知其为寻常五谷也。此法秘之已久，今始告人。行此法者，不必满釜浇遍，遍则费露甚多，而此法不行于世矣。止以一盏浇一

隅，足供佳客所需而止。露以蔷薇、香橼、桂花三种为上，勿用玫瑰，以玫瑰之香，食者易辨，知非谷性所有。蔷薇、香橼、桂花三种，与谷性之香者相若，使人难辨，故用之。

·注释·

①花露：以花瓣入甑酝酿而成的液汁。

·译文·

宴请客人时用饭，一定比家常做的饭要精致一些。如何使它精致呢？回答是：让它比较香就行了。我曾经给小妾出主意，预先准备一盏花露，等到饭刚熟的时候浇上去，浇过后再闷一会儿，拌匀后盛到碗里。吃的人都以为是米好，以为是奇特的品种，不知道只是寻常的粮食。这办法我保密很久了，现在才告诉别人。采用这种方法时，不一定要整锅浇遍，那样浪费花露，这种方法也就难以普及了。只用一盏浇到一角，够客人吃的就可以了。花露以蔷薇、香橼、桂花三种较好，不要用玫瑰，玫瑰的香气浓，吃的人一下子就能辨别出来，知道不是谷物所有的。蔷薇、香橼、桂花三种的香气与谷物香气相近，令人难以分辨，所以用它们。

汤

原文

汤即羹之别名也。羹之为名，雅而近古；不曰羹而曰汤者，虑人古雅其名，而即郑重其实，似专为宴客而设者。然不知羹之为物，与饭相俱者也。有饭即应有羹，无羹则饭不能下，设羹以下饭，乃图省俭之法，非尚奢靡之法也。

古人饮酒，即有下酒之物；食饭，即有下饭之物。世俗改下饭为“厦饭”，谬矣。前人以读史为下酒物[①]，岂下酒之“下”，亦从“厦”乎？“下饭”二字，人谓指肴馔而言，予曰：不然。肴馔乃滞饭之具，非下饭之具也。食饭之人见美馔在前，匕箸迟疑而不下，非滞饭之具而何？饭犹舟也，羹犹水也；舟之在滩，非水不下，与饭之在喉，非汤不下，其势一也。且养生之法，食贵能消；饭得羹而即消，其理易见。

故善养生者，吃饭不可无羹；善作家者，吃饭亦不可无羹。宴客而为省馔计者，不可无羹；即宴客而欲其果腹始去，一馔不留者，亦不可无羹。何也？羹能下饭，亦能下馔故也。近来吴越[②]张筵，每馔必注以汤，大得此法。吾谓家常自膳，亦莫妙于此。宁可食无馔，不可饭无汤。有汤下饭，即小菜不设，亦可使哺啜如

流；无汤下饭，即美味盈前，亦有时食不下咽。予以一赤贫之士，而养半百口之家，有饥时而无馑日者，遵是道也。

·注释·

①以读史为下酒物：《龙文鞭影》载，北宋诗人苏舜钦读《汉书》下酒。

②吴越：春秋吴国与越国的并称，现指浙江、江苏一带。

·译文·

汤就是羹的别名。羹这名字，雅致而有古风；不称羹而称汤，是因为怕人们觉得名字古雅，好像是专门为了宴客准备的一样。却不知道羹是与饭相搭配的。有饭就应该有羹，无羹就不能下饭，做羹来下饭，是为节俭，而不是奢侈。

古人喝酒就有下酒的东西；吃饭就有下饭的东西。世俗改“下饭”为“厦饭”，错了。古人以读史书为下酒的东西，难道下酒的“下”字也能改成“厦”吗？“下饭”两字，一般人以为是指菜肴而言，我说：不是这样。菜肴只能让人把饭剩下，而不是用来下饭的。

吃饭的人看了眼前的美味菜肴，筷子迟迟放不下，不就把饭剩下了吗？饭像船，汤像水；船在沙滩上，没有水就不能下，与饭在喉间非汤不能下一样。而且养生的方法贵在食物能够消化；吃饭时配上汤就容易消化，这是容易明了的道理。

所以善于养生的人，吃饭不可以没有汤；善于持家的人吃饭也不能没有汤。宴请客人想要省菜的话，不能没有汤；宴请客人希望他吃饱直到一个菜也剩不下的话，也不能没有汤。为什么呢？因为汤能下饭也能下菜。近来江南设宴，每顿饭里面都有汤，就是得到了这个方法的精髓。我认为自己做菜，也最好是这样。宁可吃饭没有菜，也不能吃饭没有汤。有汤下饭就算不准备小菜，吃起来也很顺畅；没有汤下饭，就算眼前全是美味，有时也会食不下咽。我是个穷人，却要养活五十来口的家庭，虽然有时挨饿却不会闹饥荒，就是遵循了这个道理。

糕　饼

原文

谷食之有糕饼，犹肉食之有脯脍。《鲁论》云：“食不厌精，脍不厌细。”制糕饼者于此二句，当兼而有之。食之精者，米麦是也；脍之细者，粉面是也。精细兼长，始可论及工拙。求工之法，坊刻所载甚详，予使拾而言之，以作制饼制糕之印板，则观者必大笑曰：笠翁不拾唾余，今于饮食之中，现增一副依样葫芦矣！冯妇下车[①]，请戒其始。只用二语括之，曰：“糕贵乎松，饼利于薄。”

·注释·

①冯妇下车：冯妇，人名。《孟子·尽心上》："晋人有冯妇者，善搏虎，卒为善士。则之野，有众逐虎。虎负隅，莫之敢撄。望见冯妇，趋而迎之。冯妇攘臂下车，众皆悦之，其为士者笑之。"后称重操旧业。

粮食中有糕饼，就像肉食中有肉干和烤肉。《鲁论》中说："食不厌精，脍不厌细。"制作糕饼的人应该对这两句都加以采用。食物中最精的是米麦；最细的是粉面。精细都具备，才能谈到做工的好坏。做得精细，相关书籍中已经有了详细的记载，我如果从书上挑选些话出来，教人制作糕饼，看到的人必定会大笑说：还说李笠翁从来不拾人牙慧，现在在饮食当中不是在依样画葫芦吗！所以我还是以冯妇下车的故事为戒吧。只用两句话来概括："糕贵乎松，饼利于薄。"

面

原文

南人饭米，北人饭面，常也。《本草》云："米能养脾，麦能补心。"各有所裨于人者也。然使竟日穷年止食一物，亦何其胶柱口腹，而不肯兼爱心、脾乎？予南人而北相，性之刚直似之，食之强横亦似之。一日三

餐，二米一面，是酌南北之中，而善处心、脾之道也。但其食面之法，小异于北，而且大异于南。北人食面多作饼，予喜条分而缕晰之，南人之所谓“切面”是也。南人食切面，其油盐酱醋等作料，皆下于面汤之中，汤有味而面无味，是人之所重者不在面而在汤，与未尝食面等也。予则不然，以调和诸物，尽归于面，面具五味而汤独清，如此方是食面，非饮汤也。所制面有二种，一曰“五香面”，一曰“八珍面”。五香膳己，八珍饷客，略分丰俭于其间。

五香者何？酱也，醋也，椒末也，芝麻屑也，焯笋或煮蕈、煮虾之鲜汁也。先以椒末、芝麻屑二物拌入面中，后以酱、醋及鲜汁三物和为一处，即充拌面之水，勿再用水。拌宜极匀，擀宜极薄，切宜极细，然后以滚水下之，则精粹之物尽在面中，尽勾咀嚼，不似寻常吃面者，面则直吞下肚，而止咀咂其汤也。

八珍者何？鸡、鱼、虾三物之肉，晒使极干，与鲜笋、香蕈、芝麻、花椒四物，共成极细之末，和入面中，与鲜汁共为八种。酱、醋亦用，而不列数内者，以家常日用之物，不得名之以“珍”也。

鸡鱼之肉，务取极精，稍带肥腻者弗用，以面性见油即散，擀不成片，切不成丝故也。但观制饼饵者，欲其松而不实，即拌以油，则面之为性可知已。鲜汁不用煮肉之汤，而用笋、蕈、虾汁者，亦以忌油故耳。所用之肉，鸡、鱼、虾三者之中，惟虾最便，屑米为面，势如反掌，多存其末，以备不时之需；即膳己之五香，亦

未尝不可六也。拌面之汁，加鸡蛋青一二盏更宜，此物不列于前而附于后者，以世人知用者多，列之又同剿袭耳。

南方人吃米，北方人吃面，通常如此。《本草》说："米能养脾，麦能补心。"米和面对人各有好处。但如果常年只吃一种食物，不是既亏待了口腹，又不爱惜自己的心、脾的表现吗？我是长着北方相貌的南方人，刚直的性格和饮食上的强横都像北方的。一日三餐，两顿米饭一顿面，这是介于南北之间，而善于调理心、脾的方法。然而，我吃面的方法，却与北方有点儿不同，与南方的差别更大。北方人吃面喜欢做成饼，我则喜欢把它们条分缕析做成面条，就是南方人所说的"切面"。南方人吃切面，油盐酱醋等作料，都下在面汤里，汤有味而面无味，这就是只重汤而不重面，跟没有吃面一样。我却不是这样的，把各种调味品都放在面里，面很有味道而汤却很清，这才是吃面而不是喝汤。我制作的面有两种，一个叫"五香面"，一个叫"八珍面"。五香面自己吃，八珍面待客，其中有丰盛和俭朴的分别。

五香是什么？酱、醋、椒末、芝麻屑，焯笋或煮蘑菇、煮虾的鲜汤。先将椒末、芝麻屑二者拌到面里，再将酱、醋和鲜汁三种东西调和在一起，当作拌面的水，不要再加水。拌要拌得很均匀，擀要擀得很薄，切要切得很细，然后用开水来下面，那么精华就都在面里，值得咀嚼品味，不像平常吃面，直接就吞进肚子里，而只是慢慢品尝汤。

八珍是什么？将鸡、鱼、虾三者的肉晒干，与鲜笋、香菇、芝麻、花椒四种东西，一起研成很细的粉末，和到面里，再加上鲜汁共八种。酱、醋也用，但不算在其中，因为那是常用的东西，不能称作“珍”。

鸡和鱼的肉，一定要精选，稍带肥腻就不能用，因为面的特点是见油就散，散了就擀不成片，切不成丝了。只要看做饼的人，想要让饼松，便在面里放油，就能知道面的特点了。鲜汁不用煮肉的汤，而用笋、香菇、虾汤，也是忌油的缘故。所用的肉，鸡、鱼、虾这三种肉里，虾肉最方便，很容易擀成粉末，多准备一些虾粉，以备不时之需；就是自己吃的五香面，也未尝不可变成六样配料。拌面的汁里，加一两盏鸡蛋清更好，这种东西之所以不写在前面而写在后面，是因为世人大多知道，写在前面又像是抄袭了。

粉

原文

粉之名目甚多，其常有而适于用者，则惟藕、葛[①]、蕨[②]、绿豆四种。藕、葛二物，不用下锅，调以滚水，即能变生成熟。昔人云：“有仓卒客，无仓促的主人。”欲为无仓促的主人，则请多储二物。且卒急救饥，亦莫善于此。驾舟车行远路者，此是糇粮[③]中首善之物。

粉食之耐咀嚼者，蕨为上，绿豆次之。欲绿豆粉之耐嚼，当稍以蕨粉和之。凡物入口而不能即下，不即下

而又使人咀之有味、嚼之无声者，斯为妙品。吾遍索饮食中，惟得此二物。绿豆粉为汤，蕨粉为下汤之饭，可称“二耐”，齿牙遇此，殆亦所谓劳而不怨者哉！

①葛：豆类植物，可制成葛粉，供食用和药用。

②蕨：也叫蕨菜或乌糯，根状茎可制成蕨粉，可供食用和药用。

③糇粮：食粮，干粮。

· 译文 ·

粉的名目非常多，常见而又适用的，则只有藕粉、葛粉、蕨粉、绿豆粉四种。藕与葛两种，不用下锅，用开水一调就熟。古人说：“有仓卒客，无仓促的主人。”想要在仓促的情况下待客，要多准备这两样东西。而且临时救饥，也没有比这两样更好的了。对于乘舟坐车走远路的人，这也是最好的干粮。

粉食中耐咀嚼的，蕨菜粉为上，绿豆粉其次。想要使绿豆粉耐于咀嚼，就要在里面掺上点儿蕨菜粉来制作。食物入口，而不能立刻吞下去，咀嚼起来有味道而没有声音的，可称为妙品。我找遍食材，只找到这两样。用绿豆粉做汤，蕨菜粉为下汤的饭，称得上是难得的搭配，牙齿遇到它们，可以说是劳而无怨了！

种植部

木本第一

原文

草木之种类极杂，而别其大较有三，木本、藤本、草本是也。木本坚而难痿，其岁较长者，根深故也。藤本之为根略浅，故弱而待扶，其岁犹以年纪。草本之根愈浅，故经霜辄坏，为寿止能及岁。是根也者，万物短长之数也，欲丰其得，先固其根，吾于老农老圃之事，而得养生处世之方焉。人能虑后计长，事事求为木本，则见雨露不喜，而睹霜雪不惊；其为身也，挺然独立，至于斧斤之来，则天数也，岂灵椿古柏之所能避哉？如其植德①不力，而务为苟且，则是藤本其身，止可因人成事，人立而我立，人仆而我亦仆矣。至于木槿其生，不为明日计者，彼且不知根为何物，遑计入土之浅深、藏荄之厚薄哉？是即草木之流亚也。噫，世岂乏草木之行，而反木其天年、藤其后裔者哉？此造物偶然之失，非天地处人待物之常也。

①植德：立德。

其他书中已经记载过的内容也就不再多说了，我不是要补充前人没说到的理论，就是写自己想到的东西。如果你想要看前人的一些东西，那么请去看以前的旧书好了。

草木的种类非常繁多复杂，但区分起来大概有三种，木本、藤本和草本。木本植物坚实而且不容易枯萎，寿命比较长的原因，是它的根扎得很深。藤本植物的根比较浅，瘦弱得需要扶持，寿命的长度可以以年计算。草本植物的根更浅，一经风霜吹打就容易枯萎，寿命最长也就一年。所以说，根部是决定万物寿命长短的主要因素，要想收获更多，先要稳固它的根部，我从老农夫和老园丁的劳动中，感悟到了养生和处世的方法。如果凡事人都能在考虑以后计划周全，处理每件事情都像木本一样，就会看见雨露而不欣喜，看见霜雪而不被吓倒；作为树木本身，要挺拔独立，至于被斧头砍，就是天意了，这样的灾难难道充满灵气的椿树和千年松柏就能躲得过去吗？如果一个人不努力培养自己的品德，只是苟且偷生，这样的人和藤本植物一样，只能依靠别人做事，别人办成事了，我就跟着办成了，别人失败了，我也就跟着失败。至于像木槿一样生存的人，从来不为明天打算，他们甚至不知道根是什么，哪里会考虑根入土的深浅、土埋藏的厚薄呢？这种人就像差一些的草木。唉，难道世上缺乏像草木一样处事，反倒像木本一样颐养天年，又像藤本植物一样后代赖人扶持的人吗？这是造物主的偶然失误，并不是天地间待人处世的一般道理。

牡　丹

原文

牡丹得王于群花，予初不服是论，谓其色其香，去芍药有几？择其绝胜者与角雌雄，正未知鹿死谁手。及睹《事物纪原》，谓武后冬月游后苑，花俱开而牡丹独迟，遂贬洛阳，因大悟曰："强项若此，得贬固宜，然不加九五之尊，奚洗八千之辱乎？"（韩诗"夕贬潮阳路八千"。）物生有候，葭动以时，苟非其时，虽十尧不能冬生一穗；后系人主，可强鸡人使昼鸣乎？如其有识，当尽贬诸卉而独崇牡丹。花王之封，允宜[1]肇于此日，惜其所见不逮，而且倒行逆施。诚哉！其为武后也。予自秦之巩昌，载牡丹十数本而归，同人嘲予以诗，有"群芳应怪人情热，千里趋迎富贵花"之句。予曰："彼以守拙得贬，予载之归，是趋冷非趋热也。"兹得此论，更发明矣。

艺植[2]之法，载于名人谱帙[3]者，纤发无遗，予倘及之，又是拾人牙后矣。但有吃紧一着，花谱偶载而未之悉者，请畅言之。是花皆有正面，有反面，有侧面。正面宜向阳，此种花通义也。然他种或能委曲，独牡丹不肯通融，处以南面既生，俾之他向则死，此其肮脏不回之本性，人主不能屈之，谁能屈之？

予尝执此语同人，有迂其说者。予曰："匪特士民

之家，即以帝王之尊，欲植此花，亦不能不循此例。"同人诘予曰："有所本乎？"予曰："有本。吾家太白诗云：'名花倾国两相欢，常得君王带笑看。解释春风无限恨，沉香亭北倚栏杆。'倚栏杆者向北，则花非南面而何？"同人笑而是之。斯言得无定论？

注释

①允宜：合宜。

②艺植：耕种，栽植。

③谱帙：做示范或供寻检用的书籍。

译文

牡丹在群花中称王，开始的时候我并不赞同这种观点，牡丹的颜色和香味比芍药强得了多少？选择最好的芍药来决一雌雄，不知道会鹿死谁手。直到我看了《事物纪原》一书，说武则天在冬天的时候游后花园，看到所有的花都竞相开放，牡丹却迟迟未开，于是将牡丹贬到洛阳，我才恍然大悟说："牡丹如此倔强而不畏权贵，它的被贬也是注定的，如果不给它加以花王的荣耀，又怎么能洗去被贬八千里的耻辱呢？"（韩愈诗"夕贬潮阳路八千"。）植物的生长有一定的时令节气，如果违反时节，那么就算有十个尧那样的圣贤君主，冬天也长不出一根麦穗来；武则天虽为人主，但是她能强制公鸡白天打鸣吗？如果她有一定的见识，就应当把其他所有的花都贬到别的地方，而独崇牡丹。花王的封号，本应该从武则天赏花的这一天就开始有的，可惜她的见识太过肤浅，而且倒行逆施。是啊！这就是武则天。我从甘肃的巩昌带回十几棵牡丹，朋友写诗嘲笑我，其中一句是"群芳应怪人情热，千里趋迎富贵花"。我说："牡丹是因为坚守自己的节操而被贬，我把它们带回来，这是趋冷而不是趋热。”现在我对于得出的这个结论，更加明确了。

种植牡丹的方法，在名人的书稿当中已经记载得非常全面了，如果我再谈及这些事情，就是拾人牙慧了。但是有重要的一点，就是花谱中偶尔有记载，但是讲述得不是很全面的，请让我畅所欲言。所有的花都有正面、反面、侧面。正面应当向阳，这是种植花卉的通用原理。其他的花还可以受点委屈，只有牡丹花是不能通融的，朝南它就会生长，如果朝其他方向它就会枯死，这是牡丹改不了的坏脾气，帝王都不能压制它，又有谁能让它屈服呢？

我曾将这些话对朋友说，有人认为我的说法太迂腐。我说：“不只是普通百姓，即使是尊贵的帝王，想要种植这种花，也必须要尊重它的习性。”朋友反问我说：“这话有根据吗？”我说：“有根据。我的同宗李白有诗说：‘名花倾国两相欢，常得君王带笑看。解释春风无限恨，沉香亭北倚栏杆。’倚栏杆的人朝向北，那么花的方向不是朝南是朝哪里呢？”朋友笑着说是。这些话难道不是定论吗？

梅

原文

花之最先者梅，果之最先者樱桃。若以次序定尊卑，则梅当王于花，樱桃王于果，犹瓜之最先者曰王瓜，于义理未尝不合，奈何别置品题，使后来居上。首出者不得为圣人，则辟草昧致文明者，谁之力欤？虽然，以梅冠群芳，料舆情必协；但以樱桃冠群果，吾恐主持公道者，又不免为荔枝号屈矣。姑仍旧贯，以免抵牾[①]。

种梅之法，亦备群书，无庸置吻，但言领略之法而已。花时苦寒，即有妻梅之心，当筹寝处之法。否则衾枕不备，露宿为难，乘兴而来者，无不尽兴而返，即求为驴背浩然，不数得也。

观梅之具有二：山游者必带帐房，实三面而虚其前，制同汤网[②]，其中多设炉炭，既可致温，复备暖酒之用。此一法也。园居者设纸屏数扇，覆以平顶，四面设窗，尽可开闭，随花所在，撑而就之。此屏不止观梅，是花皆然，可备终岁之用。立一小匾，名曰“就花居”。花间竖一旗帜，不论何花，概以总名曰“缩地花”。此一法也。若家居所植者，近在身畔，远亦不出眼前，是花能就人，无俟人为蜂蝶矣。

然而爱梅之人，缺陷有二：凡到梅开之时，人之好

恶不齐，天之功过亦不等，风送香来，香来而寒亦至，令人开户不得，闭户不得，是可爱者风，而可憎者亦风也。雪助花妍，雪冻而花亦冻，令人去之不可，留之不可，是有功者雪，有过者亦雪也。

其有功无过，可爱而不可憎者惟日，既可养花，又堪曝背③，是诚天之循吏也。使止有日而无风雪，则无时无日不在花间，布帐纸屏皆可不设，岂非梅花之至幸，而生人之极乐也哉！然而为之天者，则甚难矣。

·注释·

①抵牾：矛盾，冲突。也作抵忤、抵梧。

②汤网：《史记·殷本纪》："汤出，见野张网四面，祝曰：'自天下四方，皆入吾网。'汤曰：'嘻，尽之矣！'乃去其三面。"后因以"汤网"泛言刑政宽大。

③曝背：以背向日取暖。

·译文·

世上梅花最先开花，樱桃最先结果。如果以开花结果的先后顺序来为花定尊卑的话，那么梅花应当是花王，樱桃则应当被称为果王，就像瓜中最先成熟的被称作王瓜一样，这也并非不合情理，无奈的是又有了别的标准，使得后来者居上。最先来到世上的人不能被称为圣人，那么消除愚昧给人类带来文明的人，又是谁的力量呢？虽然把梅花称作群花之首，应该不会有什么异议；但是要把樱桃当作果中之王，我怕主持公道的人不免会为荔枝叫屈。暂且就先依照旧的惯例吧，以免发生争执。

关于种梅的方法，有许多书都记载得很完备了，就用不着我在这里多说了，那么我只说说欣赏的方法吧。寒冷的冬季里，既然想把梅花作为伴侣相守，就应当统筹计划与梅花同床共眠的方法。否则被子、枕头都没有准备好，露宿在外就不好了，那些乘兴而来的人，也只有败兴而归了，就算只想像孟浩然一样骑在驴背上与山水相依，也没有几个人可以做得到。

观赏梅花的用具有两种：去山上游玩的人必须带帐篷，正面敞开而其他三面围起来，就像汤网一样，此外帐篷中还要多准备一些炉炭，既可以生火取暖，又可以温酒用。这是一种方法。在花园里赏花的人，要准备几扇纸屏风，覆盖上平顶，屏风的四面要设有窗户，可以随时开关，花在哪边，就把哪边的窗户打开。这种屏风的设计不只可以观赏梅花，所有的花都能这样观赏，一年四季都可以这么用。在上面挂一块小匾，写上“就花居”。并且在花中间树一杆旗帜，不论是什么花，都统称为“缩地花”。这又是一种方法。如果是自己家里种的，近在身边，在远处也可以随时看到，这样的花是靠近人的，人也就不用像蜜蜂、蝴蝶一样围着花转了。

然而喜爱梅花的人，有两个遗憾：凡是到梅花开的时候，人的喜好和厌恶就不一样了，老天的功和过也不相等，风吹香飘，花香来也带来了寒气，让人开窗不行，关窗也不行，这样，风既可爱又可恨。雪能使梅花变得更加娇艳，有雪时花也被冻坏了，让人去也不是，留也不是，这样有功的是雪，有过的也是雪。

有功无过，可爱不可憎的，就只有太阳了，它既可以滋养花朵，又能给人晒背，是上天忠于职守的官吏。如果只有太阳存在，没有风也没有雪，就能每时每刻都在花的中间，布帐篷、纸屏风也不需要摆了，难道不是梅花的福分，人生的极乐吗！但是作为老天爷，就很为难了。

原文

蜡梅者，梅之别种，殆亦共姓而通谱者欤？然而有此令德，亦乐与联宗。吾又谓别有一花，当为蜡梅之异姓兄弟，玫瑰是也。气味相孚[①]，皆造浓艳之极致，殆不留余地待人者矣。人谓过犹不及，当务适中，然资性[②]所在，一往而深，求为适中，不可得也。

注释

①相孚：相符。

②资性：资质，天性。

译文

蜡梅，是梅花的另一个品种，大概是因为叫梅才被列入同一种类中的吧？然而有这样的品德，梅花也会很高兴同它同宗共祖的。我认为另外还有一种花，应当可以同蜡梅成为异姓兄弟的，这就是玫瑰。它们的气味相同，都是浓艳到了极致的，又没有任何保留地让人欣赏它。有人说它过犹不及，应当适中，但是这就是它们的天性所在，一往而深，如果非要让它们适中的话，则是不可能的了。

桃

原文

凡言草木之花，矢口即称桃李，是桃李二物，领袖群芳者也。其所以领袖群芳者，以色之大都不出红白二种，桃色为红之极纯，李色为白之至洁，“桃花能红李能白”一语，足尽二物之能事。然今人所重之桃，非古人所爱之桃；今人所重者为口腹计，未尝究及观览。大率桃之为物，可目者未尝可口，不能执两端事人。凡欲桃实之佳者，必以他树接之，不知桃实之佳，佳于接，桃色之坏，亦坏于接。

桃之未经接者，其色极娇，酷似美人之面，所谓“桃腮[①]”“桃靥”者，皆指天然未接之桃，非今时所谓碧桃、绛桃、金桃、银桃之类也。即今诗人所咏、画图所绘者，亦是此种。此种不得于名园，

不得于胜地，惟乡村篱落之间、牧童樵叟所居之地，能富有之。欲看桃花者，必策蹇[②]郊行，听其所至，如武陵人之偶入桃源，始能复有其乐。如仅载酒园亭，携姬院落，为当春行乐计者，谓赏他卉则可，谓看桃花而能得其真趣，吾不信也。

噫，色之极媚者莫过于桃，而寿之极短者亦莫过于桃，"红颜薄命"之说，单为此种。凡见妇人面与相似而色泽不分者，即当以花魂视之，谓别形体不久也。然勿明言，至生涕泣。

①桃腮：形容女子粉红色的脸颊。

②策蹇：乘跛足驴。

人们只要谈到草木的花，开口就会说到桃李的花，桃李这两种植物的花可以称得上群花之首了。桃李之所以能够领导众花，是因为花的颜色大都不会超出红白两种，桃花的颜色是红色当中最纯粹的，李花的颜色则是白色当中最洁白的，"桃花能红李能白"这句话，足以概括出桃李两种花的特点。但是现在被人们所看重的桃，并不是古人所喜爱的桃了；现在人们看重的是入口之后好不好吃，没有考虑到它的观赏性。总的来说，桃这种东西，看起来好看的不一定好吃，不可能两方面都像我们所想的那样。凡是想要让桃子好吃，一定要把它嫁接到其他的树上，但是却不知道桃子好吃，是因为进行了嫁接，桃花的颜色不好看，也是因为嫁接了。

桃树没有经过嫁接，颜色非常娇艳，就像美人的脸，所谓的“桃腮”“桃靥”，都是指天然的没有经过嫁接的桃树，而不是指现在的这些碧桃、绛桃、金桃、银桃等一类桃树。就是现在诗人口中吟咏的、画家笔下描绘的，也是这种天然的桃树。这种桃树名园里找不到，名胜古迹中也见不到，只在乡村篱笆间、牧童樵夫居住的地方，才有很多。想看桃花的人，可以跨上跛驴到郊外去，听任毛驴到处走，就像武陵人偶入桃花源一样，才能再找到那种乐趣。如果只是备好酒菜，携带美人、姬妾，到园庭院落里，只能说是当春行乐，观赏其他的花卉还行，如果说看桃花而且能得到其中真趣，我就不相信了。

唉，颜色最娇艳的莫过于桃花了，而寿命最短的也莫过于桃花，“红颜薄命”的说法，就是针对桃花而言的。只要看见女子的脸同桃花的颜色相近，就应当把她当成花魂来看待，说明不久之后她就要魂体相离了。但是不要讲明，以免她伤心流泪。

李

原文

李是吾家果，花亦吾家花，当以私爱嬖之，然不敢也。唐有天下，此树未闻得封。天子未尝私庇，况庶人乎？以公道论之可已。与桃齐名，同作花中领袖，然而桃色可变，李色不可变也。“邦有道，不变塞焉，强哉矫！邦无道，至死不变，强哉矫！”自有此花以来，未闻稍易其色，始终一操，涅而不淄，是诚吾家物也。至有稍变其色，冒为一宗，而此类不收，仍加一字以示别者，则郁李是也。

李树较桃为耐久，逾三十年始老，枝虽枯而子仍不细，以得于天者独厚，又能甘淡守素，未尝以色媚人也。若仙李之盘根，则又与灵椿比寿。我欲绳武而不能，以著述永年而已矣。

译文

李子是我本家的果子，李花也是本家的花，本应该对它有所偏爱，但是我不敢有这样的想法。李唐王朝统治天下的时候，也没有听说这种树得到什么封号。连君王都未曾对它这么庇护，何况我这样一个普通的老百姓呢？只要站在公正的立场上评论它就可以了。李花和桃花齐名，都是花中的领导者，但不同的是桃花的颜色可以变，李花的颜色却不能变。“天下有道，不改变自己的操守，这是真正的坚强！天下无道，到死也不改变操守，这是真正的坚强！”自从有了这种花，就没听说花的颜色有一点点的变化，始终是一样的，受到污染也不会变黑，这真是我们李家的东西啊。至于颜色稍有一点儿变化，冒充是同一宗族，也没有被这一家族接受，仍然给它加上一个字加以区别的，那就是郁李。

李树比桃树更能耐久，超过三十年才开始变化，树枝虽然枯了，果实却仍然很厚实，这是因为它既有得天独厚的条件，又能够甘于淡泊、坚守朴素，没有用姿色取悦于人。像仙境中的李树一样盘根错节，就可以同有灵性的椿树的寿命相比了。我想继承它的这些优秀的品质却不能，只有通过写文章使这些品质永久流传。

杏

原文

种杏不实者，以处子常系之裙系树上，便结累累。予初不信，而试之果然。是树性喜淫者，莫过于杏，予尝名为“风流树”。噫，树木何取于人，人何亲于树木，而契爱[①]若此，动乎情也？情能动物，况于人乎！其必宜于处子之裙者，以情贵乎专；已字人者，情有所分而

不聚也。予谓此法既验于杏，亦可推而广之。凡树木之不实者，皆当系以美女之裳；即男子之不能诞育者，亦当衣以佳人之裤。盖世间慕女色而爱处子，可以情感而使之动者，岂止一杏而已哉！

·注释·

①契爱：友好，亲爱。

·译文·

杏树如果不结果实，将处女常穿的裙子系在上边，就可以结出累累果实。开始时我不相信这些说法，试了试结果就是这样。可见，树中最好色的，要数杏树了，我曾命名其为“风流树”。唉，树木将会从人身上得到什么，人又为什么同树木这么亲近，对它这样怜爱，是出于一种感情吗？感情可以打动植物，何况是人呢！杏树要结出果实一定要系上处女的裙子才可以，这是因为感情专一；已经嫁人的女子，感情就会分散不集中。我认为这种方法既然可以在杏树上检验出来，那就可以推广了。凡是不结果实的树木，都应当给它系上美人的衣裳；不能生育的男人，也应该穿上美人的裤子。因为世界上爱慕女色、爱处女的，可以用情感来打动的，岂止是杏树这一种啊！

梨

原文

予播迁四方，所止之地，惟荔枝、龙眼、佛手诸卉，为吴越诸邦不产者，未经种植，其余一切花果竹木，无一不经葺理；独梨花一本，为眼前易得之物，独不能身有其树为楂梨主人，可与少陵不咏海棠，同作一等欠事。然性爱此花，甚于爱食其果。果之种类不一，中食者少，而花之耐看，则无一不然。雪为天上之雪，此是人间之雪；雪之所少者香，此能兼擅其美。唐人诗云："梅虽逊雪三分白，雪却输梅一段香。"此言天上之雪。料其输赢不决，请以人间之雪，为天上解围。

·译文·

我四海为家，所到之处，除了荔枝、龙眼、佛手这些吴越地区不能生长的果木没有种植外，其余的花果、竹木都亲自种过；唯独梨树是眼前易得的东西，我却没有种过一棵而成为楂梨主人，这件事与杜甫没有咏过海棠一样，都是十分遗憾的事。然而我生性喜爱梨花，超过爱吃梨。梨的品种很多，好吃的不多，然而所有品种的梨花都好看。雪花是天上的雪，梨花是人间的雪；雪花没有香气，梨花却兼有香气。唐诗（注：应为宋人卢梅坡《雪梅》诗，原作者误）中说："梅虽逊雪三分白，雪却输梅一段香。"这句诗是说天上的雪与梅花相比，必定难以决出输赢，那就请用梨花这种人间的雪，来为天上的雪解围吧。

海　棠

原文

"海棠有色而无香"，此《春秋》责备贤者之法。否则无香者众，胡尽恕之，而独于海棠是咎？然吾又谓海棠不尽无香，香在隐跃之间，又不幸而为色掩。如人生有二技，一技稍粗，则为精者所隐；一术太长，则六艺皆通，悉为人所不道。王羲之善书，吴道子善画，此二人者，岂仅工书善画者哉？苏长公不善棋酒，岂遂一子不拈、一卮不设者哉？诗文过高，棋酒不足称耳。

吾欲证前人有色无香之说，执海棠之初放者嗅之，另有一种清芬，利于缓咀，而不宜于猛嗅。使尽无香，则蜂蝶过门不入矣，何以郑谷《咏海棠》诗云"朝醉暮吟看不足，羡他蝴蝶宿深枝"？有香无香，当以蝶之去留为证。且香之与臭，敌国也。花谱云："海棠无香而畏臭，不宜灌粪。"去此者必即彼，若是，则海棠无香之说，亦可备证于前，而稍白于后矣。噫，"大音希声""大羹不和"，奚必如兰如麝，扑鼻薰人，而后谓之有香气乎？

"海棠有色而无香"，这是《春秋》中责备贤人的方法。否则没有香气的花那么多，都可以宽恕，为何只向海棠问罪呢？然而，我认为海棠并非完全没有香气，它的香气是在隐约之间，又不幸被艳丽的颜色掩盖了。就像一个人有两种技艺，稍差一些的技艺就会被十分精湛的掩盖住；一种技艺太精湛，即使六艺都精通，也不会全被人们称道。王羲之擅长书法，吴道子擅长绘画，难道这两个人就只会写字画画吗？苏东坡不擅长下棋、喝酒，难道他就真的一子不下、一杯不饮吗？正是因为他诗文名气太大，下棋、喝酒这些事就不值一提了。

我想证实一下前人所说海棠有色无香的说法，就去闻刚开放的海棠，有一种清淡的芳香，最好慢慢闻，而不要使劲儿闻。如果海棠完全没有香气，那蜜蜂和蝴蝶就会过其门而不入了，为何郑谷的《咏海棠》诗中还要说“朝醉暮吟看不足，羡他蝴蝶宿深枝”？海棠有没有香味，应当以蝴蝶去留来证明。而且香与臭相对立。花谱中说：“海棠虽没有香气却害怕臭气，不宜浇粪。”非此即彼，如果这样，那么海棠没有香气的说法，也可以在前人的说法中被否定，在后人的说法中略微明白。唉，“大音稀声”“大羹不和”，为什么一定要像兰花、麝香那样，扑鼻熏人，才说是有香气呢？

原文

王禹偁《诗话》云：“杜子美避地蜀中，未尝有一诗及海棠，以其生母名海棠也。”生母名海棠，予空疏未得其考，然恐子美即善吟，亦不能物物咏到。一诗偶遗，即使后人议及父母。甚矣，才子之难为也。鼎革以前，吾乡杜姓者，其家海棠绝胜，予岁岁纵览，未尝或遗。尝赠以诗云：“此花不比别花来，题破东君着意培。不怪少陵无赠句，多情偏向杜家开。”似可为少陵解嘲。

译文

王禹偁的《诗话》中说："杜甫在四川避乱时，没有一首诗提到海棠，因为其生母名叫海棠。"杜甫母亲是不是名叫海棠，我才疏学浅无法考证，然而恐怕杜甫即使擅长吟诗，也不可能把什么都咏到。只是偶然没写到海棠，就使后人议论起他的父母。做才子真是太难了。还是在明朝时，我家乡有户杜姓人家，家里海棠长得非常繁盛，我每年都要去观赏，没有错过一次。我曾送过他一首诗："此花不比别花来，题破东君着意培。不怪少陵无赠句，多情偏向杜家开。"似乎可以为杜甫解嘲。

原文

秋海棠一种，较春花更媚。春花肖美人，秋花更肖美人；春花肖美人之已嫁者，秋花肖美人之待年者；春花肖美人之绰约可爱者，秋花肖美人之纤弱可怜者。处子之可怜，少妇之可爱，二者不可得兼，必将娶怜而割爱矣。相传秋海棠初无是花，因女子怀人不至，涕泣洒地，遂生此花，可为"断肠花"。噫，同一泪也，洒之林中，即成斑竹，洒之地上，即生海棠，泪之为物神矣哉！

秋海棠是海棠的一种，相比春海棠更加妩媚。春海棠像美人，秋海棠更像美人；春海棠像已嫁的美人，秋海棠像待嫁的美人；春海棠像美人中绰约可爱的，秋海棠像美人中纤弱可怜的。少女的可怜，少妇的可爱，二者不能兼得，必将选择可怜的少女而割舍可爱的少妇。相传起初是没有秋海棠的，因为女子思念的心上人没有来，涕泪洒地，就生出此花，名叫“断肠花”。唉，同样是泪水，洒在林中，就长出斑竹，洒在地上，就生出海棠，眼泪这种东西真是神奇啊！

原文

春海棠颜色极佳，凡有园亭者不可不备，然贫士之家不能必有，当以秋海棠补之。此花便于贫士者有二：移根即是，不须钱买，一也；为地不多，墙间壁上，皆可植之。性复喜阴，秋海棠所取之地，皆群花所弃之地也。

春海棠颜色极美，凡是有园亭的人家就不能不备，然而贫穷人家不一定能够得到，可以用秋海棠来弥补。秋海棠对于贫穷的人而言有两种便利之处：将根移栽过来就可以，不需要用钱买，这是其一；二是占地不多，墙头屋角，都可以种。因为秋海棠喜欢阴凉，它占用的地，都是其他花不用的地方。

玉 兰

原文

世无玉树，请以此花当之。花之白者尽多，皆有叶色相乱，此则不叶而花，与梅同致。千干万蕊，尽放一时，殊盛事也。但绝盛之事，有时变为恨事。众花之开，无不忌雨，而此花尤甚。一树好花，止须一宿微雨，尽皆变色，又觉腐烂可憎，较之无花，更为乏趣。群花开谢以时，谢者既谢，开者犹开，此则一败俱败，半瓣不留。

语云："弄花一年，看花十日。"为玉兰主人者，常有延伫经年，不得一朝盼望者，讵非香国中绝大恨事？故值此花一开，便宜急急玩赏，玩得一日是一日，赏得一时是一时。若初开不玩而俟全开，全开不玩而俟盛开，则恐好事未行，而煞风景者至矣。噫，天何仇于玉兰，而往往三岁之中，定有一二岁与之为难哉！

译文

世上没有玉树，就请用玉兰花充当。白色的花虽然很多，但都与叶子的颜色相混，玉兰则是在叶子还没长出来时就开花，与梅花有相同的韵致。所有的玉兰一起开放时，是一大盛事。但是再盛大的事，有时也会变成遗憾的事。花开放时都害怕下雨，玉兰花更是如此。只要晚上下一点儿小雨，满树花就全都会变色，又让人觉得腐烂可憎，比没有花更乏味。别的花从开放到凋谢都有一定的时间顺序，该凋谢的凋谢，该开放的开放，玉兰花却一时全部凋谢，半片花瓣也不留。

俗话说："弄花一年，看花十日。"作为玉兰的主人，常常苦等一年，却一天都不能实现自己的期盼，这难道不是香花王国中的一件非常大的憾事吗？所以玉兰一开，就要立刻玩赏，能玩一天是一天，能赏一时是一时。如果刚开放时不去玩赏而要等到全开，全开了也不去而要等到盛开，只怕还没有成行，煞风景的事就来了。唉，老天爷与玉兰有什么仇恨，往往在三年当中，必定有一两年与它为难呢！

辛　夷

原文

辛夷、木笔、望春花，一卉而数异其名，又无甚新奇可取，"名有余而实不足"者，此类是也。园亭极广，无一不备者方可植之，不则当为此花藏拙。

译文

辛夷、木笔、望春花，一种花有好几个名字，又没有特别新奇可取之处，所谓"名有余而实不足"，辛夷就是其一。只有花园极大，所有的花卉都齐备了才能种植，不然的话就得为它遮丑了。

藤本第二

原文

藤本之花，必须扶植。扶植之具，莫妙于从前成法之用竹屏。或方其眼，或斜其槅，因作葳蕤[①]柱石，遂成锦绣墙垣，使内外之人，隔花阻叶，碍紫间红，可望而不可亲，此善制也。无奈近日茶坊酒肆，无一不然，有花即以植花，无花则以代壁。此习始于维扬，今日渐近他处矣。市井若此，高人韵士之居，断断不应若此。避市井者，非避市井，避其劳劳攘攘之情。锱铢必较之陋习也。见市井所有之物，如在市井之中，居处习见，能移性情，此其所以当避也。即如前人之取别号，每用川、泉、湖、宇等字，其初未尝不新，未尝不雅，迨后商贾者流，家效而户则之，以致市肆标榜之上，所书姓名非川即泉，非湖即宇，是以避俗之人，不得不去之若浼。

迩来缙绅先生悉用斋、庵二字，极宜；但恐用者过多，则而效之者，又入从前标榜，是今日之斋、庵，未必不是前日之川、泉、湖、宇。虽曰名以人重，人不以名重，然亦实之宾也。已噪寰中者仍之继起，诸公似应稍变。

人问植花既不用屏，岂遂听其滋蔓于地乎？曰：不然。屏仍其故，制略新之。虽不能保后日之市廛[②]，不又变为今日之园圃，然新得一日是一日，异得一时是一时，但愿贸易之人，并性情风俗而变之。变亦不求尽变，市井之念不可无，垄断之心不可有。觅应得之利，谋有道之生，即是人间大隐。若是，则高人韵士，皆乐得与之游矣，复何劳扰锱铢之足避哉？花屏之制有三，列于《藤本》之末。

· 注释 ·

①葳蕤：形容枝叶繁盛。

②市廛：店铺集中之处。

· 译文 ·

藤本植物的花，必须扶植。扶植的工具，最妙的莫过于以前常用的竹屏。可以排成方眼，也可以编成斜格，这样把竹屏当作柱石，成了锦绣的墙垣，使院子里外的人被竹屏和姹紫嫣红的花和叶隔开，那些花可以远望却不能亲近，这真是个好办法。无奈近来，茶坊酒馆，都这样用竹屏，有花就用它来扶植花，没花也用来代替墙壁。这种风气从扬州开始，现在逐渐影响到了其他地方。市井是这样，高人雅士的居所就千万不能这样。躲避市井的人，并不是躲避市井，而是躲避城市里熙攘忙碌的事情和锱铢必较的陋习。看见市井当中有的东西，就像身处市井中，在住的地方见得多了，性情就会改变，这是应该避免的原因。就像前人取别号，常用“川”“泉”“湖”“宇”等字，开始的时候当然新奇、雅致，后来商人也家家户户都模仿，以至于市井的招牌上所写的姓名，不是川就是泉，不是湖便是宇，因此避俗的人必须要去掉它，如同必须清除污染一样。

最近士大夫们，都用“斋”“庵”二字，非常合适；只是担心用的人太多又会落入俗套，这样现在的“斋”“庵”未必不会变成前日的“川”“泉”“湖”“宇”。虽说名字是因为人而变得重要，人不会因为名字变得重要，但也有主从关系。已名噪天下的人能够继续这样做，但各位好像也应该做些变化。

有人问既然种花不能用竹屏，难道任凭它在地上滋长吗？我说：不是这样。屏仍然要用，只是要把式样改变一下。即使不能保证以后的市井是否会变成今天的园圃，然而新一天是一天，异一时是一时，但愿那些商人的性情会因为风俗的改变而改变。变也不必全变，市井的观念不能没有，垄断的念头不能有。寻找应得的利益，谋求有意义的人生，这才是真正的人间隐士。如果这样，那么高人雅士就都乐意与他们交游，又何必想方设法逃避市井的生活呢？花屏的式样有三种，列在《藤本》的后面。

蔷　薇

原文

结屏之花，蔷薇居首。其可爱者，则在富于种而不一其色。大约屏间之花，贵在五彩缤纷，若上下四旁皆一其色，则是佳人忌作之绣、庸工不绘之图，列于亭斋，有何意致？他种屏花，若木香、酴醿、月月红诸本，族类有限，为色不多，欲其相间，势必旁求他种。

蔷薇之苗裔极繁，其色有赤，有红，有黄，有紫，甚至有黑；即红之一色，又判数等，有大红、深红、浅红、肉红、粉红之异。屏之宽者，尽其种类所有而植之，使条梗蔓延相错，花时斗丽，可傲步障①于石崇。然征名考实，则皆蔷薇也。是屏花之富者，莫过于蔷薇。他种衣色虽妍，终不免于捉襟露肘②。

注释

①步障：用以遮蔽风尘或视线的一种屏障。

②捉襟露肘：语出《庄子·让王》：“曾子居卫……十年不制衣，正冠而缨绝，捉衿而肘见。”衿，同“襟”，衣襟。原意是拉一下衣襟就露出了胳膊肘。形容衣衫破烂，生活困难。常喻事情多而难，而力量不足，顾此失彼，应付不过来。

结在花屏上的花，蔷薇最合适。蔷薇的可爱之处在于其品种丰富，而且颜色各不相同。大概装点花屏的花贵于五彩缤纷，如果上下四边都是相同的颜色，就成了美人忌讳的刺绣、平庸画匠都不愿描绘的图案，将它放在亭子书房，会有什么情趣韵致？其他装点花屏的花，像木香、荼蘼、月月红等，种类有限，颜色不多，想让各种颜色相间，必须要找其他品种。

蔷薇的品种极多，有赤色、红色、黄色、紫色，甚至还有黑色；即使是红色一种颜色，也能分成好几等，有大红、深红、浅红、肉红、粉红的差别。花屏较宽的，能将蔷薇所有的品种都种上，使枝条蔓延相错，花开时争奇斗艳，可以与石崇的锦幛媲美。然而一考察起来，却全是蔷薇。因此装点花屏最丰富的，莫过于蔷薇了。其他花的颜色虽然娇艳，终究难免捉襟见肘。

木　香

原文

木香花密而香浓，此其稍胜蔷薇者也。然结屏单靠此种，未免冷落，势必依傍蔷薇。蔷薇宜架，木香宜棚者，以蔷薇条干之所及，不及木香之远也。木香作屋，蔷薇作垣，二者各尽其长，主人亦均收其利矣。

·译文·

木香花开得稠密而且香味浓郁，这是木香稍胜蔷薇一筹之处。但是仅靠木香装点花屏，未免显得冷落，势必还要依靠蔷薇。蔷薇适合架植，木香适合做棚，原因是蔷薇的枝条、枝干没有木香那么长。木香做屋，蔷薇做墙，两种植物都发挥各自的优点，主人也能同时得到两种花的好处。

酴醾

原文

酴醾之品，亚于蔷薇、木香，然亦屏间必须之物，以其花候稍迟，可续二种之不继也。“开到酴醾花事了”，每忆此句，情兴为之索然。

·译文·

荼蘼的品味，要亚于蔷薇与木香，然而也是花屏间必需的花，因为它开花的时间稍晚，可以接在蔷薇、木香花期之后开花。“开到酴醾花事了”，每当想到这句诗，就会索然无味。

月月红

原文

俗云："人无千日好，花难四季红。"四季能红者，现有此花，是欲矫俗言之失也。花能矫俗言之失，何人情反听其验乎？缀屏之花，此为第一。所苦者树不能高，故此花一名"瘦客"。然予复有用短之法，乃为市井之人强迫而成者也。法在屏制之第三幅。此花有红、白及淡红三本，结屏必须同植。

俗话说："人无千日好，花难四季红。"四季能红的，这里就有，是为矫正俗话的错误而生的。花都可以纠正俗语的错误，为何人的所作所为却应验这句话呢？点缀花屏的花，这种花数第一。可惜的是它长不高，所以这种花别名叫"瘦客"。但是我又有一个利用它短处的方法，这是生活在市井中的人强迫我想出来的。办法在花屏式样的第三幅。这种花有红、白和淡红三种，建花屏时必须一同种植。

原文

此花又名"长春"，又名"斗雪"，又名"胜春"，又名"月季"。予于种种之外，复增一名，曰"断续

花”。花之断而能续，续而复能断者，只有此种。因其所开不繁，留为可继，故能绵邈若此；其余一切之不能续者，非不能续，正以其不能断耳。

这种花又名“长春”，又叫“斗雪”，又叫“胜春”，又叫“月季”。我在这些名字之外，又为它增加了一个名字，叫“断续花”。花开到断了还能续，续上又再断的，只有这一种。因为它开的花并不繁盛，留有余地，所以能够这样连续开放；其他所有不能连续开的花，不是不能连续，正是因为它们不能断罢了。

姊妹花

原文

花的命名，莫善于此。一蓓七花者曰“七姊妹”，一蓓十花者曰“十姊妹”。观其浅深红白，确有兄长娣幼之分，殆杨家姊妹[①]现身乎？余极喜此花，二种并植，汇其名为“十七姊妹”。但怪其蔓延太甚，溢出屏外，虽日刈月除，其势犹不可遏。岂党与过多，酿成不戢之势欤？此无他，皆同心不妒之过也，妒则必无是患矣。故善御女戎者，妙在使之能妒。

·注释·

①杨家姊妹：杨贵妃姐妹。

·译文·

为花取的名字，没有比这更好的了。一个蓓蕾开七朵的叫“七姊妹”，一个蓓蕾开十朵的叫“十姊妹”。观察它的深浅红白，便能发现它的确有年长年幼之分，难道是杨家姊妹现身吗？我极其喜爱这种花，把两个品种种在一起，名字合起来叫“十七姊妹”。只是怪她们蔓延得太厉害，长到花屏外面去了，即使每天进行修剪，还是不能遏止其长势。难道是因为其党羽太多，造成了不能控制的态势吗？不是其他原因，只是因为她们同心一致，不互相忌妒，相互忌妒就必定不会有这种麻烦了。所以擅长驾驭女子的人，最妙的地方在于使她们互相忌妒。

玫瑰

原文

花之有利于人，而无一不为我用者，芰荷[①]是也；花之有利于人，而我无一不为所奉者，玫瑰是也。芰荷利人之说，见于本传。玫瑰之利，同于芰荷，而令人可亲可溺，不忍暂离，则又过之。群花止能娱目，此则口、眼、鼻、舌以至肌体毛发，无一不在所奉之中。可囊可食，可嗅可观，可插可戴，是能忠臣其身，而又能媚子其术者也。花之能事，毕于此矣。

·注释·

①芰荷：即荷叶。

·译文·

花当中有利于人，而且全都能被我使用的，是荷花；花当中有利于人，而且我愿意接受它的一切奉献的是玫瑰。荷花对人有利，本书中已经说过。玫瑰的好处同荷花一样，让人觉得可亲、可爱，不忍心同它分离一会儿，这一点玫瑰超过了荷花。群花只能愉悦人的眼睛，玫瑰则使人的口、眼、鼻、舌，以至肌体毛发，无一不在它的奉献范围之中。玫瑰可做香囊、可吃，可闻、可看，可插、可戴，既能做忠臣，又能施展媚人妙术。花的本领，全都集中在它身上了。

草本第三

原文

草本之花，经霜必死。其能死而不死，交春复发者，根在故也。常闻有花不待时，先期使开之法，或用沸水浇根，或以硫磺代土，开则开矣，花一败而树随之，根亡故也。然则人之荣枯显晦，成败利钝，皆不足据，但询其根之无恙否耳。根在，则虽处厄运，犹如霜

后之花，其复发也，可坐而待也，如其根之或亡，则虽处荣朊显耀之境，犹之奇葩[1]烂目，总非自开之花，其复发也，恐不能坐而待矣。予谈草木，辄以人喻。岂好为是哓哓者哉？世间万物，皆为人设。观感一理，备人观者，即备人感。天之生此，岂仅供耳目之玩、情性之适而已哉？

· 注释 ·

①奇葩：珍奇的花。

· 译文 ·

草本的花，霜一打就会死。然而看着是死了，实际上却没有死，春天一到又会重新开放，这是因为它的根还在。经常听人说可以让花在花期之前开放，方法是用温热的水浇它的根，或者用硫黄来代替土，这样花是会开，但是花落后树也就死了，因为它的根死了。如此说来，人的荣枯显晦，成败利钝，都不能成为依据，只能去问他的根基是否安然无恙。根基还在，那么虽身处厄运，也像经过霜打的花，重新开花的日子还是可以期待的，如果根基不在了，即使处于荣盛显赫的境地，像奇葩般绚烂夺目，总不是自然开出，要想重新开花，恐怕就不能期待了。我一谈到草本，就用人来比喻。难道是喜欢饶舌吗？世间万物，都是为人设立的。观看和感受是相同的道理，供人观看就能让人感受。上天生出这些东西，难道仅仅是供人愉悦耳目与性情的吗？

芍　药

原文

芍药与牡丹媲美，前人署牡丹以“花王”，署芍药以“花相”，冤哉！予以公道论之。天无二日，民无二王，牡丹正位于香国，芍药自难并驱。虽别尊卑，亦当在五等诸侯之列，岂王之下，相之上，遂无一位一座，可备酬功之用者哉？

历翻种植之书，非云“花似牡丹而狭”，则曰“子似牡丹而小”。由是观之，前人评品之法，或由皮相而得之。噫，人之贵贱美恶，可以长短肥瘦论乎？每于花时奠酒[1]，必作温言慰之曰：“汝非相材也，前人无识，谬署此名，花神有灵，付之勿较，呼牛呼马，听之而已。”

予于秦之巩昌，携牡丹、芍药各数十本而归，牡丹活者颇少，幸此花无恙，不虚负戴之劳。岂人为知己死者，花反为知己生乎？

·注释·

①奠酒：祭祀时的一种仪式，把酒洒在地上。

芍药可以与牡丹媲美，前人称牡丹为“花王”，称芍药为“花相”，太冤枉了！我要公平地谈论它们。天上没有两个太阳，百姓没有两个君王，牡丹在香花国中处于至尊地位，芍药自然很难与它并驾齐驱。虽然尊卑有别，芍药也应该被列于五等诸侯之中，难道在君王之下，相国之上，就没有一个位置可以奖励有功之臣吗？

我翻遍了种植的书，不是说“花像牡丹而比牡丹狭窄”，就是说“籽儿像牡丹而比牡丹小”。如此看来，前人评价的方法，也许是只看表面现象。唉，人的贵贱善恶，能够用长短、肥瘦来衡量吗？每当芍药花开准备奠酒时，我总要说些温暖的话劝慰它：“你不是当相国的材料，以前的人不知道，给你起错了名字，花神如果有灵，不要去计较，无论称呼你是牛还是马，随便他算了。”

我从甘肃的巩昌带回来几十棵牡丹和芍药，牡丹存活得很少，值得庆幸的是芍药安然无恙，没有辜负我搬运的辛劳。难道是人为知己者死，而花却为知己者生吗？

兰

原文

“兰生幽谷，无人自芳”，是已。然使幽谷无人，兰之芳也，谁得而知之？谁得而传之？其为兰也，亦与萧艾同腐而已矣。“如入芝兰[①]之室，久而不闻其香”，是已。然既不闻其香，与无兰之室何异？虽有若无，非兰之所以自处，亦非人之所以处兰也。

吾谓芝兰之性，毕竟喜人相俱，毕竟以人闻香气为乐。文人之言，只顾赞扬其美，而不顾其性之所安，强半皆若是也。

然相俱贵乎有情，有情务在得法；有情而得法，则坐芝兰之室，久而愈闻其香。兰生幽谷与处曲房，其幸不幸相去远矣。兰之初着花时，自应易其座位，外者内之，远者近之，卑者尊之；非前倨而后恭，人之重兰非重兰也，重其花也，叶则花之舆从而已矣。

居处一定，则当美其供设，书画炉瓶，种种器玩，皆宜森列[2]其旁。但勿焚香，香薰即谢，匪妒也，此花性类神仙，怕亲烟火，非忌香也，忌烟火耳。若是，则位置堤防之道得矣。然皆情也，非法也，法则专为闻香。“如入芝兰之室，久而不闻其香”者，以其知入而不知出也，出而再入，则后来之香，倍乎前矣。

故有兰之室不应久坐，另设无兰者一间，以作退步，时退时进，进多退少，则刻刻有香，虽坐无兰之室，若依倩女之魂。是法也，而情在其中矣。如止有此室，则以门外作退步，或往行他事，事毕而入，以无意得之者，其香更甚。此予消受兰香之诀，秘之终身，而泄于一旦，殊可惜也。

·注释·

①芝兰：芷和兰，两种香草。

②森列：纷然罗列。

“兰生幽谷，无人自芳”，的确如此。但是如果幽谷中没有人，兰花的芳香，谁会知晓？谁将它传播出去？这样兰花也只好与野蒿臭草一起腐烂了。“如入芝兰之室，久而不闻其香”，的确如此。然而既然闻不到它的香气，那与没有兰花的屋子还有差别吗？虽然存在却好像不存在，这并非兰花自己独处的原因，也不是人们对待兰花的方法。

我认为兰花生性喜欢与人相处，会因人能闻到它的香气而高兴。文人的言论，多半是只顾赞美兰花的美，却看不到它的天性，大半都是如此。

人与兰花相处贵在有情，要有情必须知道方法；既有情又知道方法，就可以坐在有兰花的屋室之中，时间越久越能闻到兰花的芳香。兰花生长在偏远的山谷和幽静的房间，它的幸与不幸相差很远。兰花刚长出蓓蕾时，就应当改变它的位置，放在室外的要移到室内，放在远处的要移到近处，放在低处的要移到高处；这并非对它开始冷淡后来恭敬，而是因为人们看重兰花，并不是看重兰草本身，是看重它的花，叶子只是花的陪衬。

摆放位置固定下来，就应当美化其四周的摆设，书画、香炉、瓶子等器物，都应当有序地摆放在旁边。但是不要烧香，兰花被香一熏就会凋谢，并非出于忌妒，而是兰花的生性如同神仙，害怕接近烟火，并非忌讳香，而是忌讳火。若是这样，那么摆放位置和该提防的东西都明白了。然而这里所说的都是情，而不是方法，方法是专门为闻香气准备的。“如入芝兰之室，久而不闻其香”，原因在于人们只知道进而不知道出，出来再进去，那么后闻到的香气，就比先前闻到的倍加浓郁。

所以，不应该在有兰花的房间坐太久，要另外准备一间没有兰花的屋子，作为退避的地方，时出时进，进去的时间长，退出的时间短，就能够时刻闻到香味了，即使坐在没有兰花的房间里，香味也会像倩女的游魂一般伴随在身边。这是一种欣赏兰花的方法，而情趣也在方法当中了。如果只有这一间房子，就应该退到门外或者离开去办别的事情，事情办完了再进来，因为无意之中闻到的，香味会更浓。这是我享受兰花香味的秘诀，我终生保守这个秘密，今天却泄露出来，太可惜了。

原文

此法不止消受兰香，凡属有花房舍，皆应若是。即焚香之室亦然，久坐其间，与未尝焚香者等也。门上布帘，必不可少，护持香气，全赖乎此。若止靠门扇开闭，则门开尽泄，无复一线之留矣。

这种方法不仅可以用来享受兰花，凡是有花房的，都应该这样做。即使在焚香的房间里也可以这么做，在焚香的房间里坐久了，与没有焚香是一样的。门上的布帘是必不可少的，保持香气全靠它。如果只是靠门扇的开关，那么门一开，香气全都跑了，不会有一丝香气保留下来。

蕙

原文

蕙之与兰，犹芍药之与牡丹，相去皆止一间耳。而世之贵兰者必贱蕙，皆执成见，泥成心也。

人谓蕙之花不如兰，其香亦逊。吾谓蕙诚逊兰，但

其所以逊兰者，不在花与香而在叶，犹芍药之逊牡丹者，亦不在花与香而在梗。

牡丹系木本之花，其开也，高悬枝梗之上，得其势则能壮其威仪，是花王之尊，尊于势也。芍药出于草本，仅有叶而无枝，不得一物相扶，则委而仆于地矣，官无舆从，能自壮其威乎？

蕙兰之不相敌也反是。芍药之叶苦其短，蕙之叶偏苦其长；芍药之叶病其太瘦，蕙之叶翻病其太肥。当强者弱，而当弱者强，此其所以不相称，而大逊于兰也。

兰蕙之开，时分先后。兰终蕙继，犹芍药之嗣牡丹，皆所谓兄终弟及，欲废不能者也。善用蕙者，全在留花去叶，痛加剪除，择其稍狭而近弱者，十存二三；又皆截之使短，去两角而尖之，使与兰叶相若，则是变蕙成兰，而与“强干弱枝[1]”之道合矣。

·注释·

①强干弱枝：加强本干，削弱枝叶。语出《史记·汉兴以来诸侯年表序》：“而汉郡八九十，形错诸侯间，犬牙相临，秉其厄塞地利，强本干弱枝叶之势也，尊卑明而万事各得其所矣。”

·译文·

蕙之于兰，就像芍药之于牡丹，只有些许的差距。然而世上看重兰花的人一定轻视蕙，这些都是出于成见，死心眼儿。

人们认为蕙的花不如兰花，香气也不如兰花。我认为蕙虽然稍逊兰花，但是原因不在花和香气，而在于叶，就像芍药不如牡丹，原因也不在花和香气而在枝梗。

牡丹属木本花卉，花开时高高地悬在枝梗之上，便有了气势而显示出一种威仪，牡丹花之所以尊贵，就贵在它的气势上。芍药是草本植物，只有叶子没有枝干，如果没有东西扶持，便只能倒在地上，当官的人如果没有车马随从，能够自己显示威仪吗？

蕙比不上兰的情况却恰好相反。芍药的叶子苦于太短，蕙的叶子偏苦于太长；芍药的叶子太瘦窄，蕙的叶子太肥宽。该强的弱了，该弱的强了，所以看起来不相称，这也是蕙远逊色于兰的原因。

兰花与蕙开花的时间有先后之分。兰花谢了蕙才开，就像芍药接替牡丹一样，都是所谓兄长死了弟弟替代，想废也不行。善于种植蕙的人，技巧全在于保留花、去掉叶子，忍痛进行剪除，选择那些稍微细长的小叶，十片只留两三片；把它们剪得很短，去掉两个角使它变尖，使其与兰花的叶子相似，这样就将蕙变成了兰花，与“强干弱枝”的道理吻合了。

水　仙

原文

水仙一花，予之命也。予有四命，各司一时：春以水仙、兰花为命，夏以莲为命，秋以秋海棠为命，冬以蜡梅为命。无此四花，是无命也；一季缺予一花，是夺予一季之命也。

水仙以秣陵为最，予之家于秣陵，非家秣陵，家于水仙之乡也。记丙午之春，先以度岁无资，衣囊质尽，

迨水仙开时，则为强弩之末[①]，索一钱不得矣。欲购无资，家人曰："请已之。一年不看此花，亦非怪事。"予曰："汝欲夺吾命乎？宁短一岁之寿，勿减一岁之花。且予自他乡冒雪而归，就水仙也，不看水仙，是何异于不返金陵，仍在他乡卒岁乎？"家人不能止，听予质簪珥[②]购之。

予之钟爱此花，非痂癖也。其色其香，其茎其叶，无一不异群葩，而予更取其善媚。妇人中之面似桃，腰似柳，丰如牡丹、芍药，而瘦比秋菊、海棠者，在在有之；若如水仙之淡而多姿，不动不摇，而能作态者，吾实未之见也。以"水仙"二字呼之，可谓摹写殆尽。使吾得见命名者，必颓然下拜。

·注释·

①强弩之末：强弓所发射的箭临到末了，已经没有什么穿透力了。比喻强大的势力已经衰竭，起不了什么作用。

②簪珥：发簪和耳饰。古代多为高贵的妇女的首饰。

·译文·

水仙花是我的命。我有四条命，它们各自掌管一个季节：春天以水仙、兰花为命，夏天以莲花为命，秋天以秋海棠为命，冬天以蜡梅为命。没有这四种花，我等于没有命；如果一个季节少给我一种花，就等于夺走了我一个季节的生命。

秣陵的水仙最好，我安家于秣陵，并不是为了秣陵，而是为了安家于水仙之乡。记得丙午年的春天，我因为没钱度日，就把衣物全都典当了，等到水仙花开时，已经贫困至极，再也找不出一个钱了。想去购买水仙又没钱，家人说："别买了。一年不看这种花，也不是什么怪事。"我说："你是想要我的命吗？宁可短一岁的寿命，也不能一年看不到水仙花。况且我从他乡冒雪赶回来，就是想来看水仙的，不看水仙，与不回金陵在他乡过一年有什么差别？"家人劝不了我，只能任凭我将典当簪子和耳环的钱拿去买水仙。

我钟爱水仙，并非怪癖。因为水仙的颜色和香味，水仙的茎和叶，都同其他花卉不同，而我更喜欢水仙的妩媚。女子中面似桃，腰似柳，丰满如牡丹、芍药，苗条如秋菊、海棠的，到处都有；但是像水仙一样淡雅多姿、不动不摇而且能作态的，我实在没有见过。用"水仙"二字来称呼它，真是形象到了极点。如果我能见到给水仙命名的人，一定甘愿给他下拜。

原文

不特金陵水仙为天下第一，其植此花而售于人者，亦能司造物之权，欲其早则早，命之迟则迟，购者欲于某日开，则某日必开，未尝先后一日。及此花将谢，又以迟者继之，盖以下种之先后为先后也。至买就之时，给盆与石而使之种，又能随手布置，即成画图，皆风雅文人所不及也。岂此等末技，亦由天授，非人力邪？

译文

不仅金陵的水仙是天下第一，就是那些种植水仙来出售的人，也能行使造物主的职权，想让它早开就早开，命令它晚开就晚开，购买的人想让花在某天开，到某天就一定会开，不会提前或推迟一天。这些花谢了，又用迟开的花接上，这是以下种先后作为花开的顺序。当人买花的时候，卖花人会将花盆和石头给人去种，种花时又可以随手布置，就成了图画，这是风雅文人也无法做到的。难道这种雕虫小技也是上天赐予，而非人力吗？

芙　蕖

原文

芙蕖与草本诸花，似觉稍异；然有根无树，一岁一生，其性同也。谱云："产于水者曰草芙蓉，产于陆者曰旱莲。"则谓非草本不得矣。予夏季倚此为命者，非故效颦于茂叔，而袭成说于前人也。以芙蕖之可人，其事不一而足。请备述之。

群葩当令时，只在花开之数日，前此后此，皆属过而不问之秋矣，芙蕖则不然。自荷钱出水之日，便为点缀绿波，及其劲叶既生，则又日高一日，日上日妍，有风既作飘飖之态，无风亦呈袅娜之姿，是我于花之未开，先享无穷逸致矣。

迨至菡萏[①]成花，娇姿欲滴，后先相继，自夏徂秋，此时在花为分内之事，在人为应得之资者也。及花之既谢，亦可告无罪于主人矣，乃复蒂下生蓬，蓬中结实，亭亭独立，犹似未开之花，与翠叶并擎，不至白露为霜，而能事不已。

此皆言其可目者也。可鼻则有荷叶之清香，荷花之

异馥，避暑而暑为之退，纳凉而凉逐之生。至其可人之口者，则莲实与藕，皆并列盘餐，而互芬齿颊者也。只有霜中败叶，零落难堪，似成弃物矣，乃摘而藏之，又备经年裹物之用。

是芙蕖也者，无一时一刻，不适耳目之观；无一物一丝，不备家常之用者也。有五谷之实，而不有其名；兼百花之长，而各去其短。种植之利，有大于此者乎？予四命之中，此命为最。无如酷好一生，竟不得半亩方塘，为安身立命之地；仅凿斗大一池，植数茎以塞责，又时病其漏，望天乞水以救之。殆所谓不善养生，而草菅其命者哉。

·注释·

①菡萏：荷花的花苞。

·译文·

芙蕖同其他草木花卉似乎有一些差异；但是它只有根没有枝干，一年一生，这些习性又是相同的。花谱上说："长在水中的叫草芙蓉，长在陆地上的叫旱莲。"这样就必定要将它归到草本当中了。我在夏季以它为命，并不是有意要模仿周敦颐，沿用前人已有的观点。而是因为芙蕖的可爱之处一言难尽。请让我细细道来。

各种花卉合时令的时候，只在花开那几天引人注目，开花前和开花后，都不会有人注意，芙蕖则并非如此。从荷芽出水的那天起，就能点缀绿波，等到它的叶子长出来，就一天娇似一天，有风便随风摇曳，没有风也袅娜多姿，花还没开，我已经享受到无穷乐趣了。

等到花苞盛开，娇姿欲滴，并且前后相继而不间断，从夏天到秋天，对荷花来说是分内的事，对人来说也是应得的享受。到了荷花凋零时，也能对得起主人了，却又在花蒂下面长出莲蓬，莲蓬中结满果实，亭亭玉立，又像含苞欲放的花朵，莲蓬与翠绿的叶子一起，不到白露打霜，就不停止贡献。

上面说的都是眼睛能够看见的。鼻子能闻得到的，有荷叶的清香、荷花的异香，靠它们解暑，暑热便即刻消退，以它们纳凉，凉气会即刻产生。至于能让人可口的，则是莲子与藕，并列摆在餐桌上，可以唇齿留香。只有经过霜打的枯叶，零落难堪，好像成了废弃之物，但是把它摘下来藏好，又能够用来常年包裹东西。

这样，芙蕖无时无刻不让人赏心悦目；没有一物一丝不能供给家庭日常使用。它就像五谷一样实用，却没有五谷之名；兼有百花的长处，却没有百花的缺点。种植植物得到的利益，还有比这更大的吗？我的四条命当中这条命最重要。只是我一生酷爱荷花，却得不到半亩方塘来种植它；仅仅凿了一个斗大的水塘，种了几株来敷衍，水池又常常漏水，只能祈祷老天下雨来救它。这大概是所谓的不善养荷，而草菅其命了。

凤仙

原文

凤仙，极贱之花，此宜点缀篱落，若云备染指甲之用，则大谬矣。纤纤玉指，妙在无瑕，一染猩红，便称俗物。况所染之红，又不能尽在指甲，势必连肌带肉而丹之。迨肌肉褪清之后，指甲又不能全红，渐长渐退，而成欲谢之花矣。始作俑者，其俗物乎？

凤仙是非常低贱的花，只适合点缀篱笆角落，如果说用它来染指甲，就大错特错了。纤纤玉指，妙在洁白无瑕，一染上猩红色，便是俗物。何况所染的红色，又不全都在指甲上，一定会连带周围的皮肤也染红了。等到皮肤上的红色褪掉，指甲上又不会全是红色，指甲渐长颜色渐褪，就成了即将凋谢的花。这种方法的始作俑者，难道不是个俗人吗？

金　钱

原文

金钱、金盏、剪春罗、剪秋罗诸种，皆化工所作之小巧文字。因牡丹、芍药一开，造物之精华已竭，欲续不能，欲断不可，故作轻描淡写之文，以延其脉。吾观于此，而识造物纵横之才力亦有穷时，不能似源泉混混，愈涌而愈出也。

合一岁所开之花，可作天工一部全稿。梅花、水仙，试笔之文也，其气虽雄，其机尚涩，故花不甚大，而色亦不甚浓。开至桃、李、棠、杏等花，则文心怒发，兴致淋漓，似有不可阻遏之势矣；然其花之大犹未甚，浓犹未至者，以其思路纷驰而不聚，笔机过纵而难收，其势之不可阻遏者，横肆也，非纯熟也。迨牡丹、芍药一开，则文心笔致俱臻化境，收横肆而归纯熟，舒蓄积而

馨光华，造物于此，可谓使才务尽，不留丝发之余矣。

然自识者观之，不待终篇而知其难继。何也？世岂有开至树不能载、叶不能覆之花，而尚有一物焉高出其上、大出其外者乎？有开至众彩俱齐、一色不漏之花，而尚有一物焉红过于朱、白过于雪者乎？斯时也，使我为造物，则必善刀而藏矣。

乃天则未肯告乏也，夏欲试其技，则从而荷之；秋欲试其技，则从而菊之；冬则计穷其竭，尽可不花，而犹作蜡梅一种以塞责之。数卉者，可不谓之芳妍尽致，足殿群芳者乎？然较之春末夏初，则皆强弩之末矣。

至于金钱、金盏、剪春罗、剪秋罗、滴滴金、石竹诸花，则明知精力不继，篇帙寥寥，作此以塞纸尾，犹人诗文既尽，附以零星杂著者是也。

由是观之，造物者极欲骋才，不肯自惜其力之人也；造物之才，不可竭而可竭，可竭而终不可竟竭者也。究竟一部全文，终病其后来稍弱。其不能弱始劲终者，气使之然，作者欲留余地而不得也。

吾谓才人著书，不应取法于造物，当秋冬其始，而春夏其终，则是能以蔗境行文，而免于江郎才尽[①]之诮矣。

·注释·

①江郎才尽：南朝梁江淹，少有文名，世称江郎。晚年诗文无佳句，时人谓之才尽。比喻才思衰退。

·译文·

金钱、金盏、剪春罗、剪秋罗这几种花，都是造物主创作的小巧文章。因为牡丹、芍药一开花，造物主的精华已经耗尽，想要继续下去却不能，想就此罢手也不能，所以才写作出这种轻描淡写的文章，用来延续它的创作之路。我看到这些，才知道造物主纵横洋溢的才华也有穷尽之时，不会像泉水的源头那样滚滚不息，越涌越出。

将一年当中开的花统合起来，可以看作造物主的一部完整书稿。梅花与水仙是试笔的文字，气势虽然雄浑，然而技巧还比较生涩，所以花开得不大，颜色也不浓艳。等到桃、李、海棠、杏这些开花时，就文思奔放，淋漓尽致，好像有一种不可遏止的势头；然而这些花还是不太大，颜色也不太浓，这是因为造物主的思路纷繁而不集中，笔力纵横驰骋却很难收拢，这种势头无法遏止，是由于这只是纵横恣肆，而技巧并不是非常纯熟。等到牡丹、芍药花一开，文笔就到了出神入化的境界，收敛纵横恣肆，技巧非常纯熟，将所积蓄的才华都发挥出来，可以说造物主在这里把才气都用尽了，没有留下丝毫余地。

然而明眼人一看就知道，不须等到文章写完，就已经难以继续写下去了。为什么？难道世上有一种花能开到树不能栽、叶不能盖，而且还有另一种东西比它高大的吗？难道有一种花色彩齐全、一色不漏，而且还有另一种东西比它更红、更雪白的吗？此时，如果我是造物主，就一定会把造物工具藏起来不再做。

然而上天不肯自认才乏，夏天要试其技艺，就造出荷花；秋天试其技艺，就造出菊花；冬天已经技穷才竭，完全可以不去造花了，但还是造出蜡梅来应付。这几种花，难道不能说是芳香艳丽到了极致，完全可以成为群花中的殿军吗？然而相比春末夏初，却都是强弩之末。

至于金钱、金盏、剪春罗、剪秋罗、滴滴金、石竹这些花，造物主明知精力不济，篇幅也所剩不多，才写了这些东西来充塞纸尾，就像文人的诗文已经枯竭，就附上一些零星杂著一样。

如此看来，造物主是一个极想逞能，却不肯爱惜自己才气的人；造物主的才能，不可枯竭，但是又可耗尽；可以枯竭，但不可以一下子全都耗尽。毕竟这一本书，毛病是后面稍弱。之所以不能开始弱、结尾强，是意气造成的，作者想留些余地也不可能了。

我认为有才华的人写书，不要仿效造物主，应当把秋冬两季当作开始，把春夏两季作为结尾，这样就能渐入佳境，避免被人讥诮为江郎才尽了。

蝴蝶花

原文

此花巧甚。蝴蝶，花间物也，此即以蝴蝶为花。是一是二，不知周之梦为蝴蝶欤？蝴蝶之梦为周欤？非蝶非花，恰合庄周梦境。

译文

这种花非常巧妙。蝴蝶是花间之物，所以就把蝴蝶当成了花。是蝴蝶还是花，不知道是庄周在梦中变成了蝴蝶呢？还是蝴蝶在梦中变成了庄周？既非蝶又非花，刚好吻合庄周的梦境。

菊

原文

菊花者，秋季之牡丹、芍药也。种类之繁衍同，花色之全备同，而性能持久复过之。从来种植之书，是花皆略，而叙牡丹、芍药与菊者独详。

人皆谓三种奇葩，可以齐观等视，而予独判为两截，谓有天工、人力之分。何也？牡丹、芍药之美，全仗天工，非由人力。植此二花者，不过冬溉以肥，夏浇以湿，如是焉止矣。其开也，烂漫芬芳，未尝以人力不勤，略减其姿而稍俭其色。

菊花，之美，则全仗人力，微假天工。艺菊之家，当其未入土也，则有治地酿土之劳；既入土也，则有插标记种之事。是萌芽未发之先，已费人力几许矣。迨分秧植定之后，劳瘁万端，复从此始。防燥也，虑湿也，摘头也，掐叶也，芟蕊也，接枝也，捕虫掘蚓以防害也，此皆花事未成之日，竭尽人力以俟天工者也。即花之既开，亦有防雨避霜之患，缚枝系蕊之勤，置盏引水之烦，染色变容之苦，又皆以人力之有余，补天工之不足者也。

为此一花，自春徂秋，自朝迄暮，总无一刻之暇。必如是，其为花也，始能丰丽而美观，否则同于婆娑野菊，仅堪点缀疏篱而已。

若是，则菊花之美，非天美之，人美之也。人美之而归功于天，使与不费辛勤之牡丹、芍药齐观等视，不几恩怨不分，而公私少辨乎？吾知敛翠凝红而为沙中偶语者，必花神也。

菊花，是秋天的牡丹和芍药。种类同样繁多，花色同样齐全，但是菊花的花期要比牡丹和芍药长。历来那些关于种植的书，将其他的花都写得非常简略，只有讲到牡丹、芍药和菊花时记录得很详尽。

人们都认为这三种花可以同等看待，只有我认为它们截然不同，有天工和人力的差别。为什么？牡丹和芍药的美，完全靠天工，而不是靠人力。种植这两种花，不过是冬天施肥，夏天浇水，就可以了。开花时，色彩烂漫，气味芬芳，不会因为人不够勤劳就缺少优美的姿态和艳丽的色彩。

菊花的美，则全靠人力，只稍借一点儿天工。种植菊花的人家，在种之前，就要整理出地方，找肥沃的土壤种下，之后就有插标记种的事。这样，在菊花还没有萌芽，就已经花费了不少人力。分秧栽种后，各种辛劳的事才真正开始：抗旱、防涝、摘头、掐叶、去蕊、接枝，还要捉虫、挖蚯蚓，以防止菊花受损。这都是花开以前，竭尽人力而等待老天爷的恩赐。等到花开后，又要防雨避霜，缚枝系蕊，置盏引水，染色变容，这一切辛勤劳苦的事情，都是用人力来弥补天工的不足。

为了种这一种花，从春到秋，从早到晚，没有一刻闲暇。只有这样，菊花才开得丰满、艳丽、美观，否则就会和萎萎缩缩的野菊花一样，只能用来点缀稀疏的篱笆了。

如果这样，就能知道菊花的美，这不是上天赐予的，而是人将它变美的。是人将其变美却将功劳归于老天，把它与不费人力辛劳的牡丹、芍药同等看待，这难道不是恩怨不分、公私不辨吗？我知道神态凝重地在那里发牢骚的，一定是花神。

原文

自有菊以来，高人逸士无不尽吻揄扬，而予独反其说者，非与渊明作敌国。艺菊之人终岁勤动，而不以胜天之力予之，是但知花好，而昧所从来。饮水忘源，并置汲者于不问，其心安乎？从前题咏诸公，皆若是也。予创是说，为秋花报本，乃深于爱菊，非薄之也。

译文

自从有菊花以来，高人逸士都对它尽力赞扬，只有我的看法与他们相反，这并不是要与陶渊明为敌。种植菊花的人一年到头辛勤劳作，而不赞美他们巧夺天工的能力，只知道花好，而不去看美丽从哪里来。喝水忘了源头，并对收集水的人不闻不问，能心安理得吗？从前题咏菊花的人都是这样。我提出了这种观点，是替菊花报恩，是对菊花的深爱，并不是轻视它。

原文

予尝观老圃之种菊，而慨然于修士之立身与儒者之治业。使能以种菊之无逸者砺其身心，则焉往而不为圣贤？使能以种菊之有恒者攻吾举业，则何虑其不掇青紫[①]？乃士人爱身爱名之心，终不能如老圃之爱菊，奈何！

· 注释 ·

①青紫：本为古时公卿绶带之色，因借指高官显爵。

· 译文 ·

我曾见过老园丁种植菊花，而感慨于那些立身的修士和治学的儒者。如果他们能够用种菊的不知安逸的心思来磨砺自己的身心，怎么能不成为圣贤呢？如果能用种菊人的恒心来攻读学业，哪里还用担心不能功成名就呢？读书人的那种爱身爱名的心思，始终不能像老园丁爱菊一样，有什么法子呢！

菜

原文

菜为至贱之物，又非众花之等伦，乃《草本》《藤本》中反有缺遗，而独取此花殿后，无乃贱群芳而轻花事乎？曰：不然。菜果至贱之物，花亦卑卑不数之花，无如积至贱至卑者而至盈千累万，则贱者贵而卑者尊矣。“民为贵，社稷次之，君为轻”者，非民之果贵，民之至多至盛为可贵也。

园圃种植之花，自数朵以至数十百朵而止矣，有至盈阡溢亩，令人一望无际者哉？曰：无之。无则当推菜

花为盛矣。一气初盈，万花齐发，青畴白壤，悉变黄金，不诚洋洋乎大观也哉！当是时也，呼朋拉友，散步芳塍，香风导酒客寻帘，锦蝶与游人争路，郊畦之乐，什佰园亭，惟菜花之开，是其候也。

·译文·

菜花是至贱的东西，又不是花的同类，在《草木》《藤本》中反而有所缺漏，而偏偏取这种花来殿后，是否是贬低群花、轻视种花技艺吗？我说：不是。菜的确是至贱的东西，菜花也微不足道，但是把最低微的东西积聚到成千上万，卑贱的也会变成尊贵。“民为贵，社稷次之，君为轻”这句话，并非说老百姓真的那样尊贵，而是因为老百姓人数多才变得可贵。

园圃中种植的花，从几朵到上百朵就完了，有遍布田野，让人一望无际的吗？回答是：没有。既然没有，那么菜花就算是最繁盛的了。春天刚到，万花齐放，漫山遍野，都变成一片金黄，真是洋洋大观啊！这时候，呼朋唤友，在弥漫着芳香的田埂上散步，春风引导游客寻找酒家，蝴蝶与游人争道，郊游的乐趣胜过园亭的十倍、百倍，只有在菜花开的时候，才是最好的时机。

颐养部

行乐第一

原文

伤哉！造物生人一场，为时不满百岁。彼夭折之辈无论矣，姑就永年者道之，即使三万六千日尽是追欢取乐时，亦非无限光阴，终有报罢之日。况此百年以内，有无数忧愁困苦、疾病颠连、名缰利锁、惊风骇浪，阻人燕游，使徒有百岁之虚名，并无一岁二岁享生人应有之福之实际乎！又况此百年以内，日日死亡相告，谓先我而生者死矣，后我而生者亦死矣，与我同庚比算、互称弟兄者又死矣。噫！死是何物，而可知凶不讳，日令不能无死者惊见于目，而怛闻于耳乎！是千古不仁，未有甚于造物者矣。虽然，殆有说焉。不仁者，仁之至也。知我不能无死，而日以死亡相告，是恐我也。恐我者，欲使及时为乐，当视此辈为前车也。康对山[①]构一园亭，其地在北邙山[②]麓[③]，所见无非丘陇。客讯之曰："日对此景，令人何以为乐？"对山曰："日对此景，乃令人不敢不乐。"达哉斯言！予尝以铭座右。兹论养生之法，而以行乐先之；劝人行乐，而以死亡怵之，即祖是意。欲体天地至仁之心，不能不蹈造物不仁之迹。

· 注释 ·

①康对山：康海，字海涵，号对山。明代陕西武功人，弘治十五年状元。

②北邙山：在今河南洛阳东北。汉魏以来，王侯公卿的葬地多在于此，后以此泛称墓地。

③麓：山脚下。

伤心啊！造物主造就人类一场，可是人类能存活的时长还不到一百年。那些在幼年时就夭折的人就不谈论了，就以那些延年益寿的人而论，即使在这一百年中天天寻欢作乐，这样的光阴也不是没有尽头的，终究有停止的一天。更何况在这一百年里，无数的忧愁困苦、疾病不断、名缰利锁、惊风骇浪，拦阻人去幸福地享受美满生活，使人徒有长命百岁的虚名，实际上并没有一两年的时间享受到人生中本该有的福气和乐趣！又何况在这一百年里，每天都有死亡的音信相告，比我早出生的人死了，比我晚出生的人死了，算起来和我同年出生、相互可以兄弟相称的人也死了。唉，死亡到底是什么东西，知道这是不好的事情却不能避讳，虽然不是天天都有死亡的现象在眼前出现，却不可避免地会知道这种使人悲伤的消息。千百年来估计没有比造物主更不仁慈的了。虽然如此，还有一种说法。不仁慈就是仁慈的极致。造物主知道我不能逃脱死亡，所以每天都通过告知别人死亡的消息来恐吓我。恐吓我，是想让我及时行乐，将死去的那些人的行为作为自己的前车之鉴。康海建了一座园亭，建造的位置选在坟墓遍布的北邙山的山脚下，可以看见的无非就是丘陵山岳。客人询问他说："每天对着这样的景色，有什么快乐可言呢?”康海对着山说:“天天对着这样的景色,所以令人不敢不快乐。”他的话是多么的豁达!我常常把他的这句话当作我的座右铭。现在一谈到养生的方法,首先要讲到的就是行乐;用死亡的恐惧来劝人及时行乐,可能这就是祖先的意思。要想体会天地的仁慈用心,就不能不像造物主一样,做一些不仁慈的事情。

原文

养生家授受之方,外藉药石,内凭导引,其借口颐生[①]而流为放辟邪侈者,则曰“比家”。三者无论邪正,皆术士之言也。予系儒生,并非术士。术士所言者术,儒家所凭者理。《鲁论·乡党》一篇,半属养生之法。予虽不敏,窃附于圣人之徒,不敢为诞妄不经之言以误世。

有怪此卷以《颐养》命名,而觅一丹方不得者,予以空疏谢之。又有怪予著《饮馔》一篇,而未及烹饪之法,不知酱用几何,醋用几何,醝椒香辣用几何者。予曰:果若是,是一庖人而已矣,乌足重哉!人曰:若是,则《食物志》《尊生笺》《卫生录》等书,何以备列此等?予曰:是诚庖人之书也。士各明志,人有弗为。

注释

①颐生:养生。

养生家教授给人的养生方法，外在的要凭借药石的力量，内在的要靠自身的导引，那些以养生为借口而生活放荡的人则被称为“比家”。以上三种说法无论是邪是正，都是术士所说的。我是一介儒生，并不是江湖术士。术士所说的是方术，儒家的说教则凭借道理。《鲁论·乡党》这篇文章，文章中一半的内容写的是关于养生的方法。我虽然不聪慧灵敏，私底下却把自己当作圣人的学生，从来不敢说出任何荒诞狂妄的言语来误导世人。

有人奇怪这一卷为什么以《颐养》命名，而文中却找不到一个丹方，我只能为自己的知识贫乏道歉。又有人责怪我写的《饮馔》一篇，文中没有谈到任何的烹饪方法，看过的人不知道酱应该用多少，醋应该用多少，盐、花椒、香料、辣椒应该用多少。我说：如果这样的话，我就只是一个厨师，这有什么值得重视的呢！有人说：如果是这样，那么《食物志》《尊生笺》《卫生录》等此类书籍，为什么将这些记载得如此详细？我说：那些是真正的烹调书。人都有自己的志向，也有他们不想做的事。

贵人行乐之法

原文

人间至乐之境，惟帝王得以有之；下此则公卿将相，以及群辅百僚，皆可以行乐之人也。然有万几在念，百务萦心，一日之内，除视朝听政、放衙理事、治

人事神、反躬修己之外，其为行乐之时有几？

曰：不然。乐不在外而在心。心以为乐，则是境皆乐，心以为苦，则无境不苦。身为帝王，则当以帝王之境为乐境；身为公卿，则当以公卿之境为乐境。凡我分所当行，推诿不去者，即当摈弃一切悉视为苦，而专以此事为乐。谓我为帝王，日有万几之冗，其心则诚劳矣，然世之艳慕帝王者，求为片刻而不能，我之至劳，人之所谓至逸也。为公卿将相、群辅百僚者，居心亦复如是，则不必于视朝听政、放衙理事、治人事神、反躬修己之外，别寻乐境，即此得为之地，便是行乐之场。一举笔而安天下，一矢口而遂群生，以天下群生之乐为乐，何快如之？若于此外稍得清闲，再享一切应有之福，则人皇可比玉皇，俗吏竟成仙吏，何蓬莱三岛之足羡哉！

此术非他，盖用吾家老子"退一步"法。以不如己者视己，则日见可乐；以胜于己者视己，则时觉可忧。

从来人君之善行乐者，莫过于汉之文、景；其不善行乐者，莫过于武帝。以文、景于帝王应行之外，不多

一事，故觉其逸；武帝则好大喜功，且薄帝王而慕神仙，是以徒见其劳。

人臣之善行乐者，莫过于唐之郭子仪；而不善行乐者，则莫如李广。子仪既拜汾阳王，志愿已足，不复他求，故能极欲穷奢，备享人臣之福；李广则耻不如人，必欲封侯而后已，是以独当单于，卒致失道后期而自刭。故善行乐者，必先知足。二疏[①]云："知足不辱，知止不殆。"不辱不殆，至乐在其中矣。

·注释·

①二疏：指汉宣帝时名臣疏广与兄之子疏受。广为太傅，受为少傅，同时以年老乞致仕，时人贤之。归日，送者车数百辆，设祖道，供张东都门外。每日以与宾客行乐为事。

·译文·

人世间最快乐的境界，只有皇帝才能得到；下面的公卿将相以及众多辅臣官僚，都是可以行乐的人。然而他们日理万机，公务缠身，一天之内，除了上朝听政、放衙理事、治人敬神、反躬修己之外，又有多少闲余的时间可以行乐呢？

我说：不是这样。快乐不表现在外面而在于内心。内心快乐，则身处在什么样的环境都会觉得快乐，内心悲苦，那么没有任何环境不觉得悲苦的。身处帝王之位，就应当以帝王所处的环境作为快乐的境地；身为公卿，就应当以公卿所处的环境作为快乐之境。凡是我分内应当承担的任务，不能推诿出去的，应当把除此之外的其他的事情都摈弃掉，将无关的事看作苦事，而专门把这些事情作为乐趣。假如我是帝王，每天都想着要处理一堆冗繁复杂的事务，心真的很劳累，然而世上那些羡慕帝王生活的人，他们可能连一时的帝王都做不了，所以我认为最劳苦的事情，就是众人眼中认为最安逸的事情。同样，身为公卿将相、群辅百僚的人，也应该这么想，这样的话就不必在视朝听政、放衙理事、治人敬神、反躬修己以外，再寻找新的快乐境界了，这就是属于自己的地方，就是最好的快乐境界。天下得到太平就在一挥笔之间，使天下众生都实现心愿就在一开口的那一瞬间，视天下苍生的快乐为自己最快乐的事，还有什么快乐可以和这个快乐相比呢？如果在这之外稍微有一些清闲的时间，再来享受应该享受的快乐，那么人间的皇帝就可以和天上的玉皇大帝相比了，尘世中的官吏也就成了天上的神仙官吏了，蓬莱三岛还有什么可艳羡的呢？

这种方法并不是其他方法，而是运用道家老子的“退一步”法。同那些不如自己的人比较，那么天天都会快乐；同那些胜过自己的人来与自己相比较，那么时时都会觉得忧虑。

自古以来的君主帝王善于行乐的，非汉代的文帝和景帝莫属了；其中不善于行乐的，没有比得过汉武帝的。因为汉文帝和汉景帝在除了他们应该做的事情以外，不多做任何一件事情，所以觉得安逸；汉武帝则好大喜功，而且看不起帝王的身份而羡慕神仙，所以我们只看见了他的劳苦。

在人臣中善于行乐的，莫过于唐代的郭子仪；不善于行乐的人，莫过于汉代的李广。郭子仪做了汾阳王之后，他的愿望得到了满足，也没有其他的要求，所以能够穷尽欲望和奢侈，享尽人臣的幸福；李广则总羞耻于自己不如别人，要封侯才满足，所以他单独抵挡单于的进攻，最后由于行军误期而自杀身亡。所以善于行乐的人，必须先要知道满足。疏广、疏受说："知道满足就不会受到侮辱，知道停下来就不会感觉疲劳。"不受辱、不疲劳，内心自然就会快乐。

富人行乐之法

原文

劝贵人行乐易，劝富人行乐难。何也？财为行乐之资，然势不宜多，多则反为累人之具。华封人祝帝尧富、寿、多男，尧曰："富则多事。"华封人曰："富而使人分之，何事之有？"

由是观之，财多不分，即以唐尧之圣、帝王之尊，犹不能免多事之累，况德非圣人而位非帝王者乎？陶朱公屡致千金，屡散千金，其致而必散，散而复致者，亦学帝尧之防多事也。

兹欲劝富人行乐，必先劝之分财；劝富人分财，其

势同于拔山超海，此必不得之数也。

财多则思运，不运则生息不繁。然不运则已，一运则经营惨淡，坐起不宁，其累有不可胜言者。财多必善防，不防则为盗贼所有，而且以身殉之。然不防则已，一防则惊魂四绕，风鹤皆兵，其恐惧觳觫之状，有不堪目睹者。且财多必招忌。语云："温饱之家，众怨所归。"以一身而为众射之的，方且忧伤虑死之不暇，尚可与言行乐乎哉？甚矣，财不可多，多之为累，亦至此也。

然则富人行乐，其终不可冀乎？曰：不然。多分则难，少敛则易。处比户可封之世，难于售恩；当民穷财尽之秋，易于见德。少课锱铢之利，穷民即起颂扬；略蠲升斗之租，贫佃即生歌舞。本偿而子息未偿，因其贫也而贳之，一券才焚，即噪冯瓘之令誉；赋足而国用不足，因其匮也而助之，急公偶试，即来卜式[①]之美名。果如是，则大异于今日之富民，而又无损于本来之故我。觊觎者息而仇怨者稀，是则可言行乐矣。

其为乐也，亦同贵人，可不必于持筹握算之外，别寻乐境，即此宽租减息、仗义急公之日，听贫民之欢欣赞颂，即当两部鼓吹；受官司之奖励称扬，便是百年华

衮[2]。荣莫荣于此、乐亦莫乐于此矣。至于悦色娱声、眠花藉柳、构堂建厦、啸月嘲风诸乐事，他人欲得，所患无资，业有其资，何求不遂？是同一富也，昔为最难行乐之人，今为最易行乐之人。即使帝尧不死，陶朱[3]现在，彼丈夫也，我丈夫也，吾何畏彼哉？去其一念之刻而已矣。

· 注释 ·

①卜式：汉代河南郡人，以畜牧致大富，汉武帝与匈奴开战，国用不足之时，他多次捐款，被任为中郎，后升至御史大夫。

②华衮：古代王公贵族的多彩的礼服。常用以表示极高的荣宠。

③陶朱：春秋时越国大夫范蠡的别称。蠡既佐越王勾践灭吴，以越王不可共安乐，弃官远去，居于陶，称朱公。以经商致巨富。

· 译文 ·

劝说地位高贵的人行乐容易，劝说有钱的富人行乐难。为什么呢？因为钱财是行乐的资本，但又不应当过多，多了的话就会成为累赘。华封人祝福尧帝富、寿而且多生男孩，尧说："太富了就会生出许多事端。"华封人说："富了就把钱财平分了，怎么会生出事端来呢？"

这样看来，钱财多却不分，像尧这样有圣人的品德、帝王的尊荣的人，都不能避免生出更多的事端，何况没有圣人之才德又没有帝王身份的普通人呢？陶朱公多次拥有千金财富，并且多次将千金财富分给众人，他赚来了就一定会分出去，分完之后再去赚，也是学习尧帝防止多生事端的一种方法。

所以想要劝说富人行乐，首先要劝他们将手中的财物分散掉，而劝富人分散财物，就像移动高山、跨越大海一样，这是肯定做不到的。

钱财多了就想着把它们运用到什么地方，不运用的话就会觉得不景气。然而不运用还好，一运用的话就要耐心地经营，让人坐立得不到安宁，那种劳累不是言语可以说得清的。钱财多了必须要善于防备别人，如果不防备就有可能被盗贼盗去，甚至有可能连性命都丢掉。然而不防备还好，一旦开始防备就会把人弄得战战兢兢，风声鹤唳，那种恐惧的样子，让人不忍心看见。况且钱财太多一定会招来忌妒。俗话说："温饱之家，众怨所归。"如果一个人被很多人指责和嫌弃，忧伤焦虑还不够，哪里还有时间去行乐呢？所以说，钱财不能太多，多了就成了累赘，原因就是这个。

难道富人想要行乐，就没有任何希望了吗？我说：不是。将太多的钱财分散给别人很难，少聚敛一些钱财是很容易的。在一个时代如果每一户人家都能受到封赏，就很难显出自己对别人的恩惠；在人民都很穷困的时代，就很容易显示出德行。少征收一些利息，穷困的人民随即就会颂扬你；略微减少一些租金，贫穷的佃户随即就会高兴得载歌载舞。对那些偿还了本金却没有偿还利息的人，如果你因为看到他们很贫穷而赦免他们，并把契约烧掉，就会像冯骥一样赢得美名；自己的赋税收入充足而国家的财力不足，在国家财力匮乏的时候捐助一下，急公好义地偶然做一次，就可以得到卜式那样的美名。如果真的像这样的话，就完全不同于今天的富人了，而对你原来的状况又不会有丝毫的损害。觊觎你的人都平息了，怨恨你的人也变少了，这时候就可以行乐了。

行乐的方式和贵人一样，就不必在拿着算盘算账之后，另去寻找快乐的境界了，在减租减息、仗义奉公的时候，听听贫困的人们对自己的赞扬和称颂，就当是乐班奏乐的声音；受到政府的奖励和表扬的时候，也就像得到了百年的华丽的衣装。再大的荣耀也比不过这些，再大的快乐也不过如此。至于娱悦声色、眠花宿柳、构建高堂大厦、吟嘲风月这一类的乐事，别人想得到，却担心没有钱财，如果已经有了钱财，还有什么做不到的呢？同样是富人，以前是最难享受到快乐的人，现在是最容易得到快乐的人了。即使尧帝没有死，陶朱公现在还活着，他们是大丈夫，我也是大丈夫，我在他们面前有什么好畏惧呢？只不过是去掉自己苛刻的念头而已。

贫贱行乐之法

原文

穷人行乐之方，无他秘巧，亦止有退一步法。我以为贫，更有贫于我者；我以为贱，更有贱于我者；我以妻子为累，尚有鳏寡孤独[①]之民，求为妻子之累而不能者；我以胼胝[②]为劳，尚有身系狱廷，荒芜田地，求安耕凿之生而不可得者。以此居心，则苦海尽成乐地。如或向前一算，以胜己者相衡，则片刻难安，种种桎梏幽囚之境出矣。

一显者旅宿邮亭，时方溽暑，帐内多蚊，驱之不出，因忆家居时堂宽似宇，簟冷如冰，又有群姬握扇而挥，不复知其为夏，何遽困厄至此！因怀至乐，愈觉心烦，遂致终夕不寐。一亭长露宿阶下，为众蚊所啮，几至露筋，不得已而奔走庭中，俾四体动而弗停，则啮人者无由厕足；乃形则往来仆仆，口则赞叹嚣嚣，一似苦

中有乐者。显者不解，呼而讯之，谓："汝之受困，什佰于我，我以为苦，而汝以为乐，其故维何？"亭长曰："偶忆某年，为仇家所陷，身系狱中。维时亦当暑月，狱卒防予私逸，每夜拘挛手足，使不得动摇，时蚊蚋[3]之繁，倍于今夕，听其自嘬，欲稍稍规避而不能，以视今夕之奔走不息，四体得以自如者，奚啻仙凡人鬼之别乎！以昔较今，是以但见其乐，不知其苦。"显者听之，不觉爽然自失。此即穷人行乐之秘诀也。

不独居心为然，即铸体炼形，亦当如是。譬如夏月苦炎，明知为室庐卑小所致，偏向骄阳之下来往片时，然后步入室中，则觉暑气渐消，不似从前酷烈；若畏其湫隘而投宽处纳凉，及至归来，炎蒸又加十倍矣。冬月苦冷，明知为墙垣单薄所致，故向风雪之中行走一次，然后归庐返舍，则觉寒威顿减，不复凛冽如初；若避此荒凉而向深居就燠，及其再入，战栗又作何状矣。由此类推，则所谓退步者，无地不有，无人不有，想至退步，乐境自生。予为两间第一困人，其能免死于忧，不枯槁于迍邅蹭蹬[4]者，皆用此法。又得管城一物，相伴终身，以扫千军则不足，以除万虑则有余。然非善作退步，即楮墨亦能困人。想虞卿[5]著书，亦用此法，我能公世，彼特秘而未传耳。

·注释·

①鳏寡孤独：泛指没有劳动力而又没有亲属供养的人。《孟子·

梁惠王下》："老而无妻曰鳏，老而无夫曰寡，老而无子曰独，幼而无父曰孤；此四者，天下之穷民而无告者。"

②胼胝：俗称老茧。手掌或脚底因长期摩擦而生的厚皮。

③蚊蚋：蚊子。

④迍邅：处境不利，困顿。蹭蹬：困顿，失意。

⑤虞卿：战国时人，赵国的上卿。主张连横抗秦，后来困顿于梁，在愁苦中著书。

穷人使自己快乐的方法，没有别的秘诀和窍门，也就只有"退一步"这种方法。我以为自己穷，还有比我更穷的人存在；我以为自己低贱，还有比我更低贱的人；我把妻子儿女当作累赘，还有失去妻子无依无靠、没有妻儿相伴，求着能让妻儿所累却得不到的人；我为自己因为劳动使得手脚都生老茧而感觉到劳苦，还有人被关在监狱，田地荒芜了，想安心耕作却做不到的人。这样想来，那么苦海都变成乐土了。如果向前算，和胜过自己的人相比，就难以得到片刻的安宁，就会被忧郁的心境所束缚。

有一个显贵之人在旅途中住在驿站，当时正是盛夏酷暑，蚊帐里有很多蚊子，驱赶也不出去，因此想起在家里时厅堂宽敞，枕席凉如冰，又有许多姬妾手拿着扇子为他扇风纳凉，根本都感觉不出是夏天，为什么现在困苦到这种地步！因为想着非常快乐的事情，更加心烦，于是整个晚上都睡不着。有一个亭长露宿在台阶下，被许多蚊子叮咬，筋几乎都被咬出来了，迫不得已只能在院子里来回走动，让四肢保持不停运动，使蚊子没办法落脚。他的身子虽然奔跑得很辛苦，口中却很大声地赞叹，好像苦中有乐一般。显贵之人大为不解，就把他叫来询问："你受的苦比我多百倍，我觉得非常痛苦，而你却觉得快乐，这是为什么？"亭长说："我想起曾经有一年，被仇家陷害，关押在监狱里。那时也正是夏天，狱卒为防备我逃走，每天晚上都捆住我的手脚，让我动弹不得，那时也是蚊子繁多，比今晚多上一倍，只能由它们叮咬，想要躲一下也不行，比起今晚可以跑个不停，而且四肢能够自由，那真是神仙和凡人、人和鬼的区别啊！以往日来比今天，所以只觉得快乐，不觉得苦。”显贵之人听后，顿时爽然若失。这就是穷人快乐的秘诀。

不仅心里应该这样想，就算锻炼身体，也应该这样想。比如夏天炎热，明知道是因为房子矮小导致的，偏偏在骄阳下走上片刻时间，然后再回到屋里，就会觉得暑气渐渐消散，不像原来热得那么严重了；如果害怕房子狭小而到宽敞的地方纳凉，等到回来以后，炎热就会比先前加重十倍。冬天寒冷，明知道是因为墙壁单薄导致的，有意跑到风雪中行走一次，之后再回到房子里，就会觉得寒气顿时减弱，不像先前那么寒冷了；要是为了躲避原来房子的寒冷就去深宅大院里取暖，回来进屋之后，不知道要冷成什么样子了。由此类推，所说的退步，到处都有，人人都有，想到退步，自然就会产生快乐的心情。我是天地间受到困苦最多的人，既能免死于忧愁困苦，也没有在困苦和颠沛流离的生活中变得憔悴，就是用了这种方法。我还有毛笔这件东西，终身相伴，用它虽然不能横扫千军，却能扫除诸多忧虑并且绰绰有余。但是如果不善于退一步想问题，就是纸墨也能困死人。想想虞卿著书，也是用的这个方法，我能够将此种方法公之于世，他却秘而不传。

原文

由亭长之说推之，则凡行乐者，不必远引他人为退步，即此一身，谁无过来之逆境？大则灾凶祸患，小则疾病忧伤。“执柯伐柯，其则不远。”取而较之，更为亲切。

凡人一生，奇祸大难非特不可遗忘，还宜大书特

书，高悬座右。其裨益于身者有三：孽由己作，则可知非痛改，视作前车；祸自天来，则可止怨释尤，以弭后患；至于忆苦追烦，引出无穷乐境，则又警心惕目之余事矣。如曰省躬罪己，原属隐情，难使他人共睹，若是则有包含韫藉之法；或止书罹患之年月，而不及其事；或别书隐射之数语，而不露其详；或撰作一联一诗，悬挂起居亲密之处，微寓己意，不使人知，亦淑慎[1]其身之妙法也。

此皆湖上笠翁瞒人独做之事，笔机所到，欲讳不能，俗语所谓“不打自招”者，非乎？

①淑慎：婉转恭慎，贤良谨慎。

由亭长这个例子推出，凡是行乐的人，不必引用别人的故事或是例子作为自己的退步，就是自己本身，有谁没有经历过逆境吗？大的可以说到灾祸凶患，小的可以说到疾病忧伤。“执柯伐柯，其则不远。”拿出来进行比较，更加亲切。

人的一生中，奇祸大难不但不能被遗忘，还应该大书特书，高悬在座位右边以提醒自己。对于人的好处有三点：如果罪孽是自己种下的，就可以知错痛改，看作前车之鉴；若是祸从天降，就可以停止怨恨、消释忧愁，以消除后患；至于要追忆过去的困苦和烦恼的事情，从而引出无穷的快乐，则是警惕之余的事情了。如果说反省自身、归罪自身，这些原属隐情，不能让别人看到，如果是，则可以采取掩饰的方法：或是可以只写遭遇灾祸的时间，不提具体事情；或是另外写几条隐射之语，不显示出详细情况；或写一副对联或一首诗，挂在起居房室常见的地方，在暗中略微寄寓自己的心意，可以不让人知道，也是“淑慎其身”最好的方法。

这是湖上李笠翁瞒着别人独自做的事情，笔触写到，想要避讳却也不能了，这就是俗话说的“不打自招”吧，不是吗？

家庭行乐之法

原文

世间第一乐地，无过家庭。“父母俱存，兄弟无故，一乐也。”是圣贤行乐之方，不过如此。而后世人情之好向，往往与圣贤相左。圣贤所乐者，彼则苦之；圣贤所苦者，彼反视为至乐而沉溺其中。如弃现在之天亲而拜他人为父，撇同胞之手足而与陌路结盟，避女色而就娈童[①]，舍家鸡而寻野鹜，是皆情理之至悖，而举世习而安之。其故无他，总由一念之恶旧喜新，厌常趋异所致。若是，则生而所有之形骸，亦觉陈腐可厌，胡不并易而新之，使今日魂附一体，明日又附一体，觉愈变愈新之可爱乎？其不能变而新之者，以生定故也。然欲变而新之，亦自有法。时易冠裳，迭更帏座，而照之以镜，则似换一规模矣。

即以此法而施之父母兄弟、骨肉妻孥，以结交滥费之资，而鲜其衣饰，美其供奉，则“居移气，养移体”，

一岁而数变其形，岂不犹之谓他人父，谓他人母，而与同学少年互称兄弟，各家美丽共缔姻盟者哉？

有好游狭斜者，荡尽家资而不顾，其妻迫于饥寒而求去。临去之日，别换新衣而佐以美饰，居然绝世佳人。其夫抱而泣曰："吾走尽章台，未尝遇此娇丽。由是观之，匪人之美，衣饰美之也。倘能复留，当为勤俭克家，而置汝金屋。"妻善其言而止。后改荡从善，卒如所云。

又有人子不孝而为亲所逐者，鞠于他人，越数年而复返，定省承欢，大异畴昔。其父讯之，则曰："非予不爱其亲，习久而生厌也。兹复厌所习见，而以久不睹者为可亲矣。"众人笑之，而有识者怜之。何也？习久而厌其亲者，天下皆然，而不能自明其故。此人知之，又能直言无讳，盖可以为善之人也。

此等罕譬曲喻，皆为劝导愚蒙。谁无至性，谁乏良知，而俟予为木铎？但观孺子离家，即生哭泣，岂无至乐之境十倍其家者哉？性在此而不在彼也。人能以孩提之乐境为乐境，则去圣人不远矣。

①娈童：被当作女性玩弄的美男。

世间最快乐的地方，就是在家里。"父母健在，兄弟也没有早亡，这是一件大乐事。"圣人贤士们的行乐方式，也不过如此吧。只

是后世人们所爱好和崇尚的事物，往往跟圣贤们不相同。圣贤们所乐于做的事，他们却觉得痛苦；圣贤感到苦恼的事情，他们反而看成好事而沉溺在其中。就像舍弃自己的亲生父母而拜别人为父，撇下同胞手足而与陌路的人结为盟友，避开女色而去亲近娈童，放弃妻子而去追寻青楼女子，这些都是违背人世间情理的事情，但是好像全世界的人对这种事情都已经习以为常了。没有其他什么原因，都是因为喜新厌旧、追求与众不同这类念头。如果是这样，生下来就具备的身体，也该觉得陈腐可厌了吧，为什么不一起扔掉换个新的，使魂魄今天附在一个身体上，明天又附在另一个身体上，岂不越变越可爱？不能改变和更新，是因为生来就已经确定好了。然而想要改变和更新，也是有办法的。时时更换衣裳，变换家居物品的位置，用镜子照照看，就像换了一副模样。

用这个方法对待父母兄弟、骨肉妻儿，把结交朋友随便浪费的钱财，用来给他们买新衣服和首饰，那么“居移气，养移体”，一年就可以多次变换不同的形象，这不等于和拜别人的父母为父母、跟年少的同学称兄道弟、跟各家的美丽女子缔结婚姻一样吗？

曾经有个喜欢游荡花街柳巷的人，花光了家中所有的积蓄也不管，他的妻子饥寒交迫，想要离开。临去的那天，更换了新衣并且佩戴了漂亮的首饰，居然瞬间变成了一位绝世佳人。她丈夫抱着她痛哭说：“我走遍了青楼，没见过像你这样娇艳美丽的女子。由此可以看出，妓院里的女人长得美是因为衣服让她美。如果你能够留下，我会为你勤俭持家，把你供奉在金屋里。”妻子相信了他说的话就留了下来。后来那人果然改变浪荡的习惯走上了正途，结果真的像他说的一样了。

又有一个不孝子被父母驱逐，后来被别人收养，过了数年之后回到自己家中，十分讨父母的欢心，跟以前大不一样了。他父亲询问原因，他说：“不是我不爱父母，相处久了就会感觉厌烦。现在厌烦了每日必见的养父母，又觉得长时间不见面的亲生父母亲切了。”

众人笑话他，而有见识的人却同情他。为什么呢？和父母相处久了就会觉得厌烦，天下的人都是这样，但是自己不能了解到其中的原因。这个人知道，又能够直言不讳，是个可以向善的人。

这样少见、精辟、婉转的比喻，都是为了劝导愚痴蒙昧的人。谁会没有天性，谁会缺乏良知，还要等我去唤醒人们吗？只要看小孩子离开家，就会哭泣，难道没有比他家生活得快乐十倍的地方吗？这是因为他的兴趣在这里而不在那里。如果人们能把孩子的快乐看成真正的快乐，这样的人离圣人也就不远了。

道途行乐之法

原文

“逆旅”二字，足概远行，旅境皆逆境也。然不受行路之苦，不知居家之乐，此等况味，正须一一尝之。予游绝塞而归，乡人讯曰：“边陲之游乐乎？”曰：“乐。”有经其地而惮焉者曰：“地则不毛，人皆异类，睹沙场而气索，闻钲鼓而魂摇，何乐之有？”予曰：“向未离家，谬谓四方一致，其饮馔服饰皆同于我，及历四方，知有大谬不然者。然止游通邑大都，未至穷边极塞，又谓远近一理，不过稍变其制而已矣。及抵边陲，始知地狱即在人间，罗刹原非异物，而今而后，方知人之异于禽兽者几希，而近地之民，其去绝塞之民者，反有霄壤幽明之大异也。不入其地，不睹其情，乌知生于东南，游于都会，衣轻席暖，饭稻羹鱼之足乐哉！”

此言出路之人，视居家之乐为乐也；然未至还家，

则终觉其苦。又有视家为苦，借道途行乐之法，可以暂娱目前，不为风霜车马所困者，又一方便法门也。向平[①]欲俟婚嫁既毕，遨游五岳；李固[②]与弟书，谓周观天下，独未见益州，似有遗憾；太史公因游名山大川，得以史笔妙千古。

是游也者，男子生而欲得，不得即以为恨者也。有道之士，尚欲挟资裹粮，专行其志，而我以糊口资生之便，为益闻广见之资，过一地，即览一地之人情，经一方，则睹一方之胜概，而且食所未食，尝所欲尝，蓄所余者而归遗细君，似得五侯之鲭[③]，以果一家之腹，是人生最乐之事也，奚事哭泣阮途，而为乘槎驭骏者所窃笑哉？

·注释·

①向平：东汉高士，名长，字子平，隐居不仕，子女婚嫁既毕，遂漫游五岳名山，后不知所终。

②李固：东汉时人。字子坚，博学耿直，冲帝时任太尉，后来受诬被害。

③五侯之鲭：西汉成帝时，娄护曾把王氏五侯所馈赠的珍贵膳食合制为鲭，世称“五侯鲭”。鲭，肉和鱼同烧的杂烩。

·译文·

“逆旅”两个字，意思是只要远行，旅途的环境全都是逆境了。然而不经受行路的苦难，就不知道在家时有多么安乐，这种境况的心情，应该一一体会一下。我游历塞北回来，同乡询问我说：“边疆的这一趟旅行快乐吗?”我说:“快乐!”有曾经到过塞北而心生畏惧的人说:“那里是不毛之地,都是不同民族的人,看见沙漠就让人丧气,听到战鼓响起就觉得心惊胆战,有什么好快乐的?”我说:“向来没有离开过家的人,错误地以为所有的地方都是一样的,他们的饮食、衣饰都跟我们一样,等到游历四方回来之后,才知道大错特错了。对于只游历过繁华的大城市,边疆塞外没有到过的人,又会认为远近都是一个道理,不过是形式稍微变换了一下而已。及至到达边塞,才开始知道地狱就在人间,罗刹原来不是什么特别的东西;从今往后,才知道人跟禽兽并没有多大的差别,中原内地的人们,拿出来与边塞的人民相比的话,真有天壤之别。不去他们居住的土地上,不见他们的经历,又怎么能知道生在东南、生活在繁华大都市、身着轻便服装、睡在温暖的席子和被褥上、可以用稻米做饭和拿鱼做汤的乐趣呢!”

这话是说出去远行的人,把在家里的快乐当作乐趣;然而在还没回到家之前,则终究觉得辛苦。还有在家嫌苦,借外出旅游行乐的方法,可以暂时感到愉快的,没有被风霜车马困住,又是一个方便的办法。向平等儿女婚嫁的事完了之后,开始遨游五岳;李固给弟弟写信,说游遍天下山水,却没去过益州,似乎有遗憾;太史公因为游历名山大川,记下的历史妙绝千古。

所以说游历是男子生来便想做的事,不能游历就会觉得有遗憾。有道的人,还想要带上钱财衣食,以便专心实现这个志向,而我以糊口谋生的便利条件,作为增长见闻的资本,路过一个地方,就游览并考察一个地方的风土人情,经过一个地方,就参观一个地方的名胜,而且可以吃没吃过的东西,品尝想品尝的食物,将剩下的东西带回来给老婆、孩子,像得到了“五侯鲭”,足以让一家人饱餐一顿,这就是人生最快乐的事,为什么要像阮籍一样在道路上哭泣,而被那些乘木筏、骑骏马的人所耻笑呢?

春季行乐之法

原文

人有喜、怒、哀、乐，天有春、夏、秋、冬。春之为令，即天地交欢之候，阴阳肆乐之时也。人心至此，不求畅而自畅，犹父母相亲相爱，则儿女嬉笑自如，睹满堂之欢欣，即欲向隅而泣，泣不出也。

然当春行乐，每易过情，必留一线之余春，以度将来之酷夏。盖一岁难过之关，惟有三伏，精神之耗，疾病之生，死亡之至，皆由于此。故俗话云“过得七月半，便是铁罗汉”，非虚语也。

思患预防，当在三春行乐之时，不得纵欲过度，而先埋伏病根。花可熟观，鸟可倾听，山川云物之胜可以纵游，而独于房欲之事略存余地。盖人当此际，满体皆春。“春”者，泄尽无遗之谓也。草木之“春”，泄尽无遗而不坏者，以三时皆蓄，而止候泄于一春，过此一春，又皆蓄精养神之候矣。人之一身，能保一时尽泄而三时皆不泄乎？尽泄于春，而又不能不泄于夏，虽草木不能不枯，况人身之浮脆[①]者乎？欲留枕席之余欢，当使游观之尽致。何也？分心花鸟，便觉体有余闲；并力闺帏，易致身无宁刻。然予所言，皆防已甚之词也。若使杜情而绝欲，是天地皆春而我独秋，焉用此不情之物，而作人中灾异乎？

·注释·

①浮脆：空虚脆弱。

·译文·

人有喜、怒、哀、乐四种情绪，天有春、夏、秋、冬四个季节。春天这个季节，就是天地冷暖交流、自然界阴阳会合的时候。到了这个时候，人心不想舒畅也会舒畅起来，犹如父母相亲相爱，儿女才会笑逐颜开，看到家人满堂的欢乐气氛，即使想独自面向墙壁哭泣，也哭不出来。

然而在春季行乐，每每容易用情过度，所以必须留一点儿精力，好度过将来的酷热难耐的夏天。因为一年中最难挨的关卡，是在三伏天，精神耗损、疾病丛生，以至于死亡都是在这个时候。所以俗话说“过得七月半，便是铁罗汉”，并不是虚言。

在春天行乐的时候，要先考虑预防疾患，这时不得过度放纵自己的欲望，从而先埋下了病根。花可以经常看，鸟鸣可以随心地听，山川云物的美景可以任意游览，只是对于房事要有节制，不要纵欲过度。因为人在这个时候，往往全身都是“春”。“春”，指的是泄尽无遗。草木的“春”，发泄殆尽不会有什么损伤，因为其他三个季节它都在积蓄，只有在春天这一个季节宣泄，过了春季，全都是养精蓄锐的季节了。人的身体，能保证一个季节泄尽，而其他三个季节再也不宣泄吗？春天已经泄尽，在夏天又不能不泄，如果是草木也会干枯，何况是非常虚弱的人的身体呢？想要留住枕席的余欢，就应该在游览时尽兴。为什么？把心思分一部分用到花鸟上，就会觉得身体有空闲；把心思都用在闺阁内，会让身体得不到片刻的休息。然而我所说的，都是一些防止过度的话。要是摒弃感情、杜绝欲念，那么，这就像天地都是春，就我一人是秋，何必要成为这样一个无情的人，成为人们眼中的灾异呢？

夏季行乐之法

原文

酷夏之可畏，前幅虽露其端，然未尽暑毒之什一也。使天只有三时而无夏，则人之死也必稀，巫、医、僧、道之流皆苦饥寒而莫救矣。止因多此一时，遂觉人身叵测，常有朝人而夕鬼者。《戴记》云：“是月也，阴阳争，死生分。”危哉斯言！令人不寒而栗矣。

凡人身处此候，皆当时时防病，日日忧死。防病忧死，则当刻刻偷闲以行乐。从来行乐之事，人皆选暇于三春，予独息机[①]于九夏。以三春神旺，即使不乐，无损于身；九夏则神耗气索，力难支体，如其不乐，则劳神役形，如火益热，是与性命为仇矣。

《月令》以仲冬为闭藏；予谓天地之气闭藏于冬，人身之气当令闭藏于夏。试观隆冬之月，人之精神愈寒

愈健，较之暑气铄人，有不可同年而语者。

凡人苟非民社系身，饥寒迫体，稍堪自逸者，则当以三时行事，一夏养生。过此危关，然后出而应酬世故，未为晚也。

追忆明朝失政以后，大清革命之先，予绝意浮名，不干寸禄，山居避乱，反以无事为荣。夏不谒客，亦无客至，匪止头巾不设，并衫履而废之。或裸处乱荷之中，妻孥觅之不得；或偃卧长松之下，猿鹤过而不知。洗砚石于飞泉，试茗奴以积雪；欲食瓜而瓜生户外，思啖果而果落树头，可谓极人世之奇闻，擅有生之至乐者矣。后此则徙居城市，酬应日纷，虽无利欲熏人，亦觉浮名致累。

计我一生，得享列仙之福者，仅有三年。今欲续之，求为闰余[2]而不可得矣。伤哉！人非铁石，奚堪磨杵作针；寿岂泥沙，不禁委尘入土。予以劝人行乐，而深悔自役其形。噫！天何惜于一闲，以补富贵荣膴[3]之不足哉！

·注释·

①息机：熄灭机心，休息。

②闰余：闰月。

③荣膴：犹富贵荣华。

·译文·

酷热夏天的可怕，前面虽然已经涉及了一点儿，但是并没有说出酷暑害处的十分之一。假使每年只有三个季节而没有夏季，那么人死亡的数量就会减少了，巫、医、僧、道这些人，都会饥寒交迫而没有人能救他们。只是因为多了这个季节，常常让人感觉生死难料，往往会有早上还是人、晚上就成了鬼的事情发生。戴氏《礼记》中说："这个月，阴阳相争，死生分离。"这句话真是吓人啊，让人不寒而栗。

凡是身处在这个时候的人，都会时时防备生病，天天担心会死亡。防备生病担心死亡，就应当时刻忙里偷闲及时行乐。自古以来人们对于行乐的时间，都会选在春天的空闲时间，我却特别选在夏天。因为春天人们精神旺盛，即使不行乐，对身体也不会有损伤；夏天就会耗尽精神，体力难支，如果不行乐，就会让身体和精神都劳累不堪，就像给火加热一样，这就像跟自己的性命有仇一样。

《月令》认为仲冬是闭藏的时节。我认为天地之气应该闭藏于冬天，人身之气应该闭藏于夏天。试看隆冬时节，天气越冷人就越有精神，比起炎热削弱人的体力，不可同日而语。

人如果不是公事缠身、饥寒交迫，稍有些条件可以轻闲的，就该在另外三个季节做事情，在夏天休养身体。度过这个危险的关头，然后再出来应酬，也不迟。

追忆明朝灭亡之后，清朝革命之前，我对浮名没有兴趣，不求官职，还躲到山中避乱，还以没有事做为荣。夏天不拜见客人，也没有客人来，不仅不用戴头巾，就连衣服和鞋子都不用穿。或是裸体躺在杂乱的荷叶之中，妻子儿女找都找不到我；或是卧在松树的下边，就连猿猴和仙鹤飞过也看不到。用飞泉水洗砚台，用积雪煮茶喝；想吃瓜就可以往户外摘取，想吃果子而果子就会从树上落下来，真可以说那时极尽了人间奇闻，而且享受到了人生最大的乐趣。后来移居到城中，应酬繁多，虽然不是利欲熏心，也觉得为浮名所累。

总计我的一生，享受到神仙之福的，仅仅三年。现在想要继续那样的生活，哪怕闰余之月也不可能了。伤心啊！人不是铁石，怎么经受得住磨杵成针那样的损耗？寿命不是泥沙，不能像泥沙那样轻易丢弃入土。我劝人行乐，却非常后悔让自己的身体劳累，唉，上天为什么吝惜些小小的清闲，为什么不用它来弥补我没有富贵荣华的缺憾呢！

秋季行乐之法

原文

过夏徂秋，此身无恙，是当与妻孥庆贺重生，交相为寿者矣。又值炎蒸初退，秋爽媚人，四体得以自如，衣衫不为桎梏，此时不乐，将待何时？况有阻人行乐之二物，非久即至。

二物维何？霜也、雪也。霜、雪一至，则诸物变形，非特无花，亦且少叶；亦时有月，难保无风。若谓“春宵一刻值千金”，则秋价之昂，宜增十倍。有山水之胜者，乘此时蜡屐[①]而游，不则当面错过。何也？前此欲登而不可，后此欲眺而不能，则是又有一年之别矣。有金石之交者，及此时朝夕过从，不则交臂而失。何也？褦襶[②]阻人于前，咫尺有同千里；风雪欺人于后，访戴何异登天？则是又负一年之约矣。

至于姬妾之在家，一到此时，有如久别乍逢，为欢特异。何也？暑月汗流，求为盛妆而不得，十分娇艳，惟四五之仅存；此则全副精神，皆可用于青鬓翠黛之上。久不睹而今忽睹，有不与远归新娶同其燕好者哉？

为欢即欲，视其精力短长，总留一线之余地。能行百里者，至九十而思休；善登浮屠者，至六级而即下。此房中秘术，请为少年场授之。

·注释·

①蜡屐：以蜡涂木屐。语出南朝宋刘义庆《世说新语·雅量》："或有诣阮（阮孚），见自吹火蜡屐，因叹曰'未知一生当箸几量屐！'神色闲畅。"后以"蜡屐"指悠闲、无所作为的生活。

②褦襶：夏天遮阳的凉笠，谓炎暑戴笠。

经过夏天到了秋天，身体没有异常，就该和妻子儿女庆贺又一次获得重生，互相祝寿了。又到了暑气开始消退的时候，这时秋爽怡人，四肢可以自由活动，不会被衣衫所束缚，此时不行乐，还要等到什么时候呢？何况还有阻碍人行乐的两种事物不久就要来了。

这两种事物是什么？霜和雪。霜、雪一来，万物都会变形，不只没有花朵，连叶子也变得少了；也时常有月亮，却不能保证不起风。如果说"春宵一刻值千金"，那秋天的价值，应该比春天高出十倍了。要是居住的地方临近山水胜景的，这时就应该穿上涂好蜡的木鞋去游览，不然就白白错过了。为什么？因为之前想登临却不能，之后想要观赏也不能，就要与山水分别一年了。有金石之交的好朋友，应在这时朝夕相处，不然就失之交臂了。为什么？因为之前暑气阻碍人，近在咫尺的距离却像远隔千里之外；之后风雪逼人，想要拜访朋友岂不难如登天？这就又负了一年的约定。

至于家中的姬妾，到了这个时候，就像久别重逢的人，相处得特别愉快。为什么？因为夏天容易出汗，想要盛妆打扮也不行，即使打扮得十分娇艳，也只剩下四五分的妆容；秋天可以把全部的精神，都用在梳妆打扮上。长时间不见她们盛妆打扮，今天忽然看见，能不像久别重逢或是新婚宴尔一样，感情融洽吗？

这时候行乐和欲望的节制，要根据个人的情况而定，总要留下一些余地。能走百里的，走九十里就要考虑休息；有善于登塔的，到第六级就得下来。这是房中秘术，请让我教给年轻人。

冬季行乐之法

原文

冬天行乐，必须设身处地，幻为路上行人，备受风雪之苦，然后回想在家，则无论寒燠晦明，皆有胜人百倍之乐矣。

尝有画雪景山水，人持破伞，或策蹇驴，独行古道之中，经过悬崖之下，石作狰狞之状，人有颠蹶之形者。此等险画，隆冬之月，正宜悬挂中堂。主人对之，即是御风障雪之屏，暖胃和衷之药。若杨国忠之肉阵[①]，党太尉之羊羔美酒[②]，初试或温，稍停则奇寒至矣。

善行乐者，必先作如是观，而后继之以乐，则一分

乐境，可抵二三分，五七分乐境，便可抵十分十二分矣。然一到乐极忘忧之际，其乐自能渐减，十分乐境，只作得五七分，二三分乐境，又只作得一分矣。须将一切苦境，又复从头想起，其乐之渐增不减，又复如初。此善讨便宜之第一法也。譬之行路之人，计程共有百里，行过七八十里，所剩无多，然无奈望到心坚，急切难待，种种畏难怨苦之心出矣。但一回头，计其行过之路数，则七八十里之远者可到，况其少而近者乎？譬如此际止行二三十里，尚余七八十里，则苦多乐少，其境又当何如？此种想念，非但可为行乐之方，凡居官者之理繁治剧，学道者之读书穷理，农工商贾之任劳即勤，无一不可倚之为法。噫！人之行乐，何与于我，而我为之嗓敝舌焦，手腕几脱。是殆有媚人之癖，而以楮墨代脂韦③者乎？

·注释·

①肉阵：唐玄宗时，外戚杨国忠当政，穷奢极欲，冬月常选婢妾肥大者，行列于前令遮风，藉人气相暖，号“肉阵”“肉屏”。

②党太尉之羊羔美酒：党进，宋代人，官居太尉。有家姬名辟寒，后成为陶谷的妾。一日大雪，陶谷命取雪水烹茶，曰：“党太尉家应不识此。”辟寒说：“彼粗人也，安有此景，但能销金暖帐下，浅斟低唱，饮羊羔美酒耳。”

③脂韦：油脂和软皮。《楚辞·卜居》：“宁廉洁正直，以自清乎？将突梯滑稽，如脂如韦，以洁楹乎？”后因此比喻阿谀或圆滑。

冬季想要行乐，必须设身处地地把自己幻想成行路的人，受尽了风雪冰冻的痛苦，然后想想自己在家里，无论天气寒暖阴晴，都能感觉比别人幸福百倍。

曾有一幅山水雪景的画，画中的人手持破伞，或者骑着瘸驴，独自行走在古道中，经过悬崖下面，石头都现出狰狞的表情，人好像要摔倒的样子。这样险要的画面，在隆冬的时候，正适合悬挂在大厅之中。主人看见它，就像是挡风雪的屏风、暖肠胃的药物。如果像杨国忠的肉阵、党太尉的羊羔美酒，刚开始品尝的时候觉得很温和，稍停一会儿之后就觉得特别寒冷。

善于行乐的人，必须先这样想，再继续行乐，那么一分的快乐，抵得上两三分的效果，五七分的快乐，就抵得上十分或十二分的效果了。然而一到了极致的快乐将烦恼忧愁通通忘记的时候，这种快乐又会自然地逐渐减少，十分的快乐，只可以算得上五七分，两三分的快乐，只能抵一分了。必须将一切的痛苦情形，重新从头想，那么快乐才会逐渐增加而不会减少，又会像当初一样了。这是讨便宜最好的方法。譬如行路的人，计划要走的路程是一百里，走过七八十里，之后所剩不多了，但是很想尽快到达终点，心里非常急切，种种害怕困难、怨恨辛劳的念头就会产生了。但是回头计算一下走过的路程，七八十里都能够走到，何况剩下的这又少又近的一段路程呢？想想如果这时只走了二三十里路，并且还有七八十里没走，那是苦多乐少，这种情况又该怎么办呢？这种想法，不仅可以作为行乐的方法，凡是做官都要处理烦琐的事务，做学问的人读书研究理论，农工商贾的辛勤劳作，没有不能用这种方法获得快乐的。唉，别人行乐，跟我有什么关系，我却说得口干舌燥，手腕都快脱臼了。是我有取悦别人的癖好，还是只能以笔墨来讨好人？

止忧第二

原文

忧可忘乎？不可忘乎？曰：可忘者非忧，忧实不可忘也。然则忧之未忘，其何能乐？曰：忧不可忘而可止，止即所以忘之也。如人忧贫而劝之使忘，彼非不欲忘也，啼饥号寒者迫于内，课赋索逋者攻于外，忧能忘乎？

欲使贫者忘忧，必先使饥者忘啼，寒者忘号，征且索者忘其逋赋而后可，此必不得之数也。若是，则“忘忧”二字徒虚语耳。犹慰下第者以来科必发，慰老而无嗣者以日后必生，迨其不发、不生，亦止听之而已，能归咎慰我者而责之使偿乎？

语云：“临渊羡鱼，不如退而结网。”慰人忧贫者，必当授以生财之法；慰人下第者，必先予以必售之方；慰人老而无嗣者，当令蓄姬买妾，止妒息争，以为多男

从出之地。若是，则为有裨之言，不负一番劝谕。止忧之法，亦若是也。忧之途径虽繁，总不出可备、难防之二种，姑为汗竹，以代树萱。

忧愁能忘记吗？忧愁不可以忘记吗？我说：可以忘记的不是真正的忧愁，真正的忧愁其实是不能忘记的。然而不能忘记忧愁，又怎么能快乐呢？我说：忧愁不能忘记却可以停止，停止就是忘记的方法。像有人为贫穷烦恼而劝他忘记，他不是不想忘记，饥寒交迫的孩子在家里哭号，催租讨债的人在屋外逼迫，忧愁怎么能忘记呢？

要想让穷人忘记忧愁，一定要先让饥寒交迫的人忘记哭号、征租讨债的人忘记索取才行，可是这又是不可能的事。如果这样，“忘忧”这两个字就只是空话。就像安慰落榜的人下次科考一定会中举一样，安慰到老还没有后代的人将来一定会有孩子一样，最终没有中榜也没有孩子，这些话就是听听而已，又怎能怪罪于安慰的人而让他赔偿呢？

古人说：“临渊羡鱼，不如退而结网。”安慰忧虑、贫穷的人，一定要教他发财的方法；安慰落榜的应试者，一定要先教他中举的方法；安慰没有后代的老人，应该让他蓄养姬妾，禁止争风吃醋，为生养子女做准备。这样，就是有益的话，也不枉费一番安慰之意。停止忧愁的方法，也就是这样了。忧愁的形式有很多，总超不出可以防备和难以防备两种，我姑且做些记录，以代替种植忘忧草来为人们解忧愁。

止眼前可备之忧

拂意之境，无人不有，但问其易处不易处，可防不可防。如易处而可防，则于未至之先，筹一计以待之。此计一得，即委其事之度外，不必再筹，再筹则惑我者至矣。贼攻于外而民扰于中，其可防乎？俟其既至，则以前画之策，取而予之，切勿自动声色。声色动于外，则气馁于中。此以静待动之法，易知亦易行也。

·译文·

不顺心的事，没有谁会没有，要看它是否容易处理，是否可以预防。如果容易处理并且可以防止，那就在发生之前，先准备一个应对的对策等待其发生。这个对策想好之后，就可以把忧愁的事放在一边，不必再考虑；再考虑，疑惑就会产生了。就像一个国家，匪徒在城外攻打，人民在城中发生内乱，这能够预防吗？等到事情发生，就用先前计划的对策应付，切记要做到不动声色。一动声色，心里就会气馁。这是以静待动的方法，容易明白也容易运用。

止身外不测之忧

原文

不测之忧，其未发也，必先有兆。现乎蓍龟，动乎四体者，犹未必果验。其必验之兆，不在凶信之频来，而反在吉祥之事之太过。乐极悲生，否伏于泰，此一定不移之数也。命薄之人，有奇福，便有奇祸；即厚德载福之人，极祥之内，亦必酿出小灾。盖天道好还，不敢尽私其人，微示公道于一线耳。达者如此，无不思患预防，谓此非善境，乃造化必忌之数，而鬼神必瞯之秋也。萧墙[1]之变，其在是乎？

止忧之法有五：一曰谦以省过，二曰勤以砺身，三曰俭以储费，四曰恕以息争，五曰宽以弥谤。率此而行，则忧之大者可小，小者可无；非循环之数，可以窃逃而幸免也。只因造物予夺之权，不肯为人所测识，料其如此，彼反未必如此，亦造物者颠倒英雄之惯技耳。

注释

①萧墙：即照壁，当门而立的小墙，比喻内部。

译文

不可预料的忧患，在没有发生的时候，一定会有征兆。在占卜中表现出来的，表现在身体上的征兆，也不一定应验。一定灵验的征兆，不在于不好的消息频繁传来，而在于吉祥的事情频频发生。乐极生悲，不幸埋藏在幸运之中，这是一定不会改变的道理。命薄的人有奇福，就会有奇祸发生；就是德厚有福的人，在吉祥频出之下，也会出现一些小灾。因为上天公正，不会对任何一个人完全偏爱，也会在他身上降下小小的灾祸以显示公道。睿智的人对这种事都会考虑到不幸而且进行预防，认为这不是好事，认为造物主一定会忌妒、鬼神一定会窥视。身边的灾祸，就是从这里引起的吧？

防止忧愁的方法有五种：一是虚心检讨自己的过失；二是勤奋地锻炼自己；三是节俭且要有积蓄；四是要宽恕别人，避免争斗；五是要宽厚待人，消除诽谤。照这样做，那么，大的忧愁可以化小，小可以化无；这不是天道循环的定数，是可以逃脱和幸免的。只是造物主生杀予夺的大权，不肯让人识破，预料它会这样，它不一定这样，这是造物主戏弄英雄惯用的伎俩。

调饮啜第三

原文

《食物本草》一书，养生家必需之物。然翻阅一过，即当置之。若留匕箸之旁，日备考核，宜食之物则食之，否则相戒勿用，吾恐所好非所食，所食非所好，曾皙睹羊枣[1]而不得咽，曹刿鄙肉食而偏与谋，则饮食之事亦太苦矣。尝有性不宜食而口偏嗜之，因惑《本草》之言，遂以疑虑致疾者。弓蛇之为祟，岂仅在形似之间哉！食色，性也，欲藉饮食养生，则以不离乎性者近似。

· 注释 ·

①羊枣：果名，君迁子之实，长椭圆形，初生色黄，熟则黑，似羊矢，俗称“羊矢枣”。

· 译文 ·

《食物本草》一书，是养生家必备的读物。但是翻阅一遍之后，就应当放到一边了。如果是放在饭桌上，每天进行核对，适宜吃的东西才吃，不适宜吃的就互相告诫不要吃，恐怕我所喜欢的不是能吃的，所吃的不是喜欢的，就像曾皙看到羊枣而不能吃，曹刿不喜欢肉食却偏偏让他吃，那么关于饮食这件事就太苦了。有人身体不适宜吃某种东西但心里却偏偏喜欢，又害怕《食物本草》上的话，结果因为心生疑虑而病倒了。杯弓蛇影会给人带来困扰，难道就只是因为两者外形相似吗！食色，性也，想要借饮食养生，就应该不违背人的本性。

爱食者多食

原文

生平爱食之物，即可养身，不必再查《本草》。春秋之时，并无《本草》，孔子性嗜姜，即不撤姜食，性嗜酱，即不得其酱不食，皆随性之所好，非有考据而然。孔子于姜、酱二物，每食不离，未闻以多致疾。可

见性好之物，多食不为祟也。但亦有调剂君臣之法，不可不知。“肉虽多，不使胜食气。”此即调剂君臣之法。肉与食较，则食为君而肉为臣；姜、酱与肉较，则又肉为君而姜、酱为臣矣。虽有好不好之分，然君臣之位不可乱也。他物类是。

·译文·

天生爱吃的东西，就可以养身，不必再查《食物本草》了。春秋时期，并没有《食物本草》，孔子生性喜欢吃姜，离不开有姜的食物，喜欢吃酱，没有酱就不吃饭，都是根据性情的喜好而吃的，不是经过考证之后才这么做的。孔子对于姜、酱这两种东西，每次吃饭都离不开，没听说因为吃得多而生病的。可见生性喜欢吃的东西，多吃也不会有影响。但是也要有调配主次的方法，这个事情不能不知道。“肉虽多，不使胜食气。”这就是调配主次食物的方法。肉跟主食相比，那么主食就是主要的，肉是次要的；姜、酱和肉相比，那么肉是主要的，姜、酱则是次要的。虽然有喜爱和不喜爱的差别，但是主次的位置不能乱。其他的食物大概都是这样。

怕食者少食

原文

凡食一物而凝滞胸膛，不能克化者，即是病根，急宜消导。世间只有瞑眩之药[①]，岂有瞑眩之食乎？喜食之物，必无是患，强半皆所恶也。故性恶之物即当少食，不食更宜。

·注释·

①瞑眩之药：语出《尚书·说命上》：“若药弗瞑眩，厥疾弗瘳。”后指服后反应强烈的药。

·译文·

只要吃完一种东西堵在胸口不能消化，就是落下病根了，应该赶快疏导消化。世间只有让人眩晕的药，哪有让人眩晕的食物？喜欢吃的东西，一定不会出现这个情况，多半是吃到厌恶的食物。所以生性厌恶的东西，一定要少吃，最好不吃。

太饥勿饱

原文

欲调饮食，先匀饥饱。大约饥至七分而得食，斯为酌中之度，先时则早，过时则迟。然七分之饥，亦当予以七分之饱，如田畴[①]之水，务与禾苗相称，所需几何，则灌注几何，太多反能伤稼，此平时养生之火候也。有时迫于繁冗，饥过七分而不得食，遂至九分十分者，是谓太饥。其为食也，宁失之少，勿犯于多。多则饥饱相搏而脾气受伤，数月之调和，不敌一朝之紊乱矣。

注释

①田畴：围有界限的耕地。

译文

要调节饮食，先调整饥饱。大概饿到七分就应该吃东西，这是最合适的时候，之前太早，之后又太迟。但是七分饿，也应该吃到七分饱，像田畴里的水，一定要跟禾苗相匀称，需要多少，就浇灌多少，太多反而会伤害到庄稼，这是平时养生的火候。有时因为繁忙的工作，饿过了七分还不能吃饭，以至于饿到了九分十分时，就是饿过头了。这时吃东西，宁可吃少点儿，也不能吃得太多。太多了则饥饱相互争斗容易使脾胃受伤，几个月的调节也比不过这一日的紊乱。

太饱勿饥

原文

饥饱之度，不得过于七分是已。然又岂无饕餮[1]太甚，其腹果然之时？是则失之太饱。其调饥之法，亦复如前，宁丰勿啬。若谓逾时不久，积食难消，以养鹰之法处之，故使饥肠欲绝，则似大熟之后，忽遇奇荒。贫民之饥可耐也，富民之饥不可耐也，疾病之生多由于此。从来善养生者，必不以身为戏。

·注释·

①饕餮：传说中的一种贪残的怪物，为尧舜时的四凶之一。古代钟鼎彝器上多刻其头部形状以为装饰。比喻贪得无厌者，这里指贪婪地吞食。

·译文·

饥饱的程度，是不能超过七分的。但是难道就没有过分贪吃，将肚子撑得饱饱的时候吗？这样就是吃得太饱了。调节的方法也跟前面说的一样，宁可吃得多一点儿，不能吃得太少。要是觉得饭过的时间不长，积食不能消化，就用养老鹰的方法处理，故意让自己饿到饥肠辘辘，就像一次大丰收后突然遇到严重的荒年。穷人的饥饿可以忍耐，富人的饥饿就不能忍耐了，疾病的产生，大多是这个原因。擅长养生的人，从来不会拿自己的身体当儿戏。

节色欲第四

原文

行乐之地，首数房中。而世人不善处之，往往启妒酿争，翻为祸人之具。即有善御者，又未免溺之过度，因以伤身，精耗血枯，命随之绝。是善处不善处，其为无益于人者一也。

至于养生之家，又有近姹、远色之二种，各持一见，水火其词。噫！天既生男，何复生女，使人远之不得，近之不得，功罪难予，竟作千古不决之疑案哉！予请为息争止谤，立一公评，则谓阴阳之不可相无，犹天地之不可使半也。天苟去地，非止无地，亦并无天。江河湖海之不存，则日月奚自而藏？雨露凭何而泄？人但知藏日月者地也，不知生日月者亦地也；人但知泄雨露者地也，不知生雨露者亦地也。

地能藏天之精，泄天之液，而不为天之害，反为天之助者，其故何居？则以天能用地，而不为地所用耳。天使地晦，则地不敢不晦；迨欲其明，则又不敢不明。水藏于地，而不假天之风，则波涛无据而起；土附于地，而不逢天之候，则草木何自而生？

是天也者，用地之物也，犹男为一家之主，司出纳吐茹[①]之权者也；地也者，听天之物也，犹女备一人之用，执饮食寝处之劳者也。果若是，则房中之乐，何可一日无之？但顾其人之能用与否，我能用彼，则利莫大焉。参、苓、芪、术皆死药也，以死药疗生人，犹以枯木接活树，求其气脉之贯，未易得也。黄婆、姹女②皆活药也，以活药治活人，犹以雌鸡抱雄卵，冀其血脉之通，不更易乎？

凡借女色养身而反受其害者，皆是男为女用，反地为天者耳。倒持干戈，授人以柄，是被戮之人之过，与杀人者何尤？人问：执子之见，则老氏“不见可欲，使心不乱”之说，不几谬乎？予曰：正从此说参来，但为下一转语：不见可欲，使心不乱，常见可欲，亦能使心不乱。何也？人能摒绝嗜欲，使声、色、货、利不至于前，则诱我者不至，我自不为人诱，苟非入山逃俗，能若是乎？使终日不见可欲而遇之一旦，其心之乱也，十倍于常见可欲之人。不如日在可欲之中，与若辈习处，则是“司空见惯浑闲事”矣，心之不乱，不大异于不见可欲而忽见可欲之人哉？

老子之学，避世无为之学也；笠翁之学，家居有事之学也。二说并存，则游于方之内外，无适不可。

①吐茹：比喻钱财的出入。

②黄婆：道教炼丹的术语。认为脾内涎能养其他脏腑，所以叫黄婆。姹女：道家炼丹，称水银为姹女。这里代指妇女。

·译文·

行乐的地方，首推房中。但世人往往处理不好，引起忌妒、酿成纷争，反而成为害人的事。即使有处理得当的人，又不可避免地沉溺其中，因此伤害了身体，消耗精血，命也跟着断送了。这时，不论处理得适当与不适当，对人都是没有好处的。

而养生家们又分亲近美色和远离美色两种，他们各持己见，水火不容。唉，造物主既然造就了男人，为什么又生出了女人，使人远离她们不是，亲近她们也不是，功过很难确定，这竟成为千古未决的疑案了！我来为平息这场争论公道地评价一下，我认为阴阳相互不能没有对方，就像天地不能只有一半一样。如果天离开了地，那么不仅没有地，天也就不存在了。江河湖海不存在了，那么日月又要藏在哪里呢？雨露又凭什么流泄？人们只知道掩藏日月的是地，不知道产生日月的也是地；人们只知道流泄雨露的是地，不知道滋生雨露的也是地。

地能蕴藏天的精华，也能流泻天的雨露，而不会成为天的祸害，反而成为天的助手，这是什么原因？就是因为天能利用地，而不被地所利用。天让地晦暗，地不敢不晦暗；天让地光明，地又不敢不明亮。水藏在地上，不通过风，平静的水面就没有办法生波浪；土附在地上，但如果没有适宜的气候，草木又从哪里长出来呢？

这样看来，天是地的利用者；就像男人是一家之主，要行使收入、支出的权力一样。地，要服从于天；就像女子准备家用，操持饮食住处等家务一样。如果真是这样，那么房中的欢乐，怎么能一天没有呢？只看这人懂不懂得利用。要是能够利用它，就没有什么利益比得上了。人参、茯苓、黄芪、白术，都是死药，用死药治活人，就像将枯木嫁接到活树上，想让它们贯通气脉，很不容易。妇女都是活的药，用活药治活人，就像雌鸡抱雄卵，想要它们血脉相通，不是更容易吗？

凡是借女色养身反而受到祸害的，都是男人被女人利用了，将天地的位置颠倒了。倒拿刀剑，把柄交给别人，这是被杀的人的过错，杀人的人有什么过错吗？有人问我：照你的意思，则老子的“不见可欲，使心不乱”的说法，不就错了吗？我说：我正是从他的说法中参悟出来的，我把他的说法变了一下：不见可欲，使心不乱，常见可欲，也能使心不乱。为什么？人能摒绝嗜好和欲望，使自己不见到声、色、财物，那么诱惑我的东西不来，我自然不会受到诱惑，如果不是躲进山里逃避世俗，能做到吗？如果整天遇不到可以产生欲望的东西，有一天突然遇见了，那么心里烦乱的程度，比经常见到的人要严重十倍。倒不如天天生活在可以产生欲望的环境里，跟这些东西朝夕相处，就会司空见惯，心中不乱的程度，比起平时见不到让人产生欲望东西的人突然让他见到，不就大不相同了吗？

老子的学说是避世无为的学说，笠翁的学说是家居做事的学说。两种学说并存，就能游刃有余，里里外外都会方便了。

节快乐过情之欲

原文

乐中行乐，乐莫大焉。使男子至乐，而为妇人者尚有他事萦心，则其为乐也，可无过情之虑。使男妇并处极乐之境，其为地也，又无一人一物搅挫其欢，此危道也。决尽堤防之患，当刻刻虑之。然而但能行乐之人，即非能虑患之人；但能虑患之人，即是可以不必行乐之人。此论徒虚设耳。必须此等忧虑历过一遭，亲尝其

苦，然后能行此乐。噫！求为三折肱之良医，则囊中妙药存者鲜矣，不若早留余地之为善。

乐中行乐，没有比这更快乐的了。如果男子很快乐，而女子心里还有其他的事烦恼于心，那么这种行乐就不用担心会有过度的情况出现了。要是男人和女人同处极乐的境地，而且所处的环境里又没有什么事可以打搅这种欢乐，这就很危险了。提防崩溃的事，时时警惕。但只要是行乐的人，就不是考虑忧患的人；能考虑忧患的人，就是可以不行乐的人。这种话说了等于白说。必须是亲身经历过这种忧患，亲身尝过这些痛苦的人，才能懂得这样的行乐。唉，想要做一个良医，囊中的妙药已经不多的时候，不如早留余地为好。

节忧患伤情之欲

原文

忧愁困苦之际，无事娱情，即念房中之乐。此非自好，时势迫之使然也。然忧中行乐，较之平时，其耗精损神也加倍。何也？体虽交而心不交，精未泄而气已泄。试强愁人以欢笑，其欢笑之苦更甚于愁，则知忧中行乐之可已。虽然，我能言之，不能行之，但较平时稍节则可耳。

忧愁困苦的时候，没有别的事可以使自己高兴，就想起房中乐事。这不是自然喜欢的，是时势逼迫这样的。然而在忧愁中行乐，比平时损耗精神更厉害。为什么呢？身体虽然在交合，精神却没有交合，精液还没有泄漏，气已经泄漏了。勉强让愁苦的人欢笑，他笑的时候酸苦比忧愁更忧愁，这样就知道忧愁中不可以行乐。虽然如此，我却是能说到不能做到，只是比平时稍微节制一些就可以了。

节饥饱方殷之欲

原文

饥、寒、醉、饱四时，皆非取乐之候。然使情不能禁，必欲遂之，则寒可为也，饥不可为也；醉可为也，饱不可为也。以寒之为苦在外，饥之为苦在中，醉有酒力之可凭，饱无轻身之足据。总之，交媾[1]者，战也，枵腹者[2]不可使战；并处者，眠也，果腹者不可与眠。饥不在肠而饱不在腹，是为行乐之时矣。

①交媾：性交。

②枵腹者：空腹，谓饥饿。指饥饿的人。

饥、寒、醉、饱这四种情况，都不是取乐的最佳时刻。但如果情感不能克制，一定要满足才行，那么寒冷的时候可以，饥饿的时候不可以；酒醉的时候可以，吃得太饱的时候不可以。因为寒冷的苦在体外，饥饿的苦在体内，醉了可以凭借酒力，太饱了身子就不轻便。总之，交媾的事，就像战斗，不能让空腹的人去打仗；男女同床，就像是睡觉，不能和吃得太饱的人一起睡。既不太饿，又不太饱，才是可以行乐的最佳时候。

节劳苦初停之欲

原文

劳极思逸，人之情也，而非所论于耽酒嗜色之人。世有喘息未定，即赴温柔乡者，是欲使五官百骸、精神气血，以及骨中之髓、肾内之精，无一不劳而后已。此杀身之道也。疾发之迟缓虽不可知，总无不胎病于内者。节之之法有缓急二种：能缓者，必过一夕二夕；不能缓者，则酣眠一觉以代一夕，酣眠二觉以代二夕。惟睡可以息劳，饮食居处皆不若也。

劳累过度就想逸乐，这是人之常情，不能认为是沉湎于酒色的人。有人喘息未定就上床行事，这样做是想让五官四肢、精神气血以及骨头里的骨髓、肾中的精液都劳累了才罢休。这是自杀的做法。发病早晚虽然不能预测，但是总会因此种下病根。节制的方法有缓和急两种：能缓的，一定要过上一夜两夜；不能缓的，就用睡觉代替，睡一觉代替一个晚上，睡两觉代替两个晚上。只有睡可以解除疲劳，饮食和休息都比不上睡觉。

节新婚乍御之欲

原文

新婚燕尔，不必定在初娶，凡妇人未经御而乍御者，即是新婚。无论是妻是妾，是婢是妓，其为燕尔之情则一也。乐莫乐于新相知，但观此一夕之为欢，可抵寻常之数夕，即知此一夕之所耗，亦可抵寻常之数夕。能保此夕不受燕尔之伤，始可以道新婚之乐。不则开荒辟昧，既以身任奇劳，献媚要功，又复躬承异瘁。终身不二色者，何难作背城一战；后宫多嬖侍者，岂能为不败孤军？危哉！危哉！当筹所以善此矣。

善此当用何法？曰：静之以心。虽曰燕尔新婚，只当行其故事。“说大人，则藐之”，御新人，则旧之。仍

以寻常女子相视，而不致大动其心。过此一夕二夕之后，反以新人视之，则可谓驾驭有方，而张弛合道者矣。

·译文·

新婚宴尔，不一定是在刚刚娶亲的时候，只要是妇女初次交媾的情况，都是新婚。无论是妻还是妾，是婢还是妓，新婚的欢乐都是一样的。最高兴的事也比不过遇到新的知己，只要看到这一个晚上的快乐可以抵得上平时的好几个晚上，就能知道这一个晚上消耗的体力，也抵得上平时的好几个晚上。能保证这个晚上不受新婚宴尔的伤害，才谈得上是新婚的快乐。不然与初次交合的妇女交欢，就让身体过度劳累，献媚邀功，自己承受过多的劳苦。终身只和一个女子同房的，不必在这一天竭尽全力；如果家中有许多侍妾，那么要一个人承受下来怎能不损害身体？危险！危险！该想个好办法应付才行啊。

对待这件事情应该用什么办法呢？回答是：应该让心安静下来。虽然是新婚宴尔，只当是做旧事。跟权贵说话，先藐视他们，

跟新人同房，把她当旧人看待。看作平常的女子，就不会太动心。过了这一晚两晚以后，再把她看作新人，就可以说是驾驭有方、张弛有度了。

却病第五

原文

病之起也有因，病之伏也有在，绝其因而破其在，只在一字之和。俗云："家不和，被邻欺。"病有病魔，魔非善物，犹之穿窬之盗，起讼构难之人也。我之家室有备，怨谤不生，则彼无所施其狡猾，一有可乘之隙，则环肆奸欺而祟我矣。然物必先朽而后虫生之，苟能固其根本，荣其枝叶，虫虽多，其奈树何？

人身所当和者，有气血、脏腑、脾胃、筋骨之种种，使必逐节调和，则头绪纷然，顾此失彼，穷终日之力，不能防一隙之疏。防病而病生，反为病魔窃笑耳。

有务本之法，止在善和其心。心和则百体皆和。即有不和，心能居重驭轻，运筹帷幄，而治之以法矣。否则，内之不宁，外将奚视？

然而和心之法，则难言之。哀不至伤，乐不至淫，怒不至于欲触，忧不至于欲绝。"略带三分拙，兼存一线痴。微聋与暂哑，均是寿身资。"此和心诀也。三复斯言，病其可却。

·译文·

疾病的发生有其原因，疾病的潜伏也有其根源，裁断它的因由、破坏它的根源的方法只在一个“和”字上。俗话说：“家中不和睦，就会被邻居欺负。”生病因为有个病魔，魔可不是善类，它就像钻洞入户的盗贼和挑起官司、事端结成怨仇的小人。我们家里有了防备，家里人不相怨恨、指责批评，那么病魔就没有办法施展其诡计多端的花招，如果一有可乘之机，它就要环绕在我们的周围施展奸计欺负我们。树木一定是先腐朽之后害虫才会生出来，如果使它的根部坚固，而且枝叶繁盛，即使害虫多，又能把树怎么样呢？

人的身体之所以应当调节，原因就在于它有气血、脏腑、脾胃、筋骨等各种器官，如果一个一个地调和，就会因为头绪纷繁，顾此失彼，整天费尽气力，却不能做到防备一个小小的疏忽。为了防病而生病，那就要被病魔耻笑了。

有一个从根本上解决问题的方法，就是要善于使自己的心能很好地和谐。内心和谐那么全身都会协调一致。即使身体有些不和谐，那么心处于重要位置而有力量对那些器官和部位加以操纵控制，在后方运筹帷幄，想出办法来治理它。不然内心都不安宁，外部由谁来监管呢？

但是使内心和谐的方法，很难说清楚。遇到悲哀的事情，感到悲哀但不要伤身；遇到快乐的事，但不要快乐过度；遇到叫人愤怒的事，不要愤怒得用头撞墙；遇到忧愁的事，不要忧愁到想去自杀。“略带三分笨拙，再有一点傻气，而且能装聋作哑，这些都是使生命长寿的本钱。”这是使内心和谐的口诀，反复体会几遍，疾病就可以消除了。

病未至而防之

原文

病未至而防之者，病虽未作，而有可病之机与必病之势，先以药物投之，使其欲发不得，犹敌欲攻我，而我兵先之，预发制人者也。如偶以衣薄而致寒，略为食多而伤饱，寒起畏风之渐，饱生悔食之心，此即病之机与势也。急饮散风之物而使之汗，随投化积之剂而速之消。在病之自视如人事，机才动而势未成，原在可行可止之界，人或止之，则竟止矣。较之戈矛已发，而兵行在途者，其势不大相径庭哉？

译文

在没有生病时先要防范，疾病虽然没有发作，但是有生病的可能和一定要生病的态势，先用药物控制，使其想要发作却不能，犹如敌人想要攻打我，我的士兵先去攻击他，先发制人一样。比如偶尔因为衣服穿少了而着凉，因为稍微吃多了而不舒服，着凉会引起怕风的疾病，吃得太饱会引起厌食之症，这就是产生疾病的可能性和趋势。赶紧喝散风的药物让身体发汗，吃化除积食的药剂消化食物。疾病就像人、事一样，有可能形成还没有形成，还在可能发展、可能制止的境地，人们加以制止，那样疾病就会消除了。这相比兵戈已经发动而军队正行进在路上，情况不是差很多吗？

病将至而止之

原文

病将至而止之者，病形将见而未见，病态欲支而难支，与久疾乍愈之人同一意况。此时所患者切忌猜疑。猜疑者，问其是病与否也。一作两歧之念，则治之不力，转盼而疾成矣。即使非疾，我以是疾处之，寝食戒严，务作深沟高垒之计；刀圭毕备，时为出奇制胜之谋。以全副精神，料理奸谋未遂之贼，使不得揭竿而起者，岂难行不得之数哉？

译文

疾病将要发生而制止了它，是说疾病将要出现却还没出现，生病的态势想控制却难以控制，和久病突然痊愈的人是同一种情况。这时要注意的是不要猜疑。猜疑就会怀疑自己是病了还是没病。一旦有这种两方面的想法，治疗起来就不会积极，疾病转眼就会成真。即使不是病，我也当成病来对待，吃饭、睡觉都加以防范，做好充分的准备；将药物准备齐全，及时筹划出奇制胜的策略。用全副的精神，对付阴谋还没有得逞的奸贼，让它不能揭竿而起，这是很难做到的事情吗？

病已至而退之

原文

病已至而退之，其法维何？曰：止在一字之静。敌已至矣，恐怖何益？“剪灭此而后朝食”，谁不欲为？无如不可猝得。宽则或可渐除，急则疾上又生疾矣。此际主持之力，不在卢医扁鹊，而全在病人。何也？召疾使来者，我也，非医也。我由寒得，则当使之并力去寒；我自欲来，则当使之一心治欲。最不解者，病人延医，不肯自述病源，而只使医人按脉。药性易识，脉理难精，善用药者时有，能悉脉理而所言必中者，今世能有几人哉？徒使按脉定方，是以性命试医，而观其中用否也。所谓主持之力不在卢医扁鹊，而全在病人者，病人之心专一，则医人之心亦专一，病者二三其词，则医人什佰其径，径愈宽则药愈杂，药愈杂则病愈繁矣。

昔许胤宗谓人曰：“古之上医，病与脉值，惟用一物攻之。今人不谙脉理，以情度病，多其药物以幸有功，譬之猎人，不知兔之所在，广络原野以冀其获，术亦昧矣。”此言多药无功，而未及其害。以予论之，药味多者不能愈疾，而反能害之。如一方十药，治风者有之，治食者有之，治痨伤[①]虚损者亦有之。此合则彼离，彼顺则此逆，合者顺者即使相投，而离者逆者又复于中为祟矣。利害相攻，利卒不能胜害，况其多离少合，有

逆无顺者哉？故延医服药，危道也。不自为政，而听命于人，又危道中之危道也。慎而又慎，其庶几乎！

①痨伤：犹劳伤，中医有五劳七伤之说。

疾病已经发生了要除去它，用什么方法呢？只在一个“静”字。敌人已经到来，恐惧害怕有什么好处？将敌人消灭后再吃早饭，谁不想这样？只是不能立刻做到。放缓也许可以慢慢消除，一着急就可能病上添病。此时起主要作用的，并非扁鹊这样的名医高手，而全在病人自己。为什么呢？把疾病招来的，是病人自己，而不是医生。自己因为受寒而生病，就应当使全力去掉寒气；自己因为纵欲生病，就应当一心控制欲望。最不能理解的是，病人把医生请过来，却不肯自己陈述生病的原因，而只让医生把脉。药性很容易辨识，脉理却不容易精通。善于用药的医生常有，但是能精通脉理而一说就中的，当今世上能有几人？只让医生把脉开药方，是在以自己的生命试验医生的医术，看他的医术是否高明。所谓起主要作用的不是扁鹊那样的名医高手而是病人自己，病人内心专一，那么医生内心也会专一，病人闪烁其词不把病因说清楚，那医生要考虑的治疗方案就会很复杂，开的药就会很杂，药越杂病就会变得越严重。

以前许胤宗曾对人说：“古代医术高明的医生，能从脉理看出病情，只用一味药治病。当今的人不精通脉理，依靠主观判断来猜测病情，用很多种药物希望侥幸有效，就好像猎人不知道兔子在哪儿，广泛地在原野上搜寻希望有所收获，这样的方法太愚昧了。”这话是说用药多不一定有效，而没有说用药的要害。在我看来，药的种类太多，不但不能治病反而有害身体。比如一张药方有十种药，有治风寒的，有治积食的，还有治劳伤虚损的。这种药符合病症，那种药就不符了，那种药顺应了病症，这种药就又可能跟病症相抵触，符合、顺应病症的药即使能治疗疾病，可是跟病症不符合、抵触的药又会从中作祟。利害之间相互冲突，利处终究胜不过害处，何况治疗疾病的药少，跟疾病抵触的药多的时候呢？因此请医生胡乱服药，是很危险的行为。不自己拿定主意，而听信别人，更是危险中的危险。谨慎再加谨慎，也许才可以吧！

疗病第六

原文

“病不服药，如得中医。”此八字金丹，救出世间几许危命！进此说于初得病时，未有不怪其迂者，必俟刀圭[1]药石无所不投，人力既穷，而沉疴如故，不得已而从事斯语，是可谓天人交迫，而使就“中医”者也。乃不攻不疗，反致霍然，始信八字金丹，信乎非谬。

以予论之，天地之间只有贪生怕死之人，并无起死回生之药。“药医不死病，佛度有缘人。”旨哉斯言！不得以谚语目之矣。然病之不能废医，犹旱之不能废祷。明知雨泽在天，匪求能致，然岂有晏然坐视，听禾苗稼

穑[2]之焦枯者乎？自尽其心而已矣。

予善病一生，老而勿药。百草尽经尝试，几作神农后身，然于大黄解结[3]之外，未见有呼应极灵，若此物之随试随验者也。生平著书立言，无一不由杜撰，其于疗病之法亦然。每患一症，辄自考其致此之由，得其所由，然后治之以方，疗之以药。所谓方者，非方书所载之方，乃触景生情，就事论事之方也；所谓药者，非《本草》必载之药，乃随心所喜，信手拈来之药也。明知无本之言不可训世，然不妨姑妄言之，以备世人之妄听。凡阅是编者，理有可信则存之，事有可疑则阙之，不以文害辞，不以辞害志，是所望于读笠翁之书者。

· 注释 ·

①刀圭：中药的量器名。泛指药物。

②稼穑：指农事。稼，耕种，种植。穑，收割庄稼。

③大黄：多年生草本植物，其根状茎为中药。有泻热毒、破积滞、行瘀血的功用。解结：消除郁结，解开疙瘩。

· 译文 ·

“病不服药，如得中医。”这八个字犹如金丹妙药，救出了世间多少危急的生命。将此说法在病人刚生病时提出来，没有人不觉得它迂腐，必须要等到所有的药物和治疗方法都用过一遍，人们的办法已经用尽，而病情还是那样沉重，不得已才按这句话说的去做。真可谓是被逼迫得走投无路的时候，才使用“中医”这种方法。于是不再治疗，疾病却突然痊愈了，这才开始相信这八字金丹，确实并非谬论。

在我看来，天地之间只有贪生怕死的人，并没有起死回生的药。“药医不死病，佛度有缘人。”这句话太对了！不能再把它当成谚语来看了。然而生病不能停止治疗，就像干旱时不能停止祈祷一样。明明知道降雨是上天的事情，并非祈求能得到的，然而有谁肯坐视不理，听任禾苗变焦枯而死呢？只是为了尽自己的心力罢了。

我一生多病，老了就不再用药了。百草都尝遍了，几乎能做神农氏的后人了，然而除了大黄能够解毒清火外，还没有见别的药物有这么灵验的，随时试用随时有效果。我生平著书立说，没有一篇不是自己创作的，在治病的方法上也是这样。我每得一种病症，都会自己探究生病的根源，寻找病因，然后再用药物治疗。所谓的药方，并不是医书上所载的药方，而是触景生情、就事论事的药方；所谓的药，也并不是《本草》上必定有记载的药，而是随自己喜欢、信手拈来的药。我明知没有根据的话，不能给世人作为参考，然而不妨说出来，让世人姑且听听。凡是读过这部书的人，觉得书中的道理有可信之处就把它留下来，觉得可疑就把它放到一边。希望所有读我书的人，不要因为内容忽略文采，不要因为文采而忽略主题就行了。

原文

药笼应有之物，备载方书；凡天地间一切所有，如草木、金石、昆虫、鱼鸟，以及人身之便溺，牛马之溲渤[①]，无一或遗，是可谓两者至备之书，百代不刊之典。今试以《本草》一书高悬国门，谓有能增一疗病之物，及正一药性之讹者，予以千金。吾知轩岐复出，卢扁再

生，亦惟有屏息而退，莫能觊觎者矣。然使不幸而遇笠翁，则千金必为所攫。何也？药不执方，医无定格。同一病也，同一药也，尽有治彼不效，治此忽效者；彼是则此非，彼非则此是，必居一于此矣。又有病是此病，药非此药，万无可用之理，或被庸医误投，或为臧获谬取，食之不死，反以回生者。迹是而观，则《本草》所载诸药性，不几大谬不然乎？更有奇于此者，常见有人病入膏肓，危在旦夕，药饵攻之不效，刀圭试之不灵，忽于无心中瞥遇一事，猛见一物，其物并非药饵，其事绝异刀圭，或为喜乐而病消，或为惊慌而疾退。

“救得命活，即是良医；医得病痊，便称良药。”由是观之，则此一物与此一事者，即为《本草》所遗，岂得谓之全备乎？虽然，彼所载者，物性之常；我所言者，事理之变。彼之所师者人，人言如是，彼言亦如是，求其不谬则幸矣；我之所师者心，心觉其然，口亦信其然，依傍于世何为乎？究竟予言似创，实非创也，原本于方书之一言：“医者，意也。”以意为医，十验八九，但非其人不行。吾愿以拆字射覆者改卜为医，庶几此法可行，而不为一定不移之方书所误耳。

·注释·

①溲渤：指尿，小便。

·译文·

药箱里应该有的东西，都记载在医书上；凡是天地间的万物，比如草木、金石、昆虫、鱼鸟，甚至人类的大小便、牛马的尿，没有一样遗漏的，可以说是最完备的药书，千年不能改动的经典。如今，如果把《本草》一书悬挂在京城的大门上，并说谁能在其中增加一味可以治病的药，或者能改正一种药物的错误的，就给他一千两金子。我想就是轩辕皇帝和歧伯再生，扁鹊复出，也只有默默地退在一旁，不敢再对此抱有想法了。但如果这种事情不幸被我碰见，那这一千两金子必定会被我得到。为什么？用药不必拘泥于固定的药方，治病也没有特定的方法。即便是同一种病，同一种药，也会有治那种病无效，治这种病却忽然起效的可能；同一种治疗方法对那个人是对的，对这个人却是错的，或者对那个人是错的，对这个人却是对的，两种情况中必定会有一种。还有一种情况是得的是这种病用的药却不是治这种病的药，本来完全没有用的道理，但或是庸医用错，或者是让仆人误取，病人服用之后没有死，反而医好了病。从这里来看，《本草》中所记载的各种药性，不是也有很多荒谬之处吗？还有一种奇特的现象，常见到有人病入膏肓，危在旦夕，用药治疗完全没有效果，用针灸也不灵验，病人忽然无意中碰到某件事，或是看见某种东西，这些事物绝不是药用的东西，或者用来治病的事情，却因为病人变得欢喜或者惊慌，疾病就马上消退了。

“能救活性命的，就是良医；能把病治好的，就是好药。”从这里来看，这种能救人性命的事与物，就是《本草》中缺漏的，哪能称它是最齐备的医书呢？即便如此，书中记载的，多是药物的一般功效；我所说的，是事理的变化。《本草》所依据的是人，别人怎么说书中就怎么记载，没有差错就算万幸了；我所依据的是内心，心里觉得是这样，嘴上也是这样说的，为什么要听从旁人的说法呢？

看起来我所说的像是一种创见，实际上这样的言论并不是我所创立，它原本来自医书上的一句话："医者，意也。"依照自己的感觉行医，十次有八九次能灵验，但不是每个人都能行。我希望那些拆字算卦的人改行当医生，这样也许这种方法就能行得通了，那人们也不会被一成不变的医书所误导了。

本性酷好之药

原文

一曰本性酷好之物，可以当药。凡人一生，必有偏嗜偏好之一物，如文王之嗜菖蒲菹，曾皙之嗜羊枣，刘伶之嗜酒，卢仝之嗜茶，权长孺之嗜瓜，皆癖嗜也。癖之所在，性命与通，剧病得此，皆称良药。医士不明此理，必按《本草》而稽查药性，稍与症左，即鸩毒视之。此异疾之不能遽瘳也。予尝以身试之。

庚午之岁，疫疠盛行，一门之内，无不呻吟，而惟予独甚。时当夏五，应荐杨梅，而予之嗜此，较前人之癖菖蒲、羊枣诸物，殆有甚焉，每食必过一斗。因讯妻孥曰："此果曾入市否？"妻孥知其既有而未敢遽进，使人密讯于医。医者曰："其性极热，适与症反。无论多食，即一二枚亦可丧命。"家人识其不可，而恐予固索，遂诡词以应，谓此时未得，越数日或可致之。

讵料予宅邻街，卖花售果之声时时达于户内，忽有大声疾呼而过予门者，知其为杨家果也。予始穷诘家人，

彼以医士之言对。予曰："碌碌巫咸，彼乌知此？急为购之！"及其既得，才一沁齿而满胸之郁结俱开，咽入腹中，则五脏皆和，四体尽适，不知前病为何物矣。

家人睹此，知医言不验，亦听其食而不禁，病遂以此得痊。由是观之，无病不可自医，无物不可当药。但须以渐尝试，由少而多，视其可进而进之，始不以身为孤注。又有因嗜此物，食之过多因而成疾者，又当别论。不得尽执以酒解醒[1]之说，遂其势而益之。然食之既厌而成疾者，一见此物，即避之如仇。不相忌而相能，即为对症之药可知已。

·注释·

①解醒：醒酒，消除酒病。谓大量饮酒才能解除酒病。

·译文·

第一要说的是本性特别喜好的东西，可以当药。只要是人的一生，必定会有某种偏嗜偏爱的东西，就像文王嗜好菖蒲菹，曾皙偏爱羊枣，刘伶好饮酒，卢仝酷爱饮茶，权长孺喜爱瓜，这都是一些癖好。癖好的东西，跟生命相关，病重时能得到，都称得上良药。医生往往不明白这个道理，必须要按《本草》来检查它们的药性，稍微与病情有些不符，就把它视为毒药。这是某种特殊的疾病不能快速治愈的原因。我本人曾亲身尝试过。

庚午那年，瘟疫流行，一家人全都生了病，而我是病得最严重的一个。当时正值夏季五月份，正是杨梅成熟的时节，而我嗜好杨梅，跟前人嗜好菖蒲菹和羊枣相比，更是有过之而无不及，每次吃都能吃上一斗。于是我就询问妻子儿女们："杨梅上市了吗？"他们知道市场上已经有了却不敢立即给我买来，他们私下里偷偷派人询问医生。医生说："杨梅性很热，跟病症冲突。不要说多吃，就是吃上一两颗也会丧命的。"家人就认定了杨梅不能吃，但又怕我坚持索要，于是编造谎话哄骗我，说这个时节还没有，过几天也许会有。

谁知我家临街，卖花卖果的叫卖声时时传到屋子里。有一次，忽然有个大声叫卖的人从我家门前经过，我知道这是卖杨梅的。我就开始追问家人，他们才把医生的话告诉我。我说："平庸的医生，怎么会知道这个道理？快快为我买来。"拿到杨梅之后，牙齿刚咬下去，满胸的郁结都舒展了，咽到肚子里，全身都觉得舒服了，已经不知道以前生的病是怎么回事了。

家人看到这一幕，知道医生的话不灵验，也就听任我吃不再禁止了，我的病至此以后就痊愈了。由此来看，没有什么病自己不能医治，没有什么东西不能当药的。但需要逐渐尝试，积少成多，确定有效果然后再用，这才不会拿身体去孤注一掷。但有的人却因为嗜好某种东西，吃得太多而导致生病，这就另当别论了。不能以消除酒病的论调，趁机多饮酒。然而吃多了某种食物感到厌烦而生病的人，一见到那种食物，就像躲避仇人一样避开了。不忌讳而能喜欢，由此可知这种东西就是对症的药了。

其人急需之药

原文

二曰其人急需之物，可以当药。人无贵贱穷通，皆有激切所需之物。如穷人所需者财，富人所需者官，贵人所需者升擢，老人所需者寿，皆卒急欲致之物也。惟

其需之甚急，故一投辄喜，喜即病痊。如人病入膏肓，匪医可救，则当疗之以此。力能致者致之，力不能致，不妨给之以术。

家贫不能致财者，或向富人称贷，伪称亲友馈遗，安置床头，予以可喜，此救贫病之第一着也。未得官者，或急为纳粟[1]，或谬称荐举；已得官者，或真谋铨补[2]，或假报量移。至于老人欲得之遐年，则出在星相巫医之口，予千予百，何足吝哉！是皆“即以其人之道，反治其人之身”者也。虽然，疗诸病易，疗贫病难。世人忧贫而致疾，疾而不可救药者，几与恒河沙比数。焉能假太仓[3]之粟，贷郭况[4]之金，是人皆予以可喜，而使之霍然尽愈哉？

·注释·

①纳粟：古代富人靠捐粟以赎罪或者获得官爵。

②铨补：选补官职。

③太仓：古代京师储谷的粮仓。

④郭况：东汉富人，此处代指富豪。《后汉书·光武郭皇后传》：“况（郭后弟况）迁大鸿胪，帝数幸其第，会公卿诸侯亲家饮燕，赏赐金钱缣帛，丰盛莫比，京师号况家为金穴。”

第二要说的是人急需的东西，可以当成药。人无论是贵贱贫富，都有急切需要的东西。如穷困的人需要钱财，富贵的人需要官爵，显贵的人需要升迁，年老的人需要寿命，这些都是急切需要并想要得到的东西。唯有很迫切想要得到，所以一给他，就会很高兴，一高兴，病就可能痊愈了。如果有人病入膏肓，并非医生能救的，那就应当用这种方法治疗。有能力办到就去办，能力达不到，不妨用某种方式哄骗他。

家里贫穷没有钱财的，或许可以向富人借，谎称是亲戚朋友赠送的，把钱放置在床头，让他高兴，这是救治穷病首选的方法。没有得到官职的人，就赶紧捐粮为他买个官职，或者可以谎称有人荐举；已经得到官位的人，或许真的可以找个补缺升官的机会，或者哄骗他已经得到升迁。至于年老的人想要得到长寿，可以从星相占卜之人口中说出，给他百年、千年的寿命，这还吝惜什么呢？这些都是“即以其人之道，反治其人之身”的做法。虽然如此，治疗各种疾病容易，治疗穷病却很困难。世上的人因为担忧贫穷而得病，得了病又无可救药的人，几乎跟恒河里的沙子一样多。哪能凭借国库的粮食，借富豪们的钱财，让每个人都高兴起来，使他们的病忽然都痊愈呢？

一心钟爱之药

原文

三曰一心钟爱之人，可以当药。人心私爱，必有所钟。常有君不得之于臣，父不得之于子，而极疏极远极不足爱之人，反为精神所注，性命以之者，即是钟情之物也。或是娇妻美妾，或为狎客娈童，或系至亲密友，思之弗得与得而弗亲，皆可以致疾。

即使致疾之由，非关于此，一到疾痛无聊之际，势

必念及私爱之人。忽使相亲，如鱼得水，未有不耳清目明，精神陡健，若病魔之辞去者。

此数类之中，惟色为甚，少年之疾，强半犯此。父母不知，谬听医士之言，以色为戒，不知色能害人，言其常也，情堪愈疾，处其变也。人为情死，而不以情药之，岂人为饥死，而仍戒令勿食，以成首阳之志乎？

凡有少年子女，情窦已开，未经婚嫁而至疾，疾而不能遽瘳者，惟此一物可以药之。即使病躯羸弱[①]，难使相亲，但令往来其前，使知业为我有，亦可慰情思之大半。犹之得药弗食，但嗅其味，亦可内通腠理[②]，外壮筋骨，同一例也。至若闺门以外之人，致之不难，处之更易。使近卧榻，相昵相亲，非招人与共，乃赎药使尝也。仁人孝子之养亲，严父慈母之爱子，俱不可不预蓄是方，以防其疾。

·注释·

①羸弱：瘦弱。

②腠理：皮肤、肌肉的纹理，是气血流通之处。

·译文·

第三要说的是一心钟爱的人，可以当成药。人们内心私爱的，必定有所钟爱的。常有君主不能得到臣子的钟爱，父母不能得到子女的钟爱，但人们对于那些极其疏远不值得爱的人，精神反而投入，甚至能为这样的人献出生命，这就是钟情的人物。可能是娇妻美妾，可能是狎客娈童，可能是至亲密友，思念却不能见到，或是见到却不能与他亲近，都会导致生病。

即使致病的原因不一定和这些有关系，但是到了病痛没有依靠的时候，必定会想到心爱的人。忽然让他们亲近，犹如鱼到了水里，必定会耳清目明，精神陡然振奋，就像病魔撤去了一样。

这几种情况中，美色最为厉害，年轻人的病，多数是因为它。父母不知道，错误地遵照医生的话，要他戒掉美色，不知道美色能害人，说的是通常的情况，爱情能治病，是从变化的角度来说的。人为情死，却不用情来治病，难道对于快饿死的人，还要告诫他不能吃东西，让他们像伯夷叔齐一样饿死吗？

凡是少年男女，情窦初开，还没有经过婚嫁就得病了，而病情又不能迅速治好，只有“情”这一物才能治好他们。即使病体瘦弱，不能让他们过分亲近，但是让病人心爱之人在病人面前活动往来，让病人知道眼前的这个人已经属于自己，也可以慰藉大半的情思。就像得到药物还服用一样，即便是闻一闻味道，就能疏通肌肉空隙，强壮筋骨，这是同样的道理。至于女子闺房以外的人，想要让他们来并不困难，想让他们相处更为容易，让他们靠近病床，相亲相近，这不是叫人来陪病人，而是在给病人试药！仁人孝子奉养双亲，严父慈母疼爱子女，都不能不事先预备这样的药方，以预防这种疾病。